LiLo Seidl

POSITRONEN FALLE

Ein Fall für Kathi Starck

Bibliografische Information der Deutschen Nationalbibliothek: Die Deutsche Nationalbibliothek verzeichnet diese Publikation in der Deutschen Nationalbibliografie; detaillierte bibliografische Daten sind im Internet über dnb.dnb.de abrufbar.

Cover-/Umschlaggestaltung: Buchgewand | www.buch-gewand.de
Verwendete Grafiken/Fotos: © caesart / shutterstock
© kzww / shutterstock, © Sputanski / shutterstock
© valdum - depositphotos.com
© creatOR76 - depositphotos.com

© 2018
Herstellung und Verlag: BoD – Books on Demand, Norderstedt

ISBN: 9 783746 082677

Dieser Titel ist auch als E-Book erschienen

FSC
www.fsc.org

MIX
Papier aus verantwortungsvollen Quellen
Paper from responsible sources
FSC® C105338

Ich weiß nicht, welche Waffen im nächsten Krieg zur Anwendung kommen, wohl aber, welche im übernächsten: Pfeil und Bogen.

Albert Einstein (1879-1955)

DÜSTERE EIN- UND AUSBLICKE

MECH@TRON, Nürnberg, Noris-Gewerbepark
Bizarr weit geöffnete, tote, graue Männeraugen starrten an die Decke des Testlabors, das einem Erfinder vom Schlag eines Daniel Düsentrieb allerhöchste Freude bereiten würde. Aus einem Turm von Oszilloskopen und anderen digitalen Messgeräten mündete ein Kabel-Wirrwarr, zu einem halben Dutzend armdicker Stränge gezähmt, in einen grauen Würfel am Boden. An der Wand klebte das scharfe 3D-Farbfoto eines mikroskopisch vergrößerten Risses vom 8. Oktober 2024, genau eine Woche alt, daneben mehrere vergilbte A4-Ausdrucke in Schwarzweiß mit einem ähnlichen Motiv. Unter dem verblassten Leuchtmarker konnte man das von Hand gekritzelte Datum 10.09.2014 gerade noch lesen. Die Menschen die hier arbeiteten, schwelgten scheinbar in Nostalgie.

Dr. Dr. Walter König, so der Name des Toten, lesbar am Gürtel hängenden Betriebsausweis, schien in Sachen Kleidung ebenfalls den Retro-Look vorzuziehen: kariertes Hemd, helle Chino-Hosen und Socken mit klassischem Rautenmuster. Ungewöhnlich war die Wasserlache, in der er lag. Der Inhalt konnte nur von der Mineralwasserflasche stammen, die unter den Konsolentisch gerollt war. Ebenso ungewöhnlich: Die neben seinen Füßen liegenden, ausgetretenen Birkenstock-Pantoletten, eigentlich verbotenes Schuhwerk in einem

Hightech-Labor. Ihn musste der Tod plötzlich ereilt haben, vielleicht ein Stromschlag? Gefahrenquellen gab es hier eine Menge.

In der Mitte des 30 Quadratmeter großen und knapp 2,50 Meter hohen Raumes thronte hinter zwei Panzerglastüren eine fast bis an die Decke reichende, mächtige Apparatur bestehend aus einem Konglomerat mattsilbriger Metallzylinder, Würfel und Röhren, in die ebenfalls armdicke Kabelstränge führten. Schwarz-gelbe Aufkleber warnten unübersehbar vor Radioaktivität, Hochspannung und vor achtlosem Zutritt. Diese Anlage nahm in der Grundfläche gut ein Viertel des Raumes ein und wurde von der nur wenige Schritte entfernten Konsole bedient, ausgestattet mit zwei großen, in den Tisch eingelassenen Touch-Panels und zwei High-Performance-LED-Monitoren mit jeweils 27 Zoll Diagonale. Nachtschwarz wirkten sie wie Monolithen im taghellen Kunstlicht. Gegenüber der Bedienkonsole befand sich ein langer Arbeitstisch mit Werkzeug, einem Dutzend kleiner, schwarzer Kunststoff-Boxen, auf denen jeweils ein iQR-Code und ein Schild mit ›Probe‹ klebte, daneben ein Laserscanner und ein E-Mikroskop mit Viewer. Der schlichte Schreibtisch nahe der Tür und der alte Bürostuhl mit dem teilweise abgewetzten Polster nahmen sich im Vergleich mit der Hightech-Anlage geradezu archaisch heraus. Ein aufgeklappter Aktenordner lag auf einigen entrollten Schaltplänen.

Hatte König über diesen Unterlagen gebrütet, bevor er zur Konsole hinüberging, zu deren Füßen er jetzt lag? Was hatte er zuletzt gesehen, kurz vor dem letzten Atemzug? Seine Gesichtszüge ließen auf Erschreckendes schließen. Sah er Bilder von den Gräueln, welche die neuen Waffensysteme seines Arbeitgebers MECH@TRON, Deutschlands führendem Rüstungsproduzenten, anrichten könnten? Noch mehr Tote, noch entsetzlichere, blutigere Kriege als bisher? Sah er Massen zerfetzter, bis zur Unkenntlichkeit verbrannter oder pulverisierter Soldaten auf den Schlachtfeldern, tote Zivilisten zwischen zerbombten Gebäuden, dem Erdboden gleichgemachte Städte und entvölkerte Landstriche? Klebte Blut an seinen Händen, weil er mit seiner Arbeit nicht unwesentlich dazu beitragen würde? War er deswegen unkonzentriert und unachtsam gewesen und hatte die Sicherheitsvorkehrungen missachtet?

Die Bestrebungen der Politiker, Kollateralschäden bei Kampfhandlungen auf einem niedrigen Level zu halten, hielten die meisten Militärs ohnehin für kontraproduktiv. Tote unter der Zivilbevölkerung hatte es schon immer gegeben, sollten im Feindesland ruhig ein paar mehr Mütter mit ihren Kindern draufgehen. Es würde eine halbe bis eine Generation dauern, bis für den Kampf einsetzbare Soldaten herangewachsen wären. Nur ein toter Feind ist ein guter Feind!

Hatten König die geistigen Ergüsse dieser kranken Militärgehirne zu schaffen gemacht? War so etwas wie Moral in ihm erblüht und ihm Selbstmord als einziger Ausweg erschienen? Durch einen Griff zum falschen Schalter, an ein schlecht isoliertes Kabel? Dem Aussehen nach war er etwa Mitte 50, demnach könnten auch eine Midlife Crisis, Zukunftsängste, Burn Out, Depressionen verstärkende Faktoren gewesen sein. Oder hatte er befürchtet, von Jüngeren überrannt zu werden, die berufliche Konkurrenz und den Stress nicht mehr verkraftet, ein plötzlicher Herztod?

1

Eine Hand in royalblauem Latex schloss behutsam Königs Augen. Kriminaltechnikerin Sabine Hoch stand auf und hielt mit ihrem Kollegen Thomas Schneider kurz inne. Das taten sie immer ›danach‹. Ihre Gesichter waren noch hinter Schutzbrille und Mundschutz verborgen, aber durch Sabines Körpergröße von nur 1,56 Metern und die sich deutlich abzeichnenden, weiblichen Rundungen konnte man die beiden in ihren weißen Ganzkörperoveralls gut unterscheiden.

»Hallo, zusammen«, begrüßte Kathi Starck, um Freundlichkeit bemüht, die Spurensucher über das rot-weiße Band hinweg, das den Bereich um den Toten großzügig absperrte.

»Hallo, Kathi«, erwiderte das Duo.

Sieh einer an, Frau Kriminalhauptkommissarin sind auch schon da! Thomas sah zur Digital-Uhr über der Tür. *Fünf vor zwölf, Volltreffer! Was hat denn heute so lange gedauert? Sonst ist sie doch auch pünktlich, die Uhr könnte man nach ihr stellen! Aber wenn ich mir ihre sauertöpfische Miene so anschaue, heieiei! Irgendwas geht ihr schon wieder gegen den Strich. Sie ist ja eigentlich ganz nett, aber wenn sie schlechte Laune hat, möchte man ihr weder im Dunkeln noch im Hellen begegnen. Zum Glück sieht man ihr das an und es bedeutet: Leg dich nicht mit mir an, zieh Leine!* Beides lag Thomas fern, schließlich mussten sie zusammenarbeiten, also wie üblich alle Fragen möglichst präzise beantworten.

»Gott, ist es hier hell!«, beschwerte sich Kathi über das blendende, weiße Licht der LED-Schienen an der Decke. Als sie erfuhr, dass sie in ein Kellerlabor musste, hatte sie mit einem spärlicher beleuchteten Raum gerechnet. Schon draußen im Flur, hier im ersten Untergeschoss von Bau II, herrschte Tageslicht, was sie ziemlich übertrieben fand. Durch die weißen Wandpaneele und den hellen Bodenbelag schien er wie ein unendlich langer Tunnel, von dem in gewissen Abständen Türen abgingen. Das Polizisten-Duo in ihren dunkelblauen Uniformen und die beiden schwarz gekleideten Security-Mitarbeiter vor der Zugangsschleuse zum Labor wirkten aus der Entfernung wie dunkle Pfosten vor dem sterilen Weiß.

»Glück für uns«, nahm es Thomas gelassen. »So brauchten wir unsere Strahler nicht aufzubauen.« Er schoss noch ein paar Fotos mit der 3D-Kamera und nahm den Mundschutz ab.

»Hat dich der Andi schon informiert?«, erkundigte sich Sabine. ›Der Andi‹, sie sprach von Kathis rechter Hand Kriminaloberkommissar Andreas Steppendorff, der von Beginn an mit am Tatort war.

»Ja, er hat mir vorhin ein paar Infos zugeschickt. Der Tote ist Dr. Walter König, Leiter der Entwicklungsabteilung, und sein Assistent Dr. Liebermann hat ihn gefunden.« Kathi zog Latex-Handschuhe an und beugte sich über die Absperrung. »Wisst ihr schon einen ungefähren Todeszeitpunkt?«

»Etwa halb acht heute früh«, meinte Thomas.

Kathi nickte anerkennend. »Das ist aber ziemlich genau.«

»Laut Zugangskontrolle kann es nur zu dieser Zeit gewesen sein. Als wir herkamen, so um neun, war noch keine Leichenstarre eingetreten.«

»Und die Todesursache?«

»Herzstillstand durch Stromschlag.«

»Komm ruhig näher«, forderte Sabine sie auf. »Wir sind hier fertig.«

»Okay, dann brauch ich keinen Anzug.« Kathi hob das Absperrband an und schlüpfte darunter hindurch.

Sabine ging in die Hocke und zeigte auf die Hand des Toten. »Die Ein- und Austrittsspuren sind eindeutig.« Dann schob sie den Stoff des Hosenbeins etwas hoch und legte die hässlichen, grau-schwarzen Strommarken an Königs Wade frei, die in der Rautenmustersocke verschwanden.

Kathi sah sich die Verletzung genau an, dann fiel ihr Blick auf die Birkenstocks. *Der ist ja förmlich aus den Latschen gekippt,* dachte sie. Das war keineswegs pietätlos, sie respektierte die Würde eines Toten, ließ sich aber hin und wieder zu solchen Gedanken hinreißen. Meistens blieben sie unausgesprochen, aber sie halfen ihr, sich an Details zu erinnern. Egal ob tot oder lebend, Kathi sah anderen Leuten immer auf die Schuhe, ein schon immer beherzigter Ratschlag ihrer Lieblingsoma Therese Blümlein ›Gepflegtes Schuhwerk ist eine Visitenkarte und weist auf den Charakter seines Trägers hin‹. Normalerweise reichte Kathi ein kurzer Blick von Kopf bis Fuß, um einen ersten Eindruck von einer Person zu gewinnen. Was manche Leute an den Füße trugen war schlichtweg eine Beleidigung: abgewetztes Leder, kaputte Absätze … aber sonst aufgetakelt sein, nach dem Motto ›Oben hui, unten pfui‹. Unmöglich, aber hier typisch Physiker-Nerd. Außerdem entsprachen die Schuhe von Dr. König garantiert nicht den Sicherheitsvorschriften für so ein Labor.

»Ein Stromschlag, hm.« Kathi überlegte und warf einen Blick zu den möglichen Stromquellen. »Und woher?«

Sabine richtete sich wieder auf und wies zur Konsole.»Das linke Panel dort stand unter Strom.«

»Oh!« Erschrocken trat Kathi einen Schritt zurück.

»Keine Sorge, er ist aus.«

»Dann haben Klimaanlage und Licht einen eigenen Stromkreis.«

»Ja, hier gibt es sogar drei voneinander getrennte«, erklärte Thomas.»Klima, Licht, einen für diesen Riesenapparat hinter Glas und einen fürs andere Equipment.« Er bemerkte, dass Kathi das schwarz-gelbe Dreieck an der linken Panzerglastür fixierte.»Ich kann dich beruhigen, Strahlung wurde auch keine freigesetzt.«

Das fehlte gerade noch, das wäre im wahrsten Sinne des Wortes der GAU des Tages!»Okay«, seufzte Kathi erleichtert.»Und wie konnte dieses Panel unter Strom stehen?«

»Siehst du die Flasche?« Sabine wies auf die mit Beweisnummernschild vier versehene Mineralwasserflasche, die unter der Konsole auf dem Boden lag.»Sie ist umgefallen, der Inhalt lief übers Panel und der Rest verteilte sich auf dem Fußboden. Dr. König fiel mitten in die Lache.«

»Ach so, ich dachte er hätte sich eingenässt.« Kathi wunderte das nicht, es kam häufig vor, dass sich bei einem Menschen die Blase im Todeskampf entleerte.

Sabine schüttelte den Kopf.»Das würde man noch riechen und außerdem wäre er um den Hosenstall herum nass. Es ist das Zeug aus der Flasche.«

»Aber wie soll das funktionieren?« Soviel Ahnung von fließendem Strom hatte Kathi, dass noch etwas anderes im Spiel sein musste.»Wasser in dieser Menge kann keinen tödlichen Stromschlag auslösen, man kriegt eine gewischt wie bei nem Elektro-Weidezaun, mehr nicht.«

Sabine nickte. »Stimmt, meine Liebe. Ich sagte auch nichts von Wasser.«

»Kein Wasser, was dann?« Kathi zog eine Augenbraue hoch, sie hasste es, wenn sie Informationen nur scheibchenweise bekam.

»Der pH-Wert liegt unter 1,5. Es wurde definitiv mit einer Säure vermischt, damit es besser leitet, könnte verdünnte Salzsäure sein. Wir prüfen das im Labor genau.«

»Okay, dann hat jemand gepanscht. Gibts brauchbare Fingerabdrücke?«

»An der Flasche fand der Scanner nichts, am Panel nur vom Toten, sonst massig von allen die hier drin arbeiten.«

»Habt ihr die schon abgenommen?«

»War nicht nötig, wir haben die Datei mit den Finger- und Handflächen-Prints von der Security.«

»Verdünnte Salzsäure in einer Wasserflasche.« Kathi schürzte die Lippen. »Dann hatte dieser Dr. Liebermann Recht mit seiner Annahme, König wurde ermordet.« Sie kramte in ihren grauen Zellen krampfhaft nach Erinnerungen an den Physikunterricht im Gymnasium. »Und wie soll der Strom fließen? Wo ist die Verbindung?«

»Der Mörder hat auch das Panel präpariert. Dr. Liebermann sagte, es wurde gestern erst neu eingebaut, das alte hatte einen Defekt.«

»Wie kam er auf das Panel?«

»Damit fährt man dieses Monstrum hinter Glas hoch.«

»Okay, und wann wurde es eingebaut?«

»Gestern Nachmittag, es hat einwandfrei funktioniert. Irgendwie ist es dem Täter gelungen später eine dünne Metallfolie an der Kante anzubringen, die zu einer Starkstromquelle unter der Konsole führt.« Thomas zeigte auf den unauffälligen silberfarbenen Streifen. »Außerdem hat er die Oberfläche eingesprüht, damit der Strom besser fließt, ich tippe auf ein transparentes Kontaktspray.«

»Das habt ihr alles schon rausgefunden? – Respekt!«

»Danke, war nicht so schwer. Das Zeug pappt noch an einer Ecke.«

»Eigentlich ganz simpel«, meinte Kathi.

Sabine nickte. »Simpel, aber wirksam. Der Plan des Täters ging auf. Dr. König will die Anlage hochfahren, stößt an die Flasche, sie kippt um …«

»Oder jemand stößt sie um«, verbesserte Kathi.

»Ja, oder so«, akzeptierte Sabine. »Die Flüssigkeit läuft übers Panel, König will sie wegwischen, was normalerweise nicht gefährlich ist, und PATSCH! kriegt er den Schlag. Exitus! Und kurz darauf taucht Liebermann hier auf.«

»Mooooment!« Kathi hob die Hand. »Du hast gesagt, König starb etwa um halb acht. Wann genau kam Dr. Liebermann und wie lange war er hier?«

Thomas sah Sabine fragend an. »Keine Ahnung.«

»Keine Ahnung?« Kathi rollte mit den Augen. »Leute, bitte!«

»Jetzt warte halt mal«, beschwichtigte Thomas sie. »Ich glaube, er sagte zehn nach halb acht. Nachdem er festgestellt hat, dass König tot ist, hat er die Security informiert und ist wieder raus. Als wir mit dem Andi hier angerückt sind, hat der Chef der Security uns hierher begleitet, einer seiner Mitarbeiter, Frau de Boer und Dr. Liebermann haben draußen im Flur gewartet.«

»Waren die alle hier?«

»Ja, ich glaube schon. Sie wollten sich kurz selbst ein Bild machen.«

»Hier gings ja zu wie am Plärrer!«, meckerte Kathi. »Hat Frau de Boer etwas gesagt?«

»Sie hat Dr. Liebermann hier abgestellt, falls wir Fragen zu der ganzen Technik haben und wir können sie jederzeit anrufen. Sie hat dafür gesorgt, dass die Zutrittskontrollen hier ausgeschaltet bleiben, damit wir ungehindert rein- und rauskönnen. Darum stehen auch zwei von ihren Wachleuten draußen.«

»Traut sie den Polizisten nicht?«

»Die haben hier ein strenges Sicherheitskonzept.«

»Ich will die genauen Zeiten, zu denen die drei das Labor heute betreten haben und wieder raus sind, auch die von gestern und die von allen anderen Figuren, die hier ein und ausgehen!« Nach diesem langen Satz musste Kathi kurz Luft holen.

»Schau halt nach, vielleicht hat dir der Andi die Liste schon geschickt!«, schlug ihr ein leicht gereizter Thomas vor.

»Herrgott!«, fluchte Kathi kaum hörbar. »Wer weiß, wie lange die über die Spuren getrampelt sind!« Sie holte ihr Padfone aus der Umhängetasche, die sie vorhin neben dem Schreibtisch abgestellt hatte, und kontrollierte es auf neue Nachrichten. Die von Andi zauberte kurz ein Lächeln auf ihr Gesicht, auf ihn war einfach Verlass. Sie öffnete die Liste mit einem Fingerwisch und studierte die Einträge.

```
15.10.2024 - 7:24 h - Dr. Dr. Walter König - IN
15.10.2024 - 7:38 h - Dr. N. Liebermann - IN
15.10.2024 - 7:42 h - René Hofbauer - IN
15.10.2024 - 7:43 h - René Hofbauer - OUT
15.10.2024 - 7:44 h - Dr. N. Liebermann - OUT
DOOR LOCKED
```

»Liebermann war heute Morgen vier Minuten allein.«

16

»Nicht sehr lange«, meinte Thomas.

»Vier Minuten dürften reichen, um jemanden umzubringen.«

»Verdächtigst du ihn?«

»Er kennt sich hier aus und ist der Einzige, der sich abgesehen von uns und Dr. König länger hier aufgehalten hat, außerdem alleine. Er könnte Handschuhe getragen haben.« Kathi wies mit einem deutlichen Kopfnicken auf die Box auf dem Arbeitstisch.

»Jetzt warte mal den Bericht ab.«

»Hoffen wir, dass die Liste nicht manipuliert ist.«

»Du siehst aber Schwarz heute.«

»Verdammt, da bin ich einmal später dran und …!« Kathi würde am liebsten etwas gegen die Wand donnern. Sie sah sich um, entdeckte aber nichts Zerbrechliches. Musste das ausgerechnet heute passieren!

***

Dabei hatte dieser Dienstag so perfekt begonnen, wie ein Arbeitstag nicht perfekter hätte beginnen können: Nicht verschlafen, in Ruhe mit Milchkaffee und Bambergern gefrühstückt und dabei die NN gelesen, die Nürnberger Nachrichten. Aber nicht online, eine Tageszeitung musste bei Kathi aus Papier sein, sie wollte darin blättern und die Druckfarbe riechen können. Ihr Auto auf dem gemieteten Platz vor dem Haus war nicht zugeparkt und der Verkehr überraschend normal für viertel nach acht, keine Spur von Rush-Hour.

Auf ihrem üblichen Fahrweg von Gleißhammer ins Polizeipräsidium herrschte grüne Welle bis zur ersten roten Ampel am Frauentorgraben. Höhe Opernhaus fuhr ihr ein dämlicher Benz-Fahrer, der seinen AMG-Boliden nicht im Griff hatte, mit Karacho hinten drauf. Er riss den Stoßfänger ihres

BMW X3E ab, drückte den Kofferraum ein und der Auspuff hing sozusagen nur noch am Seidenen Faden. Sie fragte sich schon lange, warum solche Autos bei Spritpreisen von 2,88 Euro pro Liter für Superbenzin überhaupt noch gebaut wurden, aber die Bonzen habens ja. Gerechtigkeit muss sein, er lädierte auch seine Front. Typisch Mercedes, jeden erdenklichen technischen Firlefanz im Auto, dann dreht der Fahrer die Musik bis zum Anschlag auf und hört das Signal des Abstandssensors nicht.

Jedenfalls hatte die Pre-Safe-Bremse der Karosse kläglich versagt. Solche Leute sollten lieber auf selbstfahrende Autos umsteigen. Auch keine ideale Lösung, Smart-Bedienfelder, Key-Free-System, intelligente Navis, Einpark-Assistent, IPS, ESP und SPA – schön und gut, aber wenn die Technik den Menschen zu viel abnimmt, verlernen sie das Denken. Die digitale Demenz schritt ohnehin zu schnell voran. Und weil es so schön war, rammte ein weiterer Idiot von Mercedes-Fahrer mit einem ›G‹ älteren Baujahrs und nicht weniger Pferdestärken unter der Haube ihren Unfallgegner von hinten. Wenn, dann richtig! Kathi wusch ihre Hände in Unschuld, sie war nicht zu schnell gefahren und hatte vorschriftsmäßig an der roten Ampel gehalten, selbstredend als Gesetzeshüterin. Ihr Angreifer gab den Fahrfehler sofort zu und wedelte mit seiner Versicherungskarte vor ihrer Nase. Der Fahrer des Geländewagens öffnete beiläufig seine Luxus-Lederbrieftasche und startete den Versuch, es ohne Polizei zu regeln. Er entschuldigte sich kleinlaut, als Kathi ihm ihren Dienstausweis zeigte.

Zum Glück war alles ohne Verletzte abgelaufen, aber auch Blechschäden sind ein großes Ärgernis und zeitraubend: Anruf bei der Verkehrspolizei, warten, der zweite in der Werkstatt wegen des Abschleppwagens, wieder warten, dann der übliche Bürokratismus mit den Polizeikollegen und schließlich der dritte Anruf ins Büro. Andis Nummer war zu ihrer Überraschung aufs Mobiltelefon umgeleitet.

»Allmächd!«, rief er nach ihrem Bericht in ein paar dürren Sätzen. »Des is ja blöd! Aber du brauchst eh ned ins Büro kommen, mir ham einen ungeklärten Todesfall bei MECH@TRON im Norispark.«

»Kann das nicht der Jürgen übernehmen?«

»Naa, der ist krank.«

»Scheiße! – Sorry.«

»Kaa Brobleem«, meinte Andi gedehnt.

»Hier dauerts aber noch einige Zeit.«

»Kommst halt nach. Soll ich dir an Waang schicken?«

»Nein, ich nehm mir ein Taxi.«

»Brauchst die Adresse, ich schick sie dir aufs Pad.«

»Nein, ich weiß wo die sind.«

»Dann schick ich dir alles, was ich sonst an Infos rauskrieg.«

***

Auf Andi konnte Kathi sich immer verlassen. ›Der Andi‹, wie er von allen Kollegen genannt wurde, legte auch nicht jedes Wort auf die Goldwaage. Seit fast drei Jahren arbeiteten sie als bilaterales Gespann und es funktionierte. Endlich konnte Routine einkehren, denn die anderen beiden Schnösel, die man ihr nach ihrer Rückkehr aus München zugewiesen hatte, wollten eine Frau als Vorgesetzte nicht akzeptieren.

Wie versprochen, hatte Andi ihr die wichtigsten Informationen zum Fall aufs Padfone geschickt. Die ultraflachen und leichten Sechs-Zoll-Geräte, eine geniale Kombination aus Smartphone und Tablet und im täglichen Gebrauch nicht mehr wegzudenken, verfügten über eine 24-Megapixel-Kamera, ein Spezialmikrofon und das Memofeld konnte man mit einem I-Pen beschreiben. Falls man beide Hände nicht frei hatte, sprach man auf die dazugehörige Smartwatch, welche die Daten sofort ans Pad sendete. In der Ausführung für die Polizei gab es zudem ein unverzichtbares Tool: VOICESELECT, eine Spracherkennungs-Software. Aus Zeugenaussagen, am Ort des Geschehens aufgezeichnet, generierte das Programm eine Textdatei. Stressbedingte Veränderungen in der Stimme, zum Beispiel wenn der Zeuge log, wurden registriert, entsprechend farbig markiert und die Datei später mit dem diktierten Protokoll ausgedruckt. Die lästige Schreibarbeit fiel weg.

Während der Fahrt zu MECH@TRON hatte Kathi auf der bequemen Rückbank des Taxis die Dateien von Andi genau studiert, auch die Vita des Mordopfers: Dr. Dr. Walter König, geboren 2.10.1970 in Bonn ledig; Studium der Physik und Chemie an der FWU Bonn, herausragende Doktorarbeiten auf beiden Gebieten. Sie brauchte den wissenschaftlichen Teil nur zu überfliegen, um zu dem Schluss zu kommen, dass er eine Koryphäe in der Teilchenforschung war. Er hatte Forschungs-Stipendien in Finnland absolviert und am Helmholtz-Institut für Strahlen- und Kernphysik in Bonn gearbeitet. Im Alter von 32 Jahren wurde er bereits stellvertretender Leiter der Abteilung Materialforschung, mit 34 habilitierte er in Physik mit dem Thema ›Identifikation atomarer Fehlstellen in Metallen und Halbleitern‹, was ihm eine Professur im Helmholtz-Institut bescherte. 2008 wurde er schließlich Leiter der Abteilung für Materialforschung und sechs Jahre später ging er zu MECH@TRON.

Kathi warf einen Blick auf den Toten und rätselte, was ihn veranlasst haben könnte, nach einer steilen Karriere an einer der renommiertesten Universitäten Europas plötzlich in die Privatwirtschaft zu wechseln. Lockte ihn ein besseres Gehalt? 54 Jahre alt und ledig beschäftigte sie auch. Vielleicht war er ja mit seinem Beruf verheiratet und ein genialer Kauz, wie viele Wissenschaftler. *Warum wurde er ermordet und von wem? Hätte dieser Dr. Liebermann ein Motiv?*

»Wie hat der Täter verhindert, dass Dr. König aus der Flasche trinkt?«, fragte sie in die Runde und antwortete gleich selbst. »Er muss hier gewesen sein.« Sabine und Thomas sahen sich an, nickten und lauschten weiter. »Er hat sie an der richtigen Stelle platziert, ist mit Absicht daran gestoßen, hat es aber als Versehen abgetan. König langt hin, ta-ta!«

Sabine nickte. »Nachvollziehbar und es ist noch einfacher, wenn Täter und Opfer sich kennen.«

Das bestätigte Kathis Annahme. »Wie Liebermann.«

»Also ich weiß nicht.« Sabine schüttelte den Kopf. »Der macht eigentlich einen ganz netten Eindruck.« Sogar einen sehr netten, fand sie und kam wieder heimlich ins Schwärmen. *Er ist so schön groß, hat ne tolle Figur und mit seiner Brille sieht er richtig süß aus, genau mein Typ. Wahrscheinlich hat er mich gar nicht bemerkt, in diesem doofen Overall sehe ich aus wie eine drollige Putte. Der Doc wird auf schlanke 1,70-Blondinen wie Kathi stehen. Dabei kriegen die eh leichter einen ab, Kathi ist eine Ausnahme. Wenn eine mit 42 Single ist, selber schuld, das liegt an ihrer spitzen Zunge. Und welcher Mann steht schon auf so ein toughes Auftreten. Scheinbar nicht mal die Jungs in ihrem Boxclub oder beim Taekwondo.*

»Und wenn er nur so nett tut und euch was vorgespielt hat?«, stellte Kathi in den Raum. »Denkt doch mal nach, er tippte von Anfang an auf Mord. Es hätte genauso gut ein Unfall sein können bei dem ganzen elektrischen Zeug hier!«

»Ich glaube, der ist so intelligent und kann eine Situation schnell einschätzen«, meinte Sabine. »Das Panel, die Flüssigkeit – ein Physiker weiß, dass Wasser in dieser Menge keinen tödlichen Stromschlag auslösen kann.«

»Ist Dr. Liebermann vorhin mit dem Andi gegangen?«, wollte Kathi wissen.

»Nein, schon vorher«, sagte Thomas. »Mitten in den Erklärungen ist ihm aufgefallen, dass sein Hosenbein feucht ist.«

Kathi riss die Augen auf. »Wie bitte?«

»Nicht was du denkst, beim Fühlen von Königs Puls hat er in der Pfütze gekniet und es nicht gleich bemerkt. Man hat es kaum gesehen auf der Jeans, aber in unserem Beisein war es ihm scheinbar peinlich. Er hat dran rumgefummelt, dann ist er kreidebleich geworden und musste an die frische Luft.«

Kreidebleich, frische Luft? dachte Kathi. *Blödsinn, der wird Dreck am Stecken haben!* Ihre Nackenhärchen gingen in Hab-Acht-Stellung. »Herrgott, das erfahre ich jetzt erst!«

»Entschuldigung!«, maulte Thomas und dachte: *Frau Kommissarin sind heute aber extrem gereizt! Kein Wunder, dass sie ihre Mitarbeiter so verschleißt. Der Andi ist eine Ausnahme, der hat ein ziemlich dickes Fell und kann ihre Launen ertragen, als Fan des 1. FC Nürnberg ist man leidensfähiger als andere.* Den Satz ›Anner, der mit'm Glubb aufg'wachsen is, der erträchd alles‹ konnte Thomas auch unterschreiben. Es gab Tage, da kam Kathi gleich nach dem Fußballverein. »Ich bin auch nur ein Mensch«, sagte er schließlich.

»Was ist heute eigentlich los mit dir?«, meldete sich Sabine zu Wort, die sich wie Thomas fragte, welche Laus Kathi heute über die Leber gelaufen war.

»Mir ist heute früh einer hinten drauf!«

»Ach deshalb!«

»War nicht meine Schuld. Tut mir leid, ich wollte meine schlechte Laune nicht an euch auslassen.«

»Schon gut, solange das nicht den ganzen Tag anhält.« Sabine schmunzelte und steckte Thomas an.

Kathi stieß einen tiefen Seufzer aus und sinnierte über Dr. Liebermann. Er war nicht nur der Erste am Tatort gewesen, mit dem von Thomas geschilderten Verhalten rückte er gerade an die Pole Position aller Verdächtigen. Warum wurde er da plötzlich so nervös, befürchtete er sich zu verplappern, lag es am feuchten Hosenbein oder war er mitgenommen vom Tod seines Chefs? *Ist das ne Memme,* dachte sie. *Bei nem Rüstungskonzern arbeiten und keinen Toten sehen können! Mal sehen was er für ein Typ ist. Wahrscheinlich eine untersetzte, schwammige, bleiche Laborratte mit Stirnglatze und Nerd-Brille, der ebenfalls Gesundheitslatschen trägt, dazu als Krönung weiße Tennissocken mit rot-blauem Rand.*

Schade, dass Andi kein Foto zum Lebenslauf mitgeschickt hatte: Dr. Nikolai Liebermann, geboren 1.12.1985 in Karaganda/Kasachstan, 1993 Übersiedlung mit den Eltern in die BRD nach Königswinter bei Bonn, 2004 Abitur Note eins, Studium der Physik und der Elektrotechnik an der FWU Bonn, danach Doktorand am Helmholtz Institut für angewandte Physik. 2012 promovierte er in Physik und ging Ende 2013 als wissenschaftlicher Assistent ans Institut für Physik der Uni Halle-Wittenberg. Seit 2018 arbeitet er bei MECH@TRON und ist ledig. – 38 und ledig, vielleicht war der Physiker eines dieser blödstudierten Genies mit Beziehungsphobie, die sich kein Butterbrot schmieren können – Kathi liebte diesen Spruch ihrer Oma – einer, der vielleicht noch nie was mit einer Frau hatte, eine männliche Jungfrau. König war auch ledig und das mit 54, noch schlimmer!

»Kaddi!«, hörte sie plötzlich Andi mit weichem, fränkischem Zungenschlag rufen.

Sie sah auf. »Ja, was gibts?«

»Ich hab den Dr. Liebermann mitg'bracht.«

Jetzt bin ich gespannt! »Ich komme rüber zu euch.« Kathi schlüpfte wieder unter dem Absperrband hindurch. Bereits während sie auf die beiden Neuankömmlinge zuging, blieb ihr regelrecht die Spucke weg. Von wegen untersetzt und schwammig, neben dem attraktiven, über 1,90 großen, athletisch gebauten Physiker wirkte der drahtige Andi mit seinen 1,78 wie ein Zwerg.

Nikolai Liebermann fuhr sich mit einer Hand durch die dunklen, nackenlangen Locken und sah Kathi entgegen. Die konnte kaum noch ihren Blick von ihm lassen. Ein trendy Siebentagebart zierte sein ebenmäßiges Gesicht, geschätzte sieben, es könnten auch ein bis zwei Tage weniger oder mehr sein. Er trug ein schlichtes, weißes Hemd zu den Jeans – bei so einem Outfit wurde Kathi schon immer schwach – und seine hammermäßig grünen Augen wirkten durch die eckige, schwarze Brille, eine etwas schickere Nerd-Version, geradezu stechend, kurz: ein Traummann!

Kathi schubste ihn von der Verdächtigen-Pole-Position, zog die Latexhandschuhe aus und streckte ihm mit einem freundlich, verklärtem Blick die Hand entgegen. »Hallo, Dr. Liebermann, Katharina Starck, Kripo Nürnberg.« Sie begrüßte ihn mit einem kräftigen Händedruck und bekam eine gewischt. Ob es an den ganzen Gerätschaften hier lag oder an etwas anderem, vermochte sie nicht zu sagen. War da nicht dieses Aufblitzen in seinen Augen?

Der Physiker wirkte gleichermaßen überrascht und zog seine Hand zurück. Das Kribbeln schien er nicht weiter ernst zu nehmen. »Hallo«, sagte er nur, über Kathi hinweg, abgelenkt durch einen neugierigen Blick auf seinen toten Chef.

»Geht es Ihnen wieder besser?«, erkundigte sie sich.

»Ja, ja.«

»Was war denn los?«

Aha, die zwei Michelinmännchen haben mich verpetzt. »Ich musste nur an die frische Luft.«

Kathi beäugte ihn skeptisch. »Frische Luft?«

Natürlich, du dämliche ...! Liebermann schluckte den Rindviehfluch hinunter. *Was denkt die sich, ich sehe schließlich nicht jeden Tag eine Leiche!*

»Verstehe«, sagte Kathi. »Wegen Dr. König. Und wo waren Sie an der frischen Luft?«

»Im Innenhof, von hier den Flur entlang, die Treppe hoch, über das kleine Foyer, dann links. Ist das präzise genug?«

Oh, der nimmt es aber sehr genau! »Natürlich«, sagte Kathi. »Gibt es Zeugen, die Sie dort gesehen haben?«

»Ein paar Raucher, aber deren Namen weiß ich nicht.«

»Ist okay. Und danach sind Sie wieder in ihr Büro, wo Sie mein Kollege abgeholt hat?«

»Ja.« Er nickte und schob seine Brille zur Nasenwurzel.

Jetzt wird er nervös. Kathi musterte ihn. *Vielleicht liegts an der Umgebung.* Jeder ihrer Kollegen führte die ersten Gespräche mit Zeugen in einem Büro oder in einem anderen geeigneten Raum, nie in unmittelbarer Nähe des Tatorts mit Blick auf den Toten. Sie hielten Kathis Art der Befragung, nicht nach dem üblichen Strickmuster, für unangebracht und pietätlos. Ihre Vorgesetzten tolerierten es, gehörte es doch zu ihren Erfolgsrezepten und ihre Bilanz in Sachen Verhaftungen und geklärter Fälle konnte sich sehen lassen. Sie wollte Liebermanns Reaktion hier und jetzt sehen. Er hatte König gefunden und könnte mit dessen Tod etwas zu tun haben, da musste er schon ein wasserdichtes Alibi vorweisen. Traummann hin oder her, für Kathi wurde er wieder zum Verdächtigen Nummer eins.

»Zu Ihrer Information Dr. Liebermann, ich nehme Ihre Aussagen hiermit auf.« Sie zeigte ihm ihr Padfone.

Er nickte. »Kein Problem.«

»Sie haben der Security gemeldet ›Der König liegt vor dem Thron‹. Was meinten Sie mit Thron?«

»Das stimmt so nicht!«, beschwerte er sich. »Ich sagte Dr. König liegt vor dem Thron.«

Aha, ein Wortklauber! »Entschuldigung, aber das kam dort so an. Und was ist nun dieser Thron, sein Bürostuhl?« Das nahm sie nur an, ihr Kriminologen-Gehirn kombinierte König mit Thron und Thron mit Stuhl. Vielleicht nannte er das abgewetzte Ding so nur aus Spaß.

»Nein, der Thron ist die P.M.P., die Anlage hinter Panzerglas.«

»P.M.P.?«

»Positron Micro Probe«, sagte Liebermann in bestem Oxford-Englisch. »Auf Deutsch: Positronen-Mikrosonde, wir nennen sie Thron.«

»Alles klar.« Diese Wissenschaftler-Eigenartigkeit wollte Kathi nicht mit ihm diskutieren, aber Mikrosonde, Mikro? »Für eine Mikrosonde ist das Ding aber ziemlich groß.«

»Sie wird nun einmal so genannt. ›Das Ding‹, wie Sie es nennen, ist eine Kombination aus einer monoenergetischen Positronenquelle und einem Rasterelektronenmikroskop.«

Kathi schluckte die Brocken hinunter. *Allmächd, jetzt wirds technisch!* »Aha, Positronen, es geht also um diese winzigen Teilchen. Und das Mikroskop braucht man, um sie besser sehen zu können.«

»Nein, so kann man das nicht sagen. Positronen kann man nicht sehen, im herkömmlichen Sinn. Sie werden ins Mikroskop eingebaut, um einen Antimaterie-Strahl zu erzeugen. Damit führen wir Tests an der Materialprobe durch.«

Andi riss die Augen auf. »Andimadderie, jetzt echt?«

»Natürlich«, tat Liebermann es ab, als wäre es das Alltäglichste. Für seinen Teil traf das ja zu.

»Wie beim WARP-Antrieb in Star Dregg?«

Liebermann sah ihn nicht nur wegen des Fränglisch schräg an, er fand den Vergleich mit einer Hollywood-Erfindung absolut unpassend. »Spezialeffekte fürs Mainstream-Kino.«

Garantiert guckst du dir nur Arthouse-Filme an. Kathi kam zu dem Schluss, dass der Doktor der Physik nicht viel von derart laienhaften Späßchen hielt. *Und zum Lachen gehst du in den Keller.*

Trekkie Andi ließ nicht locker. »Dann gibts auch transparentes Aluminium?«

»Ja, das gibt es, aber damit arbeiten wir hier nicht.«

Ein staunender Andi nahm sich vor, das später zu recherchieren.

»Zurück zu Antimaterie und Positronen«, meinte Kathi. »Wie funktioniert das?«

»Die erzeugten Positronen werden zunächst in einen Zylinder geleitet, in dem sich Gas unter sehr geringem Druck befindet. Wir verwenden eine spezielle Mischung und kühlen das Ganze bis auf minus 269 Grad Celsius herunter. Sie können sich nicht mehr bewegen, sind wie in einer Falle gefangen.«

»Eine Positronenfalle!«

»Sie wird tatsächlich so genannt.«

»Interessant. Und weiter?«

»Positronen sind die Antiteilchen der Elektronen, treffen beide zusammen, zerstrahlen sie unter Aussendung von Gammaquanten. Die Lebensdauer eines Positrons wird in einem Festkörper von der Dichte der Elektronen darin beeinflusst, das lässt Rückschlüsse auf den Aufbau des untersuchten Materials zu.«

Allmächd, wunderte sich Andi, *hat der jetzt ein Gschmarri drauf! Was issn mit dem los, vorhin hat er noch ganz normal g'redet? Naja, vielleicht liegts an der Kaddi, wär ned des erste Mal, dass einer sie ned mag.*

Kathi glaubte zu wissen, was der Physiker meinte und zeigte auf die schwarzen Boxen auf dem Arbeitstisch. »Heißt das, Sie beschießen das Material da drin mit den Positronen?«

»Ja, das Verfahren heißt P.A.L.S.« Auf Kathis und Andis fragende Blicke folgte prompt die Erklärung. »Das ist die Abkürzung für Positron Annihilation Lifetime Spectroscopy, auf Deutsch: Positronenlebensdauer-Spektroskopie.« Das ellenlange Wort kam von Liebermann wie aus der Pistole geschossen.

Fachchinesisch beherrscht er wirklich perfekt, dachte Kathi. »Positronen- was?«

»Positronen-Lebensdauer-Spektroskopie«, wiederholte er etwas langsamer.

Kathi schluckte und zerlegte im Geiste das Wort-Ungetüm in einzelne Silben: Po-si-tro-nen-le-bens-dau-er-spek-trosko-pie, zwölf an der Zahl, das musste sie erst einmal verdauen. Andi schluckte zweimal, kratzte sich am kahlen Kopf und setzte seine Datenbrille auf. Kathi war sicher, dass er sich Informationen zu diesem Positronen-Ding einblenden ließ. Sie mochte diese Brillen nicht, auch wenn sie nicht mehr so klobig aussahen, wie die ersten Modelle. Andi schwor drauf, verfügten die der Polizei neben einem schnellen Internet-Zugang zusätzlich über Gesichtserkennung.

»P.A.L.S. klingt ziemlich futuristisch«, meinte Kathi.

»Dieses Verfahren existiert schon seit Jahren«, erwiderte Liebermann hochnäsig. »Dr. Königs Doktorarbeit von 1996 handelt bereits davon. Mittlerweile sind P.M.P.s State of the Art in der Materialsynthese. Unsere Anlage ist eine der neuesten, für unsere Anforderungen modifiziert und somit einzigartig.«

State of the Art, äffte Kathi ihn gedanklich nach. *Er kanns nicht lassen! Physiker-Nerd bleibt Physiker-Nerd.* »Und was macht man damit in der Praxis? Aber jetzt bitte allgemein verständlich.«

Zicke!, dachte er. *Okay, dann eben die Erklärung für Dummies.* »Man macht Materialprüfung bei Leichtmetall-Legierungen, es dient zur Schadensanalyse und -vorhersage, man misst die Rissausbreitung in Flugzeug-Aluminium oder die Ermüdung von Bauteilen in Autos oder Zügen«, leierte er sichtlich gelangweilt herunter.

Und, war das jetzt so schwer? Kathi nickte zufrieden, wunderte sich aber, warum er die Rüstungsindustrie ausschloss. »Alles klar.«

Liebermann blieb skeptisch »Alles klar? Behaupten Sie, Sie hätten das verstanden? Sie erstaunen mich.«

Du Klugscheißer! »Verformungen in Metallen unter Belastung sind keine Böhmischen Dörfer für mich. Ich habe keinen Doktor in Physik, ich bin Polizistin, aber nicht doof!« Die Floskel ›ich bin zwar blond‹ ließ sie bewusst weg.

Andi grinste. *Dübbisch Kaddi, aber sie hat schon Recht, so doof wie er glaubt, sin mer ned.*

»Tu-tut mir leid«, stammelte Liebermann. »Ich-ich wollte damit nur sagen …« Er seufzte. *Gott, was tu ich hier!*

Kathi triumphierte. *Yeah, hab ich dich aus dem Konzept gebracht! Tja, lieber Dr. Liebermann, blonde Kommissarinnen schießen auch mit Worten.* »Schon gut«, tat sie es gönnerhaft ab. »Ich gestehe allerdings, Positronen noch nie in Aktion gesehen zu haben. Aber ich kann mir gut vorstellen wie sie herumwuseln.«

»Positronen wuseln nicht«, wandte der Physiker ein.

Jetzt fängt er schon wieder an! Meine Güte, bist du eine Spaßbremse! Naja, das sagt man ja vielen Wissenschaftlern und Superhirnen nach. »Es war eben laienhaft ausgedrückt!«

Dann wusste er sie zu überraschen. »Nun ja, laienhaft könnte man es Spielplatz der Positronen nennen.« Abermals schob er die Brille zur Nasenwurzel.

Na also, geht doch. Die Spaßbremse nehme ich zurück. »Und im Rasterelektronenmikroskop kann man sie sehen, richtig?«

»Positronen in Aktion kann man nicht wirklich sehen.« Liebermann kratzte sich am bärtigen Kinn und überlegte. »Hm, wie erkläre ich das Laien wie Ihnen am einfachsten?«

Sag doch gleich Dummies! Kathi wurmte es langsam. *Warum kann man mit diesem Kerl nicht normal reden? Und warum muss ausgerechnet er so verdammt gut aussehen? Und diese grünen Augen … hach!* Nikolai Liebermann entsprach genau ihrem Beuteschema, ein Mann zum Verlieben, unter normalen Umständen, wenn er kein Zeuge in einem Mordfall wäre. Vielleicht steckte doch ein Fünkchen Wahrheit hinter Oma Blümleins Akademiker-Butterbrot-Spruch. Ob das mit der männlichen Jungfrau stimmte, wagte Kathi bei seinem Aussehen zu bezweifeln, früher an der Uni werden ihm die Mädels scharenweise hinterhergelaufen sein. Ob sie auch in seinem Bett landeten, stand auf einem anderen Blatt Papier. Das brachte Kathi kurz zum Schmunzeln. *Ernst bleiben,* mahnte sie sich, *du hast es hier mit Mord zu tun.*

»Man hört meist nur ihren letzten Schrei, wenn sie sich mit ihrem Anti-Teilchen, dem Elektron, vernichtet haben«, begann Liebermann seine Erklärungen. »Ganz nach Einstein $E=mc^2$, diese Formel dürfte auch Ihnen geläufig sein.«

Jetzt kommt er uns noch mit Einstein, dieser Angeber! »Ja, die ist mir geläufig. Es bedeutet, gibt ein Körper Strahlung ab, verringert sich seine Masse.«

Damit wusste sie Liebermann zu überraschen. *Die hat ja doch was in ihrem hübschen, blonden Köpfchen.* »Richtig, die Masse von Anti-Teilchen und Elektron wird in pure Energie verwandelt und diese kann man messen«, fuhr der Physiker in einem weiteren Anfall von Fachchinesisch fort. »Jedes Positron fungiert als nanoskopisches Sonden-Teilchen, mit dem sich einzelne, fehlende Atome in einem Kristallgitter nachweisen lassen. Das wirkt sich auf die Lebensdauer der Positronen aus.«

Von Kristallgittern hatte Kathi auch schon gehört. »Das hat mit der atomaren Struktur von Materialien zu tun, nicht wahr? Löcher im Gitter bedeuten Materialdefekte.«

Wow! Liebermann war baff. *Sie ist hübsch und intelligent! Gott, ist das sexy! Eine Traumfrau zum Verlieben, wenn sie keine Polizistin wäre und keine so spitze Zunge hätte.* Er seufzte. Mit den Gesetzeshütern stand er auf Kriegsfuß und an eine so selbstbewusste Frau wie Kathi würde er sich nie heranwagen. »Ja, das ist richtig. Den Antimaterie-Strahl benutzen wir, um mikroskopisch kleine Veränderungen im Metall zu finden, die typisch für strukturelles Versagen sind. Die Positronen zeigen uns den genauen Weg zu einer Rissspitze, um nur ein Beispiel zu nennen, dann sehen wir, wie viel dort kaputt ist. Wir testen gerade eine neue Aluminium-Lithium-Legierung. Sie ist extrem leicht, hat eine erhöhte Steifigkeit, verfügt dennoch über ausreichend Elastizität und weist hohe kryogene Haltbarkeit auf.«

Kathi verkniff sich ein Grinsen, jetzt war er voll in seinem Element. »Was soll aus dieser neuen Legierung hergestellt werden?«

»Das darf ich Ihnen nicht verraten, Betriebsgeheimnis.«

»Ach kommen Sie! Wofür ist es?«

»Betriebsgeheimnis«, wiederholte Liebermann und schob zum x-ten Mal seine Brille an die Nasenwurzel.

Das war das dritte Mal, Kathi hatte mitgezählt. Entweder saß das Ding nicht richtig oder er war wieder nervös oder beides. »So geheim kann das nicht sein. Während der letzten Waffenmesse habe ich im Katalog von MECH@TRON über bewaffnete Flugobjekte in Spatzengröße gelesen. Der Trend geht ja bekanntermaßen zu Mikro-Drohnen oder anderen Waffensystemen im Nano-Format.« Das ließ Liebermann kalt, er schwieg beharrlich. *Dann eben nicht,* dachte Kathi. »Anderes Thema.« Bevor sie ihre Fragen stellte, checkte sie noch einmal die Liste mit den Zutrittsdaten.

15.10.2024 - 7:38 h - Dr. N. Liebermann - IN

```
15.10.2024 - 7:42 h - René Hofbauer - IN
15.10.2024 - 7:43 h - René Hofbauer - OUT
15.10.2024 - 7:44 h - Dr. N. Liebermann - OUT
DOOR LOCKED
```

Knapp 30 Minuten geschah nichts.

```
UNLOCKING DOOR
15.10.2024 - 8:12 h - René Hofbauer - IN
15.10.2024 - 8:13 h - Dr. Susan de Boer - IN
15.10.2024 - 8:14 h - Dr. N. Liebermann - IN
15.10.2024 - 8:15 h - Dr. Susan de Boer - OUT
15.10.2024 - 8:16 h - Dr. N. Liebermann - OUT
15.10.2024 - 8:17 h - René Hofbauer - OUT
DOOR LOCKED
```

»Um acht Uhr rum hat Hofbauer Frau de Boer und uns angerufen«, sagte Andi, der parallel mitkontrollierte. »Die andern Listen vom Parkhaus und Bau eins hab ich dir vorhin auch g'schickt.«

»Okay, Danke.« Kathi wandte sich wieder Liebermann zu. »Sie kamen erst nach Dr. König ins Labor, ist das immer so?«

»Nein, wir beginnen normalerweise zusammen, kurz nach halb acht«, sagte er. »Heute war ich etwas später dran, weil ich noch mit Dr. Tüyüc telefoniert habe. Dr. König wusste Bescheid, er wollte inzwischen die Anlage hochfahren.« Er stieß einen tiefen Seufzer aus und schüttelte den Kopf. »Ich hätte mich beeilen sollen.«

»Wer ist Dr. Tüyüc?«, fragte Kathi.

»Dr. Königs Stellvertreter.«

Andi sah auf. »'Tschuldigung, wie schreibt man Tüyüc?«

»T, Ü, Y, Ü, C«, buchstabierte Liebermann extra langsam.

»Dobbel-Ü«, meinte Andi. »Alles klar.« Er fischte seinen I-Pen aus der Innentasche seines Trenchcoats und machte sich handschriftliche Notizen auf seinem Padfone, manchmal verstand es seinen Dialekt nicht einwandfrei. »Fast wie bei mir.«

Der Physiker wunderte sich. »Aber Sie heißen doch Steppendorff.«

»Richdich, mit Dobbel-B und Dobbel-F, dobbeld g'nähd häld besser!«

»Das ist aber eine eigenwillige Interpretation.« *O Gott!*, dachte Liebermann. *Dieser Dialekt ist ja furchtbar! Als Bulle sollte er lieber Hochdeutsch sprechen, dann würde man ihn wenigstens ernst nehmen. Schon mal was von Sprach-Coach gehört?*

Kathi schien seine Gedanken zu lesen. Andi und sein geliebtes Fränkisch, wenn sie sich unterhielten war das in Ordnung, aber in nicht Gegenwart eines Zeugen, der astreines Hochdeutsch sprach. Sie war auch geborene Nürnbergerin und ein wenig hörte man immer durch. ›Wenn man wohin geht, spricht man nach der Schrift‹, sagte ihre Oma immer. Und wenn ihr ein Allmächd! rausrutschte, verstand das jeder, nicht nur in Mittel-, Ober- und Unterfranken, das war fränkisch-universal!

***

Als Kathi vor sechs Jahren, nach den beruflichen Stationen München-Kempten-München, wieder in Nürnberg landete, musste sie sich vom gepflegten Oberbayrisch wieder aufs Fränkische umstellen. ›A echte Nämbercherin verlernt des ned‹, sagt man. Keiner braucht sich seines Dialekts zu schämen, solange einen der Gesprächspartner versteht. Mundarterfahren durch ihren Ex-Mann Robert, einem gebürtigen Kemptener, handelte sie stets nach dem Motto ›Lieber nachfragen, bevor es zu Missverständnissen kommt‹. Das Allgäu ist eine wunderschöne Gegend, doch die Sprache tut manchmal den Ohren weh. Aber nicht das Allgäuerische trieb sie 2013 zurück nach München, in Kempten, wohin sie der Liebe wegen gezogen war, konnte sie keine Karriere machen. Robert, der sich gern als Vater von zwei Kindern gesehen hätte, warf ihr puren Egoismus vor. Wie erwartet, funktionierte die Fernbeziehung nicht, Scheidung 2014. Nach einem Jahr Verdauungsprozess stürzte sich Kathi in die Weiterbildung zur Kriminaloberkommissarin. Leider machte ihr am 5. Mai 2016 das Schicksal einen Strich durch die Rechnung: sie erschoss einen flüchtigen Mörder in Notwehr. Ein Trauma, denn es war der Mann, mit dem sie eine kurze Beziehung hatte. Trotz psychologischer Betreuung, sah sie lange Zeit an jeder Ecke einen Schatten, der seine Waffe auf sie richtete. Sie hielt es in ihrer einstigen Traumstadt München nicht mehr aus. Alles schrie nach Tapetenwechsel. 2018 bekam sie eine Stelle in Nürnberg und kehrte in ihre mittlerweile boomende Heimatstadt zurück.

Durch den Wirtschaftsaufschwung hatte sich in der Frankenmetropole ein positiver Wandel vollzogen. Den Vergleich mit München brauchte man nicht mehr zu scheuen, auch ohne Schicki-Mickis und Bussi-Gesellschaft. Ein trendy Nürnberg funktionierte ganz ohne Bajuwarisierung. Man nahm sich den bayerischen Ministerpräsidenten und gebürtigen Nürnberger Dr. Florian C. Hofer als Vorbild, legte die falsche Bescheidenheit ab und machte Schluss mit der mangelhaften Selbstwahrnehmung. ›Wir sind Nürnberger, wir können alles. Wir sind stolz auf unsere Leistungen und reden darüber wie uns der Schnabel gewachsen ist‹, so das Motto.

Die Gegner der schwarzen Alleinherrschaft in Bayern mussten Dr. Hofer, der 2018 den Thron Bayerns erklommen hatte und 2023 wiedergewählt wurde, als bitteren Beigeschmack der steigenden Konjunktur akzeptieren. Er setzte sich für die Metropolregion Nürnberg-Fürth-Erlangen unnachgiebig ein. Dank unermüdlicher Anstrengungen und sinnvoller Investitionen wurde man für das Jahr 2025 sogar zur Kulturhauptstadt Europas auserkoren. Nur die radikalen Free-Franken-Anhänger behielten weiterhin ihre Scheuklappen auf. Für sie bedeutete sogar die weiß-blaue Bayernfahne, die anstelle des rot-weißen, fränkischen Rechens bereits Tage vor den CPU-Parteitagen über der Burg wehte, ein rotes Tuch.

In Dr. Hofers Erfolgen sonnte sich auch seine Partei. Die CPU hatte bei der letzten Landtagswahl eine Traumquote von 68 Prozent erreicht, das beste Ergebnis aller Zeiten, manches Parteimitglied ließ sich zu Luftsprüngen hinreißen. Auch die verstorbenen hätten das sicher gern getan, dabei mit den Engelsflügeln geschlagen und mit den anderen Münchnern im Himmel frohlockt und Halleluja gesungen, bevor sie sich übers Manna beschwert und ihre Forderungen nach einer gescheiten Mass Bier durchgesetzt hätten. Wenn sie im Himmel gelandet wären, sie dürften eher am heißen Höllenstrand schmoren, mit Chili gewürzte Drinks schlürfen und sich schwarz ärgern.

***

Mit einem Hochdeutsch, wie Dr. Liebermann es sprach, konnte weder Fränkisch noch Bayerisch konkurrieren. Für Kathi hörte es sich verdammt sexy an, vor allem wenn er mit Fachausdrücken um sich warf. Er stammte aus Bonn, dort sprach man sicher irgendeinen Dialekt, welcher fiel ihr gerade nicht ein. König war gebürtiger Bonner, erinnerte sie sich. Zur Sicherheit verglich sie die beiden Vitae noch einmal auf dem Pad. Bingo! Es gab Gemeinsamkeiten, das Helmholtz Institut und die FWU, die Jahre stimmten überein. *Kennen sich die beiden von dort? Das muss ich ihn später noch fragen, erstmal die Sache mit der Zutrittsliste und Tüyücs Anruf abschließen.*

»Weswegen hat Dr. Tüyüc angerufen?«, fragte Kathi.

»Er hatte vergessen, unserer Sekretärin etwas bezüglich der Jour Fixe-Unterlagen zu sagen. Frau Beeskow kommt erst um acht, da musste er bereits in der Klinik sein.«

»Klinik? Ich hoffe nichts Schlimmes!«

»Nein, er lässt sich die Augen lasern.«

Das könntest du auch mal in Angriff nehmen, dachte Kathi. *Dann bräuchtest du nicht mehr ständig an deiner Brille fummeln. Wer trägt heutzutage noch so ein Ding? Naja, wenigstens steht sie ihm.* »Hat er von zu Hause angerufen?«

»Ja.«

»Und warum gerade Sie?«

»Er weiß, dass ich zu dieser Zeit hier erreichbar bin.«

Das klang glaubhaft, außerdem würde dieser Tüyüc nie seinen Chef anrufen und ihn bitten, der Sekretärin etwas mitzuteilen. »Und nach dem Telefonat sind Sie gleich ins Labor.«

»Vorher habe ich Frau Beeskow ein Memo geschrieben.«

»Erzählen Sie mir bitte wie Sie Dr. König gefunden haben.«

»Das habe ich doch Ihrem Kollegen bereits!«

Kathi hielt ihr Pad hoch. »Ja, und es steht hier drin. Ich will es aber mit eigenen Ohren hören.« Sie vernahm ein Augenrollen bei Liebermann, das schien ihm nicht in den Kram zu passen. Sie erkannte auch den typischen Hoffentlich-sage-ich-jetzt-nichts-Falsches-Blick und freute sich auf jede abweichende Antwort. »Und zwar den Teil nach dem Sicherheits-Check an der ersten Tür.«

Herrgott, soll sie's doch nachlesen. Er seufzte gelangweilt. »Also gut, dann eben noch einmal: Über der zweiten Schleusentür brannte das rote Licht. Wenn jemand im Labor ist, leuchtet sie normalerweise grün. Rot bedeutet, dass die Stromzufuhr absichtlich unterbrochen wurde, ein Not-Aus. Deshalb wusste ich, dass etwas nicht stimmt.«

»Wozu dient die Schleuse?«

»Zur Sicherheit und ersten Dekontamination, falls Strahlung ausgetreten ist. Darum darf man sie auch nur einzeln betreten.«

»Woher wussten Sie, dass keine ausgetreten war?«

»Dann wäre ich gar nicht durch die erste Tür gekommen.«

Kathi nickte. »Okay, dann sind die Schotten dicht. – Was dachten Sie, was den Not-Aus ausgelöst haben könnte?«

»Irgendeine Fehlfunktion am Thron. Ich habe Dr. König durch die Glasscheibe auf dem Boden liegen sehen, aber ich musste auf die Türentriegelung warten, das dauert etwas. Dann bin ich zu ihm und ...« er schluckte » ...und habe seinen Puls gefühlt – nichts, keine Atmung, kein Herzschlag, nichts. Ich glaubte zunächst an einen Infarkt, er hatte ja bereits einen. Erst dann habe ich bemerkt, dass ich in einer Pfütze knie und dass es kein Wasser war, sondern verdünnte Säure.«

»Wie haben Sie das herausgefunden?«

Die kann Fragen stellen! »Na, wie wohl, ich habe einen Finger hineingetaucht und vorsichtig probiert!«

Kathi schluckte. »Ganz schön mutig. – Aber sonst haben Sie nichts angefasst.«

»Nein«, knurrte er. »Trotzdem werden Sie hier überall meine Fingerabdrücke finden, falls Sie das meinen, ich arbeite hier. Heute Morgen habe ich nicht einmal gewagt, Dr. Königs Augen zu schließen. Ich habe die Security angerufen, aber Hofbauer war wegen des Not-Aus-Alarms bereits unterwegs. In der kurzen Zeit, während ich auf ihn wartete, habe ich mich umgesehen. Ich wollte wissen, woher die Flüssigkeit stammt und habe die Flasche auf dem Boden entdeckt. Gestern Abend stand sie noch auf dem Tisch.«

»Und warum dachten Sie an Mord, hätte es kein Unfall sein können?«

»Nein, es waren zu viele Zufälle! Eine Mineralwasserflasche mit verdünnter Säure fällt um und das Zeug fließt über das Panel, damit es unter Strom steht wenn Dr. König die Anlage hochfährt. Das kam mir Spanisch vor, irgendjemand musste daran herumgefummelt haben!«

»Sie sagten zu meinem Kollegen, das Panel wurde gestern erst eingebaut.«

»Richtig.«

»Warum wurde es erneuert?«

»Das alte hatte einen Defekt, es gab Verzögerungen bei den Eingaben. Es wird noch von unseren Technikern überprüft.«

»Haben die das neue Panel eingebaut?«

»Nein, Dr. Tüyüc und ich.«

»Wie lange haben Sie dafür gebraucht?«

»Nicht lange, mit dem Ausbau des defekten keine zehn Minuten. An der Unterseite befindet sich ein Schieber zum Entriegeln, man hebt es heraus, entfernt den Kontaktstecker, schließt diesen ans Neue an und lässt es einrasten. Fertig.«

»Das ist alles?«

»Ja, danach haben wir es getestet und es hat einwandfrei funktioniert.«

Kathi stellte sich gerade vor, wie der Täter das neue Panel mit der Metallfolie manipuliert, nach Liebermanns Beschreibungen dürfte das Ruck-Zuck vonstattengegangen sein. Dann die Oberfläche einsprühen, warten bis Dr. König ins Labor kommt und die Flasche umstoßen. Liebermann kam um 7:38 Uhr, sofern die Zeit stimmte, vielleicht war König da noch am Leben. Bis auf das Einsprühen, hätte der Täter das Panel am Abend zuvor manipulieren können. Vor Kathis innerem Auge bekam er immer mehr Liebermanns Gesicht. Er wusste sehr viele Details und hatte auf alles sofort eine Antwort parat, wie aus einem Drehbuch. Dazu kamen die Nervosität und sein merkwürdiges Verhalten. Bei manchen Fragen wirkte er regelrecht gestresst und die Intervalle, in denen er seine Brille zur Nasenwurzel schob, verkürzten sich mit jedem Mal.

Unsicherheit erlebte Kathi häufig, nicht nur bei Verdächtigen, sie sah anderen Leuten immer direkt in die Augen und diesem Blick konnten nur die wenigsten widerstehen. *Nun denn, wenn Dr. Einstein gelogen hat, wird es später das Gesprächsprotokoll zeigen,* dachte sie. Andererseits stimmte sie Sabine zu, ein intelligenter Mann wie er konnte eine Situation schnell einschätzen und blitzschnell kombinieren. Gegen ihn als Täter sprachen die Zeiten beim Verlassen und Betreten des Labors. Nach den Logins war zwischen gestern 21:34 Uhr und heute 7:24 Uhr niemand mehr hier. Kathi prüfte die Einträge in der Liste vom Montag.

```
14.10.2024 - 21:33 h - Dr. N. Liebermann - OUT
14.10.2024 - 21:34 h - Dr. Dr. Walter König - OUT
```

Ist Liebermann später noch einmal zurückgekommen?, fragte sich Kathi. *Oder heute sehr früh? Dann musste er die Zeiten manipuliert haben oder ein Komplize, jemand von der Security vielleicht? Dr. Tüyüc kommt wegen seiner OP nicht in Frage. Vorteile aus Dr. Königs Tod zieht nur Liebermann. Stand ihm sein Boss auf der Karriereleiter im Weg?*

»Noch einmal zu Ihrer Mordtheorie, Dr. Liebermann: Hätte jemand einen Grund, Dr. König zu töten. Gab es Hasser, Feinde?«

»Nicht, dass ich wüsste.«

»Keine Konkurrenten hier in der Firma, keine Neider?«

Er nestelte wieder an seiner Brille. Kathi fragte sich, ob das wirklich nur ein Tick von ihm war oder sie wegen lockerer Schrauben am Gestell nicht richtig saß. *Geh doch mal zum Optiker!*

»Nein!«

»Kam Ihnen nicht in den Sinn, Dr. König könnte unvorsichtig gewesen sein?«

»Unvorsichtig, Dr. König?«, echauffierte sich Liebermann. »Niemals! Das Gegenteil ist der Fall, er konnte die ganze Nacht hochkonzentriert durcharbeiten und war nie leichtsinnig!«

Aha, er verteidigt ihn, dachte Kathi. »Okay. Wann war Dr. Tüyüc zuletzt hier im Labor?«

»Er ging gestern Abend gegen sieben. Besser gesagt, Dr. König hat ihn nach Hause geschickt, weil er wegen der OP so unruhig war.«

Kathi prüfte es nach, der Listeneintrag stimmte. »Wann sind Sie gestern Abend hier raus?«

»Um 21:33 Uhr, Dr. König gleich nach mir.«

Auch das stimmte. »Das wissen Sie genau?«

»Ich habe auf die Uhr gesehen. Dr. König meinte, dass es eine kurze Nacht für ihn werden würde.«

»Kurze Nacht, was hatte er vor?«

»Das hat er mir nicht erzählt.«

»Er war nicht verheiratet, wollte er zu seiner Freundin?«

»Er hatte keine.«

»Vielleicht mit Freunden was trinken gehen?«

»Ich weiß es wirklich nicht«, bekräftigte Liebermann. »Ich bin keiner, der nachbohrt. Jeder hat das Recht auf sein Privatleben. Wenn er wollte, hätte er es mir erzählt. Dr. König ging zum Bogenschießen und spielte Schach. Gestern nach der Arbeit waren wir noch kurz oben im Büro und sind zusammen ins Parkhaus. Am Eingang haben wir uns verabschiedet, mein Wagen steht auf einem anderen Deck.«

»Wohin sind Sie gefahren?«

»Nach Hause!«

»Wo wohnen Sie?«

»Wilhelm-Spaeth-Straße 66.«

»Sind Sie den ganzen Abend dort geblieben?«

»Ja.«

»Kann das jemand bestätigen?«

»Ja«, erwiderte er gereizt. »Ich wohne nicht allein!«

Sabine unterbrach kurz das Packen ihres großen Alukoffers und sah auf. *Ich wusste es, dieser Traummann ist kein Single!* Sie seufzte und zog eine Schnute.

Kathi, obwohl eines besseren belehrt, nahm es trotzdem gelassen. *Einstein 2.0 ist also keine männliche Jungfrau und das Butterbrot wird ihm sicher seine Freundin schmieren. Bestimmt eine 1,80 große Blondine mit Haaren bis zu den Hüften und Modelmaßen.*

»Sein Name ist Julian Kleber«, enthüllte er.

Sein Name, SEIN? Entsetzt zog Kathi ihre Augenbrauen so hoch, dass sie beinahe unter ihrem Pony verschwanden. *Allmächd, er lebt mit einem Kerl zusammen, er ist schwul!*

Andi warf ihr einen eindeutigen Blick zu.

Schade, dachte Sabine, die mit einem Ohr hingehört hatte, und widmete sich wieder dem Beweismaterial.

»Nur zu ihrer Information, wir werden ihn heute noch befragen«, sagte Kathi ernüchtert.

»Tun Sie das, ich habe nichts zu verheimlichen«, erwiderte Liebermann schnoddrig und nahm sich vor, seinen Freund anzurufen, um ihn zu warnen. »Moment mal!«, kam es ihm plötzlich. »Soll das bedeuten, ich brauche ein Alibi? Verdächtigen Sie mich etwa?«

Dr. Einstein ist ja einer von der ganz schnellen Sorte. »Sie sind ein Zeuge«, betonte Kathi.

Liebermann hörte gar nicht richtig hin. »Weil ich als erster bei Dr. König war? Da-das ist unerhört, i-ich könnte nie …« Seine Stimme bebte förmlich.

Gott, ist das ein Sensibelchen! Kathi fragte sich langsam, ob er überhaupt den Mumm hätte, eine solche Tat zu begehen. »Wir fragen jede und jeden, die oder der Zutritt zu diesem Labor hat, wo sie oder er sich von gestern halb zehn Abends bis heute Morgen halb acht aufgehalten hat. Und natürlich sollte das jemand bestätigen können. Wie ich bereits sagte, Sie sind ein Zeuge.«

»Sie werden Julian jetzt nicht erreichen«, sagte Liebermann pikiert. »Er ist bis zwei Uhr in einer Vorlesung.«

Vorlesung? Dann ist er Student, wahrscheinlich so ein neunzehnjähriger Milchbubi! Ich fasse es nicht, der Doc steht auf kleine Jungs! Kathis Gesichtszüge entgleisten.

»Danke, ist notiert«, sagte sie kühl und um Fassung bemüht. »Zurück zu gestern Abend, wird es öfter so spät bei Ihnen?«

»Ja, das kommt vor.«

»Da bleibt nicht viel Zeit fürs Privatleben.«

Liebermann verdrehte die Augen. *Was geht diese Frau mein Privatleben an? Kann ihr doch egal sein! Oder macht sie absichtlich auf verständnisvoll, weil sie etwas aus mir rauskitzeln will. Das kann sie vergessen, ich sage nicht mehr als nötig! Sie soll mich nicht von der Arbeit abhalten!* Er sah auf seine Armbanduhr – Keramik, digital, schwarz, teuer. *Viertel vor eins, Gott, schon so spät!* »Es gibt ja noch das Wochenende«, meinte er lapidar und schwindelte dabei. An den letzten beiden Samstagen hatte er jeweils einen halben Tag gearbeitet und am Testbericht und der Dokumentation geschrieben, ohne störende Kollegen und Anrufe. Diese Ruhe wünschte er sich jetzt auch, stattdessen musste er die penetranten Fragen dieser ultra-neugierigen Kommissarin beantworten.

»Standen Sie und Dr. König unter Termindruck?«

»Nein, wir lagen im Limit, aber wir waren so dicht an einem positiven Ergebnis, das spornt an. Noch zwei oder drei Tage, dann …« Er stieß einen tiefer Seufzer aus. »Dann fällt das Panel aus und wirft uns einen halben Tag zurück.«

»Verstehe, das ist ärgerlich.«

»Wie war ihr Verhältnis zu Dr. König?«

»Ausgezeichnet, das können Sie hier jeden fragen! Er war mein Vorbild.«

»Wie lange kannten Sie sich?«

»Seit meiner Studienzeit in Bonn, Dr. König war auch mein Doktorvater. Nach der Promotion ging ich nach Halle, aber wir blieben in Verbindung. Als vor sechs Jahren diese Stelle frei wurde, hat er mich angerufen. Der Job klang interessant und ich dachte, warum nicht in die freie Wirtschaft gehen.«

Kathi hatte schon ›Vitamin B‹ auf den Lippen, schwieg aber. Wollte König Liebermann nur wegen des Jobs hier haben oder steckte noch etwas anders dahinter, war er vielleicht auch schwul? König und Liebermann und jetzt der Milchbubi-Student, eine Ménage à trois? *Allmächd!* Sie sah die drei in allen Regenbogenfarben. Bevor sie sich darin verlor, wechselte sie das Thema. »Wurde hier etwas gestohlen?«

»Das weiß ich nicht, ich hatte noch keine Zeit nachzusehen. Wie gesagt, ich habe nichts angefasst.«

»Was ist mit den schwarzen Probenbehältern?«

»Da fehlt keiner.«

»Könnte jemand was herausgenommen haben?«

»Nein, die haben codierte Schlösser und die Kombination kennen nur Dr. König, Dr. Tüyüc und ich.«

»Und die Pläne auf dem Schreibtisch?«

»Nein, die liegen seit letzter Woche dort. Das sind die Pläne mit den Zuleitungen für die Flüssiggase, die wurden gewartet und die Techniker wollten sie auf Papier sehen. Wir sind noch nicht zum Aufräumen gekommen. Unsere Daten sind sicher verwahrt, in digitaler Form, mehrfach passwortgeschützt. Zugriff hat nur ein eingeschränkter Nutzerkreis.«

»Wer ist das?«

»Dr. König, Dr. Tüyüc, Frau Dr. de Boer und ich.«

»Und andere Mitarbeiter?«

»Nur im Beisein von einem von uns«, erklärte Liebermann. »Dasselbe gilt für den Zutritt zu diesem Labor.«

»Man kann nie vorsichtig genug sein.« Kathi dachte sofort an Industriespionage. Das außerordentliche Knowhow bei

MECH@TRON hatte längst den Neid der Konkurrenz geweckt, darum ritt Liebermann vorhin so auf dem Wort Betriebsgeheimnis herum. Die aufwändigen Sicherheitsmaßnahmen vor der Schleuse zum Labor bestätigten es: Ein Schirm für holografische 3D-Gesichtsprofil-Erkennung, modernste Handflächen- und Retina-Scanner, alle paar Meter Überwachungskameras im gesamten Flur, bei CIA und NSA könnte es nicht schlimmer sein. »Andi, die Aufzeichnungen der Kameras brauchen wir noch.«

»Die sind schon in Arbeit, Hofbauer macht Kopien der Dateien und schickt sie uns per Mail.«

Thomas und Sabine räumten ihre Sachen zusammen und verschlossen die Koffer. »Ich schau mal, wo die mit der Tüte bleiben«, sagte Thomas und schob sich an Kathi, Andreas und Dr. Liebermann vorbei.

»Tüte?«, fragte Liebermann.

»So nennen die Kollegen den Leichensack«, klärte Andi ihn auf.

»Wie pietätlos«, meinte Liebermann konsterniert. »Und was geschieht jetzt noch?«

»Nachdem Dr. Königs Leiche abtransportiert wurde, versiegeln die Kollegen das Labor.«

»Versiegeln, und wie lange?«

»Ein paar Tage.«

»Wie bitte? Wir müssen weiterarbeiten!«

Kathi sah ihn schräg an. »So pietätlos?«

»Ganz sicher nicht, das wäre im Sinne von Dr. König!«

»Das ist ein Tatort, Dr. Liebermann«, erklärte Kathi ruhig. »Dafür gibt es Vorschriften.«

»Das muss ich mit Frau de Boer besprechen.«

Tu, was du nicht lassen kannst, Mister Superschlau. »Wie Sie meinen, ich bin dann ohnehin bei ihr zu einem Gespräch.«

Andis Smartwatch summte. »Brauchst mich dabei, Kaddi?«, fragte er nach einem kurzen Blick darauf. »Ich muss mal naus zum Telefonieren, die Petra will was.«

»Okay, komm nach, sobald du fertig bist.« Wenn seine Frau Petra untertags anrief, musste es wichtig sein.

Nachdem Andi durch die Schleuse war bemerkte Kathi, dass Liebermann herumstand wie bestellt und nicht abgeholt. Er machte keine Anstalten, das Labor zu verlassen. *Worauf wartet der denn noch, auf bessere Zeiten? Er wollte doch bei seiner Chefin petzen.* »Dr. Liebermann, Sie können jetzt gehen, wir brauchen Sie hier nicht mehr. Falls wir noch Fragen haben, melden wir uns. Halten Sie sich bitte zur Verfügung.«

Halten Sie sich bitte zur Verfügung, äffte er sie in Gedanken nach. *Was bildet diese Frau sich ein!* »Was heißt das jetzt wieder?«

»Das heißt, Sie dürfen nicht verreisen.«

»Das habe ich auch nicht vor!«, erwiderte er schnippisch.

»Gut.« Kathi zog eine Visitenkarte aus ihrer Jackentasche und reichte sie ihm. »Hier, falls Sie noch etwas auf dem Herzen haben, auf Wiedersehen.«

Nikolai Liebermann fühlte sich auf gröbste Weise abgeschoben und wollte noch etwas erwidern, er ließ es. *Ich gebs auf, wenn ich jetzt noch etwas sage, beißt sie mich, diese Xanthippe 2.0.* »Wiedersehen«, sagte er, steckte die Visitenkarte in die Brusttasche seines Hemds und machte sich auf in Richtung Fahrstuhl.

Kathi sah ihm nach, sein Gang lässig und straight wie ein Model auf dem Catwalk. *Wow, hat der nen Knackarsch! Genau die richtige Größe, breite Schultern, lange Beine, absolut perfekte Proportionen und in der Birne hat er auch was.* Nerd-Brille hin oder her, bei ihm traf der Spruch ›Intelligenz macht sexy‹ zu 100 Prozent zu. Dieser heiße Typ würde im Normalfall bei jeder Frau für Schnappatmung sorgen. Leider gehörten der Knackarsch und der Rest einem gewissen Julian Kleber.

Bevor Liebermann in den Aufzug stieg, drehte er sich noch einmal zu Kathi um. Ihre Blicke trafen sich, aber er wich dem ihrem wieder aus, nestelte an seiner Brille und weg war er.

Wollte er noch was sagen?, fragte sich Kathi. *Egal, wenn er was will, soll er anrufen.* Da fiel ihr ein, dass sie gar nicht auf seine Schuhe geachtet hatte, das passierte ihr fast nie. *Das krieg ich noch raus, aber dann lasse ich mich nicht mehr ablenken durch deine wahnsinnig tollen, grünen Augen. Menno, warum muss so ein Traummann schwul sein?* Sie seufzte und konzentrierte sich wieder auf die Arbeit. »Susan de Boer anrufen«, befahl sie ihrer Smartwatch.

Deren Sekretärin meldete sich. »MECH@TRON, Büro von Frau de Boer, Sie sprechen mit Angelika Gross. Was kann ich für Sie tun?«

»Hallo, Frau Gross, hier ist Katharina Starck. Wir sind im Labor fürs Erste fertig. Ist Frau de Boer zu sprechen?«

»Hallo, Frau Starck, natürlich. Herr Steppendorff hat sie bereits angekündigt. Frau Dr. de Boer erwartet Sie, Bau I, sechstes OG, dann geradeaus. Ich hole Sie gern ab.«

»Danke, ist nicht nötig. Mein Kollege hat mir den Lageplan geschickt.«

»Sechstes Obergeschoss.« Eine sanfte Frauenstimme aus unsichtbaren Lausprechern beendete die kurze Fahrt mit dem Aufzug. Mit einem Bing und leisem Zischen glitten die Türen auf. Kathi betrat einen menschenleeren, sehr angenehm beleuchteten Verteilerbereich und orientierte sich, sie musste nach links. Allerdings hatte sie die Länge des Weges zu Bau I unterschätzt, die Flure hier oben zogen sich, wie im Keller. *Ein Elektro-Scooter wäre jetzt nicht schlecht*, dachte sie und wunderte sich, dass man bei den Quadratmeterpreisen hier im Norispark, Nürnbergs Hightech-Standort, in die Breite und nicht in die Höhe gebaut hatte. *Naja, die werden es sich leisten können.* Die Rüstungsindustrie boomte dank Wettrüsten gegen den nationalen und internationalen Terrorismus seit Jahren, Wirtschaftsmotor Nummer eins. MECH@TRON, aus dem 1956, als ›Metallguss de Boer‹, gegründeten Betrieb hervorgegangen, war zum deutschen Branchenprimus für Spezialwaffen aufgestiegen. Susan de Boer, die einzige Frau auf einem Führungsposten im Patriarchat Rüstungsindustrie, hatte 2014 die Leitung der Firma von ihrem Vater übernommen und zu einem weltweit erfolgreichen, inhabergeführten, mittelständischen Unternehmen gemacht.

Mit einem Dutzend Mitbewerbern weltweit, teilte man sich den heiß umkämpften Kuchen Rüstungsmarkt. Wie eh und je mit Kriegsspielchen gegeneinander. Industriespionage, Datenklau, Bestechung nahmen nicht selten schizoide Züge an. Geld verdirbt den Charakter, sofern die Bosse der Rüstungsindustrie überhaupt einen besaßen, es spielte keine Rolle beim Buhlen. Das Gesicht der Lieblingsmätresse der Regierungen durfte schließlich keine Falten und ihr Hintern keine tiefen Dellen bekommen, nicht dass plötzlich Last mit der Lust herrscht. Deshalb stellte man sich zur Schau wie eine

Prostituierte. Während der Waffenmesse Ende September, hatte sich MECH@TRON nicht hinter den Ständen der internationalen Konkurrenten verstecken müssen. Nürnberg galt seit Jahren als Mekka für Waffennarren jeder Couleur, ob Profis oder Privatleute. Kathi war natürlich aus beruflichen Gründen dort gewesen. Sie hatte eine militärisch durchorganisierte Show erlebt, in der die Neuentwicklungen bei Hightech-Handfeuerwaffen, Präzisions- und Maschinengewehren und, allem voran, Mini-Kampfdrohnen präsentiert wurden. Der Slogan unter vorgehaltener Hand lautete ›Schneller, höher, weiter! Wir sind die Besten und am effektivsten im Töten‹.

Deutschland, als drittgrößter Waffenproduzent der Welt, beschäftigte eine Viertelmillion Arbeitnehmer im Kernbereich, bei den Zulieferfirmen war es ein Vielfaches mehr. Die Unternehmen stifteten großzügige Stipendien, um neue Mitarbeiter bereits an Universitäten und Fach-Hochschulen zu rekrutieren. Junge Frauen und Männer zog es regelrecht in die Bereiche Elektrotechnik, IT, Maschinenbau und Physik. Die Rüstungskonzerne boten Traumgehälter und versprachen Traumkarrieren für Wissenschaftler, Ingenieure und Techniker. Moral? Nie gehört, ein gutes Gehalt beruhigt das Gewissen.

Diese Rechnung war auch bei MECH@TRON aufgegangen, das nicht nur wegen seiner attraktiven Chefin als sexy Arbeitgeber galt. Susan de Boers Personalabteilung brauchte auf der Suche nach neuen Mitarbeitern nicht weit zu gehen. Die Technische Hochschule Nürnberg und die Uni Erlangen spuckten fortwährend hochbegabten und erfolgsorientierten Akademikernachwuchs aus, aber auch der anderer Hochschulen und Fachkräfte aus den Handwerksberufen bekamen eine

Chance. Der Aufrüstungs-Boom hatte der Metropolregion Nürnberg-Fürth-Erlangen zu Beginn dieses Jahres die niedrigste Arbeitslosenquote seit 25 Jahren beschert – Schaffung von Arbeitsplätzen und Mobilmachung gegen eine globale Wirtschaftskrise.

Kostengünstig produzieren heißt in Massen produzieren, auch im Inland. Deutsche Produkte waren weltweit wieder gefragt wie nie. Sie bescherten Milliarden-Einnahmen und steigende Aktienkurse. Auch die Budgets für schnelle, effektive Testmethoden setzte man sehr hoch an. Man konnte sich nicht mehr wie früher erlauben, teure und marode Waffensysteme zu liefern: Sturmgewehre, die bei Hitze das Ziel verfehlten, auf dem Boden bleibende Kampfhubschrauber und explodierende Düsenjets. Die Bundesregierung hatte aus den Fehlern der Vergangenheit gelernt und sah den Unternehmen genau auf die Finger. Seit 2020 existierten einheitliche Procedere zur Abnahme der Produkte, je nach Umfang und Größe des Auftrags wurden sie von mehreren, unabhängigen Fachleuten geprüft. Die Protokolle mussten einem Komitee vorgelegt werden, sonst floss kein Geld. Man musste verhindern, dass die Regierung bei der meist billigeren, ausländischen Konkurrenz kaufte und schuf immer raffiniertere Testmethoden für die Waffensysteme.

Die Politik brauchte bei den Bürgern/Wählern nichts schönzureden, die Branche unterstützte schließlich die Landesverteidigung. Die Konflikte der letzten drei Jahrzehnte hatten die Menschen umdenken lassen. Es galt, die gefährlicher gewordenen, islamistischen Terroristen der mächtigen ›Islamic World‹, abgekürzt IW, zu bekämpfen. Skrupel gegen eine Aufrüstung: keine. Der IW, inzwischen eine weltweit operierende Organisation und ein Zusammenschluss aller islamischen Fundamentalisten aus dem arabischen Raum, Afrika und Asien, schürte mit groß angelegten Angriffen und brutalen Selbstmordanschlägen unaufhörlich neue Gewalt und untergrub jegliche Friedensverhandlungen mit gemäßigten Gruppen. Bis auf die altbekannten Organisationen mit ihren fortwährenden Rufen nach Abrüstung gab es in der europäischen Bevölkerung schon lang keine Vorbehalte mehr gegen eine Mobilmachung.

Der eiserne Vorhang, durch den Ukraine-Konflikt vor zehn Jahren in vielen Köpfen wieder existent gewesen, war 2019 nach dem überraschenden Tod des russischen Präsidenten gefallen, wieder ein Betonkopf weniger. Die Beziehung der NATO zu Russland hatte sich normalisiert und auf die anderen, ehemaligen GUS-Staaten ausgewirkt. Gemeinsam mit den USA und anderen westlich geprägten Staaten, bildete Europa seitdem das Bollwerk gegen den IW-Terror. Sicherheitsbehörden und Geheimdienste hielten Augen und Ohren mittels modernster Sicherheits- und Satellitentechnik offen, bei Ein- und Ausreisen wurde so streng kontrolliert wie nie zuvor. An den Außengrenzen waren bis an die Zähne bewaffnete Truppen stationiert, im Mittelmeer und am Horn von Afrika patrouillierten unzählige waffenstrotzende Schiffe.

Die Bundeswehr, mittlerweile eine Berufsarmee, konnte auf den vierfachen Etat im Vergleich zu dem von 2016 zurückgreifen. Heer, Marine und Luftwaffe standen die neuesten und besten Waffensysteme, Fluggeräte und Schiffe zur Verfügung, die aus überwiegend deutscher Produktion stammten. Elitewaffen für Elitetruppen Made in Germany. Man entwickelte extrem leichte, robuste und in den gängigen Überwachungssystemen nahezu unsichtbare ›Produkte‹ aus Aluminium- und Titanlegierungen. Es gelang die Formgedächtnis-Legierung Nitinol (Nickel-Titan), früher meist für Brillengestelle in Verwendung, weiterzuentwickeln und um karbonverstärkte Kevlar-Fasern für schusssichere Westen und Anzüge zu hüllen. Dank der hohen pseudo-elastischen Eigenschaften passte sich die Schutzkleidung körpergenau an und machte die Soldaten nahezu unverwundbar. Im Klartext: moderne Ritterrüstungen für die Krieger der Zukunft, Batman ohne Fledermaus-Umhang. Hersteller: MECH@TRON.

Dort stand aktuell die Entwicklung einer neuen Kampfroboter-Generation im Fokus, allerdings keine Terminatoren oder gar Cyborgs, solche Maschinen-Kombattanten als Ersatz für Menschen-Soldaten waren noch viel zu teuer für ganze Armeen und fanden keine Abnehmer. Außerdem gab es auf jedem Schlachtfeld eine unendliche Zahl von unvorhersehbaren Umständen, darauf konnte man noch kein System programmieren. Die Entscheidung zu töten, müsste der Mensch dahinter führen. Dasselbe galt für die Einhaltung der Regeln des humanitären Völkerrechts oder der Genfer Konvention. Echte künstliche Intelligenz steckte noch immer in den Kinderschuhen. Warum nicht von den Fortschritten im Bereich der Miniaturisierung profitieren und ferngesteuerte Roboter im Kleinformat ins Feld schicken? Miniatur-Kampfdrohnen sollten die menschlichen Verluste in den eigenen Reihen niedrig halten und dennoch zum Sieg führen.

In der Medizin existierten schon lang Winzlinge mit Kameras, die in den Körper eindrangen und Krebszellen aufspürten. In Bienengröße mit einem autonomen Waffensystem, eingesetzt als Aufklärungs- und Angriffsschwärme, ausgerüstet mit Smart-Bomben statt Stachel und WiFi-Koordination statt Pheromon-Kontrolle würde das Militär in absehbarer Zeit über Kampf-Drohnen im wahrsten Sinne des Wortes verfügen. Unsichtbar, weil einzeln zu klein und zu schnell, um von Radar und Ultraschall geortet zu werden, als Schwarm formiert extrem gefährlich und effektiv. Natürlich programmiert auf Selbstzerstörung beim Absturz im Feindgebiet, um dem Gegner nicht in die Hände zu fallen. Durchaus denkbar, dass IW-Terroristen diese Hightech-Bienen mit Gift präparieren, auf die Trinkwassernetze von Großstädten loslassen und mit einem Massenmord drohen könnten.

Die Spezialkunststoffe der Medizin-Nanobots eigneten sich, aufgrund der mangelnden Hitzebeständigkeit, nicht zur Herstellung der Militär-Mini-Drohnen. Für diesen Bereich hatte MECH@TRON eine ultraleichte Aluminiumlegierung der fünften Generation entwickelt, bestehend aus Lithium, Kupfer, Scandium, dem Seltenerdmetall Yttrium und einigen Geheimzutaten. Mit Hochdruck arbeitete man an der Praxisreife, das bedeutete, sie möglichst rein und in großen Mengen herzustellen. Man wollte Gewinner sein im Rennen um die Aufträge von Verteidigungsministerien und NATO, die sich bereits vom Prototyp begeistert gezeigt hatten. Obendrein konnte man als Patentinhaber Erträge aus dem Lizenzverkauf verbuchen. Aber die Konkurrenz schlief nicht. Und wo es Gewinner gab, gab es leider auch Verlierer, wie Dr. Walter König. Tragisch, auch in der Rüstungsindustrie rechnete man ungern mit Opfern aus den eigenen Reihen.

Kathi beendete ihren Gedankenspaziergang, endlich war sie an der vollverglasten Fußgängerbrücke angelangt, die hinüber zu Bau I führte. Unterwegs fiel ihr Blick in den parkähnlichen Innenhof und auf das Mini-Windkraftwerk auf dem begrünten Flachdach von Bau II. Mit Sicherheit dienten die großen, getönten Glasfronten der beiden futuristisch wirkenden Gebäude in Würfelform der Energiegewinnung. MECH@TRON war nicht nur Spitze im Bereich leichter Aluminiumlegierungen, sondern auch beim energieeffizienten Bauen.

Im Empfangsbereich der Chefetage herrschte gedämpftes Tageslicht. Für farbige Akzente im Clean Chic von Wänden und Fußboden in Weiß und Grau sorgten vier große, moderne Ölgemälde des, als Powerpainter bekannten, Nürnberger Malers Walter Bauer. Die Motive: eine aufgespießte Bratwurst, ein Schäufele mit Kloß und Soß, ein gebackener Karpfen und ein Elisenlebkuchen. Beim Anblick dieser verführerischen, fränkischen Spezialitäten knurrte Kathis Magen geradezu bedrohlich und erinnerte sie, dass sie nichts zu Mittag gegessen hatte.

Susan de Boers Büro lag am Ende des Flurs. Im Vorzimmer wurde Kathi von Angelika Gross freundlich begrüßt und zur MECH@TRON-Chefin begleitet. Der nüchterne Stil des Entrée setzte sich in deren Büro fort, dennoch wirkte das moderne Mobiliar aus weißem Hochglanzlack, Glas und verchromten Elementen nicht steril. Die Einbauschränke nahm man kaum wahr. Das Licht der winzigen Deckenspots setzte weiche Akzente über einer grazilen Glasskulptur und der purpurfarbenen Phalaenopsis-Orchidee auf dem langgezogenen Sideboard. An der Wand über der Sitzgruppe für Besucher, bestehend aus vier, schwarzen, sich gegenüberstehenden Zweisitzer-Sofas, hing ein weiteres Bauer-Ölgemälde, ein älteres Portrait des Firmengründers Peter de Boer in den Maßen ein Meter mal ein Meter. Der Senior genoss eine fabelhafte Aussicht auf die große Dachterrasse mit wetterfesten Lounge-Möbeln und einer sehr alten, wertvollen japanischen Mädchenkiefer. So einen Baum, etwas kleiner natürlich, wünschte sich Kathi schon lang für ihre Dachterrasse, leider waren diese Gewächse unverschämt teuer.

Susan de Boer empfing Kathi herzlich und mit kräftigem Händedruck. »Hallo, Frau Starck, oder muss ich Sie mit Frau Kommissarin ansprechen?«

»Hallo, Frau Dr. de Boer, Starck ist okay.«

»Dann lassen Sie bei mir den Doktortitel weg.«

»Okay.«

»Darf ich Ihnen etwas zu trinken anbieten, Kaffee, Cappuccino, Espresso, Wasser, Saft oder etwas anderes?«

»Ein doppelter Espresso und ein Glas Wasser, ginge das?«

»Natürlich, bringen Sie bitte dasselbe für mich, Angelika.«

»Gern.« Die Sekretärin nickte und verließ das Büro.

»Setzen wir uns.« Mit einer höflichen Geste bot Susan de Boer Kathi einen Platz auf einem der Sofas an und setzte sich ihr gegenüber.

Kathi checkte Aussehen und Outfit der Firmenchefin: dezent geschminkt, das schulterlange Haar perfekt geschnitten, edler, anthrazitfarbener Hosenanzug, schlichte, weiße Hemdbluse und halbhohe, weinrote Lack-Pumps von Vivier, unverkennbar an der eckigen Schnalle und sogar aus der neuen Herbstkollektion. Kathi kannte sich aus, auch sie mochte Designerschuhe, am liebsten in Form von Bikerboots, Ballerinas oder Sneakers. Hauptsache flach für jeden Tag, hohe Schuhe trug sie nur zum Ausgehen, falls sie ausging – das kam zurzeit eher selten vor.

Sie rief sich Andis Memo kurz in Erinnerung: Dr. Susan de Boer, geboren am 2. Februar 1975, einziges Kind von Peter de Boer, Gründer von MECH@TRON, Maschinenbau- und Elektrotechnik-Studium, verheiratet mit Dr. Ralph Berger, einem Neurochirurgen, zwei erwachsene Söhne Markus und Zacharias de Boer. Sie hatte ihren Mädchennamen behalten und die Söhne trugen ihn, damit der Familienname de Boer weiterbestand. Kathi hatte Starck, den Nachnamen ihres Ex-Mannes, nach der Scheidung freiwillig behalten. Ihr Mädchenname lautete Blümlein – grauenhaft, passte überhaupt nicht zu ihr, Kommissarin Blümlein noch weniger.

»Haben Sie von meinen Mitarbeitern alle Unterstützung erhalten, die Sie benötigen, Frau Starck?«

»Ja, vielen Dank. Die Fingerprint- und Handflächen-Scans erleichtern die Arbeit der Spurensicherung immens.«

»Sollten Sie noch etwas benötigen, zögern Sie bitte nicht, danach zu fragen.«

»Das werde ich.«

»Was haben Sie und Ihre Kollegen bisher herausgefunden? War es wirklich ein Stromschlag, wie Dr. Liebermann vermutete?«

»Ja, und dieses Panel war nachweislich manipuliert.«

Susan de Boer schüttelte den Kopf. »Ein Mord, mein Gott! Und das bei uns! Ich kann das einfach nicht glauben. Wer tut so etwas?«

Kathi holte das Padfone aus der Tasche, legte es vor sich auf den Designer-Glastisch und rasselte ihren Standardspruch herunter. »Ich nehme unser Gespräch damit auf, ist das in Ordnung?«

»Selbstverständlich.«

Kathi wollte gerade loslegen, als es an der Tür klopfte. Angelika Gross kam zurück, servierte die Espressi und goss perlendes Mineralwasser aus einer Literflasche in die beiden

Gläser. Das Tablett mit dem Zuckerstreuer, dem Schälchen mit den Zitronenscheiben und den Teller mit den Mini-Schokoladenlebkuchen stellte sie in Griffweite auf den Tisch.

»Danke Angelika«, sagte Susan de Boer. »Das wäre es fürs Erste. Und wir wollen nicht gestört werden.«

»In Ordnung, Frau de Boer.«

Während die Sekretärin das Büro verließ, gab Kathi eine der Zitronenscheiben ins Wasserglas und streute etwas von dem braunen Zucker in ihren Espresso. Der Anblick der Lebkuchen erwärmte ihr Herz, sie wären der ideale Snack für jetzt, aber mit vollem Mund ein Verhör zu führen, käme nicht gut. Ein Schluck Espresso musste sein und der schmeckte richtig lecker. »Frau de Boer, darf ich beginnen?«

»Nur zu.«

»Wer würde von Dr. Königs Tod profitieren?«

»Niemand, sein Tod ist ein herber Verlust für uns.«

»Könnte ein Konkurrenzunternehmen dahinterstecken, um Ihre Arbeit zu sabotieren?«

»Gut möglich, die Branche ist ein knallhartes Geschäft, aber deswegen über Leichen gehen?«

»Dann hatte Dr. König keine Feinde?«

»Nun ja …« Susan de Boer rührte nachdenklich in ihrem Espresso. »Nein, nicht wirklich.«

»Was heißt nicht wirklich?«

»Vor vier Jahren gab es, sagen wir mal, ein paar Spannungen. Er hatte einen Herzinfarkt und es sah anfangs nicht gut aus. Dr. Tüyüc sah sich bereits als sein Nachfolger. Mein Bauchgefühl ließ mich die Neubesetzung hinauszögern. Ich war froh, als Dr. König nach einem halben Jahr wiederkam.«

»Wäre Dr. Tüyüc der geeignete Nachfolger gewesen?«

Susan de Boer nickte und trank ihren Espresso in einem Zug. »Ich hätte die Stelle trotzdem ausschreiben müssen.«

»Intern oder extern?«

»Intern, wie jede vakante Stelle bei uns. Ich will mich ja nicht mit dem Betriebsrat anlegen. Extern erst, wenn sich innerhalb der Frist niemand bewirbt.«

»Trug Tüyüc es König nach?«

»Wenn, dann müsste er mir es nachtragen. Ich habe bisher nichts bemerkt und es ist schwer vorstellbar, dass jemand eine so lange Zeit schauspielern kann.«

»Wen sehen Sie jetzt als Dr. Königs Nachfolger, Dr. Tüyüc oder Dr. Liebermann?«

»Beide sind qualifiziert, haben Physik und Elektrotechnik studiert. Dr. Liebermann hat allerdings mehr Erfahrung in der Teilchenforschung, obwohl er jünger ist als Dr. Tüyüc.«

»Wie alt ist Dr. Tüyüc?«

»49, Liebermann ist 38, aber er hat dieselben, ich nenne es mal Visionen, wie Dr. König.« Sie überlegte kurz und verbesserte sich. »Wie Dr. König sie hatte.«

»Visionen bezüglich …?«

»Auf unsere Arbeit hier und auf die Weiterentwicklung der P.M.P.. Er denkt zukunftsorientierter, hat diesen ganz speziellen Weitblick, ganz zu schweigen von seinem Forscherdrang und seinen Soft-Skills.«

»Die wären?«

»Teamfähigkeit, Lauterkeit und emotionale Intelligenz.«

Emotionale Intelligenz, dachte Kathi. *Ein anderes Wort für Sensibelchen?* Durchaus möglich, auf sie wirkte Liebermann außerdem wie ein rechthaberischer Alleswisser, der Nerdtypisch im stillen Labor-Kämmerchen vor sich hinforscht und einen Dr. König nur als Mentor und Vorgesetzten duldete.

»Leider sehe ich bei ihm keine Führungsqualitäten, noch nicht«, fügte Frau de Boer hinzu.

»Und Dr. Tüyüc hat sie?«

»Ja, er ist ein echtes Organisationstalent und hat ein Zeitmanagement, von dem sich andere eine Scheibe abschneiden könnten. Leider mangelt es ihm hin und wieder an Einfühlungsvermögen.« Sie seufzte. »Was bleibt mir anderes übrig, als Dr. Königs Stellvertreter wird er vorübergehend die Leitung der Entwicklungsabteilung übernehmen. Leider fällt er zwei Wochen aus, er unterzieht sich heute einer Augen-OP.«

»Dr. Liebermann hat das erwähnt. Den Zeitpunkt hat Dr. Tüyüc aber schlecht gewählt, ich meine wegen der Tests an dieser neuen Legierung.«

»Sie war schon länger geplant, er wollte sie nicht verschieben. Bis er wiederkommt, leite ich die Abteilung selber.«

»Ich muss Sie davon in Kenntnis setzen, dass das Labor versiegelt wird.«

»Ich weiß, Dr. Liebermann hat mich vorhin ziemlich aufgebracht angerufen.«

»Er war damit nicht einverstanden.«

»Das ist eben sein Forscherdrang. Ich habe ihm angeboten, er könne sich den Rest des Tages freinehmen, um das Ganze zu verarbeiten. Er wollte es sich überlegen und sich zunächst dem Testbericht widmen. – Wie lange bleibt das Labor zu?«

»Zwei Tage, vielleicht auch länger. Das hängt von den Ergebnissen der Spurensicherung ab.«

Susan de Boer seufzte schwer. »Das ist lang.«

»Wirft Sie das sehr zurück? Dr. Liebermann meinte, der Austausch des Panels bedeutet einen halben Tag Verzögerung.«

»Für einen ungeduldigen Menschen wie ihn ist das eine halbe Ewigkeit. Ausfälle sind in die Testphase natürlich mit eingeplant, einen halben bis einen Tag kann man reinholen. Aber zwei oder mehr Tage, das schafft nicht einmal er. Natürlich wirft uns das zurück!«

»Gibt es keinen, der ihn unterstützen kann?«

»Doch, natürlich. Benjamin Kern und Simon Pohl, unsere Frischlinge. – Kein Scherz, sie nennen sich selber so. Die beiden arbeiten erst seit einem Jahr hier. Sie sind hochqualifiziert, müssen aber noch praktische Erfahrungen sammeln. Jetzt können sie sich beweisen und Dr. Liebermann auch.«

Vielleicht zeigt sich jetzt, dass er zum Vorgesetzten taugt, dachte Susan de Boer. »Ich werde ihm den Kopf freihalten und kümmere mich um das organisatorische Drumherum.«

»Was soll aus dieser neuen Legierung hergestellt werden?«, fragte Kathi nach einem Blick auf das Memofeld ihres Padfone. »Dr. Liebermann wollte es uns nicht verraten.«

»Und das ist gut so, Betriebsgeheimnis. Die Presse wird ohnehin bohren, wenn MECH@TRON durch den Mord an Dr. König ins Licht der Öffentlichkeit rückt.«

»Verstehe.« Kathi lächelte und trank ihren Espresso aus. »Ich kann mir denken, wofür die Legierung gedacht ist. Ich war auf der Waffenmesse und habe in ihrem Katalog geblättert, diese Speziallegierungen kommen nur für bestimmte Produkte in Frage.«

Susan de Boer lächelte eisig. »Waffenmesse, klar. Sie waren sicher aus beruflichem Interesse dort.«

»Natürlich.« Kathi blieb bei ihrer Vermutung mit den Minidrohnen inklusive ausgefeiltem Nano-Waffensystem, Auftraggeber Bundeswehr oder NATO. Um Susan de Boer nicht zu verärgern, ließ sie es damit gut sein. »Nochmal zur Technik. Was ist so besonders an dieser Positronen-Mikrosonde, ist das auch geheim?«

»Nicht alles. In den letzten Jahren haben König und Liebermann die Anlage genau für unsere Bedürfnisse angepasst. Allen voran König, sie ist sozusagen sein Baby, darum nennen wir sie Thron. In dieser Form, kombiniert mit einem Rasterelektronenmikroskop, ist sie die einzige weltweit, die einen fokussierten Strahl bis zu 100 Nanometer zur Verfügung stellt. Sie kombiniert die Abbildung mit Elektronen und den Scan mit dem Positronen-Mikrostrahl so, dass man die Bilder übereinanderlegen kann. Zur Auswertung der Mess-Ergebnisse setzen wir eigene Software-Tools ein. Sie verfügt außerdem über einige Besonderheiten, die ich Ihnen nicht verraten werde.«

»Betriebsgeheimnis«, meinte Kathi beiläufig.

»Richtig, wir können damit schneller und effizienter testen und sind der Konkurrenz weit voraus. Deshalb die hohen Sicherheitsvorkehrungen.«

»Dr. Liebermann sagte, dass nur ein eingeschränkter Personenkreis Zutritt zum Labor und zu den Daten hat.«

»Ja, außerdem ist es verboten, sich Mails nach Hause zu senden und umgekehrt, das wird von der IT geprüft. Auch Unterlagen dürfen das Haus nicht verlassen, weder schriftlich noch auf Speichermedien. Wenn, dann nur mit meinem Einverständnis, zum Beispiel für Messebesuche. Wir kontrollieren das regelmäßig und nach dem Zufallsprinzip. Bisher konnte ich mich auf die Loyalität meiner Mitarbeiter verlassen. Ich vertraue ihnen weiter und hoffe, dass keiner es ausnutzt.«

»Warum gibt es keine Überwachungskamera im Labor?«, fragte Kathi.

»Wenn es nach mir ginge, schon längst. Fragen Sie mal meinen Betriebsrat. Es ist verboten, Mitarbeiter während der Arbeit ohne triftigen Grund zu beobachten.«

Kathi griff nach einem Lebkuchen, aß ihn aber noch nicht.

»Dr. König war eine Koryphäe auf seinem Gebiet, einen Mann wie ihn erwartet man eher in der Forschung, nicht in der Privatwirtschaft. Lockte ihn das bessere Gehalt?«

»Möglich, wobei er eher ein Idealist war. An der Uni Bonn gab es 2013 einen kleinen Skandal wegen der Nachfolge des Institutsleiters.«

»Ein Skandal? Welcher Art?« Jetzt war der Lebkuchen fällig, auch Kommissarinnen haben Schwächen. Genießerisch ließ Kathi die dunkle Schokolade auf der Zunge zergehen. Das Timing passte, denn Frau de Boer holte etwas aus.

»Dr. Königs Bewerbung wurde *irgendwie* übersehen, so nannte er es. Als mein Vater davon erfuhr, bot er ihm hier eine Stelle an. Sie kannten sich ja schon länger.«

»Woher?«

»Von Fachtagungen, Symposien, Physikerclub …«

»Physikerclub?«

»Ob Sie es glauben oder nicht, auch in diesem Metier gibt es eine Szene.«

Kathi schmunzelte. *Ein Einstein-Debattier-Club.* »Okay, warum nicht.«

»Für unsere Firma war Dr. König ein Glücksgriff. Damals liefen die ersten Tests mit Aluminium-Lithium-Legierungen der vierten Generation. 2014 musste Vater nach einem leichten Schlaganfall etwas kürzer treten, er machte König zum Leiter der Entwicklungsabteilung und mich zum Boss. Dr. Tüyüc kam 2016 zu uns und 2018 Dr. Liebermann.« Susan de Boer trank einen Schluck Wasser. »Zum Thema Konkurrenz muss ich Ihnen noch etwas sagen, vor einem Jahr etwa versuchte ein Mitarbeiter von BATC, Dr. König während einer Fachmesse abzuwerben, was er ablehnte. Dann wollten sie ihn mit ziemlich viel Geld bestechen, Interna über unsere Forschung zu verraten. Dr. König erzählte mir sofort davon.«

»Wer ist BATC?«

»Die British American Technology Corporation, einer der größten Rüstungskonzerne der Welt.«

»Was wollte der Mann von Dr. König wissen?«

»Es ging um unsere Legierungen und die Testmethoden, scheinbar sind wir weiter als BATC.«

»Was haben Sie dagegen unternommen?«

»Nichts.«

»Nichts?«

»Das hätte nichts gebracht, es gab keine Zeugen für das Gespräch. Wir haben die Sicherheitsmaßnahmen verstärkt und halten unsere Augen und Ohren weiter offen.«

»Das zeugt von großer Loyalität seitens Dr. König.«

»Ja, so etwas weiß ich sehr zu schätzen.«

»Wie loyal schätzen Sie Dr. Tüyüc und Dr. Liebermann ein?«

»Sie verdächtigen doch nicht etwa einen der beiden?«, sagte Susan de Boer entsetzt.

»Wir müssen alles in Betracht ziehen.«

»Ein Mörder, einer der beiden? – Niemals, keiner von ihnen könnte so etwas tun! Außerdem war Dr. Tüyüc heute gar nicht hier! Glauben Sie wirklich Dr. Liebermann wäre, ich nenne es jetzt mal ›so dumm‹, auf diese Art …?« Sie schüttelte den Kopf. »Niemals! Sie haben doch die Zutrittslisten vom Labor gesehen.«

»Ja, aber könnten die nicht manipuliert worden sein?«

»Das kann ich mir nicht vorstellen.«

»Wer hat eigentlich Zugang zu diesen Daten?«

»Hofbauer, sein Stellvertreter Bühn und ich, aber nie einer allein. Außerdem geht das nur vom Hauptterminal in der Security-Zentrale und von meinem Rechner hier.«

»Könnte sich jemand reinhacken?«

Susan de Boer sah Kathi mit großen Augen an. »Bei uns?« Sie lehnte sich entspannt zurück. »Wir haben eines der besten Sicherheitssysteme, die es gibt, vom Internet abgekoppelte Inselsysteme, hohe Verschlüsselungsraten für alle empfindlichen Daten. Unser Serverraum ist besser gesichert als der Tresor der Schweizerischen Nationalbank und das Backup-Rechenzentrum liegt außerhalb dieses Gebäudekomplexes. Es braucht schon ein Superhirn, das alles zu knacken oder zu umgehen.«

Ziemlich leichtgläubig, dachte Kathi. Die unaufhörliche Zunahme von Cyberkriminalität und Hackerangriffen in den letzten Jahren hatte Unternehmen und Behörden zum Umdenken gezwungen und erreicht, die Tipps der Security-Experten mehr zu beherzigen als früher. Auch Privatpersonen nahmen Datensicherheit nicht mehr auf die leichte Schulter. Nachdem vor über zehn Jahren US-Amerikanische und Britische Geheimdienste Millionen Verschlüsselungscodes für SIM-Karten erbeutet und den Schutz anderer Sicherheitschips ausgehebelt hatten, fand bei allen Mobilfunkanbietern, Kurznachrichtendiensten und sozialen Netzwerken eine Revolution statt. Gegen einen neuen Daten-GAU wappnete man sich mit Krypto-Schlüsseln, so lang und kompliziert, dass deren Schöpfer Gefahr liefen, selbst den Überblick zu verlieren. Es funktionierte, vielleicht wurde ein neuer Datenklau einfach noch nicht entdeckt. Eine Garantie für 100 Prozent Sicherheit gab es nicht.

»Kein System und kein Netz ist sicher!«

Susan de Boer blieb gelassen. »Deshalb arbeiten in unserer IT auch Hacker als Cyber-Abwehr, quasi die guten. Sie stellen bewusst Fallen und legen falsche Fährten. Ich lasse mir es etwas kosten, meine Kronjuwelen zu schützen.«

Kathi lächelte. »Kronjuwelen?«

»Konstruktionspläne, Formeln, Testergebnisse ...«

»Auch Testergebnisse?«

»Natürlich, die Konkurrenz will alles wissen, egal ob gut oder schlecht, das spart eigene Verfahren und Arbeit.«

»Sprich Geld.«

»So ist es.«

»Aber es gibt immer Schlupflöcher.«

»Wir hoffen, sie zu entdecken und stopfen zu können.«

»Eine andere Frage, Frau de Boer: Wo waren Sie gestern Abend nach halb zehn und heute Morgen?«

»Bei einer Jubiläums-Veranstaltung der IHK Mittelfranken am Hauptmarkt, mit meinem Mann und unserem ältesten Sohn. Sie begann um halb sieben und dauerte bis kurz vor elf. Danach sind wir nach Hause gefahren und zu Bett gegangen. Heute Morgen war ich kurz nach acht hier und bin gleich in den Keller, der Anruf von Herrn Hofbauer hatte mich unterwegs erreicht.«

Kathi warf einen kurzen Blick in die Zutrittsliste. »Den Aufzeichnungen zufolge waren Sie mit Dr. Liebermann und Herrn Hofbauer zwischen 8:12 und 8:15 Uhr im Labor.«

»Ich musste Dr. König sehen, weil ich es nicht glauben konnte. Aber ich wollte nicht allein hineingehen. Wir haben nichts angefasst, sind auch gleich wieder raus und haben auf ihre Kollegen gewartet. In der Zwischenzeit habe ich meine Sekretärin angerufen, damit sie weiß wo ich stecke.«

»Wie war Dr. König als Mensch?«, fragte Kathi.

»Gutmütig, umgänglich, ein liebenswertes Genie mit gewissen Eigenheiten. Mein Vater sagte immer, einer wie König darf die haben.«

»Welche waren das?«

Susan de Boer schmunzelte. »Er trug seine alte Swatch in der Hosentasche, Socken mit Rautenmuster und Gesundheitslatschen.«

»In einem Labor, wie dem Ihren, sind Letztere sicher nicht erlaubt, oder?«

»Nein, eigentlich nicht. Er sagte, seine Füße brauchen Freiheit, sonst könne er nicht denken. Arbeitssicherheitstechnisch nahm er das auf seine Kappe. Was die Testergebnisse betraf, war er pedantisch, sonst leicht chaotisch. Er war ein sehr höflicher Mensch mit guten Manieren, ein Kavalier alter Schule. Und er liebte die Brezen von Kolb. Als die vor sechs Jahren den Shop hier im Norispark öffneten, machte er fast einen Luftsprung. Einmal pro Woche spendierte er seinen Mitarbeitern welche. An seinem Geburtstag hat er jedes Jahr ein feines kaltes Buffet für die Kollegen und Mitarbeiter auffahren lassen. Er war immer sehr großzügig, aber er vergaß schon mal, sich nach dem Mittagessen in der Betriebskantine den Mund mit der Serviette abzuwischen und tauchte mit einem Tomatensuppenbärtchen bei der darauffolgenden Besprechung auf.«

Kathi stellte sich das gerade bildlich vor und lächelte.

»Linkshänder war er auch, nur so am Rande.«

»Zu seinem privaten Umfeld, hatte Dr. König eine Freundin, verheiratet war er ja nicht?«

»Ehrlich gesagt, das weiß ich nicht, darüber sprach er nie.«

Wie Liebermann sagte, entweder hielt König es als Kavalier alter Schule geheim oder es lag doch an seinen sexuellen Neigungen, von denen keiner wissen durfte. Kathi sparte sich das Nachhaken. »Gibt es Verwandte?«

»Ja, einen Cousin mütterlicherseits, Alexander Ikonen, er lebt in Helsinki.«

»Ah! Hatten die beiden Kontakt?«

»Sicher, mehrmals im Jahr besuchten sie sich und trafen sich auf Tagungen. Dr. Ikonen ist auch Physiker und beschäftigt sich mit derselben Materie, er ist Dozent an der TU Helsinki. Ich kenne ihn und habe ihn bereits verständigt. Er hat mich gebeten, die Trauerfeier zu organisieren. – Wann wird Dr. Königs Leichnam freigegeben, damit ich alles Weitere veranlassen kann.«

»Er muss in die Gerichtsmedizin. Ich weiß nicht, wie lang man dort braucht. Ich rufe morgen Vormittag an und gebe Ihnen Bescheid, wann das Bestattungsunternehmen ihn abholen kann.«

»Dr. König wird nicht beerdigt, mit der Kirche hatte er gar nichts am Hut. Er hat seinen Körper der Wissenschaft vermacht. Er bleibt in Erlangen, Dr. Ikonen weiß Bescheid.«

»Gut, wenn das so ist.«

»Wollen Sie seine Telefonnummer?«

»Kann nicht schaden.«

»Kommen Sie mit, ich weiß sie leider nicht auswendig.«

Kathi nickte, stand mit Frau de Boer auf und folgte ihr zum Schreibtisch: Lack, weiß, etwa zwei Meter lang, in die Platte war ein 28-Zoll-Touchscreen eingelassen, es gab keine störende Tastatur, sehr edel.

»Telefonnummer, Dr. Ikonen«, sagte Frau de Boer. »An Kommissarin Starck senden.«

PING! meldete Kathis Padfone Sekunden später den Eingang. Sie speicherte die Nummer ab. »Vielen Dank.«

»Sind sie einverstanden, dass ich Dr. Tüyüc anrufe und ihn über Dr. Königs Tod informiere?«, fragte die Firmenchefin.

»Natürlich.«

Susan de Boer sah auf ihre Armbanduhr, ein etwa 30 Jahre altes, edles Herrenmodell von Glashütte. »Es ist jetzt kurz vor eins, er ist sicher längst zu Hause und hat sich von der OP etwas erholt. Haben Sie noch kurz Zeit? Dann probiere ich es gleich.«

»Die nehme ich mir.«

»Dr. Tüyüc, Privatnummer«, befahl Susan de Boer.

Zu dem müssen wir auch noch, dachte Kathi. *Aber immer der Reihe nach, er soll sich erholen. Jetzt ist erstmal der Freund von Liebermann dran. Mit Sicherheit hat er ihn schon angerufen und wegen seines Alibis gebrieft. Naja, man kann nicht überall gleichzeitig sein, außerdem kriegen wir es raus, falls er mit ihm telefoniert hat.*

Es läutete einige Male, bis bei den Tüyücs jemand ranging. Währenddessen ließ Kathi einen Blick über den Schreibtisch der Firmenchefin schweifen. In der schweren Kristallglasschale entdeckte sie einige Stifte, darunter auch zwei edle Tintenfüller, sie schrieb also noch mit der Hand. In Griffweite lag eine geschlossene Unterlagenmappe, links davon stand eine Designer-Tischleuchte und rechts eine Bonsai-Mädchenkiefer.

»Hallo, Frau de Boer«, meldete sich eine zittrige Frauenstimme. »Hier ist Annabelle Tüyüc.«

Susan de Boer nahm ab, der Lautsprecher schaltete sich aus. »Hallo, Frau Tüyüc, wie geht es Ihnen und Ihrem Mann?« Sie lauschte einige Minuten ihrer Gesprächspartnerin, dabei verwandelten sich ihre Gesichtszüge ins Maskenhafte, als hätte sie einen Geist gesehen. »Oh Gott, mir fehlen die Worte! ... Ich ... ähm ... Ja, hier ist heute ziemlich viel los. Die Kripo ist hier, Dr. König wurde heute Morgen tot im Labor aufgefunden.« Sie lauschte wieder eine Weile. »Mehr kann ich noch nicht sagen ... Nein ... Bitte halten sie mich auf dem Laufenden, ich drücke alle Daumen, dass er wieder gesund wird ... Ja, gut ... Nein, machen Sie sich bitte keine Sorgen ... Wiederhören.« Frau de Boer legte den Hörer ganz sachte auf.

»Ist was passiert?«, fragte Kathi vorsichtig. Die Worte ›wieder gesund wird‹ hatten sie aufhorchen lassen.

»Dr. Tüyüc liegt im Koma.«

»Ich dachte, er lässt sich die Augen lasern?«

»Das ist richtig, aber es gab Komplikationen bei der OP. Sie wissen noch nichts Genaues.« Das kurze, betretene Schweigen der beiden Frauen wurde durch ein leises Türklopfen gestört. »Ja bitte«, sagte Frau de Boer.

Angelika Gross spitzte zur Tür herein. »Verzeihen Sie bitte die Störung, Frau de Boer, Kommissar Steppendorff ist hier.«

»Sie stören nicht, kommen Sie bitte rein, beide.«

Die Sekretärin schloss die Tür und kam mit Andi näher. Beiden fiel die angespannte Situation sofort auf.

»Dr. Tüyüc liegt im Koma«, erklärte Susan de Boer. »Ich habe es gerade von seiner Frau erfahren.«

»Ich dachte, der hat nur eine Augen-OP!«, meinte Andi.

»O Gott!«, rief Angelika Gross entsetzt. »Was tun wir jetzt, Frau de Boer?«

»Erst einmal die engsten Mitarbeiter informieren, Meeting im Team-Room um 14:00 Uhr. Dann dürften alle von der Mittagspause zurück sein.«

70

Die Sekretärin nickte. »Ich kümmere mich darum.«

»Ich bin mit meinen Fragen soweit durch«, sagte Kathi. »Danke für Ihre Zeit, Frau de Boer.«

»Gern, wenn mir noch etwas einfällt, rufe ich Sie an.«

»Okay.«

»Ich hab auch alles«, sagte Andi. »Die Security hat die Videodateien vorhin per E-Mail g'schickt. Außerdem die Anruflisten und die Protokolle, wo alle in Frage kommenden Personen zur fraglichen Zeit waren. Das Labor ist versiegelt, Dr. König unterwegs zur Gerichtsmedizin. Die Sabine und der Thomas sind vor zwanzig Minuten g'fahrn und ich hab den Kollegen von der Streife g'sachd, sie können ihre Zelte hier abbrechen.«

»Super Andi, Danke.« Kathi holte ihre Tasche und steckte das Padfone ins Seitenfach.

»Wollen Sie sich noch Dr. Königs Büro ansehen?«, fragte Susan de Boer.

Für den Weg in die fünfte Etage nahmen sie die Treppe. Keiner sprach ein Wort. Das Dreimannbüro, das Liebermann sich mit Benny Kern und Simon Pohl teilte, lag zwischen den Büros von König und Tüyüc. Kathi war angenehm überrascht, welche penible Ordnung hier herrschte. Eigentlich hatte sie ein Schreibtisch-Tohuwabohu wie im Kellerlabor erwartet, hier lag kaum Papier herum. Die drei erledigten fast alles über ihre Notepads oder am Computer und nutzten eine Spracherkennungssoftware. Um einander nicht zu stören, trugen sie drahtlose Kopfhörer. Die nahmen sie augenblicklich ab, als Frau de Boer mit der Kripo im Schlepptau ins Zimmer trat.

Mit Entsetzen reagierten sie auf die Nachricht von Dr. Tüyücs Unglück. Liebermann sackte regelrecht in seinem Bürostuhl zusammen.

»Das ist jetzt nicht wahr!«

Kathi beobachtete ihn, seine Reaktion war nicht gespielt.

»Ich habe es vorhin von seiner Frau erfahren«, sagte Frau de Boer, sichtlich bekümmert. »Darum bin ich hier, ich wollte es Ihnen nicht am Telefon sagen. Um zwei ist Meeting im Team-Room mit der ganzen Mannschaft. Kommen Sie bitte auch, ja.«

»Okay«, sagte Liebermann, die Frischlinge nickten nur.

»Dr. Liebermann, würden Sie uns bitte kurz in Dr. Königs Büro begleiten.«

»Natürlich.« Er sprang auf und folgte seiner Chefin und den beiden Kommissaren. Dabei achtete er darauf, Kathi nicht zu nahe zu kommen.

Susan de Boer öffnete die Tür mit ihrer Chief-Card. Kathi hatte es geahnt, Königs Büro war ein Musterbeispiel für kreatives Chaos. Vor dem neuen 28-Zoll-Monitor auf seinem Schreibtisch lagen mehrere aufgeschlagene Fachbücher unter denen die flache Computertastatur ein Stück hervorragte, zwei A4-Kladden und ein gut gefüllter Bleistiftköcher. Dr. König hatte demnach noch den Tastenklick bevorzugt und handschriftliche Notizen gemacht. Kathi entdeckte auch ein faustgroßes, wie ein Brillant geschliffenes, blutrotes Paperweight und eine Batterie mit mehreren farbigen Neon-Textmarkern. Sie fragte sich, ob hinter den Rollladen der beiden Schränke ein ähnliches Durcheinander herrschte wie im gut gefüllten Bücherregal daneben. Auf den beiden Fensterbrettern stapelte sich kreuz und quer Fachliteratur, nur auf dem High-Board hinter dem Schreibtisch herrschte Ordnung.

Dort standen in Reih und Glied neben einigen faustgroßen, silbrig glänzenden Metallwürfeln, zwei detailgenaue Modelle von silbergrauen 1955er Mercedes 300 SL Flügeltürern, eines im Maßstab 1:24, ein kleineres in 1:43.

An der Wand dahinter hing, durch eine Glasscheibe geschützt, eine Collage mit etwa zwei Dutzend älteren Fotos von König mit Forscherkollegen, Studenten und Politikern. Eines der größeren zeigte ihn gut zwanzig Jahre jünger und sehr stolz vor einer zusammengeschustert wirkenden Apparatur, möglicherweise der Prototyp der Positronen-Mikrosonde. Auf dem größten Foto in der Mitte, 2012 vor der Uni in Bonn aufgenommen, an der damals schon die Abschlussfeiern nach amerikanischem Vorbild gefeiert wurden, sah man einen fröhlichen Doktorvater König inmitten von zwei ebenfalls fröhlichen Absolventen in Talar und mit Doktorhut. Dieses Foto betrachtete Kathi genauer, einer der beiden war unverkennbar Nikolai Liebermann, auch damals schon mit Nerd-Brille. König hatte einen Arm väterlich um ihn gelegt und den anderen um einen gutaussehenden Rothaarigen mit Sommersprossen – erfolgreiches Wissenschaftler-Dreigestirn oder Ménage à trois? Kathi ging ihre Theorie um Königs Homosexualität nicht mehr aus dem Kopf.

»War jemand hier im Büro, seit es Dr. König verlassen hat?«, fragte sie.

»Niemand außer dem Herrn Kommissar und Dr. Liebermann«, sagte Frau Beeskow, die auf ihrem Weg in den Team-Room die offenstehende Tür bemerkt hatte und stehengeblieben war.

»Und Sie?«

»Ich auch nicht, ich bin kurz vor acht gekommen und wähnte Dr. König im Labor. Also brauchte ich ihm …«, sie schluckte sichtlich mitgenommen, » …keinen Kaffee zu bringen, wie sonst, wenn er im Büro ist.«

»Ich habe Order gegeben, dass niemand es betreten darf«, sagte de Boer. »Nur Hofbauer, Bühn und ich haben eine Chief-Card. Dazu muss ich Ihnen etwas erklären, Frau Starck. Jedes Büro hier wird automatisch abgeschlossen, sobald die letzte Person den Raum verlässt. Jeder meiner Mitarbeiter hat seine eigene Chipkarte, die für sein Büro und die allgemeinen Zugänge codiert ist. Nur die Abteilungssekretärinnen besitzen eine Zutrittsberechtigung für die Büros ihrer Chefs.«

»Könnte jemand eine Kopie einer Chief-Card machen?«

»Schwierig, aber theoretisch möglich«, gab Frau de Boer zähneknirschend zu.

Da wären wir wieder bei den Hackern, dachte Kathi. *Wenn hier drin einer was gesucht hat, wäre das durch die Aufregung keinem aufgefallen.* »Werden die Zugänge zu den Büros auch aufgezeichnet?«

»Ja«, sagte Frau de Boer. »Die Dateien bekommen sie.«

»Danke«, sagte Kathi und wandte sich an Dr. Liebermann. »Ihnen ist nichts aufgefallen, als Sie sich mit meinem Kollegen heute Vormittag hier umgesehen haben?«

»Der kleine Mercedes stand gestern noch nicht da«, antwortete er, ohne sie anzusehen. »Dr. König muss ihn heute Morgen mitgebracht haben.«

»Hab ich schon notiert«, sagte Andi.

»Okay, danke.«

»Sonst fehlt nichts, wie es aussieht.«

Kathi legte den Kopf schief und ließ ihren Blick durch das Büro schweifen. »Wie es aussieht.«

»Dr. König fand sich hier bestens zurecht«, mokierte sich Liebermann.

»Sie doch auch, oder?«, sagte Frau de Boer.

»Ja, ich weiß wo alles ist, aber ich durfte ohne sein Beisein nichts anfassen.«

»Das war auch eine seiner Eigenheiten.«

Kathi überlegte, ob sie nicht etwas vergessen hatte und fragte ihr ausgelagertes Gedächtnis. »Andi, wir haben alles, oder?«

»Ja.«

»Wird das Büro versiegelt?«, fragte Frau de Boer im Hinausgehen.

»Ich denke, das ist nicht notwendig«, antwortete Kathi.

»Vielen Dank für ihre Zeit, Ihnen allen.«

Sieh einer an, die hat ja doch Manieren, dachte Liebermann. »Ähm, Frau de Boer«, fiel es ihm gerade ein. »Was ist, wenn wir Unterlagen aus Dr. Königs Büro brauchen oder welche von Dr. Tüyüc?«

»Dann rufen Sie mich an, keiner betritt diese Büros ohne mich.«

»Gut, Wiedersehen Frau Starck, Herr Steppendorff.«

Worauf du dich verlassen kannst, dachte Kathi. »Wiedersehen.«

Auf Andis »Wiederschaun« reagierte der Physiker gar nicht mehr, er verschwand wieder in seinem Büro.

Nachdem Kathi und Andi sich von Susan de Boer verabschiedet hatten, begleitete sie Frau Beeskow ins Erdgeschoss. Am Empfang gaben sie ihre Besucherausweise zurück und unterschrieben auf dem Protokollmonitor, Frau Beeskow zeichnete gegen und verabschiedete sich ebenfalls.

»Fahren wir gleich z'rück ins Präsidium?«, fragte Andi auf dem Weg zum Besucherparkplatz.

»Nein.« Kathi blinzelte in die warme Oktobersonne. »Erst zu Liebermanns Wohnung, seinen Freund Kleber befragen.«

»Der hat den sicher schon ang'rufen.«

»Egal, ich will trotzdem mit ihm reden. Aber vorher hältst du bitte vorn beim Beck, ich komm um vor Hunger.«

»Die Kaddi isst was vom Beck, ist ja ganz was Neues! Ich dacht du magst denen ihr Zeug ned.«

»Ich brauch was zu essen, mit leerem Magen kann ich nicht denken.«

Andi lachte. »In der Not frisst der Teufel Fliegen.«

Kathi streckte ihm die Zunge raus. »Besser als gar nichts.«

»Ich könnt auch was vertragen.«

»Ich spendiere das Essen, du fährst.«

»Das ist ein Deal.«

Beim Beck kamen sie gleich an die Reihe. Kathi orderte ein Käse-Schinken-Baguette, Andi eins mit Salami und beide Kaffee, alles zum Mitnehmen.

»Ich hab was vergessen«, kam es Andi während sie auf die Kaffees warteten.

»Was denn?«

»Ich hab den Hofbauer ned g'fragt wo er gestern Abend war.«

»Er war beim NBC.«

Der NBC, der Noris Boxclub, war der renommierteste in der Stadt und mit über 200 Mitgliedern auch der Größte. Neben Polizisten trainierten dort Personenschützer und Security-Leute.

»Ach der boxt auch?«

»Er ist einer unserer Trainer. Gestern war er von halb acht bis kurz vor zehn dort, wie ich. Wir sind sogar zur selben Zeit zum Parkplatz, dort hat seine Freundin auf ihn gewartet. Die hat eine Arbeitskollegin in der Nähe besucht.«

»Ich hab ned g'wusst, dass du den kennst.«

»Schon seit ich dort boxe. Ich wusste aber nichts von seinem Job bei MECH@TRON und er hat mich bisher für eine *normale* Polizistin gehalten. Als er mir heute Mittag den Besucherausweis am Empfang aushändigte, war er überrascht, mich anzutreffen. Auf dem Weg in Labor haben wir aber nur übers Boxen geredet.«

René war ein guter Trainer, sonst eher ein aalglatter Typ, nicht nur wegen seiner Glatze, ein Muskelprotz mit Ghettobräune und Türstehercharme. Vielleicht der Richtige für so einen Posten. Für gestern Abend hatte er ein Alibi und eine glaubwürdige Zeugin: Kathi Starck.

»Na, dann bassts ja«, meinte Andi zufrieden. »Heut früh ist er kurz vor sieben ins Parkhaus g'fahrn und kurz nach sieben war er in der Security-Zentrale.«

»Und dieser Bühn?«

»Gleich danach, ist alles abg'speichert.«

Auf dem Weg zum Wagen strich Kathi den Namen Susan de Boer, bis jetzt die Einzige mit wasserdichtem Alibi, von ihrer imaginären Liste der Verdächtigen. Liebermann stand an erster Stelle, dann folgten Tüyüc, Hofbauer und Bühn. Die Security-Leute hatten Zugang zu allen Büros und Zugriff auf die Zutrittslisten. Wäre einer der beiden in der Lage gewesen, sie zu manipulieren und das Panel zu präparieren? Dazu brauchte es Elektronik-Knowhow, Liebermann und Tüyüc besaßen es, aber auch jeder andere Techniker oder Ingenieur bei MECH@TRON. Gab es jemand, der eine Rechnung mit König offen hatte? Wusste er von brisanten Dingen? Wer profitierte am meisten von Königs Tod? Die Frischlinge fielen Kathi noch ein, Benjamin Kern und Simon Pohl. Hatte König als Vorgesetzter einen von ihnen zu hart angefasst oder eine schlechte Beurteilung geschrieben?

»Wo waren eigentlich Liebermanns Bürogenossen Kern und Pohl zur fraglichen Zeit?«, fragte Kathi zurück am Auto.

»Beim Glubb-Spiel im Stadion.«

»Wann war das zu Ende?«

»Um Zehne und wie immer danach warens noch ein Bierla trinken. A bisserl feiern, der Glubb hat 3:1 g'wonnen.«

»Okay, gibts Zeugen?«

Andi grinste. »Mich.«

Kathi sah ihn mit großen Augen an. Sie wusste, dass er kein Heimspiel ausließ, aber wie kam es, dass er Pohl und Kern unter den 30.000 Zuschauern entdecken konnte?

Andi las ihr die Frage von den Augen ab. »Der Simon und der Benny sind auch in der Südkurve. Ich kenn die schon länger, hab aber ned g'wusst, dass die hier arbeiten. Wir waren bis elfe in unserer Stammkneipe. Deshalb hams heut erst um halb neun ang'fangen zu arbeiten. Die Frau Beeskow hat des bestätigt. Außerdem ham sie eine Fahrgemeinschaft und die Zufahrtsdaten zum Parkhaus und der Zutritt zum Gebäude stimmen auch.«

»Okay.« Kathi strich die beiden ebenfalls von ihrer Liste. »Ein besseres Alibi als dich kann man nicht haben.«

Sie stiegen ins Auto. Kathi stellte den Kaffeebecher in den Halter und legte die Tüte mit dem Essen auf die Ablage. Bevor sie mit ihrem verspäteten Mittagessen begann, sprach sie noch eine Notiz auf ihre Smartwatch. »Memo: Frau de Boer anrufen, Mitarbeiterbeurteilungen König.«

Während der kurzen Pause auf dem Beck-Parkplatz redeten sie kein Wort, das musste auch mal sein. Kathi lächelte, der Club hatte mal wieder gewonnen. *Vielleicht steigen sie nächstes Jahr wieder auf, dann wird der Andi nicht mehr zu halten sein.* Seit drei Jahren hatte sie durch seine leidenschaftlichen Berichte die Auf- und Abstiege des 1. FC Nürnberg beinahe hautnah miterlebt. Begeisterung für Fußball konnte sie generell nicht nachvollziehen. Schon ihr Vater war früher mit einer Erklärung kläglich gescheitert. Er war, obwohl gebürtiger Nürnberger, ein bekennender FC-Bayern-Fan, eine Tatsache, die man hier lieber nicht laut sagen sollte.

In seiner Stammkneipe in Peguera, in der er sich mit Gleichgesinnten jedes Spiel ansah, spielte das keine Rolle. Kathis Eltern hatten sich vor vier Jahren einen Traum erfüllt und sich ein Häuschen auf Mallorca gekauft, um ihren Ruhestand vom Zahnarztleben abseits des CPU-regierten Bayern zu genießen. Für ihre grünen Eltern war die schwarze Alleinherrschaft mit ein Grund zum Auswandern gewesen. Kathi kümmerte diese Übermacht nicht, solange die Roten in Nürnberg und den anderen großen Städten noch das Sagen hatten. *Mit Sicherheit liegen Mama und Papa jetzt am Strand.* Kathi wünschte sich, sie säße jetzt auch auf der Lieblingsinsel aller Deutschen und schlürfte statt des Kaffees einen fruchtigen Cocktail mit Schirmchen.

Andi brach das Pausen-Schweigen und beendete gleichzeitig ihren Tagtraum. »Wann kriegst denn dein Auto wieder?«, fragte er nach dem letzten Bissen, den er mit einem großen Schluck Kaffee hinunterspülte.

79

»Das erfahre ich morgen früh. Mal schaun, obs heute mit dem Ersatzwagen vom Fuhrpark klappt.« Kathi knüllte die Papiertüte zusammen, ließ sich die von Andi geben und brachte sie mit den leeren Kaffeebechern zum Abfalleimer.

»So, jetzt gehts mir besser«, sagte sie nachdem sie wieder eingestiegen war. »Ab zur Casa Liebermann.«

***

Susan de Boers spontan angesetztes Meeting im Team-Room begann mit einigen Minuten Verspätung. Sie wartete gern, bis alle Mitarbeiter auf ihren Plätzen saßen. Nichts hasste sie mehr, als alles zweimal sagen zu müssen. Der tragische Tod von Dr. König hatte längst die Runde gemacht, jetzt mussten sie erfahren, dass Dr. Tüyüc im Koma lag, und das nach einer banalen Augen-OP. Ein Drama! Obwohl de Boer nichts von dem mutmaßlichen Mord an Dr. König erwähnte, ging ein Raunen durch die Menge. Einige munkelten, ob das noch mit rechten Dingen zuging, auch das Wort Sabotage fiel.

»Bitte bewahren Sie Ruhe!«, mahnte sie ihre Mitarbeiter.

»Warum waren Kripo und Spurensicherung im Haus?«, fragte eine Mitarbeiterin. »Ich habe sie gesehen.«

»Bei ungeklärten Todesfällen ermittelt die Kriminalpolizei, das sollte bekannt sein. Bis man Genaueres weiß bitte ich Sie, nichts an die große Glocke zu hängen.« Susan de Boer schloss nicht aus, dass irgendjemand sich verplapperte, darum fügte sie noch etwas hinzu. »Sollte trotzdem etwas nach außen gelangen, was ich nicht hoffe, gebe nur *ich* den Medien Antwort. Ist das klar? Wenn ich einen erwische, der plaudert, der wird geteert und gefedert!« Auch im Hightech-Zeitalter konnten Androhungen archaischer Foltermethoden nicht schaden.

Am Ende winkte sie Dr. Liebermann zu sich. »Sie waren sehr nah dran an der Sache und wissen mehr als alle anderen. Bitte bewahren Sie Stillschweigen.«

»Das ist doch selbstverständlich, Frau de Boer.«

»Wie geht es Ihnen?«

»Ich bin okay.«

»Wie gesagt, Sie können gern nach Hause fahren. Ein anderes Umfeld lenkt ab.«

»Danke, ich überlege es mir. Ich muss mich erst noch um ein neues Panel kümmern und mit den Frischlingen das weitere Vorgehen bei den Testreihen besprechen. Ich will die Zeit sinnvoll nutzen, solange das Labor versiegelt ist.«

***

Auf dem Weg zu Liebermanns Wohnung sah Kathi immer wieder das Foto von der Promotionsfeier vor Augen. Waren König und Liebermann nur Dozent und Student und später Doktorvater und Doktorand oder mehr? Waren die beiden ein Paar und es gab deshalb diesen Streit um die Nachfolge des Institutsleiters damals in Bonn? War Dr. Königs Bewerbung absichtlich übersehen worden, weil man von seiner Homosexualität wusste? Trennte er sich deswegen von Liebermann, der dann ins weit entfernte Halle ging? Sie waren in Verbindung geblieben, sagte er – eine Fernbeziehung? Und nach sechs Jahren informierte König ihn über die Stelle bei MECH@TRON, konnte er nicht ohne ihn? Getrennt und wieder vereint? Vielleicht hatte es jetzt wieder Streit gegeben, wegen diesem Julian Kleber. War König eifersüchtig auf die neue Liebelei seines Protegé Liebermann. Ein klassischer Mord aus Eifersucht? Durchaus möglich!

»Was hältst du eigentlich von Liebermann?«, fragte Kathi,

als sie an der Äußeren Sulzbacher Straße an einer roten Ampel halten mussten.

»Ich find den in Ordnung. Bloß des Gefummel an seiner Brilln und sein wissenschaftliches Gschmarri hat mit der Zeit ein bisserl g'nervt. – Glaubst wirklich, dass der schwul ist?«

»Du hast meinen Blick im Labor also richtig gedeutet.«

»Ja.«

»Ein Mann in seinem Alter, der mit einem anderen Mann zusammenlebt, schwer zu glauben, dass es nur eine WG ist.«

»Aber der schaut gar ned so aus.«

»Wie schauen denn schwule Männer deiner Meinung nach aus?«

»Hast Recht, vielen sieht mans ned an.«

»Worüber habt ihr geredet, bevor ich gekommen bin.«

»Ned so viel, er hat halt erzählt wie er den Dr. König g'funden hat und der Spusi die Technik erklärt. Dann musst er an die frische Luft.«

»Das ist auch so ne Sache.«

»Der war halt nervös, ned jeder find a Leich in aller früh!«

»Aber fandest du's nicht auch komisch, dass er bei mir auf fast alles eine Antwort hatte?«

Andi legte die Stirn in Falten. »Was meinstn damit?«

»Na, *wie* er erzählt hat, die ganzen Hinweise beim Auffinden der Leiche, das mit der Flasche und dem Panel …«

»Ich denk der ist intelligent g'nug und kann Situationen schnell einschätzen. Für mich hat des alles zammbassd.«

»Oder er ist der Täter und macht uns was vor, für mich klang das alles einstudiert.«

»Ach, ich weiß ned, hätte er überhaupt ein Motiv g'habt?«

»Vielleicht stand König ihm bei der Karriere im Weg oder aus Neid oder Gier oder vielleicht wusste er etwas über ihn, etwas was kein anderer wissen durfte und hat ihn erpresst. Soll ich weitermachen?« Kathi behielt ihre Vermutung, König könnte schwul gewesen sein, erst einmal für sich.

In der verkehrsberuhigten Wilhelm-Spaeth-Straße säumten beidseitig haushohe Ahornbäume mit Laub in den schönsten Herbstfarben die Mehrfamilienhäuser aus der Jugendstil- und Art-Deco-Ära, zweckmäßige Bauten aus den 1950er Jahren und moderne, schlichte, mehrstöckige Wohnkomplexe. So stattliche Bäume fand man in der Stadt nur noch selten, in anderen Teilen hatten sie längst Bürotürmen und Parkhäusern weichen müssen, Opfer des Wirtschaftsaufschwungs 4.0. Hier waren Parkbuchten dazwischen geschaffen worden, so einfach ging Grünerhaltung in der Stadt.

»Schöne Wohngegend«, sagte Kathi anerkennend.

»Und bestimmt ned billig, schau dir des Ding da an.« Andi zeigte auf die Hightech-Video-Türsprechanlage: mattierter Edelstahl, Zahlenfeld 0 bis 9, Mini-Dome-Kamera. Die Bewohner dieses toprenovierten Hauses von 1912, zu lesen über dem Türsturz in den Sandstein gemeißelt, hielten es mit der Sicherheit hoch. Es gab auch kein sichtbares Schloss.

»Der Herr Doktor wird sichs leisten können.« Kathi drückte den untersten der vier Knöpfe, neben dem nur Liebermann stand. *Vielleicht wohnt sein Freund noch nicht lange hier.*

»Julian Kleber«, meldete sich eine helle, freundliche Männerstimme aus dem Lautsprecher.

Aha, der Milchbubi ist zu Hause, jetzt bin ich gespannt.
»Hallo, Herr Kleber, hier ist die Kripo Nürnberg.« Kathi hielt ihren Dienstausweis direkt in die Kamera. »Mein Name ist Starck, das ist mein Kollege Steppendorff.«

Andi konnte sich das Procedere sparen. »Bitte kommen Sie rauf, erster Stock«, sagte Kleber. Dann summte es kurz, es klickte einmal, die Haustür ging wie durch Zauberhand auf und fiel nach ihnen wieder zu.

Kleber empfing sie oben an der Wohnungstür. Kathi war irritiert, weil er überhaupt nicht ihren Vorstellungen entsprach. Von wegen Student und Milchbubi, vor ihr stand ein Mann in Liebermanns Alter. Demnach musste er die Vorlesung gehalten haben. Bekannt kam er ihr auch vor: Julian Kleber war zweifellos der gutaussehende Rothaarige vom Uni-Foto in Königs Büro, heute im Casual-Outfit: Jeans und Sweatshirt.

»Julian Kleber«, stellte er sich noch einmal vor.

»Katharina Starck.«

»Grüß Gott, Steppendorff«, sagte Andi salopp.

»Grüß Gott, bitte kommen Sie rein.«

Kathi und Andi staunten, schon der weitläufige Flur, etwa drei Meter breit und sechs Meter lang, der sich vor ihnen auftat, ließ auf eine riesige Wohnung schließen. Spärlich möbliert mit einem schwarzen Lack-High-Board links neben der Tür und einem monströsen Spiegel mit breitem, silberfarbigem Barockrahmen direkt gegenüber. Es gab keine Garderobe, am anderen Ende des Flurs stand nur ein schwarzes Zweisitzer-Sofa aus Leder. Darüber hing der Pop-Art-Kunstdruck WHAAM! von Lichtenstein, auf dem ein Düsenjäger den Gegner vom Himmel holt, etwas kleiner als das Original, aber immer noch fast so breit wie die Wand. Mit geübtem Blick zählte Kathi die von hier abgehenden Türen, insgesamt sechs. So wie es aussah, erstreckte sich Liebermanns Domizil über die gesamte Etage.

»Am besten wir setzen uns in die Küche«, schlug Kleber vor. »Wenn sie bitte mitkommen wollen.«

Das war jetzt das dritte Mal, dass er Bitte sagte, dachte Kathi. *Gute Manieren hat er und einen freundlichen Eindruck macht er auch. Mich würde wirklich interessieren, wer Männchen und wer Weibchen in dieser Homo-Beziehung sein darf.*

Auf dem Weg zur Küche zweigte der Flur rechts zu einem Balkon ab und es gab eine weitere Tür, diskret mit WC beschriftet. An der Wand gegenüber hing noch ein Bild von Lichtenstein: POW! SWEET DREAMS, BABY!, auf dem ein Mann ausgeknockt wird. WHAAM und POW, Action pur und typische Machobilder. Die könnte man auch in der Wohnung eines Hetero-Mannes finden.

In der großen, modernen Küche fiel Kathis Blick als Erstes auf die doppeltürige Kühl-Gefrier-Kombination aus Edelstahl, inklusive Touchscreen, dann auf den wunderschönen, zwei Meter langen Esstisch aus weiß gelaugtem Holz mit jeweils drei schwarzen und weißen Stahlrohr-Designer-Stühlen. Für eine reine Männerwohnung war es penibel sauber und sehr ordentlich. Bis auf eine große, gefüllte Obstschale und einige Flaschen mit stillem Wasser stand nichts Überflüssiges herum. Kathi fühlte sich an einen Showroom im Küchenstudio oder an Fotos in einem Einrichtungsmagazin erinnert. Viel gekocht wurde hier sicher nicht und wer sich so eine Wohnung leisten konnte, hatte bestimmt eine Köchin, Putzfrau oder was auch immer.

»Nehmen Sie doch bitte Platz.« Kleber rückte zwei Stühle zurecht. »Darf ich Ihnen etwas zu trinken anbieten? Wasser, Saft, Coke, Kaffee?«

Kathi und Andi lehnten dankend ab und setzten sich nebeneinander, Kleber ihnen gegenüber.

»Nikolai hat angerufen, dass Sie wegen Dr. König kommen würden, ich bin von der Uni gleich hergefahren. Aber ich muss gestehen, dass ich noch etwas geschockt bin, er war auch mein Doktorvater.«

Kathi sah wieder das Foto in Königs Büro vor sich, auf dem er die beiden umarmte. Was ging damals ab, Freude über die bestandenen Prüfungen oder doch ein Dreiecksverhältnis? Und heute? In ihrer Fantasie bildeten sich schon wieder Gespinste der schlimmeren Art. »Wir nehmen dieses Gespräch mit dem Padfone auf«, sagte sie und schob es in die Mitte.

»Ist okay.«

»Dr. Kleber, wir bräuchten bitte zuerst Ihre Personalien«, sagte Andi.

»Gern.« Kleber holte sein Portemonnaie aus der Gesäßtasche und gab ihm seinen Ausweis.

»Danke. – Aha, ausgestellt in Bonn«, las Andi ab, während er das Dokument mit dem Padfone beidseitig abfotografierte. Seit drei Jahren hatten die Personalausweise einen iQR-Code, der von Kleber stammte aber aus dem Jahr 2015.

»Seit wann wohnen Sie hier?«, fragte Kathi.

»Seit Ende September, ich bi…«

Kathi spähte auf das Kärtchen. »Er läuft im Dezember ab«, erinnerte sie ihn, bevor Andi ihn wieder zurückgab.

»Ich weiß, darum muss ich mich noch kümmern. Ich ka…«

Kathi unterbrach erneut. »Dr. Liebermann erwähnte, Sie hatten heute Vorlesung, was unterrichten Sie?«

»Festkörper-Physik und ich habe eine Professur a… «

»An der Ohm-Hochschule?«

Diese Frau lässt mich einfach nicht ausreden! Niko hatte Recht, sie ist etwas vorlaut. Dann lass ich es eben. »Ja«, antwortete er knapp.

»Ist ja gleich um die Ecke.«

»Mit dem Fahrrad keine zehn Minuten.«

»Sehr praktisch.« *Jetzt ist er auch noch ein Professor! König war zweifacher Doktor, Liebermann einfacher, redet aber wie einer mit drei Titeln. Wir bewegen uns in höchsten Wissenschaftlerkreisen. Diese Wohnung ist eine echte Einstein-WG.* »Zu Dr. Liebermann, wann kam er gestern Abend nach Hause?«

»Kurz nach zehn.«

»Das wissen Sie genau?«

»Ja, ich führte gerade ein Telefonat mit einem Kollegen vom MIT. Nikolai kam dazu, wir setzten das Gespräch zu dritt fort.«

»Das MIT in Boston?«, hakte sie sicherheitshalber nach.

»In Cambridge«, verbesserte Kleber. »Es liegt in der Nachbarschaft. – Boston ist okay, wir sehen das nicht so eng.«

Aha, mal kein Wortklauber, dachte Kathi. *Jedenfalls bedeutet das sechs Stunden Zeitverschiebung.* Sie rechnete nach, *kurz nach zehn mitteleuropäischer Zeit ist dort kurz nach vier Uhr am Nachmittag, klingt plausibel.* »Festnetz oder Mobil?«

»Nein, per VisuTel. Sie können es gern nachprüfen.«

»Das werden wir, wie heißt der Kollege am MIT?«

»Dr. Ronald Andersson, er wird es Ihnen gern bestätigen. Seine Nummer lautet 627 253 100 99 plus die 001 Vorwahl für die Staaten.«

»Okay, danke.« *Warum hat Liebermann dieses Telefonat bei der Befragung im Labor nicht erwähnt,* fragte sich Kathi. *War das Genie vergesslich? Naja, nobody is perfect.*

»Außerdem werden alle Kommen- und Gehen-Zeiten im Security-Modul an der Wohnungstür gespeichert«, erklärte Kleber. »Kommen Sie mit, ich zeige es Ihnen.«

Auf die Innensprechstelle mit dem sieben Zoll großen Farbmonitor und Touch-Sensitive-Technik hatte Kathi vorhin, abgelenkt durch den WHAAM!-Kunstdruck, nicht geachtet.

»Wir benutzen diese Smart-Keys.« Kleber zeigte ihnen den handlichen Stick, etwa halb so groß wie ein Leuchtmarker. »Damit entsperrt man unten an der Haustür das Eingabefeld.«

»Warum das?«

»Ein paar Kids aus der Nachbarschaft haben immer wieder daran herumgespielt und es geschafft, dass die Tür sich öffnete. Darum wurde das Key-Lock nachträglich eingebaut. Jetzt können sie drücken, so lang wie sie wollen. Die Keys sind personalisiert, sobald man unten den Code eingibt, wird die Zeit hier fortgeschrieben.« Kleber rief die aktuelle Liste ab.

```
14.10.2024 - 19:40 h - Kleber - IN
14.10.2024 - 22:04 h - Liebermann - IN
15.10.2024 - 06:50 h - Liebermann - OUT
15.10.2024 - 10:43 h - Kleber - OUT
15.10.2024 - 14:15 h - Kleber - IN
```

»Warum auch beim Verlassen des Hauses?«, fragte Kathi.

»Der Smart-Key sendet die Zeit.«

»Ist das nicht etwas übertrieben?«

»Stimmt, eigentlich braucht man es nicht, es war im Preis mit drin.«

PIE-PIEP! klang es dezent aus der Anlage.

Kleber sah auf den Monitor. »Ah, es ist Niko!« Seine Mimik zeigte eine Mischung aus überrascht und erfreut.

Neben Liebermanns Bild wurde eine weitere Login-Zeile fortgeschrieben. Als Kleber öffnete, stand er bereits vor der Tür.

Der war jetzt aber schnell oben, dachte Kathi. *Naja, bei den langen Beinen, außerdem wird es ihm vor Neugier unter den Nägeln brennen.*

»Hi, Julian, alles klar?«

»Hi, Niko, natürlich.« Kleber schloss die Tür wieder.

Liebermann entdeckte die beiden Besucher und rümpfte die Nase. *Oh mein Gott, Kommissarin Miesepeter und Kollege Superfranke sind ja noch hier! Hoffentlich haben sie Julian nicht so zugesetzt wie mir.* Er nickte nur ein nüchternes »Hallo« in ihre Richtung.

Kathi sah ihm die flapsige Begrüßung nach und erwiderte ebenfalls mit einem »Hallo.« *Kein Küsschen für den Lover? Nicht mal eins auf die Wange? Und auch keine Umarmung? Bestimmt wegen uns, er ist wohl ein bisschen g'schamig.* »Heute schon Feierabend, Dr. Liebermann?«

»Wonach sieht es wohl aus?«, sagte er leicht pikiert. »Bin ich jetzt noch mehr verdächtig, weil ich so früh nach Hause komme?«

Kathi gefiel es, dass er sich von ihr so provozieren ließ. »Nicht mehr als heute Mittag.«

Jetzt geht sie wirklich zu weit, dachte er und musste sich wirklich beherrschen, nicht laut loszubrüllen.

O-Oh, jetzt geht er gleich auf sie los. Julian erkannte die Anspannung und das böse Funkeln in Nikolais Augen und schritt ein. »Ich habe den Herrschaften von der Kripo alles erzählt, was sie wissen wollten. Wann du gestern Abend nach

Hause gekommen und heute Morgen gegangen bist, von dem Telefonat mit Andersson, außerdem habe ich ihnen die Log-Datei gezeigt.«

Kathi spitzte die Ohren. *Warum betont er das jetzt alles so? Haben die beiden das abgesprochen?* Zeit wäre genug gewesen. Die Zutrittszeiten auf diesem Terminal konnte man sicher leichter manipulieren als bei MECH@TRON. Dann die Sache mit diesem Dr. Andersson, sofern er wirklich existierte. Andererseits, Kleber würde nicht so dumm sein und einen falschen Namen oder eine falsche Nummer nennen. Ein Anruf beim MIT reichte und sie wüssten es. Das Telefonat ließ sich mit der Liste von VisuTel leicht nachweisen.

»Zufrieden?«, fragte Liebermann verächtlichen Blickes.

»Ja, fürs Erste«, antwortete Kathi. »Wir werden das nachprüfen. Wenn Fragen auftauchen, melden wir uns wieder. Und falls Ihnen noch etwas einfällt, Dr. Kleber, hier ist meine Karte.« Sie reichte sie ihm. »Sie haben ja bereits eine, Dr. Liebermann.«

Bla, bla, bla ... Typisch Bulle, immer dieselben Sprüche drauf. Und wenn ich sie weggeworfen hätte, würde ich es dir garantiert nicht verraten! »Ja, die habe ich noch.«

»Na dann, auf Wiedersehen«, sagte Kathi förmlich und verzichtete aufs Händeschütteln.

»Wiederschaun«, schloss sich Andi an.

»Ja, Wiederschaun«, knurrte Nikolai. *Wird sich wohl nicht vermeiden lassen.* Angeödet öffnete er die Tür. Er wartete bis die beiden Kommissare nach unten verschwunden waren und ließ sie ins Schloss fallen. »Diese Frau!«, schnaubte er. »Die kostet mich noch den letzten Nerv!« Er nahm seine Messenger-Bag ab und brachte sie hinüber zum Ledersofa.

Julian folgte ihm. »So schlimm?«

»Sie ist ziemlich intelligent, aber total unsensibel.« Nikolai zog seine Lederjacke aus, legte sie ordentlich über die Lehne und setzte sich, um seine Schuhe auszuziehen. »Du hast ja keine Vorstellung, wie die mir heute auf den Zahn gefühlt hat. Die hat mich sogar nochmal ins Labor kommen lassen und befragt, Walter lag noch dort!«

»Wie bitte?« Julian setzte sich an die freie Lehne. »Ist das erlaubt?«

»Keine Ahnung, ich fand es pietätlos.«

»Es gab da mal ne Krimiserie, der Titel fällt mir gerade nicht ein. Da sagte die Hauptdarstellerin ›Ich bin Polizistin, ich darf tun was ich will‹.«

»Genau so«, bestätigte Nikolai. »Frau Starck muss auch immer das letzte Wort haben. Wie war sie sonst drauf?«

»Normal würde ich sagen. Ich meine normal für jemanden von der Kripo, denke ich. Ich habe da keine Erfahrung, ich musste noch nie für jemanden Alibi spielen.«

»Ich glaube, mir hat sie nicht alles abgekauft. Und dir?«

»Ich denke schon.«

»Sie hat meistens geredet, stimmts?«

Julian nickte. »Stimmt, ab und zu durfte Kommissar Steppendorff auch mal.«

»Der hat nen furchtbaren Dialekt, oder? Stebbendorff mit Dobbel-B und Dobbel-F, dobbelt genähd häld besser!«, äffte Nikolai Andi nach. »Wenn der richtig loslegt, brauchst du einen Dolmetscher.«

Julian grinste. »Dein Fränkisch klingt aber auch nicht schlecht.«

»Ich lebe ja schon ne Weile hier, das färbt ab.«

»Übrigens, deine Kommissarin hat mich als Erstes drauf hingewiesen, dass mein Perso im Dezember abläuft.«

Nikolai sah Julian streng an. »Sie ist nicht *meine* Kommissarin!«

Er hob die Hände zu einer Unschuldsgeste. »Sorry.«

»Schon gut. – Warum hast du ihnen den Perso gezeigt?«

»Noch gilt er.«

»Und deine Green Card?«

»Die wollte ich ihr auch zeigen und ihr sagen, dass ich nur vorübergehend hier wohne. Aber sie hat mich einfach nicht ausreden lassen, dann hatte ich keinen Bock mehr.«

Nikolai seufzte. »Die kriegen das sicher raus.«

»Wenn schon, dann habe ich es in der Aufregung eben vergessen. Daraus können sie mir keinen Strick drehen und dir auch nicht.«

»Hoffentlich.«

»Sie wird dich schon nicht beißen.«

»Ha! Da wäre ich mir nicht so sicher, du warst heute Mittag nicht dabei, schlechte Laune hoch zehn.«

»So schlimm?« Julian sah Nikolai schief an. »Du weißt ja was man sagt, wenn hübsche Frauen schlechte Laune haben.«

»Du wirst es mir sicher gleich sagen.«

»Entweder sie haben Migräne oder ihre Tage, dafür können sie nichts. Oder sie haben zu wenig oder gar keinen Sex.« Julian überlegte kurz. »Nein, dafür ist Frau Starck zu hübsch. Obwohl, viele hübsche Frauen sind Singles, weil sie zu hohe Ansprüche stellen oder die Männer glauben, sie sind es nicht und trauen sich nicht, sie anzusprechen, weil sie keinen Korb kriegen wollen, oder umgekehrt.«

»Hör bitte auf!« Nikolai warf ihm einen genervten Blick zu. »Dein Psycho-Gelaber kann ich heute wirklich nicht gebrauchen.«

»Sorry.«

»Hat sie die andere Sache auch angesprochen?«

»Nein, damit hat doch die Kripo nichts zu tun! Außerdem ist es erst heute Morgen passiert, die haben das sicher noch nicht weitergegeben.«

»Spätestens morgen weiß sie es.« Nikolai seufzte. »Vielleicht hätte ich doch was sagen sollen.«

»Mensch Alter, lass den Kopf nicht hängen, du hast ein Alibi!« Julian klopfte ihm auf die Schulter. »Was wird jetzt bei euch ohne Walter und Tüyüc?«

»Frau de Boer leitet vorübergehend die Abteilung, es gibt ja sonst keinen.«

»Hallo! Nicht so bescheiden, mein Lieber! Erinnerst du dich noch, was Walter bei der Promotionsfeier sagte?«

»Ich wäre der Beste von allen.«

»Genau.«

»Nicht so gut wie du.«

»Bullshit!«

»Wer ist hier der Prof? Ich kann mich nicht vor ne Horde Studenten hinstellen und ihnen was erzählen.«

»Ich bin halt nicht so scheißschüchtern wie du.«

»Ich bin nicht schüchtern.« Nikolai sprang auf.

»Ist ja gut.« Julian ging vorsorglich in Deckung. »Ich nehme alles zurück.«

»Ich ziehe mich jetzt um und gehe ne Runde laufen, ich muss mich abreagieren.«

***

Während der Fahrt ins Präsidium entgingen Kathi und Andi gerade noch dem beginnenden Feierabendverkehr und saßen kurz nach vier im Büro. Andi räumte zunächst seinen Schreibtisch auf. Als heute Morgen der Anruf für den Einsatz kam, hatte er nur schnell den Rechner heruntergefahren, das Telefon umgestellt, sonst alles liegen und stehen lassen.

»Ich hol mir einen Kaffee, willst auch einen?«

»Danke ich hab noch das Wasser.« Kathi zeigte auf die halbvolle Flasche. »Aber lass mir dein Pad hier.« Sie legte es zu ihrem auf die Docking-Station zum Synchronisieren und Laden, Vorschrift nach jedem Einsatz. Den Upload aufs System hatte sie auf dem Weg hierher schon geprüft. Als Nächstes checkte sie ihre E-Mails, dazu war sie seit Mittag nicht mehr gekommen. Bis auf ein paar behördeninterne Informationen, die sie nur kurz überflog und in einen Extra-Ordner verschob, gab es nur eine wichtige Nachricht aus der Rechtsmedizin in Erlangen. Dr. Stern informierte sie, dass er die Obduktion von Dr. Königs Leichnam heute nicht mehr schaffen würde, bestätigte aber die Todesursache Stromschlag. ›Melde mich morgen a.s.a.p., Gruß Richard‹, stand am Ende der Nachricht. Kathi markierte sie und legte sie auf Termin. Dann ließ sie die Gesprächsprotokolle ausdrucken, auf Papier kontrolliert sichs leichter.

Andi kam mit einem Becher dampfendem und duftendem Kaffee zurück, stellte ihn auf seinen Platz und schüttelte die Hand. »Allmächd, ist der heiß!« Er wanderte mit seinem Bürostuhl hinüber zu Kathi. Während der Kaffee abkühlte und der Drucker weiter brav die Seiten ausspuckte, sahen sie sich gemeinsam die Aufzeichnungen der Überwachungskameras vor dem Kellerlabor an – brillante Bilder in Farbe, leider ohne Ton – und verglichen sie parallel mit den Zutrittslisten auf dem zweiten Bildschirm: Um 7:21 Uhr eingeblendete Zeit, verließ König den Aufzug und ging in Richtung Labor. Der große schlaksige Mann mit dem lässig schlurfenden Gang, á la Walt Disneys Goofy, pfiff gut gelaunt vor sich hin und vollzog plötzlich eine gekonnte 360-Grad-Drehung um die eigene Achse.

»Der freute sich richtig auf die Arbeit«, sagte Kathi und beobachtete das Zutritts-Ritual, das von einer Kamera an der Decke hinter ihm und von einer weiteren über der Tür aufgezeichnet wurde. König hielt seinen Firmenausweis ans Lesegerät und legte seine Hand auf den Sensor. Erst beim Blick in den Holoschirm, der sein Gesicht mit bläulichem Licht biometrisch vermaß und zeitgleich einen Retina-Scan durchführte, hörte er mit dem Pfeifen auf und hielt still.

```
UNLOCKING DOOR
15.10.2024 - 7:23 h - Dr. Dr. Walter König
ACCESS GRANTED
```

Die äußere Schleusentür öffnete sich mit einem leisen Zischen und schloss sich, nachdem König eingetreten war. Nach einer Minute Aufenthalt in der Schleuse, erschien auf dem Monitor eine weitere Zeile.

```
15.10.2024 - 7:24 h - Dr. Dr. Walter König - IN
```

Bis 7:36 Uhr blieb es leer auf dem Flur, dann erschien Liebermann auf der Bildfläche. Flotten Schrittes verließ er den Aufzug, verständlich, er war etwas später dran und wollte Dr. König nicht länger warten lassen. Aber den Sicherheits-Check absolvierte er in aller Ruhe, beinahe wie ein Ritual.

```
15.10.2024 - 7:37 h - Dr. N. Liebermann
ACCESS GRANTED
15.10.2024 - 7:38 h - Dr. N. Liebermann - IN
```

Vier Minuten später zeigte das Video den heraneilenden Security-Chef und das bekannte Procedere der Zutrittsfreigabe.

15.10.2024 - 7:41 h - René Hofbauer
ACCESS GRANTED
15.10.2024 - 7:42 h - René Hofbauer - IN

»Was hat Liebermann in diesen vier Minuten wirklich gemacht?«, fragte Kathi. »Wenn er alles gut vorbereitet hatte, also Panel und Wasserflasche präpariert, musste er sie nur noch umstoßen, prüfen ob König tot war und den Anruf an die Security absetzen. Die Zeit hat locker gereicht.« Sie stoppte den Film.

Andi legte die Stirn in Falten. »Also ich kann ned glauben, dass der Liebermann einfach zuschaut, wie's den König zerbröselt?«

»Ich trau dem alles zu. Hast du nicht bemerkt, wie er vorhin reagiert hat, als er heimgekommen ist?«

»Doch, schon. Aber des muss nix heißen. Stell dir vor, du kommst heim und die Kribbo is da.«

»Ich wäre überrascht, aber wenn ich nix ausgefressen hab, brauch ich mir keine Sorgen machen und nicht nervös sein. Wie Kleber ihm das mit dem Telefonat und der Log-Datei hingerieben hat, war garantiert abgesprochen!«

»Jetzt lass erst mal den Film weiterlaufen.«

Kathi startete wieder. Eine Minute geschah nichts, dann verließen Hofbauer und Liebermann unmittelbar nacheinander das Labor. Hofbauer ging telefonierend in Richtung Treppenhaus.

»Da ruft er grade Frau de Boer an, die Zeit passt«, kommentierte Kathi das Bild.

15.10.2024 - 7:43 h - René Hofbauer - OUT
15.10.2024 - 7:44 h - Dr. N. Liebermann - OUT
DOOR LOCKED

»Uns hat er gleich danach ang'rufn.«

Der Film zeigte, wie Liebermann geduldig wartete, bis wenige Minuten später ein anderer Security-Mitarbeiter bei ihm auftauchte.

»Das ist Bühn«, sagte Andi.

Bis zwölf nach acht standen die beiden zu zweit herum, redeten nur wenig miteinander. Dann kam Susan de Boer mit Hofbauer und betrat mit ihm und Liebermann das Labor im Minutentakt und verließ es wieder. Bühn hatte inzwischen draußen gewartet.

»Da isses wirklich zugangen wie am Plärrer«, meinte Andi.

»Aber die Zeiten stimmen mit den Aussagen überein.«

Um 8:17 Uhr verriegelte Hofbauer die Tür von außen und verließ die Gruppe.

»Da, jetzt geht Hofbauer wieder nach oben«, sagte Kathi.

»Weißt du wohin?«

»Er hat g'sachd, er war in der Zentrale und hat g'wartet bis mir kommen. Das war kurz vor neune.«

Kathi und Andi beobachteten die vor dem Labor wartenden drei Personen, Susan de Boer, Liebermann und Bühn, ihre Blicke und Gesten. Sie redeten nur wenig, Frau de Boer telefonierte ein paar Minuten – laut Liste mit ihrer Sekretärin – ihre Aussage stimmte. Liebermann und Bühn sahen sich kaum an, absichtlich? Steckten sie unter einer Decke, taxierte einer den anderen unauffällig, wissend, dass die Kameras alles aufzeichneten? Oder interpretierte Kathi es falsch und sie waren wirklich unschuldig, nur zufällig zur falschen Zeit am falschen Ort.

»Schau, da sind wir«, meinte Andi, als um 8:58 Uhr Hofbauer mit ihm und den bepackten Kriminaltechnikern zurückkehrte. Nach Begrüßung und Vorstellung hob der Security-Chef die Zutrittssperre auf. Die Kommen- und Gehen-Zeiten auf der Liste stimmten mit dem Timestamp auf den Videoaufnahmen 1:1 überein.

Kathi stoppte den Film und lehnte sich zurück. »Also gut, gehen wir davon aus, dass keiner dran rumgefummelt hat.«

»Glaubst, des wär so einfach?«

»Alles ist möglich. Frau de Boer sagte, es ginge nur vom Hauptterminal in der Security-Zentrale und von ihrem Rechner, Zugang haben nur sie, Hofbauer und Bühn und sie müssen immer zu zweit sein. Nenne mir ein System, das nicht geknackt werden kann. Vielleicht steckt Liebermann mit einem der beiden unter einer Decke. Mit der Hilfe eines Genies, wie er eines ist, könnte man die Sicherheitsrestriktionen umgehen und Frau de Boers Gute-Hacker-Truppe täuschen. Ich bin ziemlich sicher, unser Mörder hatte einen Komplizen.«

»Der Liebermann als böser Hacker? Kann ich mir ehrlich g'sachd ned vorstellen.«

»Ich konnte ihn mir zuerst auch nicht als Homo vorstellen.«

»Ich kann des so oder so ned.«

»Egal. – Bühn saß in der Zentrale, als Hofbauer im Keller war und danach wars umgekehrt. Vielleicht haben die beiden das Ganze ausgeheckt.«

»Des wär doch aufg'falln, wenn einer rumgmacht hätt.«

»Vielleicht haben sie sich abgewechselt, damit es nicht auffällt. Jedenfalls ging es nur zu zweit, einer manipuliert Panel und Wasserflasche, der andere die Dateien. Ich frage mich, wie lange das Ändern der Zeiten dauern könnte, er musste die der Kameras mit denen des Zutrittsterminals abgleichen. – Wann hast du die Listen bekommen?«

»Moment.« Andi prüfte es. »Die Zutrittslisten kurz nach zehn und die Filme, während du bei der Frau de Boer warst.«

»Zeit genug, wenn einer fit ist und die Passwörter hat.«

»Okay, ich schau mir jetzt alles nochmal an«, kündigte Andi an und rollte mit seinem Stuhl zurück an den Schreibtisch. Er verschränkte die Hände, ließ sie einmal Knacken und machte sich mit einem »Edzertla« an die Arbeit.

Kathi nahm sich das Gesprächsprotokoll von Liebermann vor. Bereits auf der ersten Seite entdeckte sie mehrere, farbig markierte Textpassagen, nach zehn Minuten triumphierte sie. »Schau dir das mal an!«

Andi schickte seine Dateien zum Drucker und sah Kathi wieder über die Schulter.

»Hier, gleich am Anfang.« Sie zeigte auf den Satz:

›Ich musste nur an die frische Luft‹, orangefarben unterlegt.

»Und hier gleich das nächste Mal, sogar Rot!«

›Im Innenhof, von hier den Flur entlang, die Treppe hoch, über das kleine Foyer, dann links. Ist das präzise genug?‹

An den Stellen, an denen er in sein Fachchinesisch verfiel und über die Arbeit sprach, beruhigte sich die Stimme zusehends und war grün markiert.

›Die Masse von Anti-Teilchen und Elektron wird in pure Energie verwandelt und die kann man messen. Das Positron fungiert als nanoskopisches Sondenteilchen ...‹

Sobald es um Dr. König oder um Tat-Relevantes ging, tauchten wieder Stress-Spitzen in Liebermanns Stimme auf, die zwischen Orange und Rot schwankten.

»Hier schon wieder, da hab ich ihn gebeten, zu wiederholen wie er Dr. König gefunden hat, orange!«

›Also gut, dann eben noch einmal.‹

»Für mich klang das wie ›hoffentlich sage ich nichts Falsches‹. Und hier, als ich ihn fragte, warum er an Mord dachte, wieder orange.«

›Nein, es waren zu viele Zufälle! ... Das kam mir eben Spanisch vor ... ‹

»Das kommt mir nicht nur Spanisch vor, dieses Protokoll schreit geradezu nach Verdacht!«

»Des find ich ned.« Andi blieb gelassen. »Du reimst dir da was zamm!«

»Und was ist damit?« Sie zeigte auf eine rote Stelle am Ende, für sie Dunkelrot.

›Soll das bedeuten, ich brauche ein Alibi? Verdächtigen Sie mich etwa?‹

»Da war er mehr als nervös, dann das hier!« Sie scrollte wieder ein Stück zurück.

›... ich habe einen Finger hineingetaucht und vorsichtig probiert!‹

»Wer taucht seinen Finger in eine Pfütze am Fußboden? Das ist doch eklig! Ich glaube, das war gelogen. Er wusste, dass es sich um eine verdünnte Säure handelt, weil er sie selber in die Flasche gegeben hat.«

»Und ich glaub, das war sein Forscherdrang.«

»Der war total nervös! – Außerdem, die Macke mit seiner Brille, ich hab nach dem dritten Mal gar nicht mehr mitgezählt!«

»Das sagt gar nix! Hast jetzt an Narren an dem g'fressn oder was? Du würdest den am liebsten gleich verhaften, oder?« Kathis Blick sprach Bände und Andi konterte mit erhobenem Zeigefinger. »Solang seine Schuld ned bewiesen ist, ist er unschuldig und bleibt auf freiem Fuß. Punkt!«

»Ich weiß, im Zweifel für den Angeklagten«, zitierte Kathi gelangweilt das Strafgesetzbuch. »Ich hab aber lieber einen Verdächtigen mehr, als einen zu wenig!«

»Kaddi, jetzt übertreibs ned, der Liebermann war halt aufg'regt wegen seinem toten Chef!«

»Mag sein.« Für sie waren es entschieden zu viele Zufälle und irgendetwas hatte er verschwiegen, das roch sie auf 100 Kilometer Entfernung. Sie war im Moment wirklich scharf drauf, ›Ich verhafte sie wegen des Mordes an Dr. König‹ zu Liebermann zu sagen. ›Make my day‹, wie Dirty Harry, am liebsten heute! »Ich will wissen, ob Liebermann schon mal mit dem Gesetz in Konflikt gekommen ist oder erkennungsdienstlich behandelt wurde. Egal, ob er mal was geklaut hat, zu schnell oder besoffen Auto gefahren ist, oder beides zusammen, außerdem wie viele rote Ampeln er überfahren hat! Dasselbe gilt für Kleber, Hofbauer, Tüyüc und Bühn!«

Während Kathi im Polizeicomputer nach Dr. Nikolai Liebermann suchte, überprüfte Andi Klebers Personalien und entdeckte einen Eintrag des Bundesverwaltungsamtes.

»Moment Mal! Da steht …« Plötzlich wurde sein Bildschirm schwarz. »Was issn jetzt los?«

Kathi sah zu ihm hinüber. »Bei dir auch?«

Er nickte. »Ja, alles weg.«

Kathi versuchte, eine Datei übers Padfone zu laden. »Netzwerkverbindung unterbrochen«, las sie vor.

»So ein Scheissdregg!«, fluchte Andi. »Beim Kleber stand ein Eintrag zum Perso!«

»Sieht nach Systemausfall aus.« Kathi wählte kurzerhand die Nummer der IT-Hotline. Nach unendlich erscheinenden zwei Minuten in der Warteschleife meldete sich eine Frauenstimme, leider nur eine automatische. Kathi stellte auf Lautsprecher. »Sehr geehrte Kolleginnen und Kollegen, aufgrund von Netzwerkproblemen mussten die Systeme teilweise heruntergefahren werden. Wir bemühen uns, das Problem so schnell wie möglich zu beheben. Vielen Dank für Ihr Verständnis. Auf Wiederhören.«

»Menno, ausgerechnet jetzt!« Kathi stieß fauchende Laute aus wie Siegfrieds Drache. »Beim BVA brauchen wir gar nicht anzurufen, die arbeiten nur bis halb fünf.«

»Mist, jetzt ist es zehn nach.«

»Zum Glück haben wir die Ausdrucke, machen wir damit weiter.« Sie holte den Stapel mit den Gesprächsprotokollen von Kleber, Hofbauer und Bühn heran und prüfte sie auf verdächtige Stellen. Andi widmete sich der Zusammenfassung der Zufahrts- und Zutrittszeiten von Parkhaus, Gebäuden, Büros, Labor und Security-Zentrale.

Nach einer dreiviertel Stunde probierte es Kathi noch einmal bei der Hotline, wieder eine automatische Ansage, aber eine neue. »Sehr geehrte Kolleginnen und Kollegen, die Systeme werden heute nicht vor 20:00 Uhr stabil laufen. Es herrscht Not-Betrieb, Zugriff ist nur auf folgende Anwendungen möglich ...« Sie betete eine Litanei herunter, gerade die Programme, die sie bräuchten, waren nicht dabei. »Vielen Dank für Ihr Verständnis, auf Wiederhören.«

»Ned vor acht, na doll!«, knurrte Andi. »Soll einer noch einmal was übers papierlose Büro sagen. Aber mich wurmt des mit dem Kleber sein Perso!«

»Das muss bis morgen warten. – Wie siehts denn sonst bei dir bis jetzt aus?«

»Die Zufahrts- und Zutrittszeiten stimmen bis jetzt alle überein, und bei dir?«

»Nichts Auffälliges, bei Hofbauer und Bühn zeigen sich kaum Stress-Spitzen und bei Kleber gar keine. Entweder haben die drei das besser im Griff oder der Verdacht gegen sie ist unbegründet.«

»Aber der Liebermann? Ich kann des ned glauben.«

»Für mich bleibt er der Hauptverdächtige.«

»Den Tüyüc gibts auch noch.«

»Hm, der hätte vielleicht ein Motiv, Frau de Boer hat mir erzählt, dass es vor vier Jahren ein paar Spannungen gab. König hatte einen Herzinfarkt und es sah aus, als käme er nicht wieder. Tüyüc hatte schon damit gerechnet, sein Nachfolger zu werden. Aber sie hat mit der Stellenausschreibung noch gewartet.«

»Glück für König, aber der Tüyüc könnte ihm das nachtragen. Das wär ein Grund, Rache halt.«

»Frau de Boer meinte, er müsste es *ihr* nachtragen. Er rächt sich, indem er Dr. König umbringt, genau in der Zeit, in der sie ihn am dringendsten braucht. Aber er hat ein Alibi für Dienstagmorgen, den Anruf bei Liebermann von zu Hause. Schade, dass wir ihn nicht befragen können.« Kathi seufzte, vielleicht käme so etwas Licht ins Ermittlungsdunkel, entweder der Verdacht gegen Liebermann würde sich erhärten oder in Luft auflösen. »Aber er läuft uns ja nicht weg. Morgen rufen wir in Erlenstegen an und lassen uns bestätigen, wann Tüyüc dort angekommen ist und ab wann er operiert wurde. Dann fahren wir zu seiner Frau. – Bevor ich es vergesse, das Sternchen hat es heute mit Dr. König nicht geschafft, er meldet sich morgen.«

»Okay, dann hammer auch die anderen Ergebnisse von der Spusi.«

»Ich mach jetzt Schluss für heute«, sagte Kathi. »Mir brummt der Schädel und ich sehe schon fast nichts mehr vor lauter Zahlen und Zeiten.«

»Hast Recht, mach mer Feieraamd. Soll ich dich heimfahrn?«

»Nein, von hier zu mir und dann nach Gebersdorf, das ist doch ein Riesenumweg. Ich ruf mir ein Taxi, auf U-Bahn und Bus hab ich jetzt keine Lust.«

»Und morgen früh?«

Bevor Kathi antworten konnte, läutete das Telefon. »Wer ist das denn noch?« Sie hob ab. »Starck.« Sie lauschte und plötzlich erhellten sich ihre Züge. »Ebene D, Stellplatz 24. Danke, Herr Michel. Schön dass es noch geklappt hat.«

Kathi brauchte nichts zu erklären, Andi wusste Bescheid, Herr Michel arbeitete im Fuhrpark. »Kriegst doch noch ein Auto, schee.«

Als sie Schlüssel abholte, lächelte sie milde, weil der zu einem nagelneuen Mercedes 180 SEE gehörte. »Naja, einem geliehenen Gaul schaut man nichts ins Maul.«

Trotz des nachgelassenen Berufsverkehrs, fuhr Kathi den Frauentorgraben entlang besonders vorsichtig, zum Glück traf sie auf keine aufsässigen Benz-Fahrer. Ihr Parkplatz zu Hause war auch frei, das Mindeste nach einem langen und stressigen Tag. Sie holte die Post aus ihrem Briefkasten und fuhr mit dem Aufzug in den vierten Stock. Beim Aufschließen der Wohnungstür ging das Licht im Flur von selber an, Dank eines Bewegungsmelders, den ihre Oma einbauen ließ. Nach zweimaligem Abschließen wie immer, legte sie die

Briefe auf die Kommode und entledigte sich ihrer Jacke, die sie ordentlich auf einen Bügel an die Garderobe hängte. Ihre Dienstwaffe, eine Heckler & Koch P30 V3X, kam vorschriftsmäßig in den Spezialsafe in der obersten Schublade, die Smartwatch und ihr privates Handy auf die Dockingstation zum Laden. Das übliche Feierabend-Ritual.

Auf dem Weg ins Wohnzimmer öffnete Kathi einen Brief, der ihr wichtig schien, weil er von der Sparkasse stammte, ihrer Hausbank. Es war nur eine Information, dass ab 1. November eine neue Kundenberaterin für sie zuständig war. Sie legte den Umschlag auf den Tisch und ließ sich auf ihr weiches Sofa fallen. »Was für ein Tag«, seufzte sie. Der Blick durch den Raum stimmte sie wieder milde. Sie mochte ihre Wohnung, nicht nur weil sie diese von ihrer Oma geerbt hatte und viele Kindheitserinnerungen damit verband. Nach dem Umbau, bei dem eine Wand fallen musste und die Fläche des Wohnzimmers auf 30 Quadratmeter verdoppelte, mit neuer Badezimmerausstattung, sowie neuer Küche, war sie zu einem richtigen Schmuckstück geworden. 82 Quadratmeter, plus zwölf für die Dachterrasse, hell und nicht mit Möbeln vollgestellt. Ein großes modernes, mausgraues und superbequemes Sofa, ein flacher Tisch, zwei Sideboards in Lackweiß und als Kontrast dazu der hohe Vitrinenschrank aus gelaugtem Holz, ein Erbstück von Oma Blümlein. Dieser diente als Hort für ihre schönen Wein- und Sektgläser aus Kristall, sowie für ihre Pokale von den Taekwondo- und Boxwettkämpfen.

Kathis Entspannungsversuch währte keine zehn Minuten, ihr Magen knurrte und Durst verspürte sie auch. Sie raffte sich wieder auf, spazierte in die Küche und mixte sich eine

Apfelschorle. Das Glas leerte sie in wenigen Zügen und machte gleich eine neue, bevor sie aus dem Kühlschrank die Zutaten für ihren Spezialburger zusammensuchte: Salami, Senf, Ketchup, Essiggürkchen. Ein Blick auf das Tür-Display erinnerte sie, Milch und Joghurts zu kaufen. Sie halbierte ihr letztes Vollkornbrötchen, das war zwar von gestern, aber getoastet immer noch ein Genuss, es stammte ja vom Bäcker um die Ecke, nicht aus der Fabrik. Während die Brötchenhälften aufgebacken wurden, röstete Kathi ein paar Scheiben Salami in einer Pfanne an. Dann gab sie etwas Senf auf eine Brötchenhälfte und einen Klecks Ketchup auf die andere, drückte sie kurz zusammen, nahm sie wieder auseinander, belegte sie mit der knusprigen Wurst und hauchdünnen Gurkenscheiben und legte sie wieder zusammen, fertig.

Sie setzte sich an den Esstisch und biss erst einmal herzhaft hinein, bevor sie gedanklich durchkaute, was morgen alles anstand, wenn die Systeme wieder reibungslos liefen: Die Sache mit Klebers Perso klären, VOICECOMPARE über alle Gesprächsprotokolle laufen lassen – diese Software analysiert alle Texte und spuckt aus, an welchen Stellen sie sich ähneln, sprich die Befragten sich abgesprochen haben könnten; Vorstrafenregister und Verkehrssünderkartei auf Einträge der Verdächtigen überprüfen, mit dem Obduktionsbericht und den Ergebnissen der Spusi die Fallanalyse durchführen, das Team briefen und die Arbeit delegieren. Leider standen Kathi neben Andi nur Rüdiger Clausen und Philipp Stoll, beide seit zwei Jahren Kommissare, und Kommissar-Anwärterin Angie Knecht zur Verfügung. Fünf Leute pro Mordfall, so die Regel seit den Rationalisierungsmaßnahmen vor vier Jahren, waren eigentlich ein Witz. Nur bei komplexeren Angelegenheiten, Serientätern oder Fällen, in die andere Dezernate eingebunden waren, gab es Ausnahmen. Zu viele Überstunden sollten auch nicht gemacht werden – eine Idiotie, aber Arbeitsalltag. Das Innenministerium redete sich fein raus, es stünden ja mittlerweile genügend technische Hilfsmittel zur Verfügung. Sehr viel Schreibkram war entfallen, Spusi und Rechtsmedizin konnten schneller Ergebnisse liefern, trotzdem blieb bei jedem Fall noch ein wahrer Arbeits-Mount-Everest übrig. Dabei hasste Kathi Bergsteigen wie die Pest, auch etwas was Exmann Robert nie nachvollziehen konnte. Sie hielt sich gern an den Spruch ihrer Oma ›Warum sind Berge so hoch? – Weil kein Mensch da oben was zu suchen hat‹. Kathi steckte den letzten Bissen in den Mund, räumte das Geschirr in die Spülmaschine und ließ sich ein Schaumbad ein.

In der Wanne aalte sie sich eine Weile im nach Rosen und Lavendel duftenden Wasser, dann holte sie tief Luft und tauchte kurz unter. Wieder an der Oberfläche, pustete sie ein paar Schaumkronen weg und ließ mit geschlossenen Augen den Tag an sich vorüberziehen: den dämlichen Unfall, den Mord, die Positronen-Mikrosonde und last but not least: Dr. Nikolai Liebermann. *Kleber nannte ihn Niko, süß!* Sie lächelte. Eine Intelligenzbestie à la Einstein und Traummann in einer Person vereint, sexy hoch zehn, leider schwul und ihr Hauptverdächtiger. Julian Kleber fand sie auch ziemlich attraktiv, trotz rotem Haar und Sommersprossen. Die waren eigentlich nicht so ihr Fall, dafür Liebermanns. Und der war ihr Fall, jobtechnisch. Ob und wie Kleber in der Sache mit drinsteckte, würde sich zeigen. Jedenfalls war ihr sein Getue inszeniert vorgekommen und die Sache mit dem Personalausweis wurmte sie inzwischen auch. *Warte nur, ich prüfe das nach, ob du einen neuen beantragst. Und wenn ihr das Klingelschild neu be-*

schriftet, solltet ihr statt euren Namen ›gepaarte Intelligenz‹ drauf schreiben oder gleich eine Formel, am besten E=mc² mal zwei. Plötzlich sah sie Myriaden sich vernichtender Positronen vor ihren Augen, wie sie in die Falle tappen, die sie gefangen hielt – wie ihre Sexteilchen in Liebermanns Falle, wäre er hetero. *Dieser Mann!* Sie hatte sich in ihn verguckt oder wie der Andi sagte: ›Hast jetzt an Narrn an dem gfressn oder was? Du würdst den am liebsten gleich verhaften, oder?‹. *Verhaften würde ich ihn auch gern, am liebsten für mich ganz allein.* Kathi kicherte und blies den Schaumberg weg, der durch das Plantschen vor ihre Nase gewandert war. *Kann man schwule Männer umpolen? Vielleicht muss man sie dazu nur mit reichlich weiblichen Sexteilchen beschießen.* Kathi kicherte wieder. *Schon wärs.* Sie tauchte unter, kicherte unter Wasser weiter, verschluckte sich beinahe und kam glucksend wieder hoch. *Schade, wieder ein attraktiver Mann für die Frauenwelt verloren.*

Schon lang ging ihr kein Zeugengespräch mehr so nah und nach, wie das mit Dr. Einstein Liebermann heute. Sie seufzte und betrachtete ihre schrumpelige Haut an den Händen. *Allmächd, wie lange war ich jetzt hier drin?* In einer beheizbaren Badewanne ist man verführt, eine halbe Ewigkeit zu verbringen, wenn man wie Kathi vergisst, den Timer einzustellen. Jetzt rief ihre Haut nach einer Extra-Dosis Pflege. Sie stieg heraus, tupfte das Wasser nur leicht ab und sprühte sich anschließend mit einem feinen Hautöl ein. Nachdem sie es leicht verrieben hatte, schlüpfte sie in ihren Frotteebademantel und föhnte ihr Haar trocken.

Mit einem Glas Rotwein setzte sie sich ins Wohnzimmer. »Fernseher an«, sagte sie. Sie liebte ihren 55-Zoll-Riesen mit Advanced Dolby Surround. Seit über einem Jahr vertrieb er ihr die Langeweile an den freien Abenden und am Wochenende, war manchmal der beste Freund ihres Single-Daseins. Nach einem entspannenden Bad sollte man eigentlich in den Armen eines tollen Mannes liegen und Wein mit ihm trinken. Ihr blieb nichts anderes übrig, als sich vom Fernseher bedudeln zu lassen. Das Politmagazin im Ersten war ihr heute zu trocken, auch auf die Nachrichten hatte sie keine Lust.

»Spielfilme anzeigen.« Das Spartenauswahlmenü erschien. Kathi wählte »Comedy« und überflog die erste Seite, das Angebot stellte sie aber nicht zufrieden. »Nächste Seite.« Sie blätterte weiter und blieb bei ›Der Kautions-Cop‹ hängen, ein älterer Film mit Gerard Butler und Jennifer Aniston. Kathi leerte das Glas und legte sich ihre Kissenhorde zurecht, zwei links, zwei rechts, eins auf den Schoß.

Wow, sah Butler damals gut aus!, dachte sie, als dieser auf dem Schirm erschien. *Der könnte mir auch gefährlich werden. Wie alt wird er inzwischen sein, Mitte 50? Bestimmt noch gut in Form, das Haar vielleicht graumeliert, dazu die stahlblauen Augen, wow! Und er ist garantiert nicht schwul!* In ihrer Vorstellung wurden Butlers blaue Augen plötzlich zu Liebermanns grünen und ihre Sexteilchen begannen zu wuseln, wie die Positronen im Labor, von denen Mr. Einstein 2.0 behauptete, sie könnten es nicht. Mag schon sein, aber von den Sexteilchen einer Frau hatte er null Ahnung. Kathi spürte jedes einzelne bei dem Gedanken an ihn. *Vergiss ihn, er ist ein Verdächtiger, wenn auch ein extrem sexy und unwiderstehlicher, leider homosexueller Verdächtiger. Auch wenn er hetero wäre, er ist ein Zeuge, schmink ihn dir ab! Du hast dich schon mal in einen verliebt und das ging gewaltig schief. Das passiert dir kein zweites Mal, auch wenn die Umstände damals in München andere waren!* Kathi schloss die Augen.

***

In ihrem Kopf liefen die traumatischen Szenen vom 5. Mai 2016 ab. Sie spürte die Waffe in ihrer Hand und wie sie abdrückte. Er, das war Rainer Z., 44 Jahre alt, Architekt und Ohrenzeuge eines lautstarken Streits seiner Nachbarn Bernd und Sandy P.. Die Frau wurde später erschossen aufgefunden. Schon während der ersten Befragung hatte Kathi sich zu Rainer hingezogen gefühlt. Wenn die Arbeit es zuließ, trafen sie sich tagsüber in der Stadt auf einen Kaffee oder zum Mittagessen. Die Wochenenden der knapp sechs Wochen dauernden Beziehung verbrachten sie in seiner modernen Villa in Grünwald, auf seinem Boot am Starnberger See oder bei Einladungen der Münchner Bussi-Gesellschaft, Rainers Revier. Früher keine Freundin davon, fand Kathi es plötzlich toll.

In U-Haft beteuerte Bernd P. weiter seine Unschuld. Er hätte seine Frau tot aufgefunden, als er nach Hause kam. Keiner glaubte ihm, er hatte kein Alibi für die Tatzeit, es gab weder Einbruchsspuren oder fremde Fingerabdrücke. Außerdem schrieb seine Firma dunkelrote Zahlen und auf Sandy war eine hohe Lebensversicherung abgeschlossen gewesen, mit ihm als Begünstigten. Die anderen Nachbarn sagten aus, in der Ehe würde es sei einiger Zeit kriseln und oft Streit geben. Manche munkelten von einem Liebhaber. Eifersuchtstat oder Mord aus Habgier? Für seinen Anwalt weder noch, alles nur Indizien und die Tatwaffe: unauffindbar.

110

Im Zuge seiner eigenen Nachforschungen stellte sich heraus, dass Rainer und Bernd sich zu Studienzeiten wegen Sandy zerstritten hatten. Rainer zog später nach Stuttgart. Ein halbes Jahr vor der Tat kaufte er das Nachbarhaus von einem durch die Finanzkrise in Geldnot geratenen Makler, zog ein und begann eine Affäre mit der damals unglücklichen Sandy. Als sie diese beenden wollte, um ihrer Ehe noch eine Chance geben, kam es zum Streit zwischen Rainer und ihr. Sie warf ihn hinaus, aber er kehrte zurück. Mit ihrem Schlüssel, den er unbemerkt hatte mitgehen lassen, verschaffte er sich Zugang zum Haus. Sandy saß noch im Wohnzimmer und heulte, ohne Warnung schoss er von hinten viermal auf sie. Die Tat gab es, dank Sandy, auch auf Film. Sie hatte vor längerer Zeit Mini-Kameras in Wohn- und Schlafzimmer einbauen lassen, weil sie glaubte, Bernd hätte eine Affäre. Sein Anwalt war bei seinen Ermittlungen auf die Rechnung einer Security-Firma gestoßen.

Kathi war aus allen Wolken gefallen, als man bei einer weiteren Hausdurchsuchung diese Aufnahmen fand. Rainer trug Handschuhe, verwendete eine Pistole mit Schalldämpfer und musste danach seine Fingerabdrücke an Tür und Schlüsseln weggewischt haben. Er war ein von Rache getriebener, eiskalter Mörder gewesen, der den teuflischen Plan verfolgte, seinem früheren Freund eins auszuwischen. Er musste von der Lebensversicherung gewusst haben, um ihm den Mord unterzuschieben. Dieses durchtriebene Aas hatte sie belogen und benutzt, um den Verdacht von sich abzulenken. Noch lange Zeit danach zerbrach sie sich den Kopf, wie das passieren konnte und ob es Anzeichen gab, die sie nicht sehen wollte. Dieser Mann hatte ihren kriminalistischen Spürsinn gewaltig vernebelt. Liebe macht blind und doof.

Gegen Rainer Z. wurde Haftbefehl erlassen. Zum Glück wusste keiner von Kathis Verhältnis zu ihm, sonst hätte ihr Chef ihr den Fall weggenommen. Mit ihrem damaligen Kollegen Jochen Tischner und zwei Streifen fuhr sie zu seinem Büro in der Giselastraße, parallel dazu machten sich zwei andere Kollegen auf den Weg zur Villa nach Grünwald. Vergeblich, Rainer befand sich zu der Zeit am anderen Ende von Schwabing auf einer Großbaustelle. Als sie dort eintrafen, saß er schon im Auto und wollte fliehen, einer seiner Mitarbeiter hatte ihn verbotenerweise informiert. Die einseitig gesperrte Straße vor der Baustelle wurde Rainer zum Verhängnis, die Streifenwagen versperrten ihm den Weg. Mit vorgehaltener Waffe rannte er in den Rohbau. Kathi und Jochen folgten ihm, geschützt mit kugelsicheren Westen, und gaben einander Deckung. Rainer schoss Jochen auf die Beine und flüchtete in das fast fertige Parkdeck im Untergeschoss. Kathi wusste von einer Baustellenbesichtigung, zu der er sie einmal mitgenommen hatte, genau wohin er wollte: zur Ausfahrt am Frankfurter Ring. Kurz davor konnte sie ihn stellen. Er richtete sofort die Waffe auf sie, im Nachhinein stellte sich heraus, dass Sandy damit erschossen wurde. Kathi trug zwar eine kugelsichere Weste, aber Rainer zielte auf ihren Kopf, es hieß er oder sie. Sie war schneller und traf ihn mitten ins Herz.

Nachdem der Schock verdaut war, kaufte sie einen Sandsack für ihre Wohnung – eine bessere Alternative, als alles kurz und klein zu schlagen. Der bekam all ihre Wut ab, die auf sich selbst und manchmal auf die ganze Welt, immer wann sie wollte. Die Tabletten vom Psychologen verweigerte sie, den Schmerz mit Alkohol zu betäuben, lag ihr auch nicht. Es dauerte fast ein Jahr bis sie über das Schlimmste hinweg war. In dieser Zeit arbeitete sie viel, aber ohne rechte Freude daran, sie funktionierte eher wie eine Maschine: Am Morgen einschalten, am Abend ausschalten und wenn möglich keinen Fall mit nach Hause nehmen. Doch die inneren Dämonen ließen sich nicht so leicht bekämpfen.

Das besserte sich, als sie mit der Weiterbildung zur Kriminal-Oberkommissarin begann. Das Büffeln für die Karriere zur Vergangenheitsbewältigung wurde mit einer neuen Stelle belohnt. Wegen der Sache mit Rainer wollte sie nicht in München bleiben, sie begann Versetzungsanträge zu schreiben. Am 8. Januar 2018 traf sie der nächste Schicksalsschlag, an diesem Tag starb Oma Blümlein, acht Jahre nach Opa, und vererbte ihr die 35 Jahre alte Maisonette-Wohnung in Gleißhammer. Was tun: Vermieten oder selber einziehen? Verkaufen kam nicht in Frage, obwohl sie dafür ein hübsches Sümmchen bekommen hätte. Der Zufall wollte es, dass ein halbes Jahr darauf bei der Kripo in Nürnberg eine Stelle frei wurde. ›Wenn alles schiefgeht, dann denke ich an Nürnberg und wie wohl es mir dort ging‹, frei nach Tannhäuser. Der Dichter und Freigeist, der im 13. Jahrhundert lebte, lag gar nicht so falsch. Heute hieß es ›Back to the roots‹. Kathi bewarb sich und bekam den Job. Während die Wohnung renoviert wurde, wohnte sie bei ihren Eltern. Nürnberg hatte sie wieder und sie war buchstäblich aus dem Häuschen, als sie endlich in ihr Schmuckstück einziehen konnte.

***

Das Boxen wollte Kathi nicht mehr missen und es richtig lernen. Leider erlaubte die Statik in der neuen Wohnung nicht, einen 25 Kilo-Sack sicher an der Zimmerdecke zu befestigen. Darum war sie dem Noris Box Club beigetreten und trainierte dort einmal pro Woche, immer montags. Am Donnerstag ging sie zum Taekwondo und am Wochenende zum Joggen um den Wöhrder See. Als Single hatte sie oft nichts Besseres zu tun, Sport zu machen ist immer noch besser, als allein zu Hause herumzusitzen. Seit ihrem letzten Karrieresprung, dem Aufstieg zur Kriminalhauptkommissarin vor zwei Jahren, blieb noch weniger Zeit für alles Private. Längere Beziehungen schienen irgendwie nicht mehr in ihr Leben zu passen. Seit ihrer Scheidung 2014 gab es nur einige kurze Romanzen und die Sache mit Rainer. Kathi hatte seinen Liebesverrat sehr persönlich genommen und zutiefst verletzt, einige Zeit keinen Mann an sich herangelassen.

Bitter genug, dass dieser Film nie zu löschen war, kullerten ihr ein paar Tränen die Wange hinunter. Sie vergrub sich in die Kissen. *Gott, jetzt heul ich auch noch! Reiß dich zusammen!*, mahnte sie sich und kam wieder hoch. *Der Typ ist es nicht wert!* Aber wo steckte der Mann, der es wert wäre, zu weinen, am liebsten Freudentränen. Einen, der die Sehnsucht nach einer funktionierenden Beziehung endlich stillte. *Bin ich überhaupt bereit dafür? Stelle ich zu hohe Anforderungen, bin ich zu misstrauisch oder hab ich einfach nur Angst?*

I ain't afraid to love a man,
I ain't afraid to shoot him either.
Annie Oakley

Jetzt knutscht der Butler mit der Aniston auch noch!, dachte Kathi mit Blick auf den Fernseher. *Menno, ich will auch mal wieder so geknutscht und in den Arm genommen werden!* Kathi nahm eines der Kissen und drückte es an sich, seit einer gefühlten Ewigkeit hatte sie nicht mehr geknutscht, geschweige denn Sex gehabt, außer mit sich selbst. Sie fragte sich oft, ob es an ihr lag oder an ihrem Job oder wie sie durch ihn geworden war. Vielleicht war sie mit ihren 42 den Männern zwischen 40 und 50 zu alt, zumindest denen, die ihr gefielen: groß, auf jeden Fall über 1,85, schlank, sportlich und etwas im Kopf – kurz: Body & Brain. Dr. Einstein 2.0 würde exakt in dieses Beuteschema passen.

Kathi fragte sich schon lang wo sie alle steckten, die männlichen Singles, die nicht auf Frauen abfahren, die ihre Töchter sein könnten. Die Tatsache, mit Jüngeren im Wettbewerb zu stehen, musste sie akzeptieren, aber mit 20-Jährigen, das ist unfair! Wie und wo lernt frau mit 42 am besten einen neuen Partner kennen, auf den Zufall verlassen? Da konnte man ewig warten. Bei der Arbeit? Niemals, no fuck in the company! Beim Sport? Vom Boxen und vom Taekwondo kannte sie einige, aber die meisten waren liiert oder nicht ihr Fall. Mit ihnen konnte man nach dem Sport etwas trinken gehen, mehr nicht. Die meisten attraktiven Männer, die man in der Stadt, Cafés, Bars oder Restaurants ohne weibliche Begleitung antraf, waren unentwegt mit ihren Smartphones beschäftigt. Wie soll man mit jemandem ins Gespräch kommen, dem man nicht in die Augen sehen konnte? Nachts durch die Clubs zu ziehen, um einen Mann kennenzulernen, war noch nie ihr Ding gewesen. Die Online-Partnersuche kam nicht in Frage. Dort wird mehr gelogen als bei Verhören. Frauen, die auf die fantasievollen Liebesversprechungen mancher Männer hereinfallen und sich ein sorgloses, glückliches Leben an seiner Seite erhoffen, sind selber schuld, wenn sie danach auf die Nase fallen. Kathi, von Berufs wegen misstrauisch, gehörte nicht zu dieser Spezies. Aber zu einer anderen: attraktive Frau, 42, zum Single verdammt.

Kathi war sicher, dass es auch an ihrem ausgeprägten Selbstbewusstsein lag, sie erweckte bei den Männern keinen Beschützerinstinkt. Sie brauchte keinen Beschützer, das konnte sie gut selber. Kam es einmal zu einer der seltenen Annäherungen, zuckten die meisten zusammen, sobald sie ihren Beruf erwähnte. Alles klar: schlechtes Gewissen. Nach dem letzten Beziehungs-Aus hatte sie, wie schon so oft, die Flucht in die Arbeit angetreten. Die Verbrecherjagd war ihre Leidenschaft und Mörder, wie der Fall König zeigte, schliefen nicht. Früher war sie viel geselliger, traf sich mit Freundinnen zum Kaffeetrinken, Shopping und anderem Mädels-Kram. Aus der Schulzeit lebten nur noch drei in der näheren Umgebung mit Vorzeigefamilie inklusive Haustier im Reihenhaus und hatten völlig andere Interessen. Bei ihnen drehte sich alles um Erziehung, Küche, Haushalt und Garten. Als kinderlose Nicht-Köchin und Nicht-Bäckerin fühlte Kathi sich völlig deplatziert. Sie wollte nie Kinder – diese Verantwortung, nicht bei ihrem Job. Ihre Eltern setzten sie nie unter Druck wie andere, die sich gern als Opa und Oma sähen. Ihre Tochter sollte glücklich sein. Der Job machte Kathi Spaß, glücklich war sie nicht.

»Fernseher aus«, befahl sie, brachte das Glas in die Küche und ging zu Bett. Aber an schlafen war nicht zu denken, Nikolai Liebermann schob sich wieder in den Vordergrund. Nicht nur wegen seiner Augen, seiner Stimme und seinem Aussehen übte er Faszination auf sie aus, er bot Body & Brain in Top-Qualität. Leider gab es Punktabzug, er war nicht hetero und der Hauptverdächtige in einem Mordfall. Sie machte wieder Licht und holte das Padfone aus ihrer Handtasche im Flur. Damit setzte sie sich aufs Bett, stopfte zwei Kissen in den Rücken und studierte noch einmal die orange

und rot markierten Stellen in Liebermanns Gesprächsprotokoll. Die Stressspitzen in seiner Stimme, sobald es um König
oder Tat-Relevantes ging, bewiesen seine Nervosität. Sicher
hatte er etwas verschwiegen oder gelogen. Dazu passte das
Gefummle an seiner Brille und das Ausweichen bei ihren
Blicken, Anzeichen für Schuldgefühle? Kathi fragte sich, wie
er bei einer Befragung im kahlen Verhörraum reagiert hätte.

Andi mochte Recht haben mit ›Ned jeder find a Leich in
aller Früh‹. Dagegen sprach Liebermanns Knowhow, er
könnte das Panel manipulieren. Für die Zutrittsdaten bräuchte
er aber einen Komplizen, der es erledigt haben musste, bevor
die Security sie an Andi schickte. Kathi zählte Kleber mittlerweile auch zu diesen Kandidaten. *Intelligent genug ist er,
der Herr Professor, und wäre in der Lage sich bei
MECH@TRON reinzuhacken. Beginn und Länge seiner Vorlesung lassen sich mit einem Anruf an der Uni schnell herausfinden.*

Kathi steckte wieder in einer Endlosspirale aus Grübeleien.
Bevor sie sich ins Unendliche drehte, schloss sie die Datei
und versuchte, auf den Polizeirechner zuzugreifen. Fehlan-
zeige, das Aufbauen der Verbindung dauerte ewig. Sie gähn-
te, sah auf die Uhr oben links auf dem Display. »Was, gleich
elf!« Sie legte das Pad auf den Nachtisch, machte das Licht
aus und deckte sich zu. *Gute Nacht, Kathi.*

2

Nach einer relativ ruhigen Nacht – ruhig, dank Bad und Wein, relativ, weil Dr. Einstein Liebermann durch ihre Träume gespukt hatte – saß Kathi beim Frühstück mit Kaffee und Müsli und las die Zeitung. Sie musste suchen, bis sie im Lokalteil der NN den kurzen Bericht über den Tod von Dr. Walter König fand: ›Tod durch Stromschlag. Bei MECH@TRON, Deutschlands größtem Rüstungsunternehmen in Nürnbergs Norispark, kam am Dienstagmorgen ein leitender Mitarbeiter zu Tode. Die genauen Umstände sind noch nicht bekannt. Die Kriminalpolizei ermittelt …‹. Namen wurden nicht genannt. Sie legte die Zeitung beiseite und schnappte sich ihr Padfone. Aber auch online fand sie nur diesen Artikel. Aus Neugier probierte sie, ob sie eine Verbindung zum Polizeicomputer bekam, und siehe da, es funktionierte. Sie tippte ihr Passwort ein, das Feld für die Fingerprint-Identifikation erschien und nach dem Daumendruck ›ACCESS GRANTED‹.

»Personensuche«, befahl sie. »Liebermann, Nikolai, Nürnberg, Wilhelm-Spaeth-Straße 66.«

Es dauerte nur Sekunden bis eine automatische Stimme meldete »Liebermann, Nikolai: sieben Einträge gefunden.«

»Sieh mal einer an!«, freute sich Kathi. »In der Verkehrssünderkartei!« Sie studierte die Einträge:

```
05.06.2022 - 17:05:24 h - Nürnberg Münchener Str.
Geschwindigkeitsüberschreitung 27 km/h

01.12.2022 - 07:11:01 h - Nürnberg Ziegelsteinstr.
Geschwindigkeitsüberschreitung 29 km/h

27.10.2023 - 21:45:54 h - Fürth Schwabacher Str.
Überfahren einer roten Ampel

18.02.2024 - 21:45:54 h - A 73 Erlangen Bruck
Geschwindigkeitsüberschreitung 31 km/h
```

»Der hatte es ganz schön eilig!« Kathi fielen sofort die Bilder von Lichtenstein in seiner Wohnung ein, WHAAM! und POW! bestimmten scheinbar sein Verhalten im Straßenverkehr. Sie tippte auf den letzten Eintrag und wollte ihn nach oben schieben, um die anderen drei lesen zu können, aber das klappte nicht. »Nicht schon wieder!«, schimpfte sie. Diesmal war es aber nur eine schlechte Netzverbindung. Nach ein paar Mal sinnlosen Probierens gab sie auf, zog sich an und machte sich auf den Weg in die Arbeit.

Dabei kreisten ihre Gedanken weiter um den Physiker. *In Sachen Verkehr hat er keine weiße Weste, dann die Sache mit dem feuchten Hosenbein – sowas merkt man doch! Oder ist er so ein Schussel? Passt zu einem Nerd wie ihn. Dann das Ich-musste-an-die-frische-Luft-Gerede, irgendwas stimmt da nicht. Ich hätte ihm gestern mehr auf den Zahn fühlen sollen.* An der Kreuzung Stephan- und Regensburger Straße musste sie an der roten Ampel halten, da kam ihr eine Idee. Bei Grün bog sie rechts ab in Richtung Ohm-Hochschule.

Im Büro begrüßte Andi sie mit einer interessanten Information. Er saß bereits seit über einer halben Stunde vor dem PC und hatte da weitergemacht, wo er gestern Abend durch den Systemausfall unterbrochen worden war: bei Klebers Personalausweis. »Weißt du, was des für ein Eintrag beim Kleber ist?«

»Ich höre.« Kathi setzte sich an ihren Schreibtisch und schaltete den Rechner ein.

»Eine Beibehaltungsgenehmigung für die deutsche Staatsbürgerschaft. Kleber ist seit Januar 2016 Amerikaner mit Green Card und allem Drum und Dran, wohnen tut er in Boston und er arbeitet normalerweise auch dort, als Professor am MIT.«

»Das mit dem MIT weiß ich schon, er gibt hier Gastvorlesungen bis zum Ende des Wintersemesters. Man hat ihm das vor einiger Zeit angeboten.«

»Jetzt bin ich platt! Hast dort ang'rufen?«

»Nein, ich hab vorhin einen kleinen Umweg zur Ohm gemacht. Das mit seiner gestrigen Vorlesung stimmt auch, sie ging von halb eins bis zwei. Davor war er in der Mensa und am Vormittag mit denselben Kollegen in einem Meeting.«

»Dann fällt er für die Tatzeit durchs Raster.«

»Andi, er könnte sich von überall bei MECH@TRON reinhacken!«

»Du siehst ja schon wieder so schwarz heut!«

»Ist das ein Wunder? Warum hat Kleber uns verschwiegen, dass er Ami ist und nur zu Besuch bei Liebermann?«

»Vielleicht … warte mal.«

»Was machst du jetzt?«

»Das Gespräch von gestern nochmal anhören.« Andi ließ die Aufzeichnung von Anfang an laufen.

Er stoppte bei Kathis Frage: *»Seit wann wohnen Sie hier?«*

Kleber antwortete: »Seit Ende September, ich bi…«

Kathi: »Er läuft im Dezember ab.«

Kleber: »Ich weiß, darum muss ich mich noch kümmern. Ich ka...«

Kathi: »Dr. Liebermann erwähnte, sie hatten heute Vorlesung, was unterrichten Sie?«

Kleber: »Festkörper-Physik und ich habe eine Professur a...«

Kathi: »An der Ohm-Hochschule?«

Kleber: »Ja.«

»Dreimal hast ihn ned ausreden lassen!«, warf Andi ihr vor.

»Er hätte es ja trotzdem noch sagen können«, maulte sie.

»Liebermann hat es auch nicht erwähnt, mit keinem Wort! Er sagte, er wohne nicht allein!«

»Des stimmt ja, vorübergehend halt.«

»Dann soll er sich deutlicher ausdrücken!«

»Unter der Adresse ist jedenfalls nur er gemeldet.«

Kathi seufzte, soviel zum Thema Einstein-WG. »Und du glaubst, er lebt sonst allein in dieser Riesenwohnung?«

»Warum ned, der hat halt gern viel Platz. Du hast gestern selber g'sachd, der wird sichs leisten können. Und ich glaub immer noch ned, dass der schwul ist.«

Kathi seufzte. *Andi könnte Recht haben, vielleicht bringt Liebermann meine Sexteilchen nur zum Wuseln und setzt meinen Verstand außer Gefecht, weil er hetero ist.* »Das spricht ihn aber noch lange nicht vom Verdacht frei.«

»Von *deinem* Verdacht«, betonte Andi.

»Er war der Erste am Tatort, nervös wie ein Schuljunge, der zum Rektor zitiert wurde. Er hat das technische Knowhow, das Panel zu manipulieren und vielleicht auch um Passwörter zu knacken.« Kathi konnte das nicht oft genug wiederholen. »Und dann vergisst er das Telefonat mit Boston, das ihn für Montagabend entlasten könnte? Irgendwas stimmt da nicht und Klebers Aussage klang auch wie abgesprochen. Vielleicht war der Anruf fingiert, Amerika ist weit weg.« Sie überlegte. *Die Amis, BATC, MIT, vielleicht gibts eine Verbindung. Ich hätte auch diesem rothaarigen Einstein mehr auf den Zahn fühlen sollen.* »Wie hieß der Typ vom MIT, mit dem die beiden telefoniert haben wollen?«

»Andersson, aber in Boston kömmer erst am Nammidach anrufen.«

»Clausen, Stoll und die Angie sollen bis dahin Infos über Kleber sammeln und nach Verbindungen zwischen MIT und BATC suchen.«

Andi kam ins Grübeln. »Eine Verbindung zwischen MIT und BATC, wie kommst denn da drauf?«

»Sponsoring, Stipendien, Forschungsaufträge …«

»Ach so, ja! – Übrigens, ich hab Tüyüc, Hofbauer und Bühn auch schon überprüft. Von denen ist noch keiner mit'm Gesetz in Konflikt kommen, nicht mal zu schnell g'fahrn sind die. Der Kleber auch ned, zumindest in Deutschland ned.«

»Vielleicht finden unsere Youngster was. Hast du bei Liebermann auch geschaut?«

»Solang bin ich heut auch noch ned da, außerdem wollt ich den Einstein dir überlassen.«

Kathi schnitt eine fiese Grimasse. »Ich wusste, dass du das sagst. Ich hab ihn heute beim Frühstück gecheckt.«

»Naja, so lang du ihn ned zum Frühstück verspeist.« Andi gackerte.

»Ha, ha, ha, wer zuletzt lacht ... Ich hab was über ihn gefunden, sieben Einträge in den letzten zwei Jahren. Die ersten vier hab ich gesehen, dreimal zu schnell gefahren und einmal über Rot, dann war die Verbindung weg.«

»Da schau her, a klanne Rennsemmel! Das heißt aber noch lang ned, dass er ...«

»Ich weiß«, winkte Kathi ab. »Verkehrssünderkartei«, diktierte sie dem System. »Liebermann, Nikolai, Nürnberg, Wilhelm-Spaeth-Straße.« Schwupps, waren die Daten da, hier auf dem großen Bildschirm alle sieben auf einmal und schön übersichtlich. Kathi scrollte zu den letzten drei:

```
18.05.2024 - 23:19:35 h Nürnberg Regensburger Str.
Geschwindigkeitsüberschreitung 25 km/h

03.08.2024 - 15:25:54 h - A 3 Höhe Frauenaurach
Geschwindigkeitsüberschreitung 34 km/h

15.10.2024 - 07:01:04 h - Nürnberg Welserstraße
Überfahren einer roten Ampel
```

Der letzte Eintrag sprang Kathi förmlich an. »Schon wieder geblitzdingst! – 15. Oktober? Das war ja gestern!« Sie öffnete ein weiteres Fenster und holte sich das Blitzfoto vom Fahrzeug, einem älteren Mercedes ›G‹ mit dem Kennzeichen N-CX 112, auf den Schirm. Scheinbar hatten es gestern alle Geländewagenfahrer eilig. Am Steuer des ›G‹ saß zweifelsfrei Liebermann. »Er ist kurz nach sieben in der Welserstraße geblitzt worden, weil er eine rote Ampel überfahren hat!«

Andi horchte auf. »Jetzt echt?«

»Ja, das zweite Mal innerhalb von zwölf Monaten. Das bedeutet zwei Punkte in Flensburg, 300 Euro Bußgeld und einen Monat Fahrverbot.

Andi nickte. »Der ist zwar seinen Lappen erstmal los, aber er hat ein wasserdichtes Alibi!«

Kathi fügte Zutrittslisten, Zufahrten zum MECH@TRON-Parkhaus und Gesprächsprotokolle zu einer Datei zusammen.

6:50 Uhr	Verlassen der Wohnung
7:01 Uhr	Blitzen in der Welserstraße
7:10 Uhr	Einfahrt ins Parkhaus Bei MECH@TRON
7:13 Uhr	Betreten Firmengebäude
7:17 Uhr	Betreten Büro
7:20 Uhr	Anruf Dr. Tüyüc
7:24 Uhr	Schreiben Memo an Frau Beeskow
7:26 Uhr	Senden Memo an Frau Beeskow
7:32 Uhr	Verlassen Büro
7:38 Uhr	Zutritt Labor

»Die Zeiten passen alle«, sagte sie. »Er hat sechs Minuten vom Büro zum Labor gebraucht.«

»Dann ist da schon mal nix manipuliert«, sagte Andi, der sich die Tabelle auch anzeigen ließ. »Jetzt kannst ihn streichen von deiner Liste. Ich hab dir doch g'sachd, du hast dich da zu arg reing'steigert!«

»Er könnte Montagabend nochmal im Labor gewesen sein und die Daten gelöscht haben.«

»Hör auf zu unken, bevor wir ned in den Staaten ang'rufen ham, bringt des nix.«

»Nehmen wir mal an, Liebermann ist außen vor.«

»Aha, jetzt doch!«

»Andi!«

Er duckte sich vorsorglich, bevor Kathi es sich überlegte, mit etwas Hartem nach ihm zu werfen. Sie tat es nicht.

»Aber Kleber könnte seinen Aufenthalt hier nutzen, um für die Amis zu Spionieren.«

»Kaddi, jetzt hör auf, des klingt ja voll nach Verschwörung!«

»Vielleicht ist es ja eine.«

»Das musst du mir jetzt bitte genau erklären.«

»Ganz einfach: Kleber kommt als Gastprofessor hierher, das ist nichts Ungewöhnliches. BATC erfährt davon ...«

»Und woher wollen die des wissen?«

»Frau de Boer sagte was von einem Physiker-Club, garantiert haben die da einen Insider. Sie machen sich über Klebers Umfeld schlau und stoßen auf Liebermann und König, die er vom Studium kennt. Und da ist die Verbindung. BATC hat vor einem Jahr versucht, König abzuwerben. Dann wollten sie ihn bestechen, um an interne Infos von MECH@TRON ranzukommen, hat auch nicht geklappt. Sie haben ein bisschen Gras über die Sachen wachsen lassen. Und jetzt, wo es interessant wird in Sachen Legierung, treten sie an Kleber heran. Er könnte Liebermanns Vertrauen ausnutzen, ab einer bestimmten Summe ist jeder bestechlich.«

»Aber der wird dem doch keine Betriebsgeheimnisse verraten!«

»Andi, das sind Wissenschaftler mit Forscherdrang hoch zehn! Die fachsimpeln über alles, Formeln, Pläne und dieses Positronenmikroding. Frau de Boer meinte auch, die Konkurrenz wäre auf Testergebnisse scharf, egal ob gut oder schlecht, das spart eigene Verfahren und viel Geld.«

»Der Kleber, ein getarnter Industriespion? – Ich weiß ned. Mich macht eher stutzig, warum der Tüyüc gestern früh den Liebermann angerufen hat, er hätte seiner Sekretärin auch ein Memo per E-Mail schicken können.«

»Telefonieren geht schneller.«

»Vielleicht wollte er verhindern, dass er mit König ins Labor geht, wo der Mörder g'wartet hat!«

»Hm.« Kathi überlegte. »Gar nicht so abwegig, aber das musste einer sein, den König kannte.«

»Hofbauer und Bühn, nur die ham Zutritt und könnten auch die Daten fälschen, es braucht ja immer zwaa dazu.«

»Okay, und wer hat dann das Panel manipuliert?«

»Vielleicht hat ihnen jemand zeigt, wie es geht.«

»Liebermann sagte, man müsste nur die Metallfolie anbringen und an den Starkstrom anschließen. Aber wo ist das Motiv, was sollten die gegen König haben?«

»Die könnten mit Tüyüc unter einer Decke stecken.«

»Dann schauen wir seine Daten vom Montagabend nochmal an.« Kathi holte sie auf den Schirm.

Tüyüc, Atila, Montag, 14.10.2024

18:55 Uhr	Verlassen Labor
19:00 Uhr	Zutritt Büro
19:05 Uhr	Verlassen Büro
19:10 Uhr	Verlassen Gebäude
19:13 Uhr	Ausfahrt Parkhaus

»Die passen zu dem, was Liebermann sagte.«

»Tüyüc könnt danach nochmal im Labor gewesen sein und die Daten g'löscht ham.«

»Möglich, wir müssen rausfinden, wann er nach Hause gekommen ist und was er dort gemacht hat. Zu seiner Frau müssen wir eh.«

»Wenn die anderen GPS-Daten da sind wissen wir genau, wer wohin unterwegs war.«

»Welche fehlen noch?«

»Alle, nur die von König sind vorhin gekommen.«

»Warum nur die?«

»Ich hab dort schon ang'rufen, die ham gestern nur die eine Anfrage gekriegt, bestimmt wegen dem Serverausfall.«

»Mist!«

Mit ›dort‹ meinte Andi die dem Kraftfahrt-Bundesamt untergeordnete Mautbehörde. Seit Einführung der Mautpflicht auf allen Straßen, auch innerorts, wusste man genau, wo sich ein Autofahrer gerade aufhielt. Sobald er losfuhr, sendete ein Sensor-Chip in der Plakette an der Windschutzscheibe Daten zur Kontrollstelle. Diese veranlasste die Abbuchung der Beträge vom Konto des Fahrzeughalters. Mittels GPS wurde ein genaues Bewegungsprofil erstellt, sehr hilfreich bei Verkehrsdelikten und anderen Straftaten, aus Gründen des Datenschutzes aber nur im Zugriff der Ermittlungsbehörden mit vorliegendem Gerichtsbeschluss. Bei einem Kapitalverbrechen wie Mord, hatte man normalerweise innerhalb einer halben Stunde nach Antragstellung Zugriff auf die Daten von Opfer, Verdächtigen und Zeugen. Der gestrige Serverausfall hatte leider dazwischengefunkt.

Nicht nur die Datenschützer, viele Leute hielten diese Überwachung für maßlos übertrieben, aber der Erfolg rechtfertigte den Aufwand, ganz besonders wenn der Beweis erbracht werden konnte, dass der Fahrzeughalter selbst am Steuer saß, wie Liebermann. Dabei kamen die Autofahrer immer noch besser weg als Fußgänger oder Fahrradfahrer. In den Zentren der Großstädte wurde man etwa alle 15 Minuten von einer Kamera gefilmt. Big Brother is watching you, always!

»Vielleicht haben unsere Youngster bis dahin was über die Handys unserer Kandidaten rausgefunden«, meinte Kathi. »Und jetzt über Tüyüc zu spekulieren bringt auch nichts, schauen wir uns die von König an.«

König, Walter, Montag, 14.10.2024

21:34 Uhr	Verlassen Labor
21:38 Uhr	Betreten Büro
21:42 Uhr	Verlassen Büro
21:46 Uhr	Verlassen Firmengebäude
21:50 Uhr	Ausfahrt Parkhaus
21:52 Uhr	Fahrt auf der B2 nach Norden
21:56 Uhr	Abbiegen auf die B3/E45 in Richtung Tennenlohe
22:11 Uhr	Halt an der Adresse Wetterkreuz 15

»Was wollte er so spät noch in Tennenlohe?«, wunderte sich Kathi und rief den Stadtplan auf. »Wetterkreuz 15, da ist eine Mercedes-Niederlassung, Rübsamen heißen die.«

»Vielleicht seine Vertragswerkstatt? Er ist Mercedes gefahren.«

»Aber so spät arbeitet da doch keiner mehr!«

»Vielleicht hat er sein Auto dort nur abg'stellt.«

»Umgebung anzeigen«, befahl Kathi dem System und staunte. »O-Oh! Zwei Straßen weiter ist der Club 69!«

»Aha!« Andi sah auf. »Striptease-Bar oder Puff?«

»Ein Puff.« Kathi schmunzelte. »Dann könnte Liebermanns Aussage mit der kurzen Nacht stimmen, König ist vier nach zwölf dort wieder losgefahren.«

König, Walter, Dienstag 15.10.2024

00:04 Uhr	Abfahrt nach Kriegenbrunn
00:21 Uhr	Halt in Kriegenbrunn, Wolfstaudenring
06:39 Uhr	Abfahrt zu MECH@TRON
07:05 Uhr	Einfahrt ins Parkhaus
07:08 Uhr	Betreten Firmengebäude

07:11 Uhr   Betreten Büro
07:20 Uhr   Verlassen Büro
07:24 Uhr   Zutritt Labor

»Vielleicht war er deswegen gestern früh so gut g'launt.«
Kathi nickte. »Dann war die letzte Person, die ihn zuletzt lebend gesehen hat, eine Nutte.« Den Toy-Boy, den sie in Erwägung zog, behielt sie für sich. Wenn sie jetzt erwähnte, dass sie König verdächtigte schwul zu sein, könnte Andi mit irgendetwas Hartem nach ihr werfen.

»Dann müssen wir halt hinfahren«, sagte er. »Ich schau mal, wann die aufmachen.«

Daran durfte Kathi nicht denken, Ermittlungen in diesem Milieu waren überhaupt nicht ihr Ding. »Okay, ich bin mal kurz, du weißt schon wo. Ruf bitte inzwischen die Youngster an, die sollen herkommen, dann versorgen wir sie mit Arbeit. Wir fahren danach in die Klinik zu Tüyüc und nach Kriegenbrunn zu Königs Haus, die Nachbarn zu seinem privaten Umfeld befragen.«

Annabelle Tüyüc, eine hübsche, zierliche Frau Mitte 40, kam wie ein Häuflein Elend in den leeren Besucherraum der Intensivstation im Südklinikum geschlichen. Die Schwester hatte sie vom Bett ihres Mannes weggeholt, an dem sie tagsüber wachte, seit er von Erlenstegen mangels Intensivbetten hierher verlegt wurde. Kathi und Andi grüßten freundlich und stellten sich vor.

»Wie geht es Ihrem Mann?«, fragte Kathi.

Annabelle Tüyüc schüttelte nur den Kopf. Die Antwort erhielten die Kommissare von Stationsarzt Dr. Kelch, der gerade hereinkam.

»Sein Zustand ist leider unverändert. Die Kollegen in der Augenklinik haben noch keine Erklärung für das Koma. Möglicherweise stimmte etwas mit der computergesteuerten Gabe des Narkosemittels nicht.«

»Narkose bei einer Lasik-OP?«, wunderte sich Kathi. »Ich dachte, das macht man mit örtlicher Betäubung.«

»Mein Mann ist empfindlich«, sagte Frau Tüyüc mit zitternder Stimme. »Auch beim Zahnarzt geht es nur mit Narkose.«

»Es war eine Kurzschlaf-Narkose«, erklärte Kelch. »Nach den Angaben von Dr. Panzer sprach nichts dagegen.«

»Dr. Panzer?«

»Sein Anästhesist in der Augenklinik.«

»Danke.« Kathi notierte sich den Namen und machte ihr Padfone aufnahmebereit. »Frau Tüyüc, wir sind eigentlich hier wegen des gewaltsamen Todes von Dr. König.«

»Ja, ich weiß. – Mein Gott, ich kann das noch immer nicht fassen!«

»Wir befragen alle Leute aus seinem Umfeld, beruflich und privat.«

»Ich verstehe.«

»Ich nehme unser Gespräch hiermit auf, in Ordnung?«

»Natürlich.«

»Wann kam Ihr Mann gestern Abend nach Hause?«

»Gegen halb acht, Atila hat ein Beruhigungsmittel genommen und ist ohne etwas zu Essen zu Bett gegangen.«

»Dr. Liebermann sagte, er wäre den ganzen Tag unruhig gewesen wegen der OP.«

»Das stimmt. Nicht nur am Montag, schon das ganze Wochenende.«

»Wie verlief der Dienstagmorgen?«

»Wir sind viertel vor sieben aufgestanden und nach dem Duschen hat er sich fertiggemacht. Kurz bevor wir losfuhren fiel Atila ein, dass er vergessen hatte, Frau Beeskow wegen eines Meetings am Mittwoch etwas zu sagen. Er rief Dr. Liebermann an, der ist zu dieser Zeit schon im Büro.«

»Wissen Sie noch wann das war?«

»Etwa zehn vor halb acht.«

Kathi nickte. »Und danach sind Sie in die Augenklinik.«

Annabelle nickte. »Der OP-Termin war für halb zehn angesetzt.« Sie schluckte und schniefte, Tränen standen in ihren Augen, ihr Gesicht wirkte dadurch noch müder als vorhin.

Kathi beließ es dabei. »Vielen Dank, Frau Tüyüc, das wärs fürs erste. Wir melden uns bei Ihnen, falls wir noch Fragen haben.«

Kathi nahm denselben Weg nach Tennenlohe, wie König am Montagabend. Sie hielt an derselben Adresse, Wetterkreuz 15. Das halbrunde, voll verglaste Gebäude von Mercedes Rübsamen, einem mittelständischen KFZ-Meisterbetrieb, ermöglichte bereits von außen einen guten Blick auf die neuesten Modelle. Andis Augen wurden groß und größer und strahlten förmlich, als sie den Showroom betraten.

An der Empfangstheke begrüßte sie Maria Rübsamen persönlich. Andi und Kathi stellten sich wie üblich vor und lösten sichtlich Unbehagen bei der Frau im dunkelblauen Businesskostüm aus.

»Von der Kribbo? Allmächd! Was wollen Sie denn bei uns?«

»Wir ermitteln im Todesfall Walter König aus Kriegenbrunn«, sagte Kathi.

»Allmächd, naa!«, rief sie. »Der Walter ist tot?«

»Er war Kunde von Ihnen?«

»Ja, schon über neun Jahr! Wartens, ich hol mein Mann.«

Das brauchte sie nicht mehr, Mirko Rübsamen, der Chef des Hauses und ein Berg von einem Mann in grauem Arbeitsoverall mit dem bekannten Stern-Logo, kam gerade aus dem Büro. »Grüss Gott, Rübsamen mein Name.«

»Grüß Gott, Herr Rübsamen. Starck, Kripo Nürnberg, und das ist mein Kollege Steppendorff.«

»Grüß Gott«, sagte Andi.

»Kribbo, wieso nacherd des?«

Maria Rübsamen hängte sich bei ihrem Mann unter. »Der Walter ist tot.«

Er riss die Augen auf. »Was, der Walter König?«

Seine Frau nickte betroffen. »Ja.«

»Wie is na des bassiert?«

»Ein Stromschlag im Labor«, klärte Kathi beide auf.

»Allmächd!« Der KFZ-Meister überlegte. »Aber wenn die Kribbo ermittelt, muss noch was annersch dran sein, oder?« Rübsamen erwartete keine Antwort, er gab sie sich selbst. »Ich weiß scho, Sie dürfn nix saang.«

»Aber mir unsern Mitarbeitern«, sagte Frau Rübsamen. »Die ham den Walter alle gut kannt.«

»Natürlich, heute Morgen stands ja schon in der NN, ein kurzer Artikel im Lokalteil.«

»Da muss ich gleich mal nachschaun.« Frau Rübsamen griff nach ihrem Tablet und rief NN-online auf. Mit wenigen Wischern hatte sie den Bericht gefunden und las ihn durch.

»Herr Rübsamen«, begann Kathi. »Nach unseren Informationen hat Dr. König am Montagabend hier vor dem Gebäude geparkt.«

»Ja, der war da, mir ham an seinem Oldtimer gebastelt.«

Von wegen Club 69, dachte Kathi. »So spät noch?«

»Des war ned des erste Mal, der Walter ist ja oft ned zeitig von der Arbeit wechkommen. Nachts hammer wenigstens unser Ruh g'habt. Mir macht des Schbass bei so am Auto, bei den neuen heutzudaach is ja alles bloß noch ellegdroonisch. Und ich hab mich schon g'wundert, warum er ned anruft. Mir ham für heut Abend was ausg'macht g'habt, weil wir fertig werden wollten. Samstag nächste Woche is a Oldtimer-Treffen in Lauf. Der Walter hat sich wergle drauf g'freut. Wollns sein Schmuckstück sehen?«

Rübsamen führte Kathi und Andi in seine Spezial-Werkstatt, wie er sie nannte, ein abgeschlossener Raum im hinteren Teil des Gebäudes. Nach Werkstatt sah dieser nicht aus, eher wie ein Showroom: weiß gestrichen, hell ausgeleuchtet und pico-bello sauber, praktisches Werkstatt-Mobiliar, modernste Diagnosegeräte und das Tor gesichert mit eigener Alarm- und Schließanlage. Kein Wunder bei der Nobelkarosse, die dort stand, ein silbergrauer Mercedes 300 SL mit Flügeltüren und roten Ledersitzen, Baujahr 1955, genau derselbe wie das große Modell in Königs Büro. Die Karosserie glänzte im Licht der Deckenspots, als wäre er kürzlich erst vom Band gelaufen. Kathi und Andi blieb gleichermaßen die Spucke weg.

»Des is er«, sagte Rübsamen. »Der Walter und ich ham bis kurz vor zwölf dran g'arbeit, dann is er heimg'fahrn.«

Kathi warf einen Blick auf die GPS-Daten, die stimmten überein.

»Mir warn fast fertig, die Lichtmaschine hat noch ein bisserl rumzickt«, erklärte der KFZ-Meister. »Aber des hätten mir heut locker g'schafft.« Er schüttelte den Kopf. »Allmächd naa, ich kann einfach ned glauben, dass der Walter nimmer lebt! Des war a ganz a Netter, da könnens jeden hier fragen.« Kurzes Schweigen. »Ham Sie seinen Cousin schon erreicht?«

»Das hat seine Chefin übernommen«, sagte Andi. »Kennen Sie ihn?«

»Freilich, der Alex ist auch ein Oldtimer-Fan. Mir ham immer mitnand grillt, wenn er zu Besuch war.«

»Hier?«

»Nein, im Walter seinen Garten in Kriengbrunn.« Wieder Kopfschütteln. »Allmächd, den Alex wird der Schlag treffen!« Er seufzte. »Naja, was mit dem SL g'schieht, wird er entscheiden müssen, der Walter hat ja sonst keine Verwandten.«

»Was ist der Wagen wert?«, wollte Kathi wissen.

»So wie er jetzt dasteht, a halbe Million«, sagte Rübsamen.

Kathi schluckte, Andi glotzte und beide dachten: *Allmächd!*

»Wenn man bedenkt, dass er ihn vor drei Jahren für knapp 50.000 ersteigert hat, a schöne Rendite.«

»50.000!« Kathi staunte. *Die schüttelt man nicht so leicht aus dem Ärmel, aber bei seinem Gehalt konnte König sich so ein Auto bestimmt leisten. Er hatte keine Frau, keine Kinder und legte allem Anschein nach keinen großen Wert auf teure Klamotten. Viele Leute stecken ihre Ersparnisse in ihr Hobby. Jedenfalls war König ein schlauer Fuchs in Sachen Geldanlage.*

»Ich würd den gern fertig machen«, sagte Rübsamen. »Is des in Ordnung?«

»Ich glaub, dagegen ist nix einzuwenden.« Andis Augen klebten noch immer an dem PS-Boliden.

»Sehe ich auch so«, sagte Kathi. »Dann hätten wir es fürs erste, Danke Herr Rübsamen.«

»Bassd scho. Wenn Sie noch was wissen wolln, einfach anrufen. Mei Frau gibt ihnen draußen mei Visitenkarte.«

»Ich würd auch gern mal so einen Flitzer fahren«, meinte Andi, als sie losfuhren.

»Nicht nur du, eigentlich hätten wir uns denken können, dass Dr. König ein Autonarr war.«

»Wegen der Modelle im Büro.«

»Ja, das auch. Schauen wir mal, welche Überraschungen es in seinem Haus für uns gibt.«

In Kriegenbrunn erwartete sie eine Doppelhaushälfte, etwa 25 Jahre alt, einstöckig im Landhausstil mit rotem Ziegeldach und kleinem, gepflegten Vorgarten ohne Zaun. Eine attraktive, große, sportlich gekleidete Frau, holte gerade ihre Post aus ihrem Briefkasten. Kathi stellte sich und Andi vor.

»Ich bin Carmen Bertl. – Aber Kripo, was ist passiert?«

»Sie sind die Nachbarin von Dr. König?«, fragte Kathi.

»Ja, die bin ich.«

»Wir müssen Ihnen mitteilen, dass Dr. König tot ist.«

»Allmächd! Und wie?«

»Ein Stromschlag im Labor bei MECH@TRON, gestern am Morgen.«

Carmen Bertls Züge versteinerten sich zusehends. »Das ist jetzt aber Schock!« Sie schüttelte den Kopf. »Wollen Sie kurz mit reinkommen?«

»Danke, wir wollten uns hier nur umsehen. Ist Ihnen hier seit gestern was aufgefallen?«

»Da müssten Sie meinen Mann fragen, ich bin grad erst aus Ulm zurückgekommen. Ich war seit Montag geschäftlich dort.«

»Was sind Sie von Beruf?«

»Handelsvertreterin für Naturkosmetik, mein Mann ist IT-Leiter bei der Nürnberger Versicherung.«

»Wann haben Sie Dr. König zum letzten Mal gesehen?«

»Montag früh, kurz vor sieben – so um den Dreh, bevor ich losgefahren bin. Wir haben uns an der Haustür getroffen. Ob mein Mann ihn abends gesehen hat, weiß ich nicht. Der Walter war in letzter Zeit oft länger in der Arbeit.«

»Und gestern, am frühen Morgen?«

»Da müssten sie auch meinen Mann fragen, aber vor halb sechs kommt er heute nicht heim. Ich könnte ihn im Büro anrufen.«

»Nicht nötig.« Kathi gab ihr ihre Visitenkarte. »Wenn ihm etwas aufgefallen ist, soll er sich bei uns melden.«

»Ich geb Ihnen meine auch.« Carmen Bertl holte sie aus ihrem Portemonnaie. »Da stehen alle Nummern drauf. Am besten erreichen Sie mich mobil. Übrigens, wegen Einbrechern müssen Sie sich keine Sorgen machen, die Häuser hier haben Alarmanlage und werden von einer Sicherheitsfirma betreut. Wenn da was gewesen wär, hätten wir es erfahren.«

»Okay, danke.« Kathi nickte zufrieden. »Hat jemand einen Schlüssel zu Dr. Königs Haus?«

»Seine Putzfrau und wir, für Notfälle. Walter hat auch einen von uns.«

»Wie heißt seine Putzfrau?«

»Unsere«, verbesserte Carmen Bertl. »Lena Ristic heißt sie. Sie macht auch bei uns sauber, immer am Freitag.«

»Würden Sie ihr bitte Bescheid geben.«

»Selbstverständlich.« Sie überlegte kurz. »Aber in Walters Haus wollen Sie sich schon umsehen, oder?«

Kathi wechselte kurz einen Blick mit Andi, der wortlos nickte. »Wenn wir schon mal hier sind.«

»Wartens einen Moment«, sagte Carmen Bertl. »Ich hol den Schlüssel.« Sie kam ohne Briefe wieder und sperrte auf. »Ich geh vor.«

Vom hell gefliesten Flur ging es rechts in die Küche. Kathi warf kurz einen Blick durch die offenstehende Schiebetür: Schwarz, Lack, Edelstahl – ziemlich ungewöhnlich für einen ledigen Mann. Aber wozu hat man eine Putzfrau. Links, neben Gästetoilette und Spiegelschrank ging es in den ersten Stock und geradeaus in ein großzügiges Wohnzimmer mit Essecke. Das Mobiliar hier war schlicht und modern und alles wirkte ordentlich, ganz im Gegensatz zu seinem Schreibtisch. Auf dem Couchtisch stand ein Schachspiel aus Elfenbein und Ebenholz. Kathi ließ ihren Blick schweifen und blieb am Bücherregal hängen. Bände über Kunst, Kultur, Geschichte, Schach und natürlich Oldtimer. Da durften zwei besonders schöne 300 SL-Modelle nicht fehlen: ein cremefarbener Roadster und ein Flügeltürer in weinrot, beide im Maßstab 1:24. In einer großen Vitrine befand sich eine Sammlung Holzbögen und die passenden Pfeile in Köchern aus verschiedenen Ländern und Epochen – antik oder gute Nachbildungen, Kathi vermochte es nicht zu sagen. Ein absoluter Eyecatcher aber waren zwei Flippergeräte und eine Wurlitzer Musikbox aus den 1960er und 1970er Jahren.

»Funktionieren die noch?«, fragte Andi, nicht weniger beeindruckt.

»Ja, aber anfassen darf sie …« Carmen Bertl verbesserte sich. »Anfassen dürfen hat sie nur der Walter.«

»Wie lange kannten Sie sich?«, fragte Kathi.

»Seit zehn Jahren, seit er hier wohnt. Und der Walter war einer der nettesten Menschen, die ich je kennengelernt hab. Immer höflich und hilfsbereit.«

Bestätigung Nummer drei, Walter König war sehr beliebt, außerdem Nostalgie- und Hightech-Fan in einer Person, er schätzte ein ordentliches Zuhause und ging Hobbys nach, wie andere Leute auch. Aber jetzt musste Kathi ihr die Frage aller Fragen stellen. »Hatte er eine Freundin?«

»Zurzeit nicht.«

Kathi horchte auf. »Und vorher?«

»Er hat vier Jahre mit der Nina zusammengelebt, das ist aber auch schon länger her. Als er damals den Herzinfarkt hatte, war sie jeden Tag im Krankenhaus. Aber dann hat sie ihn verlassen, weil er sie partout nicht heiraten wollte. Er war halt so. Und danach hatte er nur einmal Damenbesuch, von dem ich weiß. Aber das geht mich nichts an …«

Mit der Freundin zusammengelebt, Damenbesuch, damit konnte Kathi ihre Theorie über Königs Homosexualität endgültig ad acta legen. War Liebermann es am Ende auch nicht?

»In der letzten Zeit musste er ziemlich viel arbeiten«, erzählte Carmen Bertl weiter. »Im Sommer haben wir öfter zusammen im Garten gegrillt, da war die Bude voll. Bis auf ihn und den Niko waren nur Paare da.«

Sieh einer an, dachte Kathi. »Kennen Sie Dr. Liebermann näher?«

»Eigentlich nur von diesen Besuchen. Er ist nett, aber ziemlich ruhig und zurückhaltend. Er hat immer das Grillen übernommen und kochen und backen kann er auch.«

»Kochen und backen?«, wunderte sich Kathi. Dr. Einstein 2.0 konnte sie sich partout nicht in der Küche vorstellen.

»Und wie, letztes Mal hat er einen Kuchen und zwei total leckere Soßen mitgebracht und im Juni Roastbeef im Brotteig gemacht, ich kann Ihnen sagen ... die Frau, die den mal abkriegt, kann sich glücklich schätzen.«

Sofern es eine Frau ist, dachte Kathi, die im Moment nicht mehr wusste was sie glauben sollte. Sie sah zu Andi, der nur die Lippen schürzte, als wolle er sagen ›Was hab ich dir g'sachd?‹.

»Bevor ich es vergesse«, sagte Carmen Bertl. »Der Alex, sein Cousin aus Finnland, der war auch ein paarmal im Jahr zu Besuch, allein und mit seiner Familie. Das ist sein einziger Verwandter. Weiß der es schon?«

»Ja, Frau de Boer hat ihn gestern angerufen.«

»Dann wird er sich um alles kümmern. Soll ich Ihnen den Schlüssel geben, Frau Starck. Oder versiegeln Sie das Haus?«

Kathi überlegte, ob das überhaupt Sinn machte. Es war kein Tatort.

»Schaden könnts nicht«, meinte Andi.

»Okay, dann machen wir es und den Schlüssel verwahren wir auch.«

Andi klebte das silbrig glänzende Hologramm-Siegel zwischen Haustür und Rahmen. Würde es jemand entfernen, ohne es zuvor mit dem I-Pen zu entschärfen, sendete der integrierte, hauchdünne Chip in der Folie ein Störsignal an die Zentrale.

Für die Rückfahrt nach Nürnberg übernahm Andi das Steuer, damit Kathi ihre Notizen aufs Padfone diktieren konnte. Dann machte sie sich weiter Gedanken über Dr. König, der sie heute von Stunde zu Stunde mehr überrascht hatte. Sie kam zu dem Schluss, dass er nicht der Eigenbrötler war, für den sie ihn anfangs hielt – ausgenommen die Sache mit dem Tomaten-suppenbärtchen – sondern ein liebenswertes Genie mit gewissen Eigenheiten, wie Susan de Boer ihn nannte. Er schien wirklich ein sehr umgänglicher Mensch gewesen zu sein, der gerne arbeitete, das Leben zu genießen wusste und sich mit dem Mercedes-Oldtimer ein wenig Luxus gönnte. Er verdiente sicher genug, sich dieses teure Hobby leisten zu können und da brauchte er sich weder Butterbrot noch Butterbreze selbst schmieren, er kaufte beides fertig oder ging Essen. Der Spruch von Oma Blümlein traf auf ihn jedenfalls nicht zu. Nur heiraten wollte er scheinbar nicht, manche Männer sind eben so.

Tickte Liebermann ähnlich? Frau Bertls Aussage ›Kochen und backen kann er auch ... die Frau, die den mal abkriegt, kann sich glücklich schätzen‹ musste nichts heißen, sie kannte ihn ja nicht so gut. Vielleicht verbarg er in diesem Umfeld seine wahre Natur und war vielleicht doch der weibliche Part in einer Beziehung zu einem anderen Mann. Er könnte auch das Paradebeispiel des modernen Mannes sein, der alle Frauenherzen höher schlagen ließ. Seine Küche hatte jedenfalls picobello ausgesehen. Es gab noch zwei andere Möglichkeiten: Putzfrau oder Freundin. Kathi erinnerte sich, was Susan de Boer über ihn sagte ›Er hat Soft-Skills wie Teamfähigkeit, Lauterkeit und emotionale Intelligenz‹. Kathi ließ emotionale Intelligenz auf der Zunge zergehen – auch eher eine weibliche Eigenschaft oder die eines emanzipierten Mannes? *Herrgott, jetzt spukt mir der Kerl schon wieder im Kopf herum!*

»Hallo, Kaddi, hier ist der Stolli«, tönte es aus dem Digi-Funkgerät.

Kathi freute sich über diese Unterbrechung. »Hallo, was gibts?«

»Ich wollte nur durchgeben, dass die Maxi-Augenklinik die Ankunftszeit von Dr. Tüyüc und den Beginn der OP bestätigt hat. Dr. Panzer und seine Kollegen suchen noch nach der Ursache fürs Koma. Eine Verbindung zwischen MIT und BATC hammer noch ned entdeckt, der Clausi ist da weiter dran. Der kann besser Englisch als ich.«

»Ist der Bericht von der Spusi schon da?«

»Ja, grad eben gekommen. Am Panel und der Spraydose gibts keine Fingerabdrücke, die an der Wasserflasche stammen von König selber, sonst hat man nur die von Liebermann, Tüyüc, Kern und Pohl g'funden.«

»Das war zu befürchten, die arbeiten alle im Labor.« Kathi seufzte. »Und weiter?«

»In den Resten der Säure am Fußboden fanden sich keine Schuhabdrücke und es führten auch keine zum Ausgang.«

Liebermann hat sich die Jeans mit dem Zeug versaut, dachte Kathi. *Könnte sein, dass er es wirklich nicht gewusst hat. Dann stimmt seine Aussage mit dem Hineintauchen des Fingers!* Ihr Gespinst aus Ahnungen und Irrungen bekam die ersten Löcher. »Was ist mit dem Obduktionsbericht?«

»Dr. Stern ruft dich später selbst an.«

»Okay, die Angie kann ja trotzdem schon mal die Präsentation vorbereiten.«

»Die ist schon drüber.«

»Sehr gut, Danke, Stolli. Wir sind schon auf dem Rückweg, ich schätzte, in 20 Minuten sind wir da.«

Kathi saß kaum am Schreibtisch, als ihr Telefon läutete. Anhand der Nummer erkannte sie Dr. Richard Stern als Anrufer. »Hallo, Sternchen.« Wenn sie unter sich waren, nannte sie ihn bei seinem Spitznamen.

»Hallo, Kathi.«

»Ich schalte auf Videokonferenz, der Andi schaut mit.« Kathi legte das Gespräch auf den Schirm. Bei einem Fall mit geklärter Todesursache ersparte man sich den Besuch in der Gerichtsmedizin und somit die Fahrt nach Erlangen.

»Hallo, Andi«, begrüßte Dr. Stern ihn, als er neben Kathi auftauchte.

»Servus, Richard.«

»Was hast du für uns?«

Stern setzte seine Spezialbrille mit der eingebauten Kamera auf. Ab jetzt konnten Kathi und Andi mit seinen Augen sehen und alles auf dem Bildschirm mitverfolgen.

»Wie gesagt, die Todesursache war eindeutig der Stromschlag«, begann der Gerichtsmediziner mit Blick auf Königs halb zugedeckten Leichnam. »Bei Dr. König befindet sich das Herz auf der linken Seite.«

»Wirklich? – Okay, er war auch Linkshänder«, sagte Kathi.

Stern nickte. »Dachte ich mir, die ist etwas kräftiger. Jedenfalls floss der Strom ordentlich darüber.«

»Hat sein Herzinfarkt das irgendwie begünstigt?«

»Nein, der Stromschlag wäre so oder so tödlich gewesen. Das vernarbte Gewebe vom Infarkt umfasst nur einen kleinen Bereich. Sonst gibt es keine Auffälligkeiten. Auch der Body-Scanner zeigt keine verheilten Brüche oder Ähnliches. König hatte normale Blutwerte für sein Alter, kein Hinweis auf Alkohol oder Drogen.«

Kathi nickte. »Okay, ich danke dir.«

»Noch was, hat sicher nichts mit seinem Tod zu tun, aber ich hab winzige Reste von Motoröl und Wagenschmiere unter einigen Fingernägeln entdeckt, relativ frisch sogar.«

»Des stammt sicher vom Montagabend«, erklärte es Andi. »Da war er in der Werkstatt.«

»Dann wärs das, mehr hab ich nicht für euch, den Bericht schicke ich euch gleich zu.«

»Danke, Sternchen, adé.«

»Adé ihr zwei, gebt Bescheid, wann ich den Leichnam freigegeben kann.«

»Wird gemacht.«

Das Videotelefonie-Fenster schloss sich wieder.

Kathi rief gleich Susan de Boer an, um sie über das offizielle Obduktionsergebnis zu informieren. Sie hörte sehr aufmerksam zu und ließ sich zu keiner Äußerung hinreißen. Aber am Ende von Kathis Bericht seufzte sie hörbar.

»Danke, Frau Starck, ich wollte Sie auch anrufen. Dr. Ikonen kommt am Freitag nach Nürnberg, mit der ersten Maschine aus Helsinki um 9:45 Uhr. Und unsere Techniker haben herausgefunden, dass beim alten Panel Kontakte zu einigen Bauteilen zerkratzt wurden, mit einem Schraubenzieher oder einem ähnlichen Werkzeug.«

»Also wurde es manipuliert. Wo ist es jetzt?«

»Ich habe es hier, brauchen Sie es?«

»Ja, vielleicht kann die Spurensicherung etwas damit anfangen.«

»Ich schicke es gleich per Boten zu Ihnen.«

Kathi bedankte und verabschiedete sich und informierte Andi.

»Fingerabdrücke können wir vergessen, des ham jetzt zu viel Leute in den Griffeln g'habt.«

»Vielleicht haben wir Glück.« Wieder läutete Kathis Telefon. »Heute gehts wieder zu wie am Plärrer!« Beim Abnehmen sah sie nicht einmal mehr auf das Display. »Starck!«, bellte sie in den Hörer, dann wurde ihre Stimme wieder sanfter. »Hallo, Stolli ... ja ... ihr könnt.«

Kurz darauf kam er mit Angie Knecht und Rüdiger Clausen hereinspaziert. Andi hatte für sie Stühle organisiert, die Jalousien heruntergelassen und das Büro zu einem Briefing-Room umfunktioniert. Besprechungszimmer war keines frei gewesen. Zum Glück hing in den Büros aller leitenden Kommissare je eine große, digitale Pinnwand, 2 Meter lang und 1,50 breit, die von PC und Padfone angesteuert werden konnte.

Computerfreak Angie schickte Bilder und Daten zu ihrer, wie immer perfekt vorbereiteten, Präsentation der Fallanalyse. Pro Person – Zeuge, Verdächtige oder Opfer – gab es eine Spalte, die beliebig erweitert und für Gegenüberstellungen blitzschnell verschoben werden konnte. Für die Visualisierung der Texte sorgte ein spezielles Grafik-Tool, welches die durch VOICESELECT und VOICECOMPARE selektierten Zusammenhänge in auffälligem Neongrün darstellte. »Womit beginnen wir, Kathi?«, fragte sie.

»Mit dem Anruf in die USA.«

»Okay.« Clausen machte sich bereit und kommentierte die Präsentation. »Dr. Andersson ist echt, er hat das Gespräch mit Kleber und Liebermann bestätigt. Den Daten von VisuTel zufolge, hat es eine knappe halbe Stunde gedauert. Ich habe die Datenbanken von Interpol und FBI gecheckt, Dr. Kleber ist sauber, hat keine Vorstrafen in den Staaten, er ist mit einer Amerikanerin verheiratet und hat zwei Kinder.«

»Verheiratet?«, fragte Kathi.

Andi verkniff sich jeglichen Kommentar, aber sein Blick sprach Bände.

»Ja, seit 2022«, sagte Clausen. »Seine Eltern leben in Bonn und sie besuchen sich gegenseitig ein paar Mal im Jahr.«

»Okay.« Kathi überlegte, ob sie Kleber zur Rede stellen sollte, weil er ihr die Green Card vorenthalten hatte. Aber daran war sie nicht ganz unschuldig. War er doch nur ein Studienfreund von Liebermann, der vorübergehend bei ihm wohnte, ganz ohne sexuelle Ambitionen? Hatte es deshalb kein Küsschen zur Begrüßung gegeben oder er nur den Schein gewahrt? Es wäre nicht das erste Mal, dass ein Familienvater seine Homosexualität verbirgt – ein wirklich seltsamer Zufall in dieser Mordsache. War Liebermann auch hetero? Wieder ein Loch mehr im Gespinst, das mittlerweile wie ein Schweizer Emmentaler aussah. »Gibts was Neues in Sachen Verbindung zwischen MIT und BATC?«

»Wir haben noch nichts gefunden«, sagte Clausen.

»Auch keine Forschungsaufträge oder Ähnliches?«

»Nein, sie haben einen Kooperationspartner, der für das US-Militär Raketentechnik entwickelt, das Charles Draper Laboratory, aber keine Verbindung zu BATC, zumindest nicht offiziell.«

»Bitte dranbleiben«, sagte Kathi. »Was ist mit den Handys unserer Kandidaten.«

»Die von Kleber und Liebermann wurden Montagnacht bis Dienstagmorgen unter der Wohnungsadresse geortet. Keiner der beiden hat bis Dienstagvormittag telefoniert. Um 9:48 Uhr hat Liebermann Kleber angerufen und später noch einmal, kurz vor zwei.«

Kathi nickte. »Beim ersten Mal wird er ihm erzählt haben, was mit König passiert ist und danach, dass wir ihn besuchen kommen.«

»Tüyücs Smartphone war unter der Hausadresse zu finden, viertel vor Acht wurde es ausgeschaltet.«

»Passt zur Aussage seiner Frau, da ging er ins Bett.«

»Telefoniert hat nur noch seine Frau, und zwar mit ihrer Mutter, von halb neun bis viertel zehn. Der Anruf am Dienstagmorgen bei Liebermann im Büro lief übers Festnetz. Das Smartphone von Hofbauer wurde bis zehn Uhr im Noris Boxclub geortet und danach bei seiner Freundin in Eibach, am Dienstagmorgen bei MECH@TRON; das von Bühn ab halb sechs in Zirndorf, unter der Wohnhausadresse. Danach hat er nicht mehr telefoniert. Im Norispark waren zur fraglichen Zeit 89 Handy-Benutzer unterwegs, die müssen wir noch zuordnen und die Anruflisten prüfen und vergleichen.«

»Fleißig, fleißig«, lobte Kathi ihre jungen Mitarbeiter, die sich sichtlich freuten. »Weiter so. Konzentriert euch bitte auf die Listen von Liebermann, Kleber, Tüyüc, Hofbauer und Bühn, auch die älteren. Sagen wir mal ab Juni oder Juli.«

»Okay«, seufzte Stoll leise, der bereits ahnte, dass dem Zuckerbrot seiner Chefin ein leichter Hieb mit der Peitsche folgen würde.

»Übrigens, Dr. Stern hat vorhin angerufen und den endgültigen Befund geschickt, das bitte nachtragen.«

»Geht in Ordnung, Kathi«, sagte Angie. »Der Bericht der Spusi ist jetzt auch vollständig.«

»Den kennen wir schon.«

»Jetzt fehlen nur noch die restlichen Bewegungsprofile von der Mautbehörde.«.

»Ja, ich weiß, die sollten schon längst da sein. Egal, ihr wisst was zu tun ist. Wenn mir noch was ein- oder auffällt, melde ich mich. Ihr macht jetzt erstmal eine kleine Pause, bevor euch die Telefonnummern im Kopf rumschwirren.«

Nachdem die drei gegangen waren, studierten Kathi und Andi die Pinnwand-Daten noch einmal in Ruhe. Keine zehn Minuten später meldete sich Andis PC mit einem PLING! Er rollte samt Stuhl zurück an seinen Platz.

»Super, des nenn ich Timing! Die Mautbehörde hat was g'schickt.«

»Na, endlich! Die haben mich vorhin sicher reden gehört.« Kathi prüfte die Einträge von Liebermann zuerst. Montagabend parkte er um 22:02 Uhr vor dem Anwesen Wilhelm-Spaeth-Straße 66, er verließ das Haus nicht mehr. Am Dienstag fuhr er um 6:53 Uhr in Richtung Norden, um 7:01 Uhr wurde er in der Welserstraße geblitzt und um 7:12 Uhr stellte er sein Auto bei MECH@TRON ab. Kathi versuchte sein Handeln nachzuvollziehen. *Er war in Eile, immerhin hatten sie am Montag Zeit durch das defekte Panel verloren. Von wissenschaftlicher Neugier getrieben, ließ er jegliche Vorsicht im Verkehr außer Acht und überfuhr die rote Ampel. Vielleicht hat er es bemerkt und war deswegen nervös, kein Wunder bei seinem Punktestand. Dann rief Tüyüc an und hielt ihn auf, schließlich fand er seinen toten Chef im Labor und musste sich mit der Polizei auseinandersetzen. Das hat ihm den Rest gegeben.* Das Gespinst um ihren Lieblingsverdächtigen entwirrte sich endgültig, Emmentaler adé.

»Und?«, fragte Andi, der gerade das Profil von Tüyüc auf dem Schirm hatte.

»Bei Liebermann passt alles zu den anderen Zeiten, auch wenn jemand daran herumgespielt hätte, allein durch das Blitzen fällt er durchs Raster.«

Andi sah sich endlich bestätigt. »Tja, da warst ein bisserl danebengelegen.«

»Ja-haaa!«, erwiderte Kathi gedehnt.

Er grinste schadenfroh. »Dass ich das auch einmal erleben darf, dass du dich irrst. – Wie war des mit ›wer zuletzt lacht, lacht am besten‹?«

»Ist schon Recht, gibs mir nur.« Sie ärgerte sich, weil sie selten so daneben lag. Warum bei Liebermann? Ausgerechnet ihn hatte sie verdächtigt, so eine Pleite!

Auch das Bewegungsprofil von Hofbauer stimmte mit seinen Angaben und der Handy-Ortung überein. Bühn hatte am Montag frei, er war mit seiner Familie fast den ganzen Tag in Herzogenaurach gewesen. Auch Tüyücs Daten passten zu den Aussagen seiner Frau und denen der Klinik.

Andi seufzte. »Fang mer wieder von vorn an?«

»Ich glaube, das müssen wir nicht. Warten wir die Recherche unseres Trios ab. Trotzdem, irgendwas haben wir übersehen, das hab ich im Gefühl.« Mit einigen Wischern auf dem Padfone erschienen alle neuen Informationen zum Opfer, zu den Tatverdächtigen und den wichtigsten Zeugen. Liebermanns Spalte wurde ziemlich ausgedünnt. »Spinnen wir mal folgendes Szenario«, sagte Kathi. »Tüyüc ist Drahtzieher des Ganzen, er hat als Einziger ein nachvollziehbares Motiv.«

»Die G'schicht mit der abgelehnten Beförderung? Hm, hat ihm schließlich die Karriere versaut.«

»Genau. – Sein Wagen und der seiner Frau standen Montagabend ab halb acht zwar in der Garage, aber war er wirklich den ganzen Abend zu Hause?«

»Er hat doch ein Beruhigungsmittel genommen.«

»Sagt seine Frau.«

»Du meinst, sie lügt?«

»Wäre nicht das erste Mal, dass eine Frau ihren Mann deckt. Außer, er hätte ohne ihr Wissen wegfahren können, von der Weissenseestraße in den Norispark braucht man mit dem Auto höchstens sieben Minuten.«

»Mit dem Taxi wird er nicht g'fahrn sein.«

Trotzdem prüften sie, ob es Montagabend ab 21:00 Uhr Taxifahrten in den Norispark gegeben und welche Fahrzeuge das Haupttor von MECH@TRON passiert hatten: Ein knappes Dutzend PKW, alle von Mitarbeitern, zwei LKW mit Anhänger und zwei Sprinter einer Reinigungsfirma, keine Taxis, keine Motorräder.

»Okay, dann fragen wir nochmal bei den Mautfuzzis an, wir brauchen alle Fahrten von und zum Norispark.«

»Des wird wieder dauern«, moserte Andi. »Ich schau mal wo's dort noch Überwachungskameras gibt.«

Kathi überlegte. »Was meinst du, wie lange braucht man von Tüyücs Haus mit dem Fahrrad?«

Andi warf einen Blick auf den Stadtplan. »20 Minuten.«

»Okay, ich versuch das mal zu rekonstruieren. Tüyüc schluckt die Tabletten nicht. Er wartet bis seine Frau schläft, fährt in der Nacht noch einmal zu MECH@TRON und schließt das Panel an den Starkstrom an. Ich glaube nicht, dass Hofbauer und Bühn das drauf haben. Dann präpariert er die Wasserflasche mit der Säure oder er überlässt auch das seinem Komplizen für Dienstag. Der braucht nur noch das Panel einsprühen und den Verschluss der Wasserflasche öffnen, damit sie beim Umfallen ausläuft. Er musste vor König im Labor sein, sagen wir mal eine Viertelstunde, die müsste reichen. Durch den Anruf verhindert Tüyüc, dass Liebermann zusammen mit König ins Labor geht und verschafft so dem Komplizen Zeit. Der stößt an die Flasche, das Zeug läuft übers Panel, König will das vermeintliche Wasser wegwischen und … den Rest kennen wir. Aber: Dieser Komplize muss jemand sein, den König kennt und dem er vertraut. Vielleicht sogar dieselbe Person, die Zutrittsdaten manipulieren und die Zeiten der Überwachungskameras anpassen kann. Diese Person hat es geschafft, eines der Master-Passwörter zu knacken und es so geschickt angestellt, dass es Frau de Boers hauseigene Cyber-Abwehr nicht bemerkt. Idealbesetzung wären Hofbauer oder Bühn, sonst kommt keiner rein, außer den Herren Doktoren.«

»Aber diese Person bräuchte einen Vorwand, so früh im Labor zu sein, sonst wär König misstrauisch g'worden.«

»Ein Fehlalarm, etwas mit dem Strom, ein Sicherheits-Check der Schleuse, was weiß ich. Er erledigt seinen Job und als nächster geht Liebermann ins Labor.«

»Glaubst, der wollt des dem in die Schuh schieben?«

»Mittlerweile glaube ich alles.«

3

Donnerstag, 17. Oktober 2024, 7:58 Uhr

Manfred Bühn setzte sich ans Master-Terminal in der Security-Zentrale, um sein persönliches Passwort turnusmäßig zu ändern, wie jeden Donnerstagmorgen. Als vorsichtiger, gewissenhafter Mensch, der an jeder Ecke Industriespione witterte und als leidenschaftlicher Anhänger von Verschwörungstheorien, befolgte er nur zu gern die Vorgaben der IT. Nach der Eingabe seines Benutzernamens und des Passworts erhielt er die Meldung ›PASSWORT UNGÜLTIG, Sie haben noch drei Versuche‹.

»Herrschaftszeiten, ich hab mich doch ned vertippt!«, fluchte er und probierte es noch einmal, mit demselben Ergebnis. »Des gibts doch ned! Bin ich jetzt bleed?« Auch der dritte Versuch schlug fehl. »So ein Scheissdregg!« Kurzerhand rief er die IT-Hotline an und meldete sein Problem.

»Sie haben ihr Passwort erst am Dienstag geändert«, klärte ihn der Mann am anderen Ende auf.

»Hab ich ned!«, behauptete Bühn felsenfest. »Wann soll das g'wesen sein?«

»Moment bitte ... Ja, hier stehts: 15.10.2024, 7:50 Uhr, Sie hatten sich dreimal vertippt und bei uns angerufen. Wir haben es zurückgesetzt, damit Sie sich ein neues geben können. Der nächste Login erfolgte um 07:52 Uhr, der Logout um 08:03 Uhr. Und später noch einmal um 9:30 bis 9:53.«

»Aber ich war zu der Zeit gar ned in der Zentrale!«

»Tut mir leid, Herr Bühn, ich kann nur sagen, was hier steht.«

»Des kann doch wohl ned wahr sein!«, raunzte er in den Hörer und knallte ihn auf den Apparat. Er traf sein Ziel nicht und donnerte ihn wutentbrannt gleich noch einmal drauf, bis er richtig auflag. Er wusste genau, wer zu der genannten Zeit hier am Terminal saß: sein Chef, René Hofbauer. Bühn überlegte fieberhaft, wo er selbst am Dienstag zehn vor acht gewesen war. *Allmächd! Da war ich vorm Labor beim Lieber-mann, wo mich der René hing'schickt hat! Wollt der mich loswerden? Und warum meldet sich der unter meinem Na-men an? Will der mich kontrolliern? Du Drecksau, wart nur, komm du mir Middach, dann wasch ich dir den Kopf!* Er wählte die Nummer von Susan de Boer.

Die Firmenchefin hatte nach seinem aufgeregten Bericht nicht lange gefackelt und ihn, IT-Abteilungsleiter Jochen Thom und Siegfried Müller, den Chef der hauseigenen Ha-ckertruppe zu sich ins Büro bestellt.

»Wieso ist das keinem aufgefallen?«, schnaubte sie. »Sind bei euch alle blind und taub? Da könnte auch Krethi und Plethi anrufen, oder?«

»Der Anruf kam aus der Security-Zentrale«, sagte Thom. »Da denkt doch keiner an was Böses!«

»Herr Thom, Hofbauer hat Bühns User-Namen miss-braucht! – Verdammt noch mal, vielleicht musste Dr. König sterben, weil ihr nicht aufgepasst habt!«

Er zog den Kopf ein. »An der Hotline sind die Telefone heiß gelaufen wegen dem Not-Aus, der Mitarbeiter war si-cher gestresst.«

»Stress? Eine dümmere Ausrede haben Sie nicht auf Lager?«, schnauzte sie ihn an. »Was sehen die Sicherheitsvorschriften bei einem Not-Aus vor, nervöses Zappeln? Die stammen von Ihnen, meine Herren, schon vergessen? Außerdem, wie kann Hofbauer Bühns Usernamen eingeben, ohne sich als er zu identifizieren?«

»Den Fall hatten wir noch nie«, gab Thom klein bei.

»Das heißt, Sie haben das nicht berücksichtigt?« Thoms und Müllers Schweigen deutete de Boer als Zustimmung. »Ich fasse es nicht! Außerdem, wie kann einer mir nichts dir nichts die Zutrittslisten zum Labor und die Zeiten der Überwachungskameras fälschen und niemand kriegt es mit? – Herrgott! Wofür bezahle ich Sie, Herr Müller? Was haben Sie und Ihre Leute zu der Zeit getrieben, Ballerspiele gespielt?« Susan de Boer schauderte bei dem Gedanken daran.

»Haben wir nicht«, verteidigte sich Müller. »Wir haben unsere Arbeit gemacht. »Ich kann mir nicht erklären, wie jemand alle Security-Routinen umgehen konnte. Ich habe jetzt die Hälfte meiner Leute drauf angesetzt.«

»Sobald wir hier fertig sind, kümmern Sie sich persönlich darum.«

»Geht in Ordnung, Frau de Boer«, sagte Müller, der sich mittlerweile vorkam wie ein Lamm auf der Schlachtbank.

»Und alle Infos sofort an mich.«

»Okay.«

»Wie heißt dieser Versager von der Hotline?«

»Jens Höfer«, sagte Thom.

»Wo ist er jetzt?«

»Beim Betriebsrat.«

»Der kann ihm auch nicht mehr helfen, den werfe ich hochkant raus!«, wetterte sie weiter. »Was er getan hat, war grob fahrlässig! Verdammt, ich könnte ... !« Susan de Boer zügelte sich. *Nein, du gehst jetzt nicht hoch wie eine Pershing II!* Sie atmete ein paar Mal tief durch, viel besser ging es ihr danach nicht. »Ein Glück, dass Sie die zusätzlichen Sicherungen gefahren haben.« Sie warf nochmals einen Blick auf die gefälschte Zutrittsliste vom Labor und dann zu der gesicherten in der Spalte daneben, die zwei Einträge mehr aufwies, um 7:14 und 7:34 Uhr:

```
15.10.2024 - 7:14 h - René Hofbauer - IN
15.10.2024 - 7:24 h - Dr. Dr. Walter König - IN
15.10.2024 - 7:34 h - René Hofbauer - OUT
15.10.2024 - 7:38 h - Dr. N. Liebermann - IN
15.10.2024 - 7:42 h - René Hofbauer - IN
15.10.2024 - 7:43 h - René Hofbauer - OUT
15.10.2024 - 7:44 h - Dr. N. Liebermann - OUT
DOOR LOCKED
```

Die Originalaufnahmen der Überwachungskameras liefen parallel dazu ab und die Zeiten stimmten haargenau.

»Hofbauer war vor König im Labor! Er hatte genügend Zeit für ...« Susan de Boer sprach den Satz nicht zu Ende, sie erinnerte sich an die Konstruktion des Tathergangs von Kommissarin Starck: *Panel unter Strom setzen, Säure in die Wasserflasche geben und umwerfen. Sie hatte von Anfang an vermutet, die Daten könnten manipuliert sein. Ich hätte darauf hören sollen und alles überprüfen müssen.* »Verdammt, er hat Dr. König auf dem Gewissen!«

»Der Not-Aus-Alarm wurde erst fünf nach halb acht ausg'löst«, sagte Bühn. »Nach dieser Liste war der René gar nimmer im Labor. Ich war zu der Zeit in der Zentrale und hab ihn sofort ang'rufen. Er hat behauptet, er wär aufm WC und rumg'meckert, dass er ned mal da fünf Minuten Ruh hätt.«

»Dann muss die Zeit des Alarms auch geändert worden sein. – Kellerlabor, Alarm, Dienstag 15. Oktober«, befahl sie ihrem Master-Terminal. Als die Daten erschienen, fiel sie in den Sessel zurück. »Das darf nicht wahr sein, er wurde auf fünf Minuten Verzögerung eingestellt!«

»Spinnt der!«, schimpfte Bühn. »Des is der Oberhammer!«

»So eine verdammte Scheiße!«, keifte Susan de Boer und rief Erstaunen bei ihren Mitarbeiter hervor, so oft fluchend und dann noch mit Fäkalausdrücken wie heute, hatten sie ihre Chefin noch nie erlebt. Dabei hielt sie sich noch zurück, sie könnte vor Wut laut losbrüllen bis die Fensterscheiben zersprangen und das Fäkal-ABC bis zum Ende durchgehen. Sie erinnerte sich an Hofbauers Verhalten, an sein gespieltes Entsetzen bei seinem ersten Anruf, diese Dreistigkeit und keine Spur von Nervosität. Unfassbar, es gab einen eiskalten Mörder unter ihren Mitarbeitern! Genauso eiskalt lief es ihr den Rücken hinunter. Dann fiel ihr ein, was Kathi Starck über das manipulierte Panel sagte, anheben, die Metallfolie anbringen, an den Starkstrom anschließen und einsprühen. Reichte Hofbauer die Zeit oder hatte er es bereits Montagnacht präpariert?

»Zutritte Labor anzeigen für Montag, 14. Oktober 2024 ab 18:00 Uhr, IST-Dateien und Sicherung plus Kameras.«

Die Listen vom Dienstag verschwanden und ein neues Fenster öffnete sich, auch hier gab es zwei Einträge mehr:

```
14.10.2024 - 18:55 h - Dr. Atila TUyUc - OUT
14.10.2024 - 21:33 h - Dr. N. Liebermann - OUT
14.10.2024 - 21:34 h - Dr. Dr. Walter König - OUT
DOOR LOCKED
14.10.2024 - 22:16 h - Dr. Atila TUyUc - IN
14.10.2024 - 22:46 h - Dr. Atila TUyUc - OUT
DOOR LOCKED
```

Susan de Boer starrte fassungslos auf die letzten Zeilen, auf die Einspielung des Überwachungsvideos daneben und fluchte ein leises: »Heilige Scheiße!«

Bühn, Thom und Müller sahen auf, nur Thom wagte es, vorsichtig zu fragen. »Was ist jetzt noch?«

Susan de Boer drehte ihren Monitor um 180 Grad und den drei Männern fiel buchstäblich die Kinnlade herunter.

»Ich hatte also den richtigen Riecher.« Zufrieden saß Kathi eine knappe Stunde später mit Andi an selber Stelle. Nach Susan de Boers Anruf hatten sie alles liegen und stehen lassen und waren zu MECH@TRON gefahren. »Das sind unwiderlegbare Beweise. Gab es einen speziellen Grund für die zusätzlichen Sicherungen?«

»Unsere IT testet seit einer Woche die Leistungsfähigkeit von neuen Speichermedien mit weniger Platzbedarf.«

»Das war ihr Glück.«

»Wir bräuchten bitte Kopien davon«, sagte Andi.

»Sind in Arbeit.«

»Und mir ham die Haftbefehle und eine Streife zur Verstärkung ist auch unterwegs.«

»Gut zu wissen.« Susan de Boer seufzte. »Ich hätte auf Sie hören sollen, Frau Starck. Ich kann Ihnen sagen, mich hat heute zweimal fast der Schlag getroffen, zuerst Hofbauer und dann das mit Tüyüc. Ist ja klar, was er so spät noch im Labor wollte.«

Kathi nickte. »Das Panel umbauen, weil Hofbauer das nicht konnte. Sie werden lachen, auch wenn es nicht lustig ist, gestern Nachmittag haben Herr Steppendorff und ich uns genau über dieses Szenario unterhalten. Unserer Meinung nach, ist Tüyüc Drahtzieher des Ganzen.«

»Das sehe ich auch so. Und er dachte, er könnte sich in aller Ruhe unters Messer legen und wäre fein raus! Herrgott, wer weiß, wie lange er das schon geplant hat! Und das Motiv ist auch klar, er wollte sich rächen, weil ich ihm damals Königs Stelle nicht gleich gab. Mit dem Mord schadet er nicht nur mir, sondern dem ganzen Unternehmen!«

»Wann ist Herr Hofbauer im Haus?«, fragte Kathi.

Susan de Boer sah auf ihre Armbanduhr. »In einer halben Stunde, ich habe ihn schon herbestellt.«

René Hofbauer kam lässig ins Büro seiner Chefin spaziert, grüßte freundlich und nahm auf dem einzigen Besucherstuhl Platz. Er wunderte sich, warum er allein hier war. »Wenn wir die neuen Sicherheitsmaßnahmen besprechen wollen, brauchen wir die IT.«

»Thom und Müller waren heute Vormittag schon hier«, sagte Susan de Boer. »Bühn auch, es gibt einen neuen Aspekt und dieser duldet keinen Aufschub.«

»Okay, was ist das?«

Sie drehte ihm den Monitor zu. »Diese Aufnahmen kommen Ihnen sicher bekannt vor.« Bereits seine ersten entsetzten Blicke registrierte sie mit Genugtuung.

»Scheiße!« fluchte Hofbauer.

»Das sind die Originale, die IT fährt seit einer Woche zusätzlich Datensicherungen aller Zutritts- und Überwachungssysteme.«

Hofbauer sah sich nervös um und checkte, auf welchem Weg er am schnellsten fliehen könnte. Plötzlich fuhr er hoch und wollte auf dem Absatz kehrtmachen, als Kathi ihm mit gezückter und entsicherter Waffe den Weg versperrte. Sie hatte das Gespräch von der Dachterrasse aus beobachtet und auf den entscheidenden Moment gewartet. Wegen der Vertikalstores an der Glasfront, hatte Hofbauer sie nicht sehen können.

»Keine Bewegung!«, fuhr sie ihn harsch an.

»Leck mich!«, knurrte der Zweimeter-Mann, der sie leicht mit einem Hieb niederschlagen könnte. Da er ihre Schnelligkeit vom Boxen kannte und ihre Schießkünste nicht einschätzen konnte, trat er die Flucht zur anderen Seite an. Pech für ihn, Andi und die beiden Streifenbeamten, ebenfalls die Waffen im Anschlag, kamen aus ihrer Deckung hinter der Trennwand zum Waschraum.

»Stehenbleiben!«, brüllte Andi.

»Scheiße!« Der Blick in vier Pistolenläufe zwang Hofbauer zur Aufgabe und mit weiteren, sicht- aber nicht hörbaren Fäkalausdrücken auf den Lippen ließ er sich wieder in den Sessel zurückfallen.

Jetzt hat es dir die Sprache verschlagen, dachte Susan de Boer schadenfroh und freute sich noch mehr, als Kathi den Spruch des Tages fallen ließ.

»Herr Hofbauer«, sagte sie nüchtern. »Ich verhafte Sie wegen Beihilfe zum Mord an Dr. Walter König.« Bekannter aus dem Boxclub hin oder her, das Duzen war in dieser Situation nicht angebracht.

Andi steckte seine Waffe wieder ein, legte dem verdatterten Security-Chef rechts eine elektronische Handfessel an und verband sie mit dem Stahlrohr der Armlehne.

Yeah, you made my day! Kathi blies theatralisch in den Lauf ihrer Waffe und steckte sie gesichert wieder ins Holster.

»Was soll das?«, beschwerte Hofbauer sich lautstark und rüttelte heftig am unbequemen, schwarzen Bügel aus Faserverbund-Kunststoff. Sofort trat einer der Streifenbeamten zu ihm und drückte ihn in den Sessel, während sein Kollege ihn mit seiner Pistole in Schach hielt.

»Sie sind verhaftet wegen Beihilfe zum Mord«, sagte Andi.

»Haben Sie der Frau Starck grad ned zug'hört?«

»Mord? Nein, das lasse ich nicht gelten!«, bellte er und trat verbal die Flucht nach vorn an. »Der Tüyüc hat alles geplant, der hat mich nur gebraucht für …«

»Für die Drecksarbeit«, unterbrach ihn Kathi. »Wissen wir schon, aber erzählen Sie ruhig weiter.« Sie setzte sich neben Frau de Boer. »Wir sind ganz Ohr und nehmen gleich alles hiermit auf.« Dabei zeigte sie auf ihr Padfone.

»Pffffff«, blies Hofbauer aus seinem massigen Oberkörper. »Was soll ich mich noch groß rausreden. Ich sollte das Säurezeug in die Wasserflasche schütten, dafür sorgen, dass König nicht draus trinkt, außerdem die Zutrittsdaten und die Aufzeichnungen manipulieren.«

Tschaka!, triumphierte Kathi in Gedanken. »Das Panel hat er selbst, ich nenne es mal ›umgebaut‹, richtig?«

»Ja, Montagnacht, oder was glauben Sie, warum er nochmal im Labor war. Was fragen Sie denn noch? Sie haben doch die Aufnahmen.«

»Leider nur bis zur Schleuse, aber Danke. Dr. Tüyüc kann dazu keine Stellung nehmen, aber wir glauben Ihnen. – Hat Dr. König gefragt, was Sie so früh im Labor wollten?«

»Ich habe behauptet, ich müsste die Schleuse prüfen, wegen eines Sicherheitsalarms.«

»Das hat er geglaubt?«

»Ja, warum nicht?«

Kathi schüttelte den Kopf, ein Quentchen Misstrauen mehr und König könnte vielleicht noch leben. Liebermann sagte, er wäre nie unvorsichtig oder leichtsinnig gewesen, das stimmte in diesem Fall leider nicht. »Den echten Alarm hat Dr. König ausgelöst, als er das Panel angefasst hat. Gemeldet wurde er aber nicht sofort, weil Sie ihn auf fünf Minuten Verzögerung eingestellt hatten. Ist das richtig?«

»Ja.«

»Haben Sie die präparierte Flasche umgestoßen?«

»Ja, König ist erschrocken und hat hektisch versucht, das Zeug mit der Hand vom Panel wegzuwischen. Und dann hats ihm eine gewischt.«

»Herr Hofbauer!«, ermahnte Susan de Boer ihn giftigen Blickes. »Das war unangebracht!«

»'Tschuldigung.« Er zog den Kopf ein. Der Muskelprotz saß da mit eingezogenem Schwanz, wie ein Wrestler, der zu viel Dresche abbekommen hatte.

»Warum Sie, Herr Hofbauer?«, fragte Kathi. »Wie kam Tüyüc als Handlanger für seinen Rachefeldzug auf Sie?«

»Wegen der Kohle, ich hab Schulden und muss Unterhalt für meine Kids zahlen!«

»So schlecht verdienen Sie bei mir nicht!«, mischte sich Susan de Boer ein.

»Ich hab mich verzockt.«

»Glücksspiel?«

»Ja.«

»Wie viel hat er Ihnen bezahlt?«, wollte Kathi wissen.

Hofbauer zögerte, schlug die Beine übereinander und begann mit einem nervös zu wippen. »250.000 Euro.«

»Das ist nicht viel für Beihilfe zum Mord.«

»War ja nur die Anzahlung, zehn Prozent.«

»2,5 Millionen!« Kathi pfiff durch die Zähne. »Ein hübsches Sümmchen. Woher hat Dr. Tüyüc so viel Geld?«

»Von BATC, von wem sonst!«, sagte Hofbauer. »Für die hat er doch spioniert.«

»Wie bitte?« Susan de Boer schlug mit beiden Fäusten auf den Tisch, so heftig, dass die Tintenfüller in der Glasschale und die Designer-Leuchte klapperten. Sie fuhr hoch. »Das ist jetzt nicht wahr! Dieses räudige Pack wagt es tatsächlich ein zweites Mal!« Vor Wut kochend setzte sie sich wieder. »Wie lange geht das schon?«

»Keine Ahnung«, meinte Hofbauer achselzuckend.

»Kennen Sie den Kontaktmann bei BATC?«, fragte Kathi.

»Nein, ich hab mein Geld von Tüyüc bekommen.«

»Wie viel hat er bekommen, wissen Sie das?«

»Drei Mio als Anzahlung.«

»Auch zehn Prozent von der Gesamtsumme?«

»Keine Ahnung, schon möglich. Jedenfalls hat er gesagt, für zehn Prozent Anzahlung gabs zehn Prozent Datenmaterial.«

»Dann wären es dreißig Millionen!« Kathi japste nach Luft. »Auch wenn es nur die Hälfte wäre, das sind keine Peanuts!«

»Wie mans nimmt, Frau Starck«, sagte Susan de Boer. Um ihre Mundwinkel zuckte es amüsiert, wenn die Sache nicht so einen traurigen Anlass hätte, würde sie laut loslachen. »Allein die Patente sind mehr wert und die Aufträge bringen uns langfristig einen dreistelligen Milliardenbetrag, BATC weiß das.«

»Und dafür gehen sie über Leichen. Bisher sorgten deren Abnehmer dafür, wie es halt so ist in der Rüstungsindustrie. Mord aus Habgier, Motiv Nummer zwei.«

»Für Skrupel und falsche Moral ist da kein Platz, wir liefern was der Markt verlangt.«

Kathi nahm de Boers Spruch gelassen, schwindende Wirtschaftsethik gab es nicht erst seit heute. »Natürlich.«

»In dieser Legierung und der Produktentwicklung steckt nicht nur eine Menge Geld, sondern Hirnschmalz und Herzblut. Das lasse ich mir von diesen raffgierigen BATC-Pennern nicht kaputt machen! Zum Glück muss mein Vater das nicht miterleben.« Susan de Boer erinnerte sich an die Erfolge von MECH@TRON unter seiner, später unter ihrer Ägide: 2012 Vorreiter beim Reibschweißen hochfester Titanlegierungen, 2016 gelang die großtechnische Herstellung verschiedener Leichtmetalllegierungen im extremen Vakuum, in hochreinen Edelgasumgebungen oder mittels elektromagnetischer Levitation und jetzt die neue Alu-Lithium-Legierung, die Krönung langjähriger Arbeit. »Tut mir Leid, Frau Starck, ich wollte das Verhör nicht unterbrechen.«

»Kein Problem«, sagte Kathi. »Wie ist Dr. König in die Sache verwickelt, Herr Hofbauer?«

»Gar nicht, ich bin ja erst seit Freitag dabei. Mittag kam der Tüyüc zu mir und hat mich gefragt, ob ich mir was dazu verdienen will.«

»Einfach so?«

»Ich hab mal eine Bemerkung fallen lassen, dass ich grad nicht so flüssig bin. Ich hätte mich nicht breitschlagen lassen sollen. Alles wegen der Scheiß-Kohle!«

»Und Sie hätten sich mit nur zweieinhalb Millionen abspeisen lassen?«

»So gierig bin ich auch wieder nicht, und wenn mans richtig anlegt ...«

»Und nicht wieder verspielt«, räumte Kathi ein. »Was hat Tüyüc Ihnen noch erzählt?«

»Dass BATC ihm zuerst einen Job angeboten hat und dass er schon länger die Schnauze voll hatte, von Ihnen und König herumkommandiert zu werden, aber ...«

Susan de Boers Augen wurden zu Schlitzen. »Herumkommandiert?« Sie krallte ihre Finger in die Sessellehne. *Gibt mir bitte jemand eine Knarre, damit ich diesem Arsch die Rübe wegpusten kann!* Laut losbrüllen würde sie auch gern, aber sie bewahrte Kontenance. *Nicht vor der Polizei, diese Blöße gibst du dir nicht!*

Jetzt geht sie ihm gleich an die Gurgel, dachte Kathi. »Aber was, Herr Hofbauer?«

»Naja, wegen der zwei Jahre Wettbewerbsverbot plus Schweigepflicht, das war denen zu lang. Aber mit dem anderen Deal wäre er eh besser dran, hat er gesagt.«

»Und deswegen bringt er Dr. König um?«

»Dass er stirbt, war doch nicht geplant. Ich glaube, er wollte ihm nur einen Denkzettel verpassen.«

»Mit einem Stromschlag, gehts noch?« Kathi hatte im Lauf ihrer Karriere schon einige Ausreden gehört, aber die von Hofbauer kam in ihre persönliche Top Ten. »Das können Sie mir nicht weismachen, das war ein Mord, der wie ein Unfall aussehen sollte, Herr Hofbauer! Dr. Tüyüc wollte sich an Frau de Boer rächen, weil sie ihn nicht befördert hatte und ihn nicht so wertschätzte wie er glaubt, dass sie es tun müsste. Und bei dieser Gelegenheit räumt er König gleich mit aus dem Weg, schlägt zwei Fliegen mit einer Klappe.«

»Ich hab keine Ahnung, ob da noch was anderes zwischen denen war«, redete Hofbauer sich heraus. »Ich weiß nur, dass Tüyüc schon länger scharf auf Königs Posten war, der aber Liebermann als seinen Nachfolger vorgeschlagen hätte. Das Angebot von BATC kam grad richtig.«

Kathi nickte. »Gier und Rache als Motiv, Tüyüc wollte den ganz großen Reibach machen. Wollte er sich danach ins Ausland absetzen?«

»Weiß ich nicht, kann schon sein, ich wollte es zuerst.«

»Aber Sie haben es sich anders überlegt.«

»Naja, seit er im Koma liegt, gibts ja keinen Grund mehr, sich abzusetzen. Ich wollte erstmal abwarten, bis Ruhe eingekehrt ist, außerdem würde das auffallen. Aber ich glaub eh nicht, dass er wieder aufwacht und wenn, hat er wahrscheinlich ne Matschbirne und kann mich nicht verraten oder erpressen.«

Susan de Boer schüttelte wieder den Kopf.

»Wie kam er an die Daten?«, fragte Kathi.

»Keine Ahnung, nicht meine Baustelle.«

»Irgendwie musste er den Kopierschutz und Ihre Cyberabwehr umgangen haben. Vielleicht steckt einer von denen mit drin? Vielleicht ist Tüyüc auch so clever, dass er sich ins System hacken konnte, ohne Spuren zu hinterlassen.«

Bei der Firmenchefin machte sich großes Unbehagen breit, sie begann, an der Loyalität ihrer Mitarbeiter zu zweifeln. Die Leute in ihrer hauseigenen Hackertruppe hatte sie selbst eingestellt, die waren sozusagen handverlesen. Was nützte ein teures, ausgeklügeltes Sicherheitssystem, wenn die eigenen Mitarbeiter käuflich waren. *Hoffentlich finden Müller und seine Truppe das Leck, sofern er oder Thom es nicht selbst sind. Bei so viel Geld könnte jeder schwach werden.* Daran durfte sie gar nicht denken, das wäre der Super-GAU. Sie sackte mit einem schweren Seufzer in ihrem Sessel zusammen, weil sie das Gefühl hatte, jeder habe sich gegen sie verschworen. »Ich lasse das bereits prüfen.«

»Ich weiß nichts von einem Dritten«, sagte Hofbauer.

»Und wenn, hätte er es Ihnen sicher nicht erzählt«, meinte Kathi. »Zu viele Mitwisser sind ein zu hohes Risiko und das macht die Sache teuer. – Wobei, bei so viel Geld ...«

»Da gehe ich mit Ihnen d'accord«, sagte Susan de Boer.

»Wie wollte Dr. Tüyüc die Daten übergeben?«, fragte Kathi. »Sicher nicht übers Netz, oder?«

»Auf Speichersticks, den ersten gabs nach der Anzahlung. Den zweiten nach der Restzahlung.«

»Wann sollte das sein?«

»Heute Abend, morgen sollte ich mein Geld kriegen.«

»Wie lief die Bezahlung bisher, mit Geldköfferchen?«

»Genau so, nur Bares ist Wahres.«

»Und wo?«

»In meinem Auto.«

»Wo ist das Geld jetzt?«

»Bankschließfach.«

»Wie erhielt Tüyüc das Geld, ein Schließfach am Hauptbahnhof?«

»Möglich«, sagte Hofbauer achselzuckend.

»Naja, da könnte er sogar mit der U-Bahn hinfahren, fällt weniger auf, auch mit einem größeren Koffer nicht. – Wissen Sie, wo der zweite Stick ist?«

»Nein, sonst würde ich bestimmt nicht hier sitzen.«

»Noch eine Frage: Tüyüc kam Montagnacht wahrscheinlich mit dem Fahrrad, wie schaffte er es unbemerkt aufs Firmengelände?«

»Er weiß doch genau, wo Kameras und Sensoren sind.«

»Echtzeit-Lasertracking, Ultraschall- und Infrarot-Scanner, wie kann sich da jemand vorbeimogeln?« Kathi sah Hofbauer streng an. »Haben Sie da auch nachgeholfen?«

»Nein, verdammt! Ich hätte mich auf diesen Scheiß nie einlassen sollen!«

»Ist Montagnacht ned dieser Spezialtransporter zur Fabrik g'fahrn«, merkte Andi an.

»Das stimmt«, sagte Susan de Boer. »Das war eine Lieferung flüssiges Helium, er kam direkt vom Hafen.«

»Wann war das nochmal«, fragte Kathi.

»22:08 Uhr«, sagte Andi nach einem Blick in die gesammelten Daten auf seinem Padfone. »Des passt zu den anderen Zeiten. Der Tüyüc könnte sich mit dem LKW nei'schmuggelt ham. Und wenn die in der Zentrale ned aufpassen ...«

Neiiin, nicht noch ein Sicherheitsleck! Susan de Boers Miene verzog sich erneut.

»Okay«, sagte Kathi. »Haben Sie Ihrer Aussage noch etwas hinzuzufügen, Herr Hofbauer?«

»Nein«, knurrte er.

Kathi winkte die Streifenbeamten zu sich. »Sie können Herrn Hofbauer jetzt runter zum Wagen bringen.«

»Alles klar.« Einer öffnete die Handfessel, ließ Hofbauer aufstehen und bat ihn unmissverständlich, die Arme nach oben zu strecken. Unter den aufmerksamen Blicken seines Kollegen, der eine Hand an der Waffe behielt, durchsuchte er ihn von Kopf bis Fuß. Er nahm ihm alles ab, was er bei sich trug: Smartphone, den privaten Schlüsselbund, Geldbörse und einen Leatherman. Anschließend händigte er alles Andi aus, der es in eine Plastiktüte steckte und sie verschloss. Die Chief-Card nahm Susan de Boer an sich. Am Ende legte man Hofbauer die Fessel um beide Handgelenke und führte ihn ab.

Zufrieden sah Kathi dem Trio nach und zog Resümee. Dank der neuen Beweise und Hofbauers Geständnis war der Mordfall König praktisch gelöst. Leider konnten sie den Haupttäter zurzeit weder befragen noch verhaften, vielleicht auch nie. »Ich informiere jetzt die Kollegen vom Dezernat für Wirtschaftskriminalität, die können dann gleich die Durchsuchungsbefehle für Tüyücs Büro und sein Haus beantragen. Sie werden doch Anzeige gegen ihn erstatten, Frau de Boer.«

»Darauf können Sie Gift nehmen.«

Schon wieder so ein bissiger Kommentar, der könnte glatt von mir sein. Kathi wunderte sich, noch am Dienstag gab sie die coole Business-Lady, trotz ihrer Betroffenheit über Königs Tod. Jetzt, wo es ums Eingemachte ging, um ihre Kronjuwelen – wie sie diese am Dienstag nannte – reagierte sie wie eine in die Enge getriebene Raubkatze, die ihre Jungen verteidigte. »Ich geh mal kurz raus zum Telefonieren.« Kathi tippte die Glasschiebetür an, schon öffnete sie sich mit einem leisen Surren.

»Dann manage ich das mit der Strafanzeige gegen den Tüyüc wegen dem Mord und lass eine Wache vor seinem Zimmer im Klinikum abstellen.« Andi hängte sich ebenfalls ans Telefon.

Susan de Boer telefonierte mit ihrer Sekretärin. »Angelika, bitte rufen Sie alle Abteilungs- und Gruppenleiter und Dr. Liebermann an, Krisensitzung um zwei im Team-Room.«

»Die Kollegen wissen Bescheid«, sagte Kathi, als sie nach ein paar Minuten wieder hereinkam.

Andi nickte. »Bei mir läfft auch alles.«

»Dann hätten wir es hier. Das Labor geben wir wieder frei, dann können Ihre Leute dort weiterarbeiten.«

»Ich kümmer mich drum.«

Die Augen der Firmenchefin begannen zu leuchten. »Das wäre super. Herr Steppendorff, am besten Sie gehen runter zum Empfang, ich schicke Herrn Bühn zu Ihnen.«

»Darf ich mich in Dr. Tüyücs Büro kurz umsehen?«, fragte Kathi.

»Natürlich.«

»Er wird zwar nicht so dumm sein, dort etwas zu verstecken, aber ich will mir ein Bild machen.«

Hoffentlich läuft uns Dr. Einstein 2.0 nicht über den Weg, dachte Kathi unterwegs. *Ich weiß nicht, ob ich ihn ansehen kann, geschweige was ich sagen soll. Wahrscheinlich stottere ich schon bei der Begrüßung.*

Sie hatte Glück, kein Mensch weit und breit.

»Seit Dienstag war niemand mehr hier«, sagte Susan de Boer, als sie mit ihrer Karte die Tür öffnete.

Kathi zog Handschuhe an und sah sich in dem steril wirkenden Raum um, penibel sauber und ordentlich aufgeräumt. Sie öffnete die Schreibtischschubladen, zu ihrer Überraschung nicht abgeschlossen, sichtete einige der Unterlagen und ging zu den Schränken, ebenfalls nicht abgesperrt, drin standen Aktenordner und Bücher in Reih und Glied. »Sieht fast so aus, als wollte er nicht wiederkommen.«

»Eigentlich hat er immer ordentlich aufgeräumt.«

»Okay, dann überlass ich meinen Kollegen das Terrain. So einen Speicherstick kann man leicht verstecken. Obwohl ich ihn nicht hier vermute, eher bei ihm zu Hause oder in einem Schließfach.«

»Wann werden Ihre Kollegen hier sein?«

»Das kann ich nicht sagen, sicher innerhalb der nächsten Stunde.«

»Dann schließe ich wieder ab«, sagte Susan de Boer im Hinausgehen. »Müssen Sie die Tür versiegeln?«

Kathi klebte das Holo-Plättchen auf. »Sicher ist sicher.«

»Ich hoffe, Ihre Kollegen finden etwas.«

»Das hoffe ich auch, Frau de Boer, Sie wollen ja den Stick wieder haben.«

»Natürlich, vielleicht finden unsere Spezialisten einen Hinweis auf den ersten, auch wenn sich nur ein Bruchteil der Daten darauf befindet.«

»Und wir brauchen diesen Stick als Beweis, obwohl wir gegen Dr. Tüyüc nicht vorgehen können, wie sonst.«

»Reichen das Video und Hofbauers Aussage nicht?«

»Leider nicht.«

»Vielleicht findet sich auf dem Stick eine Verbindung zu BATC, das wäre ein Traum. Auch wenn ich nicht glaube, dass man ihnen so leicht das Handwerk legen kann, ein paar auf die Finger würde nicht schaden.«

PLING-PLING! meldete sich Kathis Padfone.

»Einen Moment bitte.« Sie checkte die neue Nachricht. »Die Kopien der Backups sind da, vielen Dank.«

»Wofür denn, ich tue alles, um Sie und Ihre Kollegen bei der Aufklärung zu unterstützen. Wir haben genug Zeit verloren. Wenigstens ist das Labor wieder offen, Dr. Liebermann wird sich freuen.«

O Gott! Kathi zuckte kurz zusammen. ›Wenn man den Teufel nennt, kommt er g'rennt‹ sagte Oma Blümlein immer. Teufel klang hier etwas übertrieben, Dr. Liebermann steuerte geradewegs sein Büro an. Kathi hätte einen feindlichen oder arroganten Blick nachvollziehen können, aber er sah glatt durch sie hindurch. Am liebsten würde sie jetzt im Boden versinken.

»Das trifft sich gut, Dr. Liebermann«, sagte Susan de Boer. »Das Labor ist wieder offen.«

»Ausgezeichnet!«

»Hat Angelika Sie schon erreicht?«

»Nein, ich komme gerade von der Mittgaspause.«

»Okay, um zwei ist Meeting im Team-Room mit den Führungskräften.«

»Gut, ich bin dort.«

»Aber ich brauche Sie schon vorher, es gibt wichtige Neuigkeiten. In fünfzehn Minuten in meinem Büro. Ich begleite nur noch Frau Starck nach unten.«

»Okay«, sagte er. »Dann bis gleich.« Ohne Kathi eines weiteren Was-auch-immer-Blickes zu würdigen, verschwand der Physiker in seinem Büro.

Okay, bei dem hast du's verschissen, dachte sie. *Er hat nicht mal gegrüßt. Naja, den siehst du eh nicht so schnell wieder.*

***

Tüyücs Wohnhaus in Erlenstegen, eine etwa zehn Jahre alte, geräumige Villa im Bauhausstil, dürfte ein hübsches Sümmchen gekostet haben. Kathi schätzte 1,2 Millionen, normal für diese Wohngegend, wie die Autos. In der Einfahrt vor der offenen Doppelgarage stand ein Audi Q10V, drinnen ein neuer Porsche Carrera. *Aha, eine große Familienkutsche für die Frau Mama und ein Sportwagen für den Herrn Papa!* Außerdem vier Fahrräder, zwei für Erwachsene, zwei für Kinder. Kathi vermisste nur noch den Hund, Golden Retriever, Dalmatiner, ein Mops oder zwei oder eine andere Designer-Ratte, jedenfalls einen, der in diese heil scheinende, gut situierte Welt passte. Vielleicht war er ja im Haus und kam kläffend angeschossen, sobald sie läuteten. Sie lag falsch, Annabelle Tüyüc öffnete allein nach zweimaligem Läuten mit dem Sound von Big Ben.

»Frau Tüyüc«, begann Kathi nach der Begrüßung. »Tut mir leid, dieser Überfall. Wir müssen dringend mit Ihnen sprechen, hätten Sie Zeit?«

»Ja, es passt gerade, kommen Sie rein.« Sie führte die Kommissare in ein großzügiges Wohnzimmer und bot ihnen Platz auf einem der beiden Sofas an. »Darf ich ihnen etwas zu trinken anbieten?«

Beide lehnten ab.

»Sind Sie allein?«, fragte Kathi.

»Ja, die Kinder sind bei meiner Mutter, warum?«

»Wir haben leider keine guten Nachrichten.« Schonungslos konfrontierte Kathi sie mit den Fakten, jetzt konnte sie keine Rücksicht mehr auf ihre Situation nehmen, wie gestern.

»Wie bitte, mein Mann soll Walter König auf dem Gewissen haben? Sind Sie irre, sie waren doch Kollegen!«

Als wenn das ein Hinderungsgrund wäre, dachte Kathi.

»Ein Zeuge sagte aus, Ihr Mann hatte das Panel präpariert. Die Tat war geplant, also Mord.«

»Wer behauptet das?«

»Sein Komplize.«

»Wer ist das?«

»Sein Name tut nichts zur Sache, wir ...«

»Unerhört, jemanden zu verdächtigen, der sich nicht wehren kann!«, fuhr ihr Annabelle Tüyüc empört ins Wort. »Mein Mann könnte nie so etwas tun! Er hatte keinen Grund!«

»Rache und weitere drei Millionen Gründe, nach jetzigem Stand. Es könnte aber auch das Zehnfache sein.« Annabelle Tüyüc starrte Kathi an, die ihr Padfone über den Tisch schob. »Sehen Sie sich das bitte an, das sind die Originalaufnahmen und Zugangsdaten zum Labor von Montagnacht.«

171

Während Annabelle Tüyüc aufmerksam den Bildern folgte, versteifte sich ihr Körper.

Am Ende begann sie zu zittern. »A-aber er war doch zu Hause!«

»So wie es aussieht, war er es nicht. Frau Tüyüc, Sie sagten gestern, Ihr Mann kam am Montag gegen halb acht nach Hause und ging nach der Einnahme eines Beruhigungsmittels zu Bett.«

»Ja, das stimmt!«

»Scheinbar hat er es nicht geschluckt. Haben Sie nicht bemerkt, dass er später noch einmal das Haus verlassen hat?«

»Nein«, sie seufzte schwer. »Ich habe im Gästezimmer geschlafen, er sollte Ruhe haben wegen der OP. Das Zimmer liegt unter dem Dach, zum Garten. Dort hört man nichts von der Straße.«

»Wir glauben, dass er mit dem Fahrrad gefahren ist.«

»Oh mein Gott, das darf doch alles nicht wahr sein!« Sie seufzte schwer. »Es tut mir leid, ich wollte Sie nicht belügen. Aber alles andere was ich gestern gesagt habe, stimmt.« Plötzlich kamen ihr die Tränen. »Wie konnte er nur?«

»Sind Ihnen in der letzten Zeit Veränderungen an Ihrem Mann aufgefallen?«

»Er war nur nervös. Wie ich schon sagte, ich dachte, es läge an der OP.«

»Wie steht es um Ihre finanziellen Verhältnisse?«

»Gut, das Haus hier ist abbezahlt.«

»Besitzen Sie noch andere Immobilien?«

»Nein.«

»Hatte Ihr Mann vielleicht Spielschulden?«

»Nein, er hat nicht gespielt.«

»Plante er irgendwelche größeren Anschaffungen?«

»Nein, über so etwas hätte er mit mir geredet, das tat er immer.«

»Hat er ein Bankschließfach?«

»Nein.«

»Sicher?«

»Ich weiß von keinem.«

»Haben Sie eins?«

»Nein, was soll diese Frage?«

»Irgendwo muss er das Geld deponiert haben.«

»Jetzt verdächtigen Sie mich auch noch?«

»Nein, Frau Tüyüc, das tun wir nicht. Drei Millionen Euro sind kein Pappenstiel, wie gesagt das war nur die Anzahlung. Wir wissen, dass er 250.000 abgezweigt hat, um seinen Komplizen zu bezahlen. Wo ist der Rest des Geldes? Irgendwo muss er es deponiert haben.«

»Ich weiß wirklich nichts!«

»Hatten Sie Streit in der letzten Zeit?«

»Nein!«

»Könnte es sein, dass er ein Doppelleben geführt hat?«

»Atila? – Niemals! Woher hätte er die Zeit nehmen sollen, er hat so viel gearbeitet.«

»Vielleicht hat er manche Überstunden nur vorgeschoben. Er wäre nicht der erste, der seine Familie im Stich lässt und sich mit einem Haufen Geld und einer Geliebten ins Ausland absetzt.«

Annabelle Tüyüc fiel förmlich in sich zusammen, zum ersten Mal in ihrem Leben konfrontierte sie jemand mit dieser Möglichkeit. »A-aber die Kinder und ich, er liebt uns doch!«

Arme Frau, dachte Kathi über das Häuflein Elend. *Scheinbar dämmert ihr gerade, dass sie nicht nur mit dem lieben, braven Ehemann und treusorgenden Familienvater verheira-*

tet war, für den sie ihn hielt. »Um sich in den Ruhestand zu verabschieden, war er ja noch zu jung. Außerdem, wie den plötzlichen Geldsegen erklären? Egal ob dreißig Millionen oder nur die Hälfte, diese Summe schreit förmlich nach einem Nummernkonto in der Schweiz!«

Annabelle Tüyüc starrte sie fassungslos an. »Dreißig Millionen Euro?«

»Davon gehen wir aus, es könnten auch nur zwanzig sein. Aber in dieser Liga spielte Ihr Mann. Er trägt die Hauptschuld an Dr. Königs Tod, er hat sich von Rachegefühlen und Habgier leiten lassen und seinem Arbeitgeber Schaden zugefügt. – Sie sollten wissen, dass Frau de Boer Anzeige gegen ihren Mann wegen Industriespionage erstattet hat. Gegen ihn wird ermittelt, trotz seines Gesundheitszustandes. Der Durchsuchungsbefehl liegt vor und die Kollegen vom Dezernat für Wirtschaftskriminalität werden bald hier erscheinen. Ich rate Ihnen, Ihren Anwalt einzuschalten.«

»Was kommt da alles auf mich zu?«, fragte sie ängstlich.

»In seinem Büro bei MECH@TRON werden Unterlagen und sein Computer sichergestellt, hier ebenfalls, außerdem die Handys und Ihre Bankkonten überprüft.«

Die Glockentöne von Big Ben meldeten neuen Besuch. Annabelle Tüyüc erschrak. Kathi begleitete sie zur Haustür.

»Grüß Gott, Frau Tüyüc«, begrüßte Uli Sauer die Hausherrin zuerst und stellte sich vor. »Mein Name ist Sauer vom Dezernat für Wirtschaftskriminalität, wir haben einen Durchsuchungsbefehl für Ihr Haus.«

»Grüß Gott«, sagte sie mit belegter Stimme.

»Hallo, Uli«, machte Kathi sich bemerkbar.

»Hallo, ihr seid ja noch da!«

»Wir sind gleich weg, ich hol nur noch den Andi und meine Tasche.«

Uli Sauer wandte sich an seine vier Kollegen, die mittlerweile einige, zusammengeklappte Umzugskartons und zwei Alukoffer aus den beiden Kombis ausgeladen hatten. »Na, dann wolln mer mal.«

***

Kurz nach sechs machte sich Kathi auf den Weg zum Taekwondo-Training. Eigentlich könnte sie Sport heute einmal sausen lassen, verdientermaßen. Aber zu Hause würde ihr nur wieder die Decke auf den Kopf fallen. Sie brauchte Action und beim Vollkontakt käme sie garantiert auf andere Gedanken. Die kreisten während der Fahrt um Nikolai Liebermann. Nach ihrer Rückkehr ins Präsidium, hatte sie als Erstes seine Spalte auf der großen Pinnwand mit einem Fingerwisch in den Daten-Papierkorb geschoben und die von Tüyüc und Hofbauer erweitert. Die neuen Gesprächsprotokolle standen aufbereitet im System und das von Hofbauer lag bereits ausgedruckt zur Unterschrift parat. Kathi war zufrieden, nur zwei Dinge ärgerten sie: Nummer eins, dass Hofbauer ihr am Dienstag etwas vorspielen konnte, obwohl sie ihn seit Jahren kannte oder glaubte zu kennen – da zeigten sich die Fähigkeiten des ehemaligen SEK-Mannes, in Stresssituationen keine Emotionen zu zeigen. Nummer zwei, dass Liebermann ihren kriminalistischen Spürsinn einige Zeit vernebelt hatte.

Das darf dir nie wieder passieren! mahnte sie sich. *Am besten, du vergisst ihn, als Zeuge gehört er zu den Unberührbaren! Er ist tabu, völlig egal, ob schwul, bi oder hetero! Du hast dir nach der Sache mit Rainer geschworen, Job und*

175

Privates zu trennen, halt dich dran! – Aber was mache ich, wenn ich ihm wieder begegne? Solange der Fall Tüyüc nicht abgeschlossen ist, könnte es gut dazu kommen. Außerdem solltest du dich entschuldigen, dass du ihn verdächtigt hast. Gott, wie stelle ich das bloß an und was sage ich? ›Entschuldigung Dr. Liebermann, ich lag völlig daneben mit meinem Verdacht‹, oder ›Tut mir Leid, Dr. Liebermann, ich habe einen Fehler gemacht‹, oder ›Dr. Liebermann, können Sie mir verzeihen?‹ – egal was, er wird triumphieren. Und was mache ich wenn er mich ignoriert, so wie heute? Dieser Blick, als ob ich Luft wäre. Bestimmt hasst er mich. Ich muss das in Ordnung bringen. Mir wird schon was einfallen, ich bin ja nicht auf den Mund gefallen. Aber nicht heute, erstmal drüber schlafen.

***

Nikolai Liebermann goss Rotwein in ein Glas und nahm es mit ins Wohnzimmer. Ohne Licht zu machen, setzte er sich auf sein ›Sofa‹, eine Polsterlandschaft in L-Form mit Platz für mindestens acht Personen, der perfekte Platz zum Chillen. Durch die vier hohen, vorhanglosen Fenster kam trotz Dämmerung noch genug Licht herein, außerdem brannten draußen die Straßenlaternen.

Er ließ den ersten Schluck auf der Zunge zergehen und lehnte sich zurück. Das hatte er sich redlich verdient nach diesem 10-Stunden-Tag. Zweieinhalb Stunden Krisensitzung und die Aufsicht über die Mitarbeiter der Spurensicherung in Tüyücs Büro. Frau de Boer wollte, dass er einen Blick auf alles warf, was sie einpackten, schließlich war es Firmeneigentum. Danach hatte er mit den Frischlingen den Thron hochgefahren und mit drei Testläufen, mittels positiver Referenzproben, bewiesen, dass die Anlage wieder einwandfrei funktionierte. Wenn alles so gut lief wie heute, wären sie morgen fertig und der Zeitverlust durch die Ermittlungen der Kripo, früher ausgeglichen als erwartet. Das bedeutete, er bräuchte samstags nicht zu arbeiten. Ein richtiges Wochenende mit relaxen, essen gehen, bei schönem Wetter vielleicht ein wenig Laufen oder Radfahren, Hauptsache Abstand vom Stress in der Firma, der so schnell nicht weniger werden würde. Frau de Boer brauchte ihn mehr denn je.

Unfassbar, Tüyüc und Hofbauer als mörderisches Duo!, dachte er. *Julian muss ich es auch noch erzählen. Frau de Boer hat uns zwar zum Schweigen verdonnert, aber wenn einer die Klappe halten kann, dann er. Die Frau Kommissarin wird es nie erfahren. – Gott, wenn ich daran denke, wie sie mich heute wieder angesehen hat! Sie hasst mich! Warum, was hat sie nur gegen mich? Warum machen es mir die Frauen immer so schwer? Diese Katharina Starck hat auch noch Haare auf den Zähnen. Katharina, so ein schöner Vorname für so ein Biest! Naja, bei dem Job wird man wahrscheinlich so. Wer weiß, mit welchem Gesindel sie sich sonst herumschlagen muss. Julians Zu-wenig-oder-gar-kein-Sex-Theorie trifft bestimmt nicht zu, dann müsste ich genauso mies drauf sein. Am besten nicht mehr daran denken, bei der hast du's verschissen. Außerdem siehst du sie so schnell nicht wieder.*

Er stellte das Glas auf den Tisch und sinnierte darüber, wie er vier Wochen ohne Auto am besten managen könnte. Ab morgen galt das Fahrverbot. Noch zwei Punkte, dann hätte er Höchststand in Flensburg, müsste noch länger zu Fuß gehen und zur MPU. Bis zum 17. November durfte Julian Chauffeur spielen und ihn zu MECH@TRON fahren. Mit der KFZ-

Versicherung war alles geregelt, Julian konnte ab morgen den ›G‹ nutzen und seinen geliehenen Smart zurückgeben. Nikolai hatte sich von Anfang an gefragt, was er mit dieser Schuhschachtel wollte, meistens fuhr er mit dem Rad zu Uni. Wenigstens brauchte das Ding nur einen halben Parkplatz. Einmal war Nikolai mitgefahren, er musste den Beifahrersitz ganz nach hinten schieben und Kopf und Beine anziehen.

Einen Monat ohne Auto, grauenhaft! Er hatte keinen Bock, die Öffentlichen zu nehmen, schon gar nicht in die Firma. Mit dem 36er Bus vom Platz der Opfer des Faschismus zum Rathenauplatz, dort in die U-Bahn bis Ziegelstein und danach mit dem Bus bis zum Norispark. Das dauerte dreimal länger als mit dem Auto. Nikolai trank noch einen Schluck und legte die Beine hoch.

Plötzlich läutete es an der Tür. Er fragte sich, wer das sein könnte, er erwartete niemand. Julian war mit einigen seiner Studenten ein Bierchen trinken und wenn er seinen Schlüssel verloren hätte, würde er anrufen.

»O Gott!«, stöhnte Nikolai, als er Kathi auf dem Monitor entdeckte. »Was will die denn hier, außerdem allein?«

Jedenfalls konnte er sonst niemand sehen, die Optik der Dome-Kamera umfasste schließlich einen Radius von fünf Metern. *Was mache ich jetzt?* Er kratzte sich am Kopf. *So tun, als wäre ich nicht zu Hause? Nee, geht nicht, sie hat sicher das Licht gesehen. Mist!* Er atmete einmal tief ein und aus. *Nun denn, Augen zu und durch!* Bevor er auf den Türöffner drückte, zog er schnell seine Schuhe an. Eine Kommissarin in Strümpfen zu empfangen, käme nicht so gut.

Vor der Haustür wartend fragte sich Kathi, ob es nicht besser gewesen wäre, vorher anzurufen. Vielleicht war Liebermann gar nicht da, sondern nur Kleber? Der Geländewagen stand nicht vor dem Haus, als sie vorhin dran vorbeifuhr. Sie hatte mit Absicht nicht direkt vor der 66 geparkt, sondern in der Alberichstraße, gleich um die Ecke. Aber es musste jemand in der Wohnung sein, das Licht brannte. *Wenn er nicht allein ist, geh ich wieder. Und wenn er mich rausschmeißt, kann ich es ihm auch nicht verübeln. Vielleicht war es doch keine so gute Idee, herzukommen.*

Vorhin, in der Stephanstraße, Höhe Diehl, hatte sie ihr Fahrtempo verlangsamt, den 43er Bus noch vorbeigelassen und gewendet. Ihr Ziel: die temporäre Einstein-WG. Nichts war mit ›erstmal drüber schlafen‹, sie wollte die Sache heute noch klären, sonst müsste sie später beim Taekwondo zu viel Schläge einstecken, weil sie abgelenkt wäre. »Du fährst jetzt dorthin und regelst das«, hatte sie zu sich gesagt. Aber so ein seltsames Gefühl wie jetzt, hatte sie schon lang nicht mehr verspürt, als beträte sie die Höhle des Löwen.

»Guten Abend, Frau Starck«, hörte sie Liebermanns Stimme aus dem Lautsprecher.

Allmächd, er ist daheim! Ihr fuhr ein leichter Schauer den Rücken hinunter. *Tief durchatmen!* »Guten Abend, Herr Liebermann. Hätten Sie bitte ein paar Minuten Zeit für mich?«

»Ja, kommen Sie rauf.«

Nikolai empfing sie in der Wohnungstür stehend. »Hallo.«

»Hallo.« Kathi wich seinem Blick aus. Ihn anzusehen, ging im Moment irgendwie nicht. »Tut mir leid, dass ich einfach so hereinschneie, ich hätte vorher anrufen sollen.«

Sie kann ja doch ganz freundlich sein. »Kein Problem, bitte kommen Sie rein. Drinnen redet es sich besser als zwischen Tür und Angel.«

Das überraschte Kathi etwas, genau auf so eine Art Gespräch hatte sie sich eingestellt. »Okay, danke. Es wird nicht lange dauern.«

Da sie keine Tasche oder ähnliches bei sich trug, erübrigte sich Nikolais Frage, ob er ihr etwas abnehmen könnte. Er fragte sich auch, welcher Natur dieser Besuch war, privat oder dienstlich. Außerdem wohin mit ihr gehen, Küche oder Wohnzimmer? Er entschied sich für die Küche.

Natürlich vergaß er seine gute Erziehung nicht und rückte den Stuhl zurecht, damit Kathi bequem Platz nehmen konnte. Er setzte sich gegenüber.

Schon sprudelte es aus ihr heraus. »Ich will nicht lange um den heißen Brei herumreden, Herr Liebermann. Ich bin nur hergekommen, um mich bei Ihnen zu entschuldigen. Es tut mir leid, dass ich Sie am Dienstag so angepflaumt und verdächtigt habe. Das war voreilig und ungerecht. Es tut mir wirklich leid.« *So, jetzt ist es raus, Gott sei Dank!* Kathi war gespannt wie ein Flitzebogen, wie er reagieren würde.

Nikolai sah ihr direkt in die Augen, schob seine Brille auf die Nasenwurzel, seine typische Handbewegung, und sah wieder weg. Genau wie am Dienstag, aber nicht aus Nervosität. Im Gegenteil, er war nur ein wenig verlegen und wusste einen Moment nicht, was er sagen sollte. Wer konnte denn damit rechnen! *Sie entschuldigt sich persönlich bei mir! Wow! Sie hätte auch anrufen können, scheinbar liegt ihr viel daran. Vielleicht ...? Puuuh!* Jetzt wurde ihm ein wenig warm. Irgendwie konnte er es nicht fassen, dass sie ihm gerade gegenüber saß. *Jetzt bloß nichts Falsches sagen.* »Ist schon okay, irgendwie hat an diesem Tag alles zusammengepasst. Ich war nervös und unsicher wegen …« ›Ihnen‹ wollte er eigentlich sagen, brachte es aber nicht über die Lippen. »Das passiert mir bei der Arbeit nie. Der Tod von Walter hat mich einfach fertig gemacht. Ich komme ins Labor und sehe ihn liegen. Ich habe reagiert wie ein Roboter, Puls fühlen, Security rufen … und dann war die Polizei im Haus. Ich hatte Schiss, weil ich auf der Fahrt ins Büro über eine rote Ampel bin und geblitzt wurde. Ich wusste, jetzt bist du deinen Lappen los.«

»Ich weiß, diese Sache kann ich leider nicht regeln, aber ich hoffe, Sie nehmen meine Entschuldigung an.«

Er lächelte. »Ja, natürlich.«

»Durch das Blitzen hatten Sie ein einwandfreies Alibi! Warum sind Sie bei meinen Kollegen in Panik geraten und aus dem Labor gerannt?«

»Weil ich da erst bemerkt habe, dass ich meine Jeans in dieser Pfütze eingesaut habe.«

»Nur deswegen?«

»Ja, ich wusste, jetzt bist du dran! Egal was du sagst, jetzt verdächtigen sie dich. – Und *Sie* haben es ja.«

Ja, gibs mir nur, ich habs verdient. »Sorry.«

»Schwamm drüber«, winkte er ab. »Außerdem, bei Stress wie diesem komme ich in Unterzucker.«

Kathi glotzte ihn an. »Sie haben Diabetes?«

»Seit meiner Kindheit. Ausgerechnet gestern hatte ich kein Dextro einstecken, die Geltütchen lagen auf meinem Schreibtisch im Büro. In der Hektik am Morgen habe ich sie vergessen. Als ich sagte, ich müsse an die frische Luft, war ich dort.«

Kathi erinnerte sich sehr gut daran, deshalb war dieser Satz im Gesprächsprotokoll rot markiert.

»Da habe ich gelogen«, gestand Nikolai. »Aber das war das einzige Mal, ehrlich. Die Abkürzung durch den Innenhof stimmte.«

»Ich glaube Ihnen.« Trotzdem schüttelte Kathi den Kopf. »Diabetes, warum haben Sie uns das verschwiegen? Sie hätten sich einigen Ärger ersparen können.«

»Ich konnte mit dieser Situation einfach nicht umgehen. Ich habe es nicht so oft mit Leichen zu tun, wie Sie.«

Kathi schmunzelte und dachte an Andis Spruch.

»Dann komme ich wieder ins Labor und treffe Sie an!«

»Aber mein Kollege sagte doch, dass ich Sie sprechen wollte. Wen haben Sie erwartet?«

Eine übergewichtige Mittvierzigerin mit Pferdegesicht, wie diese Kommissarin aus dem neuen Tatort. Aber keine so verdammt hübsche, eins siebzig große, Blondine, in die ich mich unter normalen Umständen sofort verlieben könnte. »Keine Ahnung«, schwindelte er. »Ich wurde nervös und dann werfe ich immer mit Fachausdrücken um mich.«

Kathi schmunzelte. »Ich habs überlebt.«

Nikolai seufzte. »Sie waren plötzlich so abweisend, dabei wollte ich Sie nur beeindrucken.«

Mich beeindrucken? Keine Sorge, das hast du längst, aber nicht nur mit deinem Fachchinesisch. – Moment mal, mich beeindrucken? Dann ist er nicht ...? Allmächd! Jetzt oder nie, frag ihn. Aber wie verpacke ich das am besten? Kathi überlegte kurz. »Wir haben herausgefunden, dass Dr. Kleber nicht hier gemeldet ist.«

»Er lebt eigentlich in Boston und ist nur zu Gastvorlesungen in der Stadt, bis zum Ende des Wintersemesters.«

»Als ich Sie am Dienstag fragte, ob jemand bestätigen kann, dass Sie Montagabend zu Hause waren, sagten Sie, Sie wohnen nicht allein.«

»Oh! Sagte ich nicht vorübergehend?«

»Nein.«

»Das war keine Absicht.«

»Okay, ich werde es nicht gegen Sie verwenden.«

Nikolai lachte laut und herzlich und seine Augen blitzten. *Gott, ist das sexy!*, dachte Kathi. *Außerdem hat er in den letzten Minuten kein einziges Mal an seiner Brille gefummelt.*

»Julian wohnt hier, weil es billiger ist als im Hotel und ich habe ja genug Platz. In meinem Arbeitszimmer steht ein bequemes Schlafsofa.«

»Und ich dachte …«, sagte Kathi leise, aber laut genug, dass Nikolai es hören konnte.

»Was dachten Sie?«

Shit! Sie schluckte peinlich berührt. »Ich dachte, Sie und Herr Kleber … ich meine …« Sie konnte das Wort ›schwul‹ einfach nicht aussprechen.

Nikolai kombinierte sofort. »Sie dachten wir wären ein Paar? Gott behüte, nein! Julian ist verheiratet und hat zwei Kinder.«

Kathi spürte förmlich wie ihr die Röte ins Gesicht stieg. *Bitte, bitte, lieber Gott, mach mich unsichtbar!*, flehte sie. Das war zu viel für einen Tag, Tüyüc der Mörder von König, Hofbauer sein Komplize und Liebermann hetero.

»Bitte nicht falsch verstehen«, wiegelte Nikolai ab. »Ich habe nichts gegen Homosexuelle.« *War sie am Dienstag deshalb so biestig? Kann durchaus vorkommen, dass Frauen so reagieren, wenn sich das Objekt ihrer Begierde als schwul herausstellt. Und sie wird ja plötzlich rot, holy crap!*

»Äh, ich auch nicht.»Da-das heißt, bei Männern schon – nein, auch falsch. I-ich meine, f-für uns Frauen si-sind sie ja verloren, irgendwie.« *Allmächd, was plappere ich da für einen Blödsinn und stottern tu ich auch! Ist das peinlich! Ich bin garantiert schon puterrot.*

Nikolai schmunzelte. *Und nervös ist sie auch, sie wird doch nicht ...? Ist ihr meine Nähe plötzlich unangenehm? – Nee, das glaube ich nicht, so wie sie vorhin geguckt hat. Da war doch dieses Blitzen in ihren schönen blauen Augen unter diesem süßen Pony! – Verdammt, wie krieg ich raus, ob sie Single ist?*

Kathi hörte wieder Andi reden ›Ich glaub ned, dass der schwul ist‹. *Ja, du hattest vollkommen Recht, Dr. Einstein 2.0 ist hetero! Aber garantiert kein Single, ein Mann in seinem Alter, attraktiv und mit Top-Figur, niemals! Es wird wohl doch eine 1,80 große, blonde Model-Freundin geben. Und wenn nicht, woran könnte es liegen? Hat er Bindungsangst, stimmt die Nerd-Theorie und er ist mit seinem Beruf verheiratet? Am Dienstag sagte er, dass er viel Zeit in der Firma verbringt. Das ist Gift für jede Beziehung.* Kathi ging es ähnlich, wenn ein Fall es erforderte, saß sie auch bis spätabends im Büro. An Job, Karriere und am fehlenden Verständnis des Partners war schließlich ihre Ehe gescheitert. Ging es Liebermann ähnlich? Vielleicht war er auch nur sehr wählerisch, liebte die Abwechslung oder hatte nur kurze Affären oder ONS. Ein Beau wie er dürfte keine Probleme haben, eine Frau ins Bett zu kriegen. Kathi schloss sich nicht aus.

Plötzlich hörte sie ihre eigene Stimme aus dem OFF soufflieren: *›Du wirst standhalten, egal wie er dich mit seinen grünen Augen ansieht, du wirst nicht schwach! Das wird nicht passieren, du wirst dich kein zweites Mal in den Zeugen* *eines Mordfalls verlieben!‹.* Bei ihr kribbelte es am ganzen Körper, ihr wurde heiß und kalt zugleich und ihre Sexteilchen gerieten wieder in Wallung. Das bedeutete ›raus hier‹!

»Gut, dann wäre alles geklärt«, sagte sie nüchtern und stand auf. »Vielen Dank für Ihre Zeit, Herr Liebermann. Ich muss jetzt leider gehen, ich hab noch Training.«

»Okay«, sagte er enttäuscht. *Gerade jetzt, wo es begann, interessant zu werden. Oder habe ich wieder etwas Falsches gesagt?* »Wenn das so ist, hm ... ich bringe Sie zur Tür.«

Dabei stellte er fest, dass nicht nur Kathis schwarze Biker-Jacke sexy wirkte, sondern auch die Jeans und ihr süßer Po, der drin steckte. *Oh, là, là.*

»Sollte ich noch Fragen haben, melde ich mich«, sagte Kathi nach einem kurzen, festen Händedruck.

Zu kurz fand Nikolai, aber mit demselben Kribbeln wie am Dienstag im Labor. Da hatte er es nicht weiter ernst genommen, das kam dort öfter vor, aber hier? Kein Vergleich!

»Und ich mich bei Ihnen«, erwiderte er leicht verdattert. »Ich habe ja Ihre Karte.«

Sie lächelte. »Wiedersehen.«

»Wiedersehen.« Nikolai lächelte zurück und sah ihr nach, bis sie unten an der Treppenbiegung verschwunden war. Er schloss die Tür und fragte sich, warum sie das Gespräch so abrupt beendet hatte. *Muss sie wirklich zum Sport oder war das nur eine Ausrede, weil ihr Freund oder Mann zu Hause wartet? Aber dann hätte sie sich nicht so genau nach Julian erkundigt. Ganz unsympathisch scheinst du ihr nicht zu sein. Vielleicht hat sie ja kalte Füße bekommen. – Gott Niko, du hast dich benommen wie ein 14-jähriger Anfänger! Warum hast du ihr nicht gesagt, dass du ...? Weil du Angst hattest, einen Korb zu bekommen, du Feigling! Das war die Gele-*

genheit! Und zu trinken hast du ihr auch nichts angeboten! Na, super, die wird sich was denken! Er riss die Tür auf und stürmte die Treppe hinunter.

Draußen auf dem Gehweg sah er nach rechts und links, kein Mensch zu sehen. Er rannte ums Haus in die Alberichstraße, der einzigen, anderen Parkmöglichkeit hier. In etwa zehn Metern Entfernung fuhr gerade ein Auto aus der Bucht. *Das muss sie sein!* Er legte Tempo zu, aber die Rücklichter entfernten sich schneller als er laufen konnte. »Mist, zu spät!« Verärgert trottete er zurück.

An der Haustür fasste er instinktiv in die rechte Hosentasche nach seinem Schlüssel, leider ein Griff ins Leere, dasselbe links und in den Gesäßtaschen. »Verdammte Scheiße!«, fluchte er laut und versetzte der Tür einen Tritt. Er wusste genau, wo Smart-Key und Handy lagen, in der Wohnung auf dem Board neben der Tür. Er klingelte bei den Nachbarn, um von dort zu telefonieren. Bei Schauer im Hochparterre war es vergeblich, dasselbe im zweiten, dritten und vierten Stock. »Sind heute alle ausgeflogen?« Er probierte es noch einmal, ohne Erfolg. »Das darf doch nicht wahr sein!« Sein Atmen und sein Puls wurden schneller. *Diese Frau schafft mich und ein Dextro hast du auch wieder keins einstecken!* Zu seiner Überraschung kündigte sich keine Unterzuckerung an, nicht einmal seine Hände zitterten. Er atmete tief durch und ließ sich auf der Türschwelle nieder. *Reife Leistung, jetzt sitzt du hemdsärmelig auf der Straße. Das erste Mal im Leben ausgesperrt und Julian kommt nicht vor elf zurück. Fuck! Bald wirds arschkalt, fehlt nur noch, dass es zu regnen anfängt. – Mann, du wirst es überleben! Morgen rufst du sie an und fragst, ob sie mit dir was trinken gehen will, ganz einfach.*

Und wenn sie nein sagen sollte, kannst du damit umgehen. Punkt! No risk, no fun.

Yeah, geschafft!, jubelte Kathi, als sie in die Hainstraße einbog. Sie war stolz auf sich. *Du hast ihm widerstanden! Er ist hetero und du hast ihm widerstanden! Aber es war so peinlich. Du dumme Kuh, wie konntest du nur so daneben liegen? Schwul und dann erst deine Ménage-à-trois-Fantasien, voll daneben! Vielleicht sollte ich das Denken besser einem Computer überlassen, die lassen sich nicht so leicht beeinflussen, die sind immun dagegen.*

Mit der Immunität bei den Menschen ist es eine andere Sache. An der Peterskirche schaltete die Ampel auf Rot um. *Nein, du wirst jetzt nicht mehr zurückfahren, das sieht ja aus, als würdest du ihm nachlaufen. Niemals, nein und nochmal nein!* Kathi wusste, wenn sie jetzt umkehrte, könnte sie für nichts garantieren. *Du rufst ihn morgen an und lädst ihn zu einem Versöhnungstrunk ein. Jetzt fährst du zum Training. Punkt!*

An der nächsten Kreuzung setzte sie den Blinker und kehrte um. »Jetzt oder nie!« Sie musste sich wirklich zusammenreißen, nicht zu schnell zu fahren und keine roten Ampeln zu missachten. Die Wartephasen dauerten eine gefühlte Ewigkeit. »Mist! Es ist nach halb acht, da hat verdammt nochmal grüne Welle zu sein!« Die beiden nächsten roten Ampeln bedeuteten zweimal Zweifeln. *Was mache ich wenn er nein sagt, weil du ihn am Dienstag so gepiesackt hast oder weil er eine Freundin hat? – Du wirst es überleben, du kannst mit dieser Niederlage umgehen, wenigstens hast du es versucht. No risk, no fun!* Mit diesen Gedanken bog sie in die Wilhelm-Spaeth-Straße ein.

Sie hielt jetzt direkt vor der 66 und musste gleich zweimal hinsehen: im Halbdunkel der gelblichen Energiespar-Funzeln der Straßenlaternen saß ein Mann nur in Hemd und Hosen vor der Haustür. Und das Mitte Oktober bei gerade mal neun Grad, wie das Thermometer am Armaturenbrett anzeigte. *Vielleicht ein Besoffener, der sich ausgesperrt hat oder einer, den seine Frau nicht mehr reinlässt,* dachte Kathi amüsiert, stieg aus und staunte gleich noch mehr. »Das ist doch … !« Schnellen Schrittes ging sie auf ihn zu. »Herr Liebermann, was ist passiert?«

»Ich habe mich ausgesperrt.« Er rappelte sich hoch.

»Warum sind Sie hier draußen, ohne Jacke?«

Er seufzte. »Ich wollte Sie noch etwas fragen und bin Ihnen nach. Leider habe ich in der Eile meinen Schlüssel oben liegen lassen, das Handy auch.«

Kathi unterdrückte ihren Lacher, so komisch war die Situation auch wieder nicht. »Ein Glück, dass ich zurückgekommen bin, ich wollte Sie nämlich auch noch was fragen.«

»Was denn?«

»Später, das kann warten. Ist Ihnen nicht kalt?«

»Es geht schon.«

»Sind Sie wirklich okay, nicht dass Sie mir zusammenklappen! Ich habe leider keinen Traubenzucker dabei, aber ich kann Sie zur nächsten Apotheke fahren.«

Sie macht sich ja richtig Sorgen um mich, dachte Nikolai. *Dann habe ich doch nichts Falsches gesagt.* »Ja, ich bin okay. Würden Sie mir bitte Ihr Handy leihen, damit ich Julian anrufen kann.«

»Klar.« Kathi entsperrte es und reichte es ihm.

»Danke.« Blitzschnell gab er Julians Nummer ein. Statt der erwarteten Stimme seines Freundes, säuselte eine weibliche

Automatenstimme: »Der gewünschte Teilnehmer ist zurzeit nicht erreichbar. Bitte versuchen Sie es später noch einmal.«

»Mist!« Nikolai probierte es erneut, wieder vergeblich. »Nicht erreichbar.«

»Hat er sein Handy aus?«

»Nein, Julian doch nicht, er kann nicht ohne. Er ist im Metrokeller, dort ist wahrscheinlich kein Empfang.«

»Versuchen Sie es einfach später nochmal.«

»Haben Sie solange Zeit? Ich dachte, Sie müssen ins Training.«

»Ich habe gerade umdisponiert, ich kann Sie doch nicht hier draußen lassen. Setzen Sie sich mit in den Wagen, es wird langsam etwas frisch. Nicht, dass Sie mir erfrieren, das könnte ich nämlich nicht verantworten.« Sie zwinkerte ihm zu. »Sehen Sie es als eine Art Zeugenschutz.«

Gott, ist das süß! Er lächelte gerührt und stieg ein. »Okay.«

»Ich hab leider keine Decke, das ist nur ein Dienstwagen.«

»Es geht schon.«

»Ich schalte lieber die Sitzheizung ein.«

Sie warteten schweigend. Kathi überlegte krampfhaft, ob sie jetzt gleich mit ihrer Frage loslegen sollte, ließ es aber. Nikolai versuchte es nach ein paar Minuten wieder bei Julian, mit demselben unbefriedigenden Ergebnis.

Kathi erkannte seine Ratlosigkeit. »Was jetzt?«

Er sah voller Wehmut hinauf zu den erleuchteten Fenstern seiner Wohnung. »Wenn ich das wüsste.« Er seufzte. »Von den Nachbarn ist auch keiner da, alle ausgeflogen.«

»Wann erwarten Sie Herrn Kleber zurück?«

»Nicht vor elf.« Nikolai war mit seinem Latein am Ende.

»Sie könnten mit zu mir kommen und dort warten. Ich wohne in der Goldbachstraße, keine zehn Minuten von hier.«

Sichtlich überrascht sah er auf, das war ein Angebot, dass er nicht ausschlagen konnte. »Gute Idee, wir sind ja beinahe Nachbarn.«

»Ja, beinahe.« Kathi lächelte. »Schreiben Sie Herrn Kleber eine Nachricht, dann kann er Sie bei mir abholen.«

Wie an jedem Feierabend sah sie zuerst in den Briefkasten, nahm die Post heraus und checkte die Absender. »Nichts Wichtiges heute.« Sie steckte sie in ihre Umhängetasche und ging vor zum Aufzug, an dem ein Außer-Betrieb-Schild hing. »Mist! Heute Morgen hat er noch funktioniert.«

»Macht nichts.«

»Wir müssen in den vierten Stock.«

»Das schaffe ich gerade noch.«

Kathi ging vor, Nikolai blieb ein paar Stufen hinter ihr. *Wirklich ein süßer Po. Von mir aus könnte es auch in den achten oder höher gehen, dann könnte ich den Anblick noch länger genießen.*

»Geschafft!«, schnaufte Kathi, oben angelangt. Sie schloss auf. »Bitte nach Ihnen.«

Drinnen ging das Licht an.

»Oh, sehr praktisch!«, meinte Nikolai.

Kathi nickte und machte die Tür hinter sich zu. »Was hätten Sie gemacht, wenn ihr Freund nicht in der Stadt wäre?«

»Klingeln in der ganzen Nachbarschaft geputzt, bis mir einer geöffnet hätte, und dann den Schlüsseldienst angerufen. Unsere Hausverwaltung hat einen Vertrag mit Noris-Key, die sind rund um die Uhr erreichbar.«

Kathi stellte ihre Tasche neben die Kommode. Ganz Gentleman half Nikolai ihr aus der Jacke und gab sie ihr zum Aufhängen.

»Dankeschön.«

»Gern.« Als er Kathis Waffe im Holster entdeckte, versteifte er sich etwas.

Kathi bemerkte es schmunzelnd, sie nahm es ab und legte die Heckler in den Safe. »So, jetzt bin ich völlig ungefährlich.« Nikolai kam ins Schmunzeln. *Nur was die Knarre betrifft, nur die Knarre, sonst ... Beherrsche dich!* »Soll ich die Schuhe ausziehen?«

Schuhe ... richtig, da war doch noch was! Bis jetzt hatte Kathi kein einziges Mal auf seine Schuhe geachtet. Kein Wunder bei der ständigen Ablenkung. Er trug klassische, dunkelblaue Desertboots mit heller Sohle, retro, chic, gepflegt – perfekt.

»Nein, behalten Sie sie ruhig an, aber Sie dürfen mir mein Handy wieder geben. Ich will nur schnell meinem Trainer absagen.«

»Ich hoffe, Sie bekommen keine Probleme.«

»Nein, nein«, beruhigte Kathi ihn, während sie tippte.

»Welchen Sport machen Sie?«

»Taekwondo, am Montag gehe ich zum Boxen.«

»Oh!« Das überraschte Nikolai. *Taekwondo ist nicht ungewöhnlich für eine Polizistin, aber Boxen?* »Wie sind Sie zum Boxen gekommen?«

»Ist ne längere Geschichte.« Kathi drückte auf Nachricht senden und prüfte den Akkustand, noch dreiviertel voll. Das Aufladen konnte sie sich sparen. Plötzlich knurrte ihr Magen. »Oh, Entschuldigung!«

»Macht doch nichts.«

»Ich hatte vorhin nur einen Eiweißriegel, vor dem Training gibts normalerweise nicht mehr.« Kathi sah auf ihre Armbanduhr, gleich halb acht. »Haben Sie schon zu Abend gegessen?«

»Nein.«

»Hunger?«

»Ein wenig könnte ich vertragen.«

»Dann auf in die Küche zu Kühlschrank-Inspektion.«

Kathi legte ihr Handy in Sichtweite auf den Küchentisch und öffnete den Kühlschrank. Salami, Senf, Ketchup und Essiggürkchen sprangen sie geradezu an. »Ich könnte uns meine Spezialburger machen.«

»Hört sich gut an.«

»Sie schmecken auch gut.«

»Kann ich was helfen?«

Sehr aufmerksam, dachte Kathi. *Oder will er mir jetzt seine Kochkünste zeigen?* »Nur die Brötchen vorbereiten. Dort in der Brotbox sind Vollkornschrippen. Sie mögen doch Vollkorn?«

»Ich esse alles.«

»Sehr gut.« Sie drückte Nikolai das Brotmesser in die Hand. »Bitte einmal längs durchschneiden und bei Stufe eins toasten.«

»Wo kann ich mir die Hände waschen?«, fragte er.

»Über der Spüle, zum Abtrocknen nehmen Sie einfach Küchentücher. Und wenn Sie was trinken wollen, Wasser, Wein, Saft oder Schorle, steht alles im Schrank neben der Spüle. Fühlen Sie sich wie zu Hause.«

»Okay, Danke.«

Nach ihm wusch Kathi sich die Hände.

Während die Salamischeiben in der Pfanne brutzelten, musste sie immer wieder schmunzeln. *Vor zwei Tagen habe ich ihn noch für einen schwulen Mordverdächtigen gehalten, jetzt stehen wir in meiner Küche und machen Abendessen. Mal sehen, was sich heute noch so alles ergibt.*

»Was wollten Sie mich eigentlich fragen?«, sagten beide fast gleichzeitig und mussten lachen.

»Sie zuerst«, sagte Nikolai.

»Nein, Sie. Ich bestehe darauf.«

»Okay.« Er räusperte sich. »Naja, ich wollte fragen, ob Sie mit mir was trinken gehen wollen, am Wochenende oder wann es Ihnen eben passt.«

Kathi sah auf. »Im Ernst?«

Oh shit, falsches Timing! »Keine Zeit oder keine Lust?«

Sie lächelte. »Im Gegenteil, ich wollte Sie zu einem Versöhnungstrunk einladen.«

Nikolai strahlte. »Gutes Timing.«

»Warum nicht gleich heute und hier?«

»Okay.«

»Ich hab aber nur Rotwein da.«

»Perfekt.«

»Im Schrank neben der Spüle, suchen Sie sich einen aus.«

Nikolai öffnete die Tür, ging in die Knie und entdeckte je eine Flasche Merlot und Pinotage. »Ist der Merlot okay?«

»Klar, der Korkenzieher ist in der Schublade. Machen Sie die Flasche ruhig schon auf. Gläser sind in der Vitrine.«

»Schon gesehen.«

Kathi holte die Brötchenhälften aus dem Toaster und belegte sie wie immer: Senf, Ketchup, Salami und Gurkenscheiben. »Voilà, Kathis Salamiburger.«

»Die sehen richtig lecker aus.«

»Sie schmecken auch so.« Sie stellte die Teller auf den Tisch und nahm gemeinsam mit Nikolai Platz. Er goss den Wein ein und sie stießen erst einmal an, bevor sie sich die Burger schmecken ließen.

»Mmmhhh, der ist sogar verdammt lecker«, lobte er.

»Danke, wurde vor Jahren aus der Not geboren, weil ich wieder mal nicht zum Einkaufen gekommen bin und keine Lust auf Mac oder Döner hatte.«

»Bei Ihnen wird es also auch öfter später.«

Kathi nickte. »Die bösen Jungs halten sich selten an Nine-to-five-Arbeitszeiten.«

Nikolai lachte. »Die Positronen im Labor auch nicht, vor allem wenn sie sich mal wieder selbst vernichten.«

Kathi grinste. »Wie geht das?«

»Ich will jetzt nicht zu technisch werden.«

Kathi lag schon der Satz ›von Ihnen bin ich das ja gewöhnt‹ auf der Zunge. »Nur zu.«

»Wenn sie nicht geradeaus fliegen, wie wir das nennen, verirren sie sich und können nicht im Detektor landen.«

»Und dann begehen sie Selbstmord?«

»Positronen-Suizid.« Nikolai schob den letzten Bissen in den Mund.

Kathi schmunzelte. *Er ist definitiv keine Spaßbremse.*
»Möchten Sie noch einen Burger? Es gibt auch die Variante mit Käse und Tomaten.«

»Klingt gut, vielen Dank, aber der eine reicht wirklich.« Satt und zufrieden, konnte er sich gerade nichts Schöneres vorstellen, als mit Katharina Starck am Tisch zu sitzen, ein Glas Wein zu trinken und später vielleicht … *Gott, ich muss das Thema wechseln, sonst kann ich für nichts garantieren!*
»Darf ich Sie etwas zu ihrem Job fragen?«

»Nur zu.«

»Wie geht es denn jetzt weiter im Fall König oder dürfen Sie nicht drüber reden?«

»Nein, ist okay. Das Meiste wissen Sie ohnehin. Gegen Hofbauer wird Anklage wegen Beihilfe zum Mord erhoben und gegen Tüyüc wegen Mord. Leider gelten Überwachungsvideo und Hofbauers Aussage nur als Indizien. Tüyüc kann sich zu den Vorwürfen weder äußern noch kann er gestehen. Ob es je eine Gerichtsverhandlung geben wird, ist fraglich. Kommt selten vor, dass der mutmaßliche Mörder ins Koma fällt. In Sachen Industriespionage wird das Dezernat für Wirtschaftskriminalität ermitteln und ich hoffe, sie finden diesen Speicherstick. Vielleicht sind Tüyücs Fingerabdrücke drauf.«

»Ihre Kollegen waren heute in seinem Büro und haben das gesamte IT-Material beschlagnahmt.«

»Bei ihm zu Hause auch.«

»Für mich ist das Ganze immer noch unfassbar«, sagte Nikolai. »Am schlimmsten ist diese Geldgier.«

»Haben Sie gewusst, dass BATC vor einem Jahr versuchte, Dr. König abzuwerben?«

»Ja, er hat es mir erzählt, auch von dem Bestechungsversuch. Er sagte, die können sich ihre Dollars in den Hintern schieben.«

Kathi schmunzelte. »Nicht jeder ist käuflich.«

»Von Atila dachte ich das auch nicht. Er lebt gern auf großem Fuß, von allem nur das Beste und Teuerste und alle paar Jahre ein neues, teures Auto. Aber er verdient ja nicht schlecht.«

»Trotzdem konnte er dem Angebot nicht widerstehen. – Apropos teure Autos, wussten Sie, dass Dr. König einen 1955er Mercedes 300 SL restauriert hat, einen Flügeltürer.

Derselbe wie die Modelle in seinem Büro. Montagnacht war er bis Mitternacht in der Werkstatt.«

»Das hat er mit ›kurzer Nacht‹ gemeint! Dann stammt das kleine Modell im Büro bestimmt von Mirko.«

»Gut möglich, nächste Woche am Samstag wollten sie zu einem Oldtimer-Treffen nach Lauf.«

»Das hat er auch geheimgehalten.« Nikolai pfiff leise durch die Zähne. »Ein 300 SL von 55, wow! Den würde ich gern mal fahren. – Natürlich erst, wenn ich meinen Führerschein wieder habe«, sagte er augenzwinkernd. »Jetzt ist mir auch klar, warum der Mirko beim Grillfest im August diese Bemerkung über meinen ›G‹ gemacht hat. Wir hatten es über die neuen Mercedesmodelle, die ich absolut hässlich finde. Ich sagte, zum Glück fahre ich einen Oldtimer. Das war natürlich nur ironisch gemeint, er ist ja erst elf Jahre alt. Mirko und Alex grinsten mich an und meinten *Oldtimer light, oder Walter?*«

»Alexander Ikonen, sein Cousin aus Finnland?«

»Ja, ich kenne ihn so lange wie Walter. – Die Jungs gingen nicht näher drauf ein und ich wollte nicht bohren, war ja nicht so wichtig. Die drei hatten schon einiges intus und ich dachte, lass sie reden.«

Einen betrunkenen Dr. König konnte sich Kathi irgendwie nicht vorstellen. »Und Sie haben nichts getrunken, weil Sie noch fahren mussten.«

»So ist es, don't drink and drive. Daran halte ich mich. Ich vertrage so oder so nicht viel. Spätestens nach drei Gläsern Wein muss ich aufhören.«

»Trinken Sie jetzt noch ein Glas mit?«

»Klar«, grinste er und füllte die Gläser neu.

»Haben Sie und König sich eigentlich geduzt?«

»Ja, aber nicht in Gegenwart von Besuchern, das mag Frau de Boer nicht.«

»Hat Sie erwähnt, dass Dr. Ikonen morgen hier ankommt?«

»Ja, hat sie.«

»Ich hole ihn vom Flughafen ab und bringe ihn … Sorry, ich bin schon wieder bei der Arbeit.«

»Ich habe doch damit angefangen.« Nikolai lächelte. Er saß tatsächlich mit dieser bezaubernden Frau an einem Tisch und unterhielt sich ganz normal mit ihr. Vorhin kauerte er noch auf dem kalten Bürgersteig und hoffte, Julian würde früher nach Hause kommen als sonst. Jetzt saß er im Warmen, hatte etwas im Magen und trank Wein mit Katharina Starck, die er völlig falsch eingeschätzt hatte. *Sie ist nicht nur hübsch, intelligent und schlagfertig, sie ist total nett und überhaupt nicht unsensibel. Vorhin hat sie sich richtig Sorgen um mich gemacht, Zeugenschutz nannte sie es, das war so süß! – Julian, du kannst dir heute ruhig etwas Zeit lassen.*

Kathi trank einen Schluck Wein und lächelte. Wer hätte das gedacht, da saß sie diesem Traummann gegenüber und unterhielt sich mit ihm. *Er ist so charmant, total nett und reden kann er auch ganz normal. Von wegen Nerd, der nur Fachchinesisch beherrscht! Und wie er mich ansieht, mit seinen tollen grünen Augen ... hach! ... Jetzt grinst er mich auch noch an, ist ja kaum auszuhalten! Werd jetzt bloß nicht schwach!* »Was ist?«

»Ich musste gerade an etwas denken.«

»Woran denn?«

»Vorhin in meiner Küche fragten Sie, wen ich erwartet habe, als mich Ihr Kollege am Dienstag ins Labor brachte.«

»Sie sagten ›keine Ahnung‹.«

Er setzte einen Dackelblick auf. »Das war gelogen.«

»Tsssss, schon wieder!« Kathi schüttelte amüsiert den Kopf. »Na dann los, gestehen Sie!«

Nikolai schob seine Brille zur Nasenwurzel, Kathi registrierte es als das erste Mal, seit sie hier waren. »Sie dürfen aber nicht lachen.«

»Okay, ich versuche es.« *Jetzt bin ich gespannt.*

Er räusperte sich ein weiteres Mal. »Eine übergewichtige Mittvierzigerin mit Pferdegesicht, wie diese Kommissarin aus dem neuen Tatort, aber ...«

Kathi gackerte los. »So schlimm?«

»Schlimmer, aber Sie lachen ja doch!«

»Sorry.«

»Aber ...«, jetzt musste er Luft holen, » ...keine so verdammt hübsche und bezaubernde Frau, in die ich mich unter normalen Umständen Hals über Kopf verlieben würde!« *Yeah, es ist raus! Yipppiiieeehhh!*

Yipppiiieeehhh, es gibt kein 1,80-Model!, jubelte Kathi. »Und ich dachte, du wärst eine untersetzte, schwammige, bleiche Laborratte mit Stirnglatze und Nerd-Brille.«

Nikolai gluckste. »Mit der Brille hast du voll ins Schwarze getroffen.«

»Sie steht dir gut, aber was sind normale Umstände?«

»Kein Verhör, kein Stress, keine roten Ampeln, kein Fahrverbot, keine Probleme mit gewissen Behörden.«

Kathi grinste. »Die gibts hier nicht.«

»Darum erwarte ich hier auch keine Probleme, Katharina.« Nikolai lächelte und nahm ihre Hand. PENG!, wie ein elektrischer Schlag am Weidezaun, ganz ohne Geräte wie im Labor und zum Glück auch nicht tödlich. Kathi sah seine Augen hinter den Brillengläsern aufblitzen, Zündfunken pur. Dann beugte er sich über den Tisch und küsste sie.

Doppel-PENG! wie bei einem Dum-Dum-Geschoss! Nikolai küsste wie ein Weltmeister und widerlegte damit seine These, Teilchen könnten nicht wuseln, endgültig. Schon möglich, dass das auf Positronen zutraf, aber nicht auf Kathis Sexteilchen. Andere Frauen mögen Schmetterlinge im Bauch haben, die aufgeregt flattern, ihr Herzschlag näherte sich gerade einem Kammerflimmern.

»Kathi«, hauchte sie. »Sag einfach Kathi, Nikolai.«

»Niko, meine Freunde nennen mich Niko.«

»Sind wir Freunde?«

Er lächelte. »Wenn du willst.«

Kathi erwiderte. »Klar will ich.«

Sich an den Händen haltend, standen sie gemeinsam auf. Nikolai führte Kathi um den Tisch herum. Sie ließ sich widerstandslos in den Arm nehmen und noch einmal küssen, auch wenn sie sich dafür auf die Zehenspitzen stellen musste. Er machte es ihr einfacher und setzte sich an die Tischkante, nahm seine Brille ab und legte sie zur Seite. Nach einem weiteren Kuss wanderten seine Lippen zu ihrem rechten Ohrläppchen, er knabberte daran und küsste sie an der Stelle direkt darunter. Sie stöhnte leicht auf und er bemerkte, dass er gerade eine sehr erogene Zone bei ihr entdeckt hatte. Kathi schob alle guten Vorsätze weg und ließ ihren Sexteilchen den absoluten Vortritt. »Wollen wir rüber ins Wohnzimmer gehen?«

»Okay, nehmen wir den Wein mit?«

»Gern, deine Brille kannst du hier lassen, ich führe dich.«

Nikolai lachte. »So blind bin ich auch wieder nicht.«

»Gut zu wissen.«

DIEDELDIEDÖÖÖH! plärrte Kathis Handy.

Neeeiiinnn, bitte nicht jetzt!, flehte sie.

»Lass es einfach läuten.«

»Es könnte wichtig sein.« Kathi griff nach dem kleinen Störenfried und nahm das Gespräch an. »Katharina Starck … Hallo, Herr Kleber ... Ja, genau die, Moment bitte.«

»Julian, jetzt schon?«, sagte Nikolai sichtlich enttäuscht. »Wie spät ist es denn?«

»Kurz vor halb elf.« Sie gab ihm das Handy.

Ausgerechnet heute ist er so früh dran, wo es gerade so schön war! Sonst zieht er doch auch bis in die Puppen durch die Kneipen. Mist, Mist, Mist! »Hi, Julian ... Ja, ausgesperrt … blöd, ich weiß … wo bist du? … Was, schon unterwegs? … In fünf Minuten?« Er seufzte. »Okay, dann bis gleich.« Schmollend gab er Kathi das Handy zurück. »Julian kommt mich gleich abholen, sorry.«

Auch Kathi schmollte. Es war fast zu schön, um wahr zu sein. »Schade.«

Nikolai nahm sie wieder in den Arm. »Ja, sehr schade.«

»Wäre schön, wenn du bleiben könntest. Ich hätte nicht rangehen sollen.«

»Julian hätte nicht aufgegeben. Es kommt nicht so gut, wenn ich ihn wieder wegschicke.« *Herrgott, du bist ein Riesenrindvieh! Warum hast du ihm nicht gesagt, dass er wieder umkehren kann! Er hätte es verstanden, jetzt ist es zu spät.* »Bitte nicht böse sein.« Nikolai strich über Kathis Wange.

»Ich bin dir nicht böse.«

»Ich ruf dich morgen an, okay? Dann können wir für abends oder Samstag etwas ausmachen. Falls du Lust hast, meine ich. Oder hast du schon etwas vor?«

»Ja und nein.«

Nikolai runzelte die Stirn. »Ja und nein?«

»Ja, ich habe Lust und nein, ich habe nichts vor.«

Er grinste. »Okay, ich gebe dir mal meine Handynummer, 0197 3232 5633.«

Kathi nahm sie auf und schrieb eine kurze Nachricht. »Wenn du nach Hause kommst, kannst du sie beantworten.«

»Ich rufe an.«

Die kurze Wartezeit auf Julian nutzten sie mit intensivem küssen. Leider war er pünktlich und das Läuten der Türglocke ließ die beiden regelrecht hochschrecken.

»Das kann nur Julian sein.« Nikolai setzte seine Brille wieder auf. »Der hat es heute aber eilig.«

Kathi nahm seine Hand. »Ich bringe dich zur Tür.«

»Hallo, hier ist Julian«, meldete er sich aus der Gegensprechanlage, nachdem Kathi zur Sicherheit nachgefragt hatte.

»Hallo, Julian. Vierter Stock.«

»Vierter? Holy crap!«, beschwerte er sich. »Aufzug?«

»Leider außer Betrieb.« Kathi drückte den Türöffner.

»Shit!«

Nikolai drängte sich ans Sprechfeld. »Fauler Hund! Ich bin gleich unten.« Er küsste Kathi noch einmal. »Danke für den schönen Abend.«

»Das war der Spezial-Service der Nürnberger Kripo für Zeugen, die fälschlicherweise verdächtigt wurden.«

»Darf ich den öfter in Anspruch nehmen?«

»So oft du willst.« Kuss.

»Mache ich glatt.« Kuss.

Unten drückte Julian noch einmal auf die Klingel.

»Jetzt nervt er«, knurrte Nikolai.

Erst nach einem weiteren Kuss ließ Kathi seine Hand los.

***

»Sie hätte mich sogar zur Apotheke gefahren«, erzählte Nikolai während der Fahrt nach Hause.

»Sie hat sich Sorgen um dich gemacht«, schloss Julian daraus. »Das heißt, sie mag dich.«

»Hm.«

»Was ›hm‹? Das ist so. Jetzt mal ehrlich, wärst du geblieben, wenn ich nicht schon unterwegs gewesen wäre?«

»Vielleicht.«

»Vielleicht? – Okay, du bist sauer, weil ich heute früher dran war als sonst.«

»Nein.«

»Klingt nicht sehr überzeugend.«

»Ich – bin – nicht – sauer«, wiederholte Nikolai im Telegrammstil.

»Ist ja gut!« Julian glaubte es zwar nicht, statt zu bohren wechselte er das Thema. »War ein feiner Zug, dass sie sich entschuldigt hat.«

»Ja, das war sehr nett.«

»Aber das hätte sie auch telefonisch machen können. Glaubst du, jeder Bulle hat Zeit sich persönlich bei Leuten für falsche Verdächtigungen zu entschuldigen? Never! Sie will was von dir, so wie sie dich am Dienstag angesehen hat! Sie hat nur den ersten Schritt gemacht. Glaub mir, sie ist scharf auf dich.«

Wenn du wüsstest wie scharf ich auf sie bin. Nikolai malte sich den weiteren Verlauf des Abends bei Kathi aus. *Mit ihr auf dem Sofa kuscheln, knutschen wie die Weltmeister, ihren süßen Po fest im Griff und dazwischen Wein trinken. Dann sich die Klamotten vom Leib reißen und ab ins Schlafzimmer!*

Und sie hat so gut gerochen ... mmmhhh, tolles Parfum, passt zu ihr.

Julian redete ohne Unterlass weiter. »Hast du das nicht bemerkt? Das war *das* Zeichen, du gefällst ihr! Ist ja auch kein Wunder, du siehst aus wie ein Sex-Gott, hast aber null Ahnung von Frauen. Mensch Alter, ich habe dir schon immer gesagt, du könntest zehn an jedem Finger haben wenn du nicht so schüchtern wärst! Aber ich weiß schon was jetzt kommt ›ich will nur die Eine, die Richtige‹. Okay, vielleicht ist sie es, aber zieh jetzt bloß den Schwanz nicht wieder ein. Ich werde dir ein paar Tricks aus Julian Klebers Flirtschule verraten.«

Nikolai grinste süffisant und strich über seinen Bart. »Bist du fertig?«

»Äh, was? – Ja, bin ich.«

»Dann darf ich jetzt auch mal was sagen.«

»Klar.«

»Ich habe sie vorhin geküsst.« Julian riss den Kopf herum und übersah beinahe die rote Ampel. »Hey, es ist rot!«, rief Nikolai. Julian stieg voll auf die Bremse, zum Glück fuhr niemand hinter ihnen. Aber die Sicherheitsgurte drückten Nikolai ins Fleisch und er stieß sich den Kopf am Himmel an. »Bist du besoffen? Diese Schuhschachtel hat keine Knautschzone! Es reicht, wenn ich den Lappen abgeben muss!«

»Sorry, nur zwei leichte Weizen, wie immer. Don't drink and drive, du kennst mich doch. – Du hast sie wirklich geküsst?«

»Ja-ha! Vorher haben wir leckere Salamiburger gegessen und Wein getrunken.«

»Hey Alter, du überraschst mich! Ich kenne dich ja kaum wieder!«

»Ich bin total verknallt in sie, schon seit Dienstag.«

»Davon habe ich aber nichts bemerkt. Ich erinnere mich noch gut an dein ›Die kostet mich noch den letzten Nerv!‹«

»Das war nur wegen der blöden Fragerei. Hat dich schon mal jemand des Mordes verdächtigt?«

»Nein«, meinte Julian kleinlaut.

»Na also! Ich war schon hin und weg, als sie im Labor auf mich zukam, ein Traum! Beim Händeschütteln habe ich eine gewischt bekommen und gerade mal ein Hallo rausgebracht. Dann begann sie mit der Fragerei und mittendrin giftete sie mich an, ich wusste, an die kommst du nie ran.«

»Das hast du mir auch verschwiegen.«

»Ist doch egal. Weißt du warum sie so mies drauf war? Sie dachte, wir wären ein schwules Paar.«

Julian bekam einen Lachanfall und verschluckte sich beinahe. Er hustete und sah gerade noch rechtzeitig, dass die Ampel wieder auf Grün umsprang. Er gab Gas. »Das musst du mir jetzt genauer erklären.«

»Ich habe mich am Dienstag etwas ungeschickt ausgedrückt. Sie hat mich gefragt ob jemand bestätigen kann, dass ich Montagabend zu Hause war, ich sagte ›ich wohne nicht allein‹ und nannte deinen Namen.«

»Und sie dachte gleich … Holy crap! – Kombinieren schön und gut, aber … echt heftig, was Kommissarinnen so alles durch den Kopf geht.«

»Vielleicht fragt sie sich gerade, was im Kopf eines Physikers vor sich geht.«

»Und ich frage mich, was in deinem vor sich geht.«

Weil Nikolai nicht reagierte, wagte Julian einen Seitenblick. »Was tust du dann hier? Ich fahr dich zurück.«

»Nein, lass gut sein. Sie hat mir angeboten, zu bleiben und ich wäre auch gern geblieben, sehr gern sogar. Aber …«

»Aber was?«

»Du warst schon unterwegs und ich wollte dich nicht vor den Kopf stoßen.«

»Bullshit! – Wie lange kennen wir uns jetzt?«

»Über zwanzig Jahre.«

»Genau.«

»Ich wollte nichts übereilen, nicht beim ersten Mal. Das ging früher meistens schief, wie du weißt. Ich habe so ein gutes Gefühl bei ihr, ich will es nicht gleich wieder verscherzen. Kathi hat es verstanden und ist mir auch nicht böse. Wir unternehmen am Wochenende etwas zusammen.«

»Kathi.« Julian grinste. »Cute.«

»Ja, das ist sie. – Und erst ihr Hintern.«

»Aaah, du hast also genau hingesehen.«

»Der Aufzug war ja kaputt, ich bin hinter ihr nach oben gegangen.«

»Genießer!«

Julian fand mit dem Smart wie immer einen Parkplatz vor dem Haus. »By the way, was ist eigentlich ein Salamiburger?«

***

Vielleicht ist es ganz gut, dass Nikolai mitgefahren ist, dachte Kathi, als sie das Geschirr in die Spülmaschine räumte. *Gestern war er noch dein Hauptverdächtiger und heute hast du mit ihm geknutscht und wer weiß, was noch alles passiert wäre.* Sie seufzte. *Wenigstens ist jetzt alles geklärt und ich war nicht die Einzige, die sich geirrt hatte.* Ihr fielen Susan de Boers Worte zum Thema Loyalität wieder ein: ›Keiner von ihnen könnte so etwas tun!‹. Bei Tüyüc und den manipulierten Daten lag die Firmenchefin falsch.

Und wenn Nikos Daten auch gefälscht waren? Frau de Boer muss das Leck erst einmal finden. Was, wenn es doch einen Dritten gibt, der es so geschickt angestellt hat, dass man ihm nie auf die Schliche kommt? Bei den hohen Summen? Wer weiß, wen BATC noch alles gekauft hat. Würde Niko sich kaufen lassen? Spielt er ein falsches Spiel mit ihr wie Rainer damals in München? – Jetzt bloß kein Unheil heraufbeschwören! Du hast heute deine eigenen Regeln gebrochen! Von wegen, sich nicht nochmal in einen Zeugen verlieben, wie du es vor ein paar Stunden noch heruntergebetet hast! Es ist passiert, du bist schwach geworden! Aber es war so schwer zu widerstehen.

Kathi erinnerte sich an Zeilen aus einem Buch ›Wie ein Krimineller brach er in mein Leben ein, stach mir mitten ins Herz, verdrehte mir meinen Verstand, fesselte meine Seele, warf mich aus der Bahn, raubte mir den Atem, befiel mich wie ein Virus, verwirrte mir die Sinne und machte mich süchtig‹. Das traf fast alles zu.

Aber Nikolai ein Krimineller? Dann müsste jemand die Daten in der Verkehrssünderdatei geändert haben, das ist zu weit weggeholt. Schluss, aus, denk nicht mehr dran! Sie stellte sich vor, wie der Abend zu zweit hätte ablaufen können: Mit Nikolai auf dem Sofa liegen, knutschen, dazwischen Wein trinken und in seinen grünen Augen versinken. Dann sich die Kleider vom Leib reißen und ...

Das DIEDELDIEDÖÖÖH ihres Handys fuhr mitten in ihre Wunschgedanken, der Blick aufs Display ließ sie lächeln. »Hi, Niko. Gut heimgekommen?

»Hi, Kathi, ja bin ich. Danke nochmal für den schönen Abend und das leckere Essen.«

»Ich danke *dir*.«

»Ich habe mir etwas überlegt für morgen. Hast du Lust, essen zu gehen, so um sieben Uhr? Oder ist dir das zu spät?«

Eigentlich viel zu spät, dachte Kathi. *Wie soll ich den Tag morgen rumbringen, ohne ständig an ihn zu denken.* »Nein, ist okay.«

»Kennst du den Zirkel.«

»Im Augustinerhof?«

»Ja, da ist es ganz nett und das Essen ist auch gut.«

»Okay, dann treffen wir uns dort.«

»Ich würde dich ja gern abholen, aber …«

Kathi lächelte. »Kein Thema. Ich könnte dich auch abholen, aber dann darf ich nichts trinken.«

»Sehr vorbildlich«, grinste er hörbar.

»Okay, dann morgen vor dem Zirkel um sieben. Ich freue mich.«

»Ich mich auch, schlaf gut und träum was Schönes.«

Nur von dir mein süßer Einstein, nur von dir. »Du auch.« Kathi legte auf und drückte das Handy schmachtend an ihre Brust. *Mmmhhh, you made my day!*

***

Julian spitzte neugierig zu Nikolai, der im Wohnzimmer auf dem Sofa lümmelte. »Und?«

Er strahlte. »Wir treffen uns morgen Abend im Zirkel.«

»Soll ich dich fahren?«

»Nein, ich nehme den Bus.«

»Du und die Öffentlichen? Welche Überraschung! Naja, für den Heimweg könnt ihr euch ja zusammen ein Taxi nehmen.« Nikolai schnitt eine Grimasse, aber Julian setzte noch etwas obendrauf. »Ich könnte auch das Feld hier räumen, falls es nicht beim Essen bleibt.«

Nikolai warf eines der Sofakissen nach Julian. »Gleich schläfst du bis Jahresende auf der Straße!«

»Hey, das war ernst gemeint!«, verteidigte sich Julian. »Ich nehme schwer an, ihr wollt das Wochenende zusammen verbringen. Dann kann dich deine süße Kommissarin ja fahren. Zum Dank kannst du ihr deine Kochkünste zeigen, sofern Zeit dafür bleibt. Ich lasse euch ne sturmfreie Bude.« Er kicherte frech wie ein Schuljunge. Schon flog das zweite Kissen, das er gekonnt auffing. »Ich wollte längst mal nach Bonn. Warum nicht dieses Wochenende, ich rufe meine Eltern gleich an.«

»Mach, dann bin ich dich für ein paar Tage los.«

»Ich kriege doch ab morgen dein Auto, oder?«

Jetzt flog Kissen Nummer drei.

4

Freitag, 18. Oktober 2024

Die Presseabteilung des Polizeipräsidiums hatte die Medien inzwischen umfassend informiert und die Meute sich auf den Fall gestürzt, wie erwartet. Lokale und überregionale Sender berichteten. Die Schlagzeile der Print- und Onlineausgabe der NN lautete: Mord im Future-Park – Security-Chef in U-Haft, darunter ein Foto des Haupteingangs von MECH@TRON. Der Artikel las sich recht nüchtern:

›Nürnberg. Werner K. *(alle Namen v. d. Red. geändert)*, Entwicklungsleiter bei MECH@TRON, starb vergangenen Dienstag nicht an den Folgen eines Unfalls (wir berichteten). Die Kriminalpolizei ließ gestern verlauten, dass der Stromschlag an einer Testapparatur absichtlich herbeigeführt worden war. Im Zuge der Ermittlungen stieß man auf manipulierte Überwachungs-Videos, die den mutmaßlichen Haupttäter Anatol T. und seinen Komplizen Ralf H. zeigen. Letzterer hat bereits ein Geständnis abgelegt und sitzt in U-Haft. Er belastet Anatol T., der ihm für die Manipulationen einen siebenstelligen Eurobetrag bot, von dem er zehn Prozent als Anzahlung erhielt. T. kann zu den gegen ihn vorgebrachten Anschuldigungen keine Stellung nehmen, er liegt seit Dienstag nach einer Routine-OP im Koma. Frau T. schweigt zu den Vorwürfen gegen ihren Ehemann. Ihr Anwalt stellte klar, sie habe nichts mit seinen Machenschaften zu tun. Die Hintergründe der Tat, alles deutet auf Industriespionage hin, sind unklar. Bei MECH@TRON stehen aktuell ultraleichte Metalllegierungen für Miniatur-Kampfdrohnen im Fokus. Der Verdacht liegt nahe, dass einer der Konkurrenten in der knallharten Rüstungsbranche dafür in Frage kommt. Unlautere Methoden, um lukrative Aufträge an Land zu ziehen, gab es in der Vergangenheit immer wieder. Das Dezernat für Wirtschaftskriminalität ermittelt bereits. MECH@TRON-Chefin Dr. Susan de Boer bat um Verständnis, dass sie zum jetzigen Zeitpunkt keine weiteren Informationen herausgeben kann, um die Arbeit der Kriminalpolizei nicht zu behindern. Sie drückte zum wiederholten Male ihr großes Bedauern über den Tod ihres Mitarbeiters K. aus und sprach von einem herben Verlust für ihr Unternehmen‹.

Susan de Boer nickte zufrieden und ließ diesen Artikel mit einem Fingerwisch vom Bildschirm verschwinden. Sie lehnte sich in ihrem Sessel zurück. Das Einzige, was sie noch wurmte, war das Leck in ihrer Firma. Sie hoffte inständig, dass Müller, Thom und deren Mitarbeiter nicht auch in dieser Verschwörung steckten. Die Vorgehensweise von BATC und die Millionenbeträge rechtfertigten diese Wortwahl. Es gab keine Garantie, dass nicht noch andere als Schnüffler auf der Lohnliste der Amis oder anderer Konkurrenten standen. Für de Boer ein Freibrief, ohne das Wissen ihrer Mitarbeiter und unter Ausschluss des Betriebsrates, eine auf Industriespionage spezialisierte Detektei mit deren Durchleuchtung zu beauftragen. Hinter dem Rücken ist nicht die feine englische Art, aber notwendig, schließlich ging es um das Erbe ihres Vaters, und das würde sie wie eine Löwin verteidigen.

***

Der Mord an Walter König war der am schnellsten gelöste Fall in Kathis Karriere. Abschließen konnte sie ihn nicht, weil Tüyücs Mordanklage ruhte, sein Gesundheitszustand: unverändert. Vorerst hatte sie die Sache vom Tisch. Um die Industriespionage kümmerte sich das Dezernat für Wirtschaftskriminalität.

Sie bog über den Kreisverkehr in die stark befahrene Flughafenstraße ein. Die Fahrt zum Albrecht-Dürer-Airport gehörte zu den drei wichtigsten Dingen, die heute auf dem Plan standen: Dr. Ikonen und ihr Auto abholen und den Schlussbericht zum Fall König diktieren. Im gestrigen Telefonat hatte Ikonen den Wunsch geäußert, seinen Cousin noch einmal sehen zu wollen, und Kathi ihm angeboten, ihn in die Pathologie nach Erlangen zu fahren. Es war üblich, dass einer der ermittelnden Kommissare Angehörige dorthin begleitete.

Sie drosselte das Tempo, weil der Betonmischer vor ihr plötzlich langsamer fuhr. »Was macht der Depp denn da?« Sicher wollte er zur Baustelle ein Stück weiter vorn und war falsch abgebogen. »Hier ist es aber viel zu eng zum Wenden. Junge, fahr ein Stück vor.« Sie blieb gelassen, die Maschine aus Helsinki sollte erst in einer halben Stunde landen.

Andi war heute Morgen nicht so gut drauf gewesen, sein Sohn Tommi kränkelte und er stand deswegen auf Abruf bei seiner Frau. Kathis gute Laune rührte vom Verlauf des gestrigen Abends, der Aussicht auf einen netten heute und von Nikolais Nachricht vorhin. ›Hi Kathi, einen wunderschönen guten Morgen. Ich hoffe, du hast so gut geschlafen wie ich. Freue mich auf heute Abend. Tisch ist reserviert. 1000 Küsse, Niko.‹ Sie sprach ihre Antwort auf seine Box: ›Guten Morgen, Niko. Danke, hab ich. Freue mich auch. 1001 Küsse. – PS: Nicht wundern, falls ich mich bis dahin nicht mehr melde, hab ne Menge zu tun. Fahre dann zum Flughafen, Dr. Ikonen abholen, dann nach Erlangen und später zu meiner Autowerkstatt.‹ Weitere Nachrichten hatten sie bisher nicht ausgetauscht, während der Arbeit musste man sich nicht gegenseitig zumüllen.

Endlich rollte der Verkehr wieder, der Fahrer des Betonmischers musste Kathis Rat gehört haben, er wendete gerade. Vor dem Ankunftsterminal bekam sie ohne Probleme einen Parkplatz und die Maschine aus Helsinki landete pünktlich um 9:45 Uhr. Sie hätte Dr. Ikonen auch ohne das Foto, das er ihr geschickt hatte, erkannt. Den großen, schlanken Mann mit dem grauen, fülligen Haar, den grauen Augen und dem unverwechselbar schlaksigen Gang, der durch die Absperrung kam, könnte man glatt für Königs jüngeren Bruder halten. In Sachen Mode sah man ihm die Verwandtschaft nicht an: Unter dem schwarzen Wollmantel trug er einen feinen anthrazitfarbenen Anzug, ein weißes Hemd mit dezenter Krawatte, dazu schwarze Budapester, Maßschuhe. Kathi gab ihm ein Handzeichen, welches er aufmerksam registrierte. Mit seinem Alu-Trolley steuerte er geradewegs auf sie zu.

»Willkommen in Nürnberg, Dr. Ikonen«, begrüßte sie ihn mit ausgestreckter Hand. »Ich bin Kommissarin Starck, wir haben telefoniert.«

»Grüß Gott, Frau Starck«, erwiderte er auf Hochdeutsch mit hörbarem finnischen Einschlag.

»Darf ich Ihnen nochmal mein Beileid aussprechen.«

»Vielen, vielen Dank und für Ihre Mühe, mich abzuholen.«

»Das ist keine Mühe, Dr. Ikonen.«

»Aber sehr, sehr nett.«

»Können wir fahren?«

Er nickte. »Klar.«

»Gleich hier rechts«, wies sie ihm den Weg. »Es ist nicht weit zum Wagen.« Dort angekommen öffnete sie den Kofferraum, damit er den Trolley einladen konnte. Danach stiegen sie gleichzeitig ein. »Haben Sie genug Platz?«, fragte sie angesichts Ikonens langer Beine.

»Ja, es ist gut.«

Kathi nickte. Der einzige Vorteil, den sie bei einem Mercedes im Vergleich zu einem BMW in dieser Preisklasse kannte, war die größere Beinfreiheit. Sie fuhr los. Dr. Ikonen holte sein Handy aus der Manteltasche und führte ein Telefonat auf Finnisch. Kathi verstand nur den Namen Sonja und Nürnberg.

»Pardon«, entschuldigte er sich, als er fertig war. »Wie unhöflich von mir, ich muss mich erst wieder ans Deutsche gewöhnen.«

»Kein Problem.«

»Aber es ist unhöflich, sich mit jemand anderem in einer Sprache zu unterhalten, die nicht jeder versteht.«

»Sie sprechen perfekt Deutsch, wenn ich das sagen darf.«

»Danke, danke. Meine Mutter, die Schwester von Walters Mutter, hat drauf bestanden, dass ich zweisprachig aufwachse.«

Damit wären die Familienverhältnisse auch geklärt. Kathi wollte ihn nicht explizit danach fragen.

»Ich habe meiner Frau Bescheid gegeben, dass ich gut angekommen bin.«

»Sie heißt Sonja?«

»Ja, sie kann erst nächste Woche zur Trauerfeier kommen. Meine Söhne auch, die haben eine noch längere Anreise.«

»Von woher?«

»Aus Boston, sie studieren dort.«

»Doch nicht etwa am MIT?«

»Genau dort.«

»Das ist ja ein Zufall. Ich weiß das MIT ist groß, aber vielleicht kennen die beiden ja Professor Kleber?«

»Julian? Natürlich, ich kenne ihn auch«, sagte er. »Woher kennen Sie ihn?«

»Er wohnt zurzeit bei Nikolai, äh Dr. Liebermann, er musste sein Alibi bestätigen.«

»Wie bitte? Nikolai und ein Alibi?«

»Vorschrift, Dr. Ikonen«, schwindelte Kathi. »Er war der Erste am Tatort.«

»Ach so. Ich wusste nicht, dass Julian in Deutschland ist.«

»Seit September, er gibt Gastvorlesungen, hier an der Uni.«

»Das sieht man wieder, wie klein die Welt ist. Das wird eine schöne Überraschung für Mikkel und Noah, aber wahrscheinlich wissen die es eh schon.«

»Was studieren sie?«

»Physik natürlich! Sie kommen ganz nach mir.« Kathi wagte einen kurzen Seitenblick und sah Ikonen ein wenig lächeln. »Haben Sie Kinder, Frau Starck?«, fragte er.

»Nein.«

»Okay.«

Okay und akzeptiert, dachte Kathi zufrieden. Andere Leute fragten immer nach dem ›Warum‹. Dann leierte sie ihren Hat-eben-nicht-geklappt-Spruch herunter.

Während Ikonen von seinem Cousin Abschied nahm, wartete Kathi mit Dr. Stern vor dem Besucherraum der Pathologie. Gefasst kam der Gast aus Finnland zurück, bedankte sich und ließ sich gegen eine Unterschrift Königs persönliche Sachen in einem großen, verschweißten Plastikbeutel aushändigen.

»Behalten Sie Walter hier in Erlangen?«, fragte er.

»Ja«, sagte Stern. »Seinem Wunsch entsprechend.«

»Gut, muss ich noch Formulare ausfüllen oder etwas unterschreiben?«

Stern gab ihm einen A5-Umschlag. »Ist alles hier drin.«

»Wann brauchen Sie die zurück?«

»Mitte nächster Woche reicht.«

»Wo ist der Totenschein?«

»Steckt mit im Umschlag.«

Auf dem Rückweg sprachen Kathi und Ikonen wenig miteinander. Bisher hatte er kein Wort über den Mord an seinem Cousin verloren oder nach dem Täter gefragt, auch eine Art der Trauerbewältigung. Kathi ließ ihn in Ruhe die Unterlagen studieren. Ein plötzliches Rascheln, als er den Plastikbeutel aufriss, lenkte ihren Blick kurz zu ihm.

»Walters alte Swatch«, belächelte Ikonen die Armbanduhr, die er gerade herausfischte. »Sie funktioniert immer noch.« Er kramte weiter. »Ah, sein Smartphone.« Er zeigte es Kathi.

»Brauchen Sie es für die weiteren Ermittlungen?«

»Nicht mehr, unsere Spezialisten haben die PIN zurückgesetzt, um an die Anruflisten zu kommen. Das meiste war privat oder nicht relevant für den Fall. – Sind die Wagenschlüssel dabei?«

»Ja.« Ikonen steckte sie in die Tasche seines Jacketts.

»Konnten Sie das mit der Versicherung klären, damit Sie fahren dürfen?«

»Ja, das lief ohne Probleme. Sie brauchen nur eine Kopie des Totenscheins.«

Bei MECH@TRON empfing Susan de Boer sie persönlich im Foyer. »Grüß dich Alexander«, sagte sie und umarmte ihn spontan. »Schön dass du da bist. Nochmal mein Beileid, es kommt wirklich von Herzen.«

»Danke, danke, Susan. Das weiß ich doch.«

»Wie geht es dir?«

»Naja, es muss.« Er seufzte. »Wir kommen gerade von der Pathologie.«

Erst jetzt begrüßte sie Kathi, die sich bewusst im Hintergrund gehalten hatte. »Hallo, Frau Starck.«

»Hallo, Frau de Boer.«

Die Firmenchefin händigte persönlich die Besucherausweise aus und begleitete sie zum Fahrstuhl. »Wie war der Flug, Alexander?«, fragte sie während der Fahrt in die fünfte Etage.

»Ganz gut und wir waren pünktlich.«

»Das ist schön. Hast du Hunger oder Durst, du bist ja schon eine Weile unterwegs? Das gilt natürlich auch für Sie, Frau Starck. Ich lasse gern etwas zu essen kommen.«

»Nein, danke«, sagte Ikonen. »Wie gesagt, ich will nur ein paar Sachen mitnehmen, danach geht es nach Kriegenbrunn.«

Auch Kathi lehnte dankend ab. »Das ist wirklich sehr nett, Frau de Boer. Ich fahre nur mit, um das Siegel am Haus zu entschärfen. Dann muss ich wieder zurück ins Präsidium.«

Unterwegs zu Königs Büro trafen sie Nikolai an, er lächelte Kathi zu, begrüßte aber Dr. Ikonen zuerst mit einer herzlichen Umarmung.

»Hallo, Alexander, mein Beileid.«

»Danke, Nikolai.«

»Wie geht es dir und deiner Familie?«

»Wird schon wieder, aber es war ein großer Schock.« Er seufzte. »Wie geht es dir?«

»Danke, gut. Ich muss es auch verarbeiten, wir alle hier.«

»Ich habe gehört, Julian ist hier und wohnt bei dir.«

»Richtig.« Nikolai warf einen kurzen Blick zu Kathi. *Das kann er nur von ihr wissen.* »Hallo, Frau Starck.«

»Hallo, Dr. Liebermann«, begrüßte sie ihn mit einem Lächeln und ließ ihm und Dr. Ikonen den Vortritt in Königs Büro.

Dr. Ikonen sah sich nur flüchtig um und nahm die Aktenmappe, sowie die Windjacke seines Cousins an sich. Er öffnete das Extrafach im Innenfutter und brachte einen Schlüsselbund zum Vorschein. »Er steckt ihn immer da hinein.«

»Soll ich Kartons für die anderen Sachen bringen lassen?«, fragte Susan de Boer.

»Die hole ich am Montag, wenn es recht ist. Ich fahre jetzt erst einmal zum Haus.«

»Gut. Würden Sie Alexander bitte ins Parkhaus zu Walters Auto begleiten, Dr. Liebermann.«

»Natürlich, gern.« *Schade, jetzt kann ich nicht mehr mit Kathi reden. Naja, dann eben heute Abend.*

Nach ihrer Rückkehr aus Kriegenbrunn brachte Kathi den geliehenen Dienstwagen zurück. Sie benötigte ihn heute nicht mehr, Andi hatte ihr angeboten, sie später zur ihrer Werkstatt fahren. Die BMW-Niederlassung in der Witschelstraße lag auf seinem Nachhauseweg nach Gebersdorf. Kurz vor drei, nachdem der korrigierte Abschlussbericht zum Fall König – letzter Stand der Ermittlungen traf es genauer – unterschrieben war, musste sie sich wirklich zurückhalten, nicht ständig auf die Uhr zu sehen. Sie freute sich auf den Abend mit Nikolai, ihr erstes Date seit einem Vierteljahr. Nach den letzten Pleiten, die sie jegliche Hoffnung auf einen Partner aufgeben ließen, war Nikolai in ihr Leben getreten. Der Traummann mit den tollen grünen Augen, in denen man sich verlieren könnte. *Seine Küsse gestern, mmmhhh ... traumhaft. Und dann muss das Handy läuten! Dämlicher, kleiner Störenfried!*

Jetzt holte sie das Läuten von Andis Telefon aus ihrer kurzen Gedankenspazierfahrt zurück.

»Hier ist der Andi«, meldete er sich salopp. »Ja ... Und? ... Besser? Gott sei Dank! ... Gut, mach ich, Schneggersla. Bis später.« Er legte wieder auf.

»Alles klar daheim?«, fragte Kathi, die anhand des Kosenamens wusste, dass er mit seiner Frau Petra sprach.

»Geht schon, der Tommi hat nur eine Erkältung.«

»Hat ihn die Marie angesteckt?«

»Bestimmt, in der Schule schnupft und hustet jedes zweite Kind. Mir hoffen, dass des bis zum Mittwoch wieder wird, sonst müssen mir die Geburtstagsparty abblasen.«

Wenn Kathi so etwas von geplagten Eltern hörte, war sie ganz froh, davon verschont geblieben zu sein. Kinder können ganz süß sein, wie Andis achtjährige Zwillinge, in den meisten Fällen aber verhätschelte Rotzgören, die bei frühlingshaften Temperaturen im Oktober eine Erkältung bekamen. Wie sollen sich die Kids auch abhärten, wenn sie ständig vor dem Computer hocken und kaum noch draußen spielen.

»Ich muss aufm Heimweg noch in die Apotheke, Hustensaft und Tee b'sorgen«, sagte Andi. »Mir wärs Recht, wenn wir ein bisserl früher fahren könnten, so um viere rum.«

»Perfekt, dann umgehen wir die Rush Hour.«

Auf dem Hof der Werkstatt stand Kathis BMW da wie neu und nach dem unvermeidlichen Papierkrieg konnte sie sich endlich auf den Nachhauseweg machen. Streng nach Vorschrift, unter Beachtung aller roten Ampeln und Geschwindigkeitsauflagen. Ein Unfall heute wäre der absolute GAU! Um nichts in der Welt wollte sie zum Date mit Nikolai zu spät kommen. Der Verkehrsgott war ihr wohlgesonnen, trotz Feierabendtrubel und Dauerbaustelle auf der Südwest-Tangente, kam sie kurz vor halb sechs nach Hause.

Nach dem Duschen stand sie vor ihrem Kleiderschrank und überlegte, was sie anziehen sollte. Kleid und Rock fand sie zu konservativ. *Wobei, mit Biker-Jacke und schwarzen, halterlosen Stümpfen sieht das richtig sexy aus. Nur blöd, dass beim längeren Sitzen der Saum hochrutscht und man daran herumzupft. Das Ausziehen geht allerdings leichter. Ganz besonders, wenn man keinen Slip drunter trägt.* Sie kicherte. *Kathi, deine Fantasie geht mit dir durch!*

Nikolai hatte sich für eine leicht verwaschene Jeans, violettes Oberhemd, schwarze Cabanjacke und elegante, schwarze Schnür-Halbschuhe entschieden. Eigentlich wollte er Kathi mit einem Anzug beeindrucken, das fand er dann doch zu overdressed. Er war ein wenig nervös, sein letztes, richtiges Date war fast ein Jahr her. Silke war eine Bekanntschaft aus dem Internet gewesen: 31, 1,75 m groß, blondes, langes Haar und optisch genau sein Typ. Einige Tage hatten sie sich über den Messenger geschrieben und sie vorgegeben, Rechtsanwältin zu sein. Bereits bei der Begrüßung im Café, fiel es Nikolai ziemlich schwer, das zu glauben: Piepsstimme plus albernes Kichern. Es war ein Fehler, davor nicht mit ihr telefoniert zu haben. Wahrscheinlich wäre es nie zu einem Treffen gekommen. Diese Frau sollte Anwältin sein? Bei Gericht nimmt man so ein Mäuschen doch nicht ernst. Wer weiß, ob es stimmte, auf diesen Partnerbörsen wird ja gern gelogen. Frustrierend, aber eine Lehre fürs Leben.

Wie sollte ein Mann Ende 30 eine Frau kennenlernen? In der Arbeit? No way, no fuck in the company! Eine fremde Frau im Café oder Restaurant anzusprechen würde Nikolai, auf die Gefahr hin, einen Korb zu bekommen, nie wagen. Die Frauen, die ihn ansprachen, gefielen ihm nicht oder glänzten mit dem IQ eines Blumenkohls. Obendrein ließ ihm der Job oft wenig Zeit zum Ausgehen. Er chillte lieber zu Hause und chattete über VisuTel mit den, in aller Welt verstreuten, ehemaligen Studienkollegen. Seit er in Nürnberg lebte, hatte er sich einen kleinen Freundeskreis aufgebaut. Überwiegend Single-Männer in ähnlicher Lage, schwer in Ordnung, beim Thema Frauen leider Konkurrenten. Aber jetzt hatte er es im realen Leben geschafft und eine absolute Traumfrau erobert. Tschaka!

Bin gespannt, was sie heute trägt, dachte er auf der Fahrt in die City. *Vielleicht wieder ne enge Jeans, dazu eine weiße Bluse, durch die ein schwarzer Spitzen-BH schimmert und diese sexy Biker-Jacke dazu. Mmmhhh ... Niko, deine Fantasie geht mit dir durch,* mahnte er sich und sah zu der älteren Dame, die ihm im Bus gegenüber saß. Er lächelte, sie lächelte zurück. Zum Glück konnte sie keine Gedanken lesen.

Busfahren, Nikolai konnte sich nicht mehr an das letzte Mal erinnern. Heute wollte er keinesfalls zu spät kommen und war zeitig aufgebrochen. Als ungeübter Benutzer des öffentlichen Nahverkehrs hatte er zunächst den Fahrplan der Linie 36 heraussuchen müssen, wochentags alle zehn Minuten, bis 20:00 Uhr, perfekt. Von der Haltestelle Meistersingerhalle, gleich bei ihm um die Ecke, bis zum Hauptmarkt benötigte er nur 15 Minuten. *Mit dem Auto schafft man das nie und die Parkplatzsuche erspart man sich auch,* dachte er, als er zum Augustinerhof schlenderte. *Könnte ich öfter machen.*

Der Augustinerhof. Nach dem Scheitern des ersten Bauplans 1996, bekannt als aufgeplatzte Bratwurst, waren die Gebäude viele Jahre leergestanden – ein Schandfleck in der Altstadt. 2009 hatte eines der größten Nürnberger Immobilien-Unternehmen den Komplex gekauft, abgerissen und zu einem begehrten Parkplatz umgewandelt. Als Zwischennutz, denn auch das neue Bauprojekt war bis zum Baubeginn im Sommer 2017 ein Zankapfel zwischen dem Bauherrn, einem Nachbarn, der Bauordnungsbehörde und den Altstadtfreunde-Dickschädeln gewesen, die erst nach einigen Änderungen gegen den Entwurf nichts mehr einzuwenden hatten.

Zur Freude aller Nürnberger war der neue Augustinerhof im Frühjahr 2020 offiziell eingeweiht worden, mit einer Dependance des Deutschen Museums München, 50 Wohnungen, einem Dutzend Büro-Einheiten und einem Hotel samt Tiefgarage. In der Passage gab es Ladengeschäfte, einen Bio-Supermarkt und das Café-Restaurant Zirkel. In dem, aufgrund seiner Nähe zu Burg und Hauptmarkt, bei Einheimischen und Besuchern gleichermaßen beliebten Wohn- und Geschäftszentrum in der City herrschte, wie jeden frühen Freitagabend, reges Treiben. Viele erledigten nach Büroschluss hier ihre Wochenendeinkäufe. Nikolai kaufte eine langstielige rote Rose im Blumenladen und ging in Richtung Zirkel. Kaum angekommen läutete sein Handy. Kathi rief an, sie würde sich ein wenig verspäten, weil ihr Bus im Stau steckte.

Dann schaffte sie es doch fast pünktlich. »Hi, Niko«, schnaufte sie erleichtert und begrüßte ihn mit einem Küsschen. »Tut mir Leid.«

»Ach was«, winkte er ab. »Alles unter der akademischen Viertelstunde ist absolut okay.«

Kathi schmunzelte.

Nikolai brachte die Rose, die er mit einer Hand im Rücken gehalten hatte, zum Vorschein und überreichte sie ihr.

»Wow! Dankeschön!« *Sogar mit Rose.* Das war noch länger her als ihr letztes Date und dafür gab es noch einen Kuss.

Nikolai hielt ihr die Tür auf und ließ ihr den Vortritt ins Café. Am liebsten hätte er noch einmal Tschaka! gerufen. Kathi musste bezüglich der Kleiderfrage seine Gedanken gelesen haben. Die enge Jeans schmeichelte ihrem süßen Po noch mehr als die von gestern und ob ein schwarzer Spitzen-BH durch ihre weiße Bluse schimmerte, würde sich herausstellen, wenn er ihr die kirschrote, ultra-sexy Biker-Lederjacke auszog. *Sie steht scheinbar auf diese Jacken und diese Rote sieht noch schärfer aus als die schwarze.*

Er fragte die erste Kellnerin, die ihnen über den Weg lief, nach seiner Reservierung. Sie checkte den Eintrag im Computer und führte sie zu einem Tisch weiter hinten, mit Blick auf den begrünten und noch bestuhlten Innenhof. Dort frönten etwa ein Dutzend hartgesottener Raucher ihrem Laster. Nikolai überließ Kathi die Platzwahl, sie entschied sich für den Stuhl am Fenster und legte die Rose auf den Tisch.

Nikolai half ihr aus der Jacke. Tschaka! zum Dritten und ein Kniefall wären fällig gewesen, als er den dunklen BH unter der Bluse ausmachte. Genießerisch schmunzelnd hängte er die Jacke über den freien Stuhl und rückte Kathis zurecht, bevor er seine ebenfalls ablegte und sich gegenüber setzte.

Kathi stützte ihr Kinn auf die Hände. *Wow! Das violette Hemd sieht ja noch besser an ihm aus als das Weiße!* Seine Augen wirken dadurch noch grüner. Grün, grüner, am Grünsten – mag ja sein, dass Farben nicht steigerungsfähig sind, nicht in Nikolais Fall.

Er lächelte. »Was ist?«

»Nichts«, schwindelte sie.

Die Bedienung kam mit zwei Speisekarten zurück. »Hi, ich bin Nadja«, stellte sie sich vor. »Ich serviere heute Abend an eurem Tisch. Wisst ihr schon was ihr trinken wollt?«

»Ich hätte gern eine Maracuja-Schorle«, sagte Kathi.

»Für mich auch, bitte.«

Nadja tippte die Bestellung ins Order-Pad. »Wollt ihr auch was essen?«

»Ja.«

»Ok, dann lasse ich die Karten hier.«

»Du bist eingeladen«, betonte Nikolai.

»Aber …«

»Keine Widerrede«, unterbrach er. »Ich muss mich schließlich für *dein* Zeugenschutzprogramm revanchieren und für den Salamiburger.«

»Quatsch!«

»Das ist mein voller Ernst.«

»Okay, überredet.« Kathi lächelte. »Ich hoffe, du hast vorhin nicht zu lange warten müssen«, sagte sie während sie die Speisekarten studierten. »Wenn ich die Öffentlichen nehme, verspäten sie sich meistens. Heute stand der Bus im Stau, weil es an der S-Bahn-Unterführung in Gleißhammer gekracht hat. Aber wegen der Umleitung wärs mit dem Auto auch nicht schneller gegangen. Ich bin trotzdem froh, dass ich es wieder habe, der Dienstwagen war mir etwas zu groß.«

»Was fährst du?«

»Einen X3E, er war in der Werkstatt. Mir ist am Dienstagmorgen so ein dämlicher Benz-Fahrer hinten drauf. Ich war absolut unschuldig. Darum bin ich erst mittags zu euch in die Firma gekommen und war so mies drauf.«

»Ich lebe ja noch, aber gib es den Benz-Fahrern ruhig, wir mit unserer eingebauten Überhol- und Auffahrerlaubnis brauchen das ab und zu.«

»Meistens stimmt es ja.«

»Ja, meistens«, gab er klein bei. »Das Problem ist, du merkst die Geschwindigkeit nicht, in meinem ›G‹ sowieso nicht. Bis du auf den Tacho guckst.«

»Oder geblitzt wirst.«

Nikolai verschränkte die Arme und pfiff vor sich hin. »Wer keine Punkte in Flensburg hat, hatte entweder Glück oder behindert den Verkehr.«

Kathi lachte. »Der war gut.«

»Aber ich hatte noch nie einen Unfall.«

»Ich auch nicht.«

»War viel kaputt bei dir?«

»Der Kofferraum hatte ne Delle und der Auspuff hing herunter. Das allerbeste war der andere Benz-Fahrer, der meinen Unfallgegner nur ein paar Minuten später gerammt hat.«

»Oh, das kommt auch nicht jeden Tag vor.«

»Was machst du einen Monat ohne Führerschein?«

»Da muss ich durch, geschieht mir recht. Immer nur ein Bußgeld bringt nichts, wie man sieht. Am Wochenende brauche ich mein Auto eh selten. Ab nächster Woche fährt mich

Julian, wenn er Zeit hat, sonst nehme ich ein Taxi. Das ist in der Stadt ja nicht so teuer, die Öffentlichen nehme ich nur im Ausnahmefall.«

»Von dir bis zum Norispark ist es ein schönes Stück.«

»Genau, dreimal umsteigen, nicht mit mir!«

Die Getränke kamen. »Zweimal Maracuja-Schorle und ein Väschen fürs Röschen«, sagte Nadja.

Kathi nickte. »Sehr aufmerksam, danke.«

Auch Nikolai bedankte sich und stellte die Rose in den kleinen Glaskrug.

»Gern«, erwiderte die Kellnerin. »Habt ihr schon was zu essen ausgesucht?«

»Ja, ich hätte gern den Salat mit Putenstreifen und extra Käsewürfel«, sagte Kathi. »Habt ihr Dinkelbaguette?«

»Ja, haben wir.«

»Okay, dann das dazu und ein Glas Weißherbst.«

»Und ich hätte gern das Putensteak mit Vollkornnudeln und rotem Pesto und wir nehmen eine Flasche Weißherbst«, sagte Nikolai.

»Okay, vielen Dank.« Nadja sammelte die Speisekarten wieder ein.

Als sie weg war, beugte sich Kathi über den Tisch und gab Nikolai einen spontanen Kuss.

»Wofür war der?«, fragte er überrascht.

»Nochmal fürs Röschen.«

»Ich hoffe, die Farbe gefällt dir.«

»Rot ist meine Lieblingsfarbe.«

»Wie das deiner Jacke.«

»Ja, auch. Ich sammle Bikerjacken aus Leder, schon seit Jahren. Nenne es Tick, ich stehe nun mal drauf.«

»Ein schöner Tick. Wie viele hast du? – Ich meine nicht Ticks, sondern Jacken.«

Kathi lachte. »Mit dieser acht, jedes Modell ist anders und in einer anderen Farbe, nur schwarze besitze ich zwei.«

Tschaka! zum Vierten. Nikolai freute sich. *Wieder ins Schwarze getroffen! Wenn es so weitergeht, wird es ein Hammer-Abend, vielleicht sogar ein Hammer-Wochenende.* Vor Aufregung stieß er mit seinem Knie an das von Kathi. »Oh, sorry.«

»Macht nichts.« *Macht überhaupt nichts.* »Übrigens, Biker-Boots sammle ich auch, sie kommen nie aus der Mode.«

»Frauen und Schuhe.«

»Ein Muss.« Kathi rückte näher an den Tisch und rieb ihre Wade an der von Nikolai.

Er erschrak kurz, aber nur ganz kurz. *Mach ruhig weiter.*

Gott, ist das geil! Kathi schien seine Gedanken zu lesen und genoss verführerisch lächelnd dieses prickelnde Gefühl.

»Was machst du morgen?«, fragte er, um sich abzulenken.

»Samstagvormittag gehe ich Laufen am Wöhrder See.«

»Ey, ich auch, aber erst ab Mittag.«

»Da bin ich normalerweise schon wieder daheim.«

»Darum haben wir uns bisher verpasst. Wenn du Lust hast könnten wir morgen auch zusammen …«, schlug er vor. »Ich kann auch mal früher.«

»Und ich später. – Machst du noch etwas anderes außer Laufen?«

»Hauptsächlich Fitness, ich habe zu Hause ein kleines Studio eingerichtet.«

»Warum gehst du in kein Öffentliches?«

»Das wurde mir mit der Zeit zu teuer. Bei nem Abo musst du regelmäßig hingehen. Wenn es spät in der Firma wurde, hatte ich keine Lust mehr. Ich finde mein Privat-Studio ganz praktisch.«

»Deine Wohnung ist ja groß genug. Du hast die ganze erste Etage in eurem Haus, was ich so gesehen habe. Ich schätze 130 Quadratmeter, oder?«

»Etwas mehr, 140. Früher war sie eine Arztpraxis.«

»Und wie kommt man an so etwas Beneidenswertes?«

»Pures Glück. Als ich vor sechs Jahren von Halle hierher gezogen bin, sah es auf dem Wohnungsmarkt nicht gerade rosig aus.«

»Stimmt, auch vorher schon. Der Wirtschafts-Boom hat so viele Leute hierher gelockt, aber mit dem Bau von bezahlbaren Wohnungen ist man nicht nachgekommen.«

»Eigentlich wollte ich eine Dreizimmerwohnung, aber es gab keine, die mir gefallen hat oder sie war zu teuer. Die Wohnung in der Wilhelm-Spaeth-Straße stand zum Verkauf, allerdings unrenoviert, aber der Preis war unschlagbar.«

»Und da hast du zugeschlagen.«

Nikolai grinste. »Im wahrsten Sinne des Wortes. Allerdings musste ich fast ein Jahr auf ner Baustelle leben, hat sich aber gelohnt. Der einzige Nachteil ist der kleine Balkon, er reicht gerade für einen Tisch und zwei Stühle.«

»Ich hab sogar eine kleine Dachterrasse.«

»Jetzt werde ich neidisch.«

»Zwölf Quadratmeter, Platz für zwei Liegestühle.«

»Da hattest du wirklich Glück.«

»Ich habe die Wohnung von meiner Oma geerbt, musste sie aber auch umbauen lassen, jetzt ist sie ein echtes Schmuckstück. Auch wenn es nur 82 Quadratmeter sind, ich gebe sie nicht wieder her. In meiner Münchner Wohnung hatte ich gar keinen Balkon.«

»Du hast in München gewohnt?«

»Ja, bin auch erst vor sechs Jahren wieder hergezogen.«

»Wieder? Stammst du aus Nürnberg?«

»Ich bin hier geboren.«

»Aber du sprichst fast Hochdeutsch.«

»Mit fränkischem Einschlag.«

Nikolai nahm Kathis Hand, streichelte und küsste sie. »Den find ich übrigens sehr süß.«

Sie lächelte kokett. »Dankeschön.«

»Dein Kollege plaudert ja ziemlich ungeniert Dialekt.«

»Und er ist stolz darauf. Man muss eben nachfragen, wenn man ihn nicht versteht. Aber es gibt Schlimmeres.«

»Der Vater von Frau de Boer hat mir seinerzeit einmal die feinen Unterschiede der fränkischen Dialekte erklärt, für mich hört sich alles irgendwie gleich an.«

»So wie ›alle Asiaten sehen gleich aus‹?«

»Touché.« Nikolai grinste.

Nadja brachte den Wein im Kühler.

Nikolai kostete und übernahm das Eingießen selbst, dann stieß er mit Kathi an. »Auf uns und auf diesen Abend.«

»Auf uns.« *Sehr optimistisch,* dachte Kathi. *Mal sehen, was heute noch alles passiert und morgen und übermorgen.* Sie schmunzelte und wog das Weinglas in ihren Händen. »Darf ich dich was Persönliches fragen?«

»Immer.«

»Warum lässt du dir deine Augen nicht lasern?«

»Bei Diabetes bringt das nicht viel, ich müsste es alle paar Jahre wiederholen, das ist mir zu stressig.«

»Was ist mit diesen smarten Kontaktlinsen, die den Blutzuckerwert messen und an die Insulin-Pumpe senden?«

»Ich vertrage keine Linsen, darum die Brille. Den Glucose-Sensor in der Bindehaut spüre ich nicht, die Pumpe auch nicht. Einmal pro Tag kontrolliere ich die Werte mit ner App, funktioniert alles super. Jetzt muss die Medizinforschung nur noch die Sache mit der Hypoglykämie hinbekommen, am besten eine kontinuierlich blutzuckermessende, automatische Insulin-Glukose-Pumpe im Nanoformat erfinden.«

»Ich hoffe, dafür wird auch eine Abkürzung erfunden, ähnlich PALS.«

Nikolai lachte. »Hm, vielleicht KBAIGP?«

»Mit ›Nano‹ vorne dran. Bis dahin solltest du Stress und Aufregung vermeiden oder immer Traubenzucker einstecken haben.«

»Oder ich nasche an dir.« Er küsste sie.

Kathi leckte genießerisch über ihre Lippen. »Mmmhhh, das ist definitiv besser.« Sie hätte noch länger schmusen können, aber Nadja servierte das Essen.

Es schmeckte so gut wie es aussah.

»Mmmhhh, ist das Dressing lecker«, schwärmte Kathi.

»Mal probieren?«

»Ja, gern.« Nikolai sich von ihr füttern. »Mmmhhh, wirklich sehr lecker. Balsamico, Senf und Honig würde ich sagen.«

Kathi nickte anerkennend. »Du hast eine feine Zunge.«

Wenn du wüsstest, was die noch alles kann. »Jetzt du.« Er reichte ihr eine mundgerechte Gabelportion.

»Das ist auch sehr lecker, mmmhhh. Getrocknete Tomaten, Pinienkerne, Parmesan und Olivenöl extra vergine.«

»Deine feine Zunge kann mit meiner locker mithalten.«

Die hübsche, junge Frau am Nebentisch warf ihnen einen ziemlich neidischen Blick zu. Sie und ihr Freund, beide etwa

Mitte 20, trugen teure Markenklamotten, sie war mit Gold behängt wie ein Weihnachtsbaum und er hatte eine goldene Rolex am Handgelenk. Kathis geschultes Kriminaler-Auge erfasste das mit wenigen Blicken. Das Benehmen des jungen Mannes ließ sehr zu wünschen übrig: einen Arm auf den Tisch gelümmelt, schaufelte er das Essen mit der Gabel in der anderen Hand, die er wie eine Maurerkelle hielt, in sich hinein. Der Typ musste scheinbar nicht mal kauen. Seine Freundin kannte auch nur die Gabel, spreizte allerdings den kleinen Finger der rot-lackierten, krallenbewehrten Hand ab.

Tja Leute, guten Geschmack und Benehmen kann man sich nicht kaufen. Es reicht nicht, mit einem goldenen Löffel im Mund geboren zu sein und gut auszusehen. Kathi widmete sich den letzten Bissen und trank vom Wein.

»Musst du wegen der Diabetes beim Essen eigentlich auf irgendwas achten?«, fragte sie, als sie ihr Besteck auf den leeren Teller legte.

»Nein, ich muss mich bei nichts einschränken. – Falsch, nur einmal. Das betraf meinen Traumjob.«

»Welcher ist oder war das?«

»Eigentlich wollte ich Astronaut werden.«

»Cool!«

»Als kleiner Junge, als wir noch in Kasachstan lebten, habe ich mir jeden Raketenstart und die Landungen der russischen Raumkapseln im Fernsehen angesehen. Ich wollte Raketen und Raumschiffe bauen und zu fernen Planeten fliegen.«

Kathi lachte. »Auch zum Mars?«

»Das wäre die Krönung! Leider werde ich zusehen müssen. Ich habe mich schon ein Jahr vor dem Abi bei der Luftwaffe beworben, um dort zu studieren, wegen der Diabetes haben sie mich nicht genommen. Also blieb mir nur die normale Uni und ich habe … aber du kennst ja meine Vita.«

Sie nickte. »Und jetzt arbeitest du in der Rüstung, die die Luftwaffe beliefert.«

»Man kann es sich nicht immer aussuchen.«

»Nicht falsch verstehen!«, beschwichtigte sie. »Ich verurteile das nicht, ohne Waffe gehts in meinem Job auch nicht.«

»Ich weiß. Darf ich dich auch was Persönliches fragen?«

»Nur zu.«

»Ich weiß, es klingt blöd«, druckste Nikolai herum. »Musstest du schon mal jemanden erschießen?«

O Gott! Kathi schluckte. Damit hatte sie nicht gerechnet. »Ja, einmal, aus Notwehr.«

»Schlimm?«

»Ja, schon. Es ist über acht Jahre her. Das war in München, eine ganz miese Sache. Ich hatte …« Kathi hielt inne und überlegte, ob sie ihm jetzt davon erzählen sollte. Sie entschied, dass es dafür noch zu früh war. Sie kannten sich ja kaum, außerdem war sie viel zu gut gelaunt, keine Zeit für dramatische Geschichten. »Schwamm drüber.«

Nikolai sah ihr an, dass sie die Sache noch beschäftigte. *Ganz stimmt ›Schwamm drüber‹ nicht. Naja, vielleicht erzählt sie es mir ein anderes Mal.* »Sorry, ich wollte dir nicht zu nahe treten.« Er nahm ihre beiden Hände in seine.

Kathi lächelte wieder. »Schon gut, Berufsrisiko. Die bemannte Raumfahrt ist noch gefährlicher.«

»Stimmt auch wieder. Wenn es soweit ist, dass man zum Mars fliegen kann, bin ich eh zu alt.«

»Außer man entwickelt endlich den WARP-Antrieb oder überwindet den Hyperraum.«

Nikolai lachte. »Genau, dann fliegen wir zusammen. Bist du auch so ein Star-Trek-Fan wie dein Kollege?«

»Nein, ich mag die alten Star-Wars-Filme, die ersten drei.«

»Ich auch, das sind immer noch die besten. Ab und zu schaue ich mir auch neue Sci-Fi-Filme an, ich muss doch den Fortschritt der Spezialeffekte im Auge behalten.« Er zwinkerte ihr zu. »Scherz beiseite, ich hätte zur ESA in die Entwicklung gehen können, aber nachdem die Mittel für die zivile Raumfahrt zurückgefahren wurden, sah ich dort keine Zukunft für mich. Darum habe ich die Chance hier wahrgenommen. Walter hat mir schon lange von Nürnberg und der Umgebung vorgeschwärmt. Obwohl es vor zehn Jahren noch gemütlicher war, wie er immer sagte. Ich habe zwar keinen Vergleich dazu, aber es gibt noch viele total gemütliche Ecken in der Stadt. Außerdem finde ich den Kontrast alt und neu absolut spannend. Es gibt gute Jobs, viele Einkaufsmöglichkeiten, Kunst, Kultur, super Verkehrsanbindungen und es ist bei weitem nicht so teuer wie in München.«

»Da kann ich ein Wörtchen mitreden.«

»Das Essen ist auch Klasse, du kannst hier alles frisch kaufen und es kommt aus der Nähe. Wo gibt es noch so etwas vor der Haustür, wie das Knoblauchsland oder den Wochenmarkt? Ich bin ja kein Öko-Freak, aber das finde ich schon wichtig. Und die meisten Leute hier sind sehr nett, egal ob Einheimische und Zugereiste.«

»Früher waren die Nürnberger etwas zugeknöpfter und maulfauler«, sagte Kathi. »Zum Glück hat sich das gegeben. Gott, wenn ich an meine Schulzeit denke!«

»Bist du nur wegen der Wohnung wieder nach Nürnberg gekommen?«

Was sag ich jetzt? Ich will heute nicht darüber reden.
»Hauptsächlich wegen des Jobs, ich wollte Karriere machen.« Das stimmte im Großen und Ganzen.

»Julian findet es auch toll hier«, sagte Nikolai. »Vor allem das Bier. Einige seiner Studenten schleppen ihn ständig in eine andere Kneipe.«

»Hier ist das Paradies für Bierfans.«

»Weintrinker haben es auch gut.«

»Stimmt.« Kathi hob ihr Glas und stieß mit Nikolai an. »Wie kam Julian eigentlich zu der Professur am MIT?«

»Er fühlte sich schon immer zu Höherem berufen.« Nikolai lachte. »Just kidding. Er kannte dort jemand, der hat ihm geraten, sich zu bewerben. Ihm ging es damals bei der Jobsuche ähnlich wie mir, aber im Gegensatz zu mir, kann er sich vor eine Horde Studenten hinstellen. Ich werde schon nervös, wenn ich in der Firma eine Präsentation für eine Handvoll Kollegen machen muss.«

Kathi grinste. »Hauptsache, du wirst nicht mehr nervös, wenn du mit mir redest.«

»Gott, wenn ich an den Dienstag denke, das war furchtbar!« Er nahm wieder ihre Hand und küsste sie zärtlich. »Aber jetzt, wo ich dich näher kenne …«

»Ich bin gar nicht so schlimm, oder?«

»Nicht die Spur.«

Wieder berührten sich ihre Waden und wieder kribbelte es. Noch nie hatte bei Kathi das eine so hocherotische Wirkung ausgelöst. *Wenn ich jetzt Pumps anhätte, würde ich sie ausziehen und mit den Zehen ein bisschen an Nikolais Hosenstall herumspielen. So, wie sie es in gewissen Filmen immer tun.* Kathi sah sich um, das junge Pärchen nebenan war in eine leise Unterhaltung vertieft, draußen vor dem Fenster saßen keine Leute mehr, außerdem war es schon dunkel, ihre Tat würde keinem auffallen. *Mist, warum habe ich heute Stiefeletten angezogen!*

Nikolai musste sich wirklich zurückhalten. Diese Berührung an den Waden verleitete ihn zu den heißesten Gedanken und er spürte einen leichten Druck zwischen den Beinen. *Zum Glück sitze ich. Schade, dass sie ihre Stiefeletten hier nicht so einfach ausziehen kann, dann könnte sie mit einem Fuß meine Wade entlang nach oben wandern und ...*

»Ich glaube, am Dienstag habe ich keinen sehr guten Eindruck hinterlassen, oder?«, sagte Kathi plötzlich.

Nikolai hüstelte und schob seine Brille zur Nasenwurzel, das erste Mal heute. »War eben schlechtes Timing.«

»Und die falsche Location.«

»Das war das Stichwort.«

»Wofür?«

»Ganz ehrlich?«

»Ja, raus damit.«

»Lang halte ich es nicht mehr aus.« Nikolai beugte sich über den Tisch und flüsterte: »Ich bin total scharf auf dich.«

Tschaka! Tschaka! Tschaka! jubelte sie und ihre blauen Augen strahlten mit Nikos grünen um die Wette. »Und ich muss eine deiner physikalischen Theorien widerlegen.«

»Welche denn?«

»Teilchen können doch wuseln, meine Sexteilchen tun es gerade, ganz wild.«

Er lachte leise, als er Kathi auf die Wange küsste. Sie vernahm ein leichtes Vibrieren an ihrem Ohr. *Jetzt noch ein Stück tiefer und du kannst mich gleich hier flachlegen.* »Zu mir oder zu dir?«

»Casa Liebermann ist näher. Julian ist heute Mittag nach Bonn gefahren, zu seinen Eltern. Ich habe sturmfreie Bude bis Montag und eine neue Zahnbürste.«

»Aha, der kluge Mann baut vor.«

»Ich habe immer eine als Ersatz, falls die elektrische zickt.«

Kathi nickte. »Okay, worauf warten wir noch?«

Nikolai bezahlte mit Kreditkarte, Kathi bedankte sich mit einem Kuss noch einmal für die Einladung, nahm ihre Rose und dann ging es schnurstracks zum Taxistand am Hauptmarkt.

Die Sicherheitstechnik an der Haustür nervte Nikolai heute tierisch, er konnte es kaum erwarten, mit Kathi in die Wohnung zu kommen. Hand in Hand stürmten sie die Treppe hoch. Nach einem Wink mit dem Smart-Key öffnete sich die Wohnungstür mit einem leisen Klick.

»Nach dir«, sagte Nikolai mit einer einladenden Geste.

Kathi folgte seiner Aufforderung. Während er abschloss und die Alarmanlage scharf machte, beobachtete sie die Fortschreibung der Zeit auf dem Monitor und die Einträge davor. Sie lächelte. *Aha, kurz vor zwei hat Julian das Feld geräumt.* Sie stellte ihre Tasche neben das High-Board.

Nikolai legte Schlüssel, Handy und Brille gut sichtbar auf die Ablage.

Ordnung muss sein, dachte Kathi amüsiert. *Aber jetzt fliegen die Fetzen.*

Falsch gedacht. Nichts war mit ›schnell runter mit den Klamotten und ab in die Kiste‹, Nikolai machte zunächst ganz langsam, jede Sekunde genießend. Er nahm ihr die Rose aus der Hand und legte sie auf die Ablage. »Du siehst so

rattenscharf aus in dem Teil, aber die muss jetzt leider weg.«
Er zog ihr die Jacke aus und ließ sie fallen, dann schälte er
sich aus seiner, die daneben landete.

»Meine Sexteilchen sind noch rattenschärfer!«, warnte Kathi und stellte sich auf die Zehenspitzen, um ihn zu küssen.
Nach einer wilden Knutscherei, bei der sie es fertigbrachte,
die Knöpfe seines Hemdes zu öffnen und es aus der Hose zu
ziehen, schob sie ihn ein kleines Stück von sich. Herausfordernd fixierte sie Nikolai, dessen Blick durchdringender,
erwartungsvoller und dem eines Tatarenfürsten vor einer
Schlacht ähnlich wurde. Er machte einen Schritt rückwärts
und verhedderte sich im Ärmel seiner auf dem Boden liegenden Jacke. Nur Kathis blitzschneller Griff nach seinen Gürtel
verhinderte, dass er taumelte. Abgelenkt durch ihre geschick-
ten Hände, die sich an der Gürtelschließe und an den Knöpfen der Jeans zu schaffen machten, achtete er sowieso nicht
mehr darauf, wo er stand.

Holy crap! Die geht aber ran! Aber es fühlt sich toll an, sie
fühlt sich toll an. »Ja, du hast recht mit den Sexteilchen, vollkommen recht, nobelpreisverdächtig recht!« Er legte seine
Hände um ihre Taille, strich über ihre Hüften und seine Lippen suchten die ihren für den nächsten, heißen Kuss.

In aller Eile zogen sie ihre Schuhe aus, dann rissen sie sich
doch die Kleider vom Leib, bis auf die Unterwäsche. Auch
Nikolai trug Schwarz, eine schmale Shorts, die seinen knackigen Hintern noch knackiger wirken ließ und durch die
sich vorn unübersehbar eine Erektion abzeichnete. Kathi
lächelte und war geneigt, sofort hinzufassen, aber eins nach
dem anderen. Zuerst wollte sie seinen trainierten Oberkörper
erkunden. Sein Body war der Hammer, auch ohne übertrie-
benes Sixpack, und fühlte sich verdammt gut an. Ihre Hände

strichen sanft über seine breiten Schultern, den wohlgeformten Bizeps und wanderten tiefer. Nikolai stöhnte leise, als sie ihn im Schritt berührte und schob sie von sich. Kathi erschrak. *Oh, jetzt hab ichs übertrieben!*

Von wegen, er wollte sie nur in den sündhaft schönen Spitzendessous bewundern – durch und durch Wissenschaftler, begutachtete er auch Zwischenergebnisse. »Du siehst zum Anbeißen aus, dreh dich bitte gaaanz langsam.« Kathi folgte seiner Anweisung mit etwas Koketterie. »Mmmhhh«, himmelte er sie an und küsste seine Fingerspitzen. »Ein Bild für Götter.« *Julian hatte vollkommen Recht, du bist ein Sex-Gott und vor dir steht eine wahre Sex-Göttin!* Der String schmeichelte ihren schmalen, aber dennoch weiblichen Hüften und erst ihrem süßen Po! Nikolai hätte ihn am liebsten sofort gepackt und hineingebissen, aber er wartete bis Kathi sich einmal um die eigene Achse gedreht hatte.

Breitbeinig und die Hände in die Seiten gestützt stellte sie sich vor ihn hin, Herausforderung pur. Ihre harten Knospen zeichneten sich deutlich unter der Spitze ab und schrien förmlich danach, ihr den BH auszuziehen. Nikolai nahm Kathi bei den Schultern, küsste ihren Hals und schob dabei beide Träger herunter. In Sekundenschnelle öffnete er den Verschluss und das zarte Gebilde landete achtlos auf dem Fußboden. Er liebkoste ihre Brüste und seine Zunge umspielte ihre Knospen, die sich ihm förmlich entgegenstreckten. Währenddessen kraulte sie seinen Nacken. Schnurrend wie ein Tiger genoss er das wohlige Kribbeln, das seinen Rücken hinablief.

Langsam wanderte sein Mund zu ihrem Bauchnabel, dabei ging er langsam in die Knie. Er stoppte kurz am Rand des Slips, eine Hand griff nach ihrem Po und streichelte ihn, mit der anderen schob er die schwarze Spitze zur Seite und begann, mit seinem Mund ihre Perle zu liebkosen.

Kathi spürte seine harte Zunge, deren Bewegungen sie schaudern ließ, ihre Hände durchwühlten seine Locken und drückten seinen Kopf an sich. Ihr Körper zuckte vor Erregung, sie hatte sich kaum noch unter Kontrolle und ihre zittrigen Beine drohten nachzugeben. Dieser Mann wusste, wie man Leidenschaft in ungezügelte Lust steigern konnte. Ihr Atem ging immer schneller. »Du bist verrückt, verrückt, so verrückt!«, wisperte sie.

Plötzlich brach Nikolai ab und sah auf zu ihr, seine Augen wirkten jetzt stechend grün wie tiefster, unergründlicher Dschungel, der sie verschlingen wollte. Ohne den Blick von ihr abzuwenden, richtete er sich wieder auf, nahm sie auf die Arme und trug sie ins Schlafzimmer.

Der Raum lag im Halbdunkel, nur beleuchtet vom spärlichen Licht der Straßenlaterne vor dem Haus. Nikolai legte Kathi auf das dunkelrote Satinlaken des Doppelbetts und kroch über sie. Er sah in ihre Augen, strich ihr eine Haarsträhne aus dem Gesicht und lächelte sie an. »Weißt du was mir gestern Abend schon aufgefallen ist? Du hast manchmal so einen Blick drauf, so unschuldig und gleichzeitig so herausfordernd.«

Kathi lächelte. »Damit schüchtere ich sonst die Bösewichte ein. Zum Glück gehörst du nicht zu ihnen.«

»Ich könnte dich trotzdem jedes Mal auffressen.« Gesagt getan, Nikolai fiel über sie her und bedeckte ihren Körper mit wilden Küssen, beginnend am Hals, über die Schultern zum Bauchnabel. Auf dem Rücken liegend, wand Kathi sich wollüstig unter ihm und krallte ihre Finger ins Laken. Einen

Moment wusste sie nicht wie ihr geschah, er drehte sie mit einem Ruck um und machte sich über ihren Po her. Er knabberte daran und arbeitete sich über die Innenseiten der Oberschenkel bis zu den Zehen vor. Kathi bibberte vor Erregung, als es auf der anderen Seite wieder zurück bis zu den Kniekehlen ging. »Mmmhhh, ist das sexy«, schnurrte Nikolai und küsste sie abwechselnd auf beiden Seiten. »Wie heißt diese Stelle eigentlich?«

Kathi kicherte. »Kniekehle.«

»Nein, ich meinte den Fachbegriff.«

»Sorry, mein Latein ist etwas eingerostet.«

Beide mussten lachen. Nikolais Lippen kehrten zu Kathis Po zurück. Plötzlich schnappten seine Zähne nach dem String und zogen ihn gekonnt ohne Pause ganz herunter. Kathi räkelte sich lasziv auf dem Bett und war so abgelenkt, dass sie nicht mitbekam, wie Nikolai seine Shorts auszog und sich ein Kondom überstreifte. Sie bemerkte es erst, als er neben ihr lag, sich von hinten an sie drückte und sie sein bestes Stück zwischen den Pobacken spürte. Sie drehte ihren Kopf zu ihm um und bot ihm ihre Lippen zum Kuss an. Dabei schob er den linken Arm unter ihren Körper, um sie zu umarmen. Sie hob ihr Becken etwas an und er drang mit einem entspannten Aaahhhh! in ihr feuchtes, heißes Paradies.

Kathi stöhnte kaum hörbar, als ihr Körper sich an ihn gewöhnte, dann lauter und lustvoller, als Nikolais andere Hand von der Hüfte in ihren Schoß wanderte, wo er wieder ihr Juwel zu massieren begann. Im selben Rhythmus wie seine Stöße, zuerst raffiniert träge, dann ruckartig, hart und tief. Sie spürte seinen heißen Atem in ihrem Nacken, der immer mehr zu einem heftigen Keuchen wurde. Automatisch keuchte sie mit, lang würde es nicht mehr dauern bis sie zum Höhepunkt käme. Doch sie wollte es noch hinauszögern und gemeinsam mit Nikolai einen Orgasmus erleben, der ihre Körper flutete.

Als Kathi ihn nach einer Weile stillen Genusses freigab und sie sich einander zudrehten, tanzte plötzlich das Licht eines Scheinwerfers von einem unten vorbeifahrenden Auto an der Decke entlang. Durch die Reflektion blitzte es in Nikolais Augen.

»Da, das waren sie, ich hab sie gesehen!«, rief sie freudig.

»Was denn?«

»Deine Sexteilchen.«

»Wo?«

»In deinen Augen, gerade eben, sie wuselten wie verrückt.«

Er seufzte. »Das wars dann mit der Theorie, am Montag schreibe ich meine Doktorarbeit um.« Er küsste Kathi, legte sich entspannt zurück und zog sie auf sich. Es dauerte nicht lang, bis sie wieder etwas Hartes, Großes spürte.

Oh what a night!

5

Als Kathi die Augen aufschlug, war es bereits hell. Durch die Alu-Jalousien blinzelten ein paar Sonnenstrahlen. Sie sah zum Wecker auf dem Nachttisch, 9:22 Uhr. Viel zu früh für Samstag. Sie drehte sich zu Nikolai, der noch friedlich schlummerte. Er lag auf der Seite, ihr zugewandt, ein Bein abgewinkelt und nur bis zum Bauchnabel mit dem Laken zugedeckt. *Yeah, du liegst neben einem Traummann im Bett!* Sie betrachtete *ihr* Schmuckstück. Dabei fielen ihr seine gut geformten Augenbrauen auf und seine markante Stirn, die sonst die Locken verdeckten. Diese teilten sich an einem Wirbel, nicht genau in der Mitte, aber das machte sein tolles Gesicht noch interessanter. Seine Lider zuckten, sicher träumte er, vielleicht von ihr und der letzten, unbeschreiblich schönen Nacht. Irgendwie spürte sie ihn immer noch, seine Hände, seine Zärtlichkeit und sie fühlte sich sexy, begehrt, einfach sauwohl. Sie durfte gar nicht dran denken, unter welchen Umständen sie sich kennenlernten, noch vor ein paar Tagen hielt sie ihn für schwul.

Allmächd! Sie biss in die Bettdecke, um ein Lachen zu ersticken. Am liebsten würde sie seinen tollen Körper berühren und ihn küssen. Aber sie wollte ihn nicht aufwecken, jetzt noch nicht. Obwohl bei diesem Anblick ihre Sexteilchen wieder zu wuseln begannen. *Diesen süßen Einstein gibst du nicht wieder her. – Und du hast gestern vor dem Zubettgehen die Zähne nicht geputzt!* Das kam so gut wie nie vor, aber einmal konnte man schon mal eine Ausnahme machen. Sie hauchte in ihre Hand. Gott sei Dank, kein Mundgeruch. Zur Sicherheit schnupperte sie an sich und fand ihren Duft okay, obwohl sie letzte Nacht ganz schön ins Schwitzen gekommen war.

Kathi sah zu dem Bild über ihr an der Wand. Die Fotografie zeigte eine Panoramalandschaft am Meer mit Leuchtturm, grasbewachsenen Dünen und vom Salzwasser gebleichte Holzpfähle, die einmal ein Bootssteg gewesen sein könnten. Neugierig geworden, stützte sie sich auf die Ellenbogen und ließ ihren Blick durch das große Schlafzimmer schweifen, in dem nur das King-Size-Bett stand, in dem sie lagen, und gegenüber eine halbhohe Kommode mit einem 30-Zoll-Fernsehgerät. Die offenstehende Verbindungstür gab den Blick in einen begehbaren Kleiderschrank frei. So einer würde ihr auch gefallen, leider war ihre Wohnung zu klein dafür. Plötzlich nahm sie eine Bewegung wahr, sie drehte sich um.

»Guten Morgen«, lächelte Nikolai. »Gut geschlafen?«

»Guten Morgen, himmlisch. Und du?«

»Ich auch.« Er küsste sie nur flüchtig, strich über ihre nackte Schulter, fuhr mit dem Handrücken über ihre Wangen und zeichnete mit seinem Mittelfinger ihre Augenbrauen, die Nase und das Kinn nach. Mit geschlossenen Augen ließ sie ihn gewähren, bis sie sein bärtiges Kinn an ihrem Hals spürte. Weich, keine Spur von Kratzen – ein tolles Gefühl, wie gestern Abend. »Lust auf ne Dusche?«

»Jetzt schon?«

»Also ich finde, dass ich stinke wie ein Biber.«

Kathi roch ganz intensiv an seinem Hals. »Also, wenn alle Biber so gut riechen wie du ...«

Nikolai seufzte und fragte sich, wie er sie aus dem Bett kriegen könnte, er hatte etwas Besonderes im Sinn. Er knabberte wieder an ihrem Hals und stieß Grunzlaute aus wie ein Schwein.

»Seit wann grunzen Biber?«

Nikolai grinste. »Seit heute.« Er grunzte weiter und kitzelte Kathi überall.

Sie lachte, japste nach Luft und quiekte wie ein Ferkel. »Na warte!«, drohte sie und befreite sich. Sie packte eines der Kissen und schlug nach ihm.

»Hilfe, ich werde verprügelt«, rief Nikolai im Scherz. »Hilfe, Polizei!«

Da traf ihn schon der zweite Kissenschlag. »Die ist schon hier, du Verbrecher!« Schlag drei und vier folgten ohne Pause.

»Hilfe! Rettet mich denn keiner vor dieser wildgewordenen Furie!« Er rappelte sich auf und bevor Kathi zum nächsten Schlag ausholen wollte, bekam er sie an den Handgelenken zu fassen.

Augenblicklich ließ sie das Kissen fallen. »Bitte, bitte tu mir nichts«, flehte sie grinsend.

Nikolai dachte, Kathi würde aufgeben und ließ sie wieder los. Wie geplant, fiel er auf dieses Ablenkungsmanöver herein. Sie hüpfte lachend aus dem Bett.

»Du freches Biest!« Er sprang ihr hinterher und erwischte sie mit beiden Händen an der Taille. »Hab dich!«, triumphierte er mit heraushängender Zunge und hielt sie fest.

»Hilfe, ein Triebtäter!«

Aber Kathi wollte gar nicht fliehen, sie ließ sich von hinten umarmen und aus dem Schlafzimmer manövrieren. Sie ahnte, wohin es ging, ins Bad. Nikolai schob sie sanft in die Dusche, gesellte sich dazu und drehte das Wasser auf. Immer wieder küssend, seifte er sie zunächst mit seinem Duschgel ein, der herbe Duft würde ihr sicher nicht schaden. Plötzlich griff er an ihre Pobacken, hob sie ein Stück hoch und drückte sie an die gefliese Wand. *Oh mein Gott!* dachte Kathi. *Ist das geil!* Sie konnte sich beim besten Willen nicht mehr erinnern, wann sie das letzte Mal Sex unter der Dusche hatte.

Nach diesem herrlichen Samstagmorgen-Quickie überließ Nikolai Kathi seinen weichen Frottee-Bademantel. Er zog eine graue, dünne Jogginghose und ein T-Shirt an, beides etwas oversized. Aber in diesem Schlabberlook sah er ausgesprochen sexy aus. Er könnte auch in einem Jutesack herumlaufen, Kathi wusste ja, was drin steckte.

Arm in Arm gingen sie in die Küche.

»Was möchtest du frühstücken?«, fragte er.

»Was hast du alles da?«

»Was das Herz begehrt«, grinste er. »Da ich nicht wusste, was du gern magst, habe ich einfach alles gekauft.«

»Du kannst wohl in die Zukunft sehen.«

»Natürlich, ich bin Physiker, wir haben eine eingebaute Kristallkugel im Kopf.« Dann deutete er schmunzelnd auf den Kühlschrank. Auf dem LED-Display an der Tür war folgendes zu lesen: ›Hallo, ihr zwei Turteltäubchen. Have fun with breakfast. LG Julian ☺.‹

»Wann hat er die Nachricht geschickt?«

Nikolai musste näher ran, weil er es ohne Brille nicht lesen konnte. »Kurz nach halb acht.«

»Der ist samstags aber früh auf.«

»Die Klebers sind Frühaufsteher.« Nikolai zog Kathi an der Bademantel-Kordel zu sich und küsste sie. »Was magst du, Kaffee, Milchkaffee, Capu? Meine Maschine kann alles.«

Kathi warf einen Blick zu dem stählernen Hightech-Ungetüm auf der Anrichte, das es locker mit jeder Profimaschine beim Italiener aufnehmen konnte. »Milchkaffee.«

»Okay, dann sind wir schon zwei. Sekt hätte ich auch da.«

»Lieber Orangensaft.«

»Okay, und zu essen? Obstsalat, Brötchen mit Butter, Marmelade, Honig, Joghurt, Cornflakes, Haferflocken, Amaranth-Pops, Crunchy-Dinkel-Müsli …«

Oh, er lebt aber gesund! »Das letzte hört sich gut an.«

»Gute Wahl, mit Milch oder Kokos-Bananen-Smoothie, das schmeckt noch leckerer.«

»Nehme ich.«

»Und sonst: Eier, Bacon, Käse, Toast?«

»Ist ja fast wie im Hotel!«, freute sich Kathi.

»Natürlich, Casa Liebermann! – Magst du Eier?«

»Wenns keine Umstände macht.«

Er grinste. »Hätte ich bloß nichts gesagt.«

Kuss.

»Dann zwei Spiegeleier auf beiden Seiten gebraten mit drei Scheiben Bacon und Toast.«

»Á la Englishman in New York, so mag ich sie auch am liebsten. Ich habe aber nur Vollkorntoast.«

»Perfekt.«

Nach einem weiteren Kuss ließ Nikolai Kathi wieder los. »Sehr wohl, gnä' Frau, zu Ihren Diensten.« Er führte sie an den Esstisch und rückte den Stuhl zurecht. »Bitte sehr.«

»Lass, ich helfe dir.«

»Musst du nicht.«

»Nicht mal den Tisch decken?«

»Nein!«, kam es bestimmend.

»Okay, Dankeschön.« Kathi setzte sich. Sie konnte sich auch nicht mehr erinnern, wann ein Mann das letzte Mal für sie Frühstück gemacht hatte. Die Spiegeleier servierte Nikolai punktgenau mit goldbraunem Rand, genau wie sie diese mochte, sogar die Brotscheiben sprangen wie auf Kommando aus dem Toaster. Perfekt.

»Komm mal mit«, sagte Nikolai nach dem ausgiebigen Frühstück. Er stand auf und nahm Kathi an der Hand. »Ich zeige dir die Wohnung, damit du weißt, wo alles ist.«
»Okay, bevor ich mich verlaufe.«
»Am besten, du nimmst immer dein Handy mit, dann kann ich dich orten.«
Er führte sie noch einmal ins Schlafzimmer. Der vermeintlich begehbare Kleiderschrank entpuppte sich als richtiges Ankleidezimmer, in dem sogar ein Zweisitzer-Sofa und ein großer drehbarer, Standspiegel Platz fanden. Von hier gelangte man durch eine Extra-Verbindungstür in den Fitnessraum mit Ruder- und Kinesisgerät, Spinning-Fahrrad und einer Bauchbank.
Kathi wunderte sich. »Keine Hantelbank und Gewichte?«
»Brauche ich nicht, war noch nie mein Ding. Mit dem Kinesis-Gerät kann ich über 100 verschiedene Übungen machen und mit den Seilzügen zerrt man sich nichts.«
»Das ist ein Argument.«

Dem Fitnessraum gegenüber lag das Arbeits- und Gästezimmer, in das er sie einen Blick reinwerfen ließ. Auch hier war alles sehr ordentlich aufgeräumt wie in der ganzen Wohnung, Kathi hatte schon andere Junggesellen-Domizile gesehen.

»Last but not least, das Wohnzimmer.« Nikolai öffnete die Doppeltür nebenan. »Jalousien hochfahren«, sagte er, augenblicklich setzten sie sich an allen vier Fenstern in Bewegung.

»Wow!«, staunte Kathi. »Ist das riesig, das sind mindestens 40 Quadratmeter!«

»Gut geschätzt, fühl dich wie zu Hause.«

Kathi sah sich um, Nikolai war ein Fan von ›weniger ist mehr‹. Das Mobiliar bestand aus einer großen, mausgrauen Polsterlandschaft in L-Form, einem Designertisch aus Alu und Glas, einem hohen Schrank und zwei Low-Boards in Lackschwarz. Und es gab das, was in der Wohnung eines Mannes nie fehlte, ein Fernseher, größer als der von Kathi, und ein Stereo-Equipment vom Feinsten mit Plattenspieler aus schwerem Glas sowie eine große Sammlung von Vinyl-Scheiben.

»Welche Musik hörst du so?«, fragte Kathi.

»Querbeet, Rock, Indie, Hiphop, Techno, Oldies, Klassik – eigentlich alles, wonach mir der Sinn steht.«

»Wie ich, nur auf CD.«

»Tja, und das sind die Liebermanns.« Nikolai zeigte auf ein gerahmtes Farbfoto. »Es wurde vor vier Jahren gemacht, am 80. Geburtstag meiner Großmutter. Das ist die Lady in der Mitte, wie du unschwer erkennen kannst. Daneben meine Eltern und meine ältere Schwester Nina, sie ist jetzt 41. Die beiden links sind Tatjana, 35, und unser Nesthäkchen Anna. Sie ist 25 und studiert noch. Nina und Tati sind verheiratet und haben je zwei Kinder. Naja, und den langen Lulatsch hinten links kennst du ja.« Kathi wunderte sich ein wenig, Nikolai war der einzige Lockenkopf in der Familie, sein Vater war kahlköpfig, seine Mutter und die Schwestern hatten brünettes, langes und glattes Haar. »Keine Sorge, ich bin nicht adoptiert, die Locken habe ich von meinem Vater. Bei seinem *Kurzhaarschnitt* erkennt man das nicht.«

»Du hast dich in vier Jahren kaum verändert.«

»Das will ich meinen! Liegt an der ekelhaft gesunden Ernährung.«

Kathi lachte. »Und an sündhaft teuren Cremes mit Kaviar und Goldpartikeln.«

»Und seit gestern eine Extradosis Sexteilchen.« Er nahm Kathi in den Arm und drückte sie. »Schön, dass es dich gibt.« Kuss.

»Schön, dass es dich gibt.« Kuss.

»Schön, so einen große Familie zu haben.«

»Hast du Geschwister?«

»Nein, ich bin ein Einzelkind. Meine Mutter konnte nach mir keine mehr bekommen.«

»Oh!«

»Naja, war halt so, aber ich hatte eine sehr nette Oma.«

»Hast du schon erzählt, sie hat dir ihre Wohnung vererbt.«

»Nicht nur deswegen.«

»Aber deine Eltern leben noch, oder?«

»Ja, auf Mallorca. Seit vier Jahren genießen sie dort ihr Rentnerdasein.«

»Was haben sie beruflich gemacht?«

»Sie waren Zahnärzte.«

Nikolai schnitt eine Grimasse. »Autsch!«

»Sie waren nette Zahnärzte«, beruhigte Kathi ihn.

»Dann ist es ja gut. Meine Eltern arbeiten noch, sie sind beide Ingenieure bei einer Firma für Umwelttechnik.«

»Besuchst du sie oft?«

»Alle zwei Monate etwa, Königswinter ist ja nicht so weit weg. Und du?«

»Zwei- bis dreimal im Jahr, meistens zu den Feiertagen, sofern ich nicht arbeiten muss. Sonst telefonieren wir.«

»Aber du hast immer einen Platz, wo du Urlaub machen kannst. Du brauchst nur den Flug.«

»Stimmt, aber ich fliege auch gern weiter weg.«

»Wohin?«

»USA, Mexiko, Südafrika ...«

»Ey, da war ich auch schon überall«, sagte Nikolai.

»Nach Japan würde ich gern mal.«

»Das ist ja cool, ich auch. Fliegen wir doch zusammen.«

»Bin dabei.«

Die Schallplatten waren nicht die einzigen Retro-Artefakte in Nikolais Wohnzimmer. An der Wand, hinter der HiFi-Anlage hingen in Zweierreihen sechs, sehr alte Comic-Hefte in edlen Glasrahmen. Michel Vaillant stach Kathi regelrecht ins Auge, sie grinste, der Rennfahrer passte zu ihm. Als Kontrast daneben: Prinz Eisenherz in Schwarz-weiß, gezeichnet von Hal Foster in Englisch.

»Wow, die sind ja uralt!«, staunte sie.

»Das ist ein limitierter Nachdruck von 1969«, erklärte Nikolai. »Das Original ist von 1937. Und das sind meine Lieblinge.« Nikolai zeigte auf die Bilder mit dem Sci-Fi-Touch. »Das ist aus dem Sternenwanderer von Moebius. Davon habe ich alle sechs Bände, das ist der erste von 1987.«

»Auch in Französisch?«

»Nein auf Deutsch, isch spreche leidör kein Fraaannsöösisch, Madame«, verballhornte er gekonnt.

»Isch leidör auch nischt, Monsieur«, erwiderte Kathi. »Aber isch kann Fraaannsöösiisch im Bett.«

»Das müssään Sie mir beweisen.« Er grinste und zog sie an der Bademantel-Kordel zu sich.

Kathi verschränkte ihre Hände in seinem Nacken. Sie hatte gestern schon bemerkt, dass er das gern mochte. Sobald sie ihn dort berührte, schnurrte er wie ein Tiger. Sie ließ wieder von seinem Hals ab und ihre Hände langsam seinen Rücken hinunter wandern. Nikolai zuckte kurz zusammen, als sie in seinen Hosenbund tauchten und die Pobacken berührten.

»Ey, was machst du?«

»Ehrlich gesagt, auf Laufen habe ich heute keine Lust.«

Nikolai grinste. »Ich auch nicht.«

»Dann lassen wir es ausfallen, außerdem hast du dir eine Belohnung für das tolle Frühstück verdient.« Während Kathi ihm die Pants langsam herunterschob und sein Prachtstück freilegte, ging sie in die Knie. *Das nenne ich eine mundgerechte Portion.* Genießerisch lächelnd begann sie, es mit der Zunge zu liebkosen. Sie vernahm Nikolais Duft, vermischt mit einem Hauch des Duschgels, würzig, erdig, maskulin.

Holy crap! Nikolai suchte rückwärtig Halt am Schrank. Zuerst nahm er die Arme nach oben und bog sich ihr entgegen, damit sie ihn tiefer aufnehmen konnte. Ihre langsamen Bewegungen trieben ihn beinahe zum Wahnsinn. Dann ließ er die Arme wieder fallen und vergrub seine Hände in ihrem Haar. Eine Weile war er unfähig, sich zu bewegen.

Plötzlich spürte Kathi, wie es in seinem Körper vibrierte und er in immer kürzeren Intervallen zuckte. Schließlich befreite er seine Lust mit einem ekstatischen Schrei und sie schmeckte etwas Salziges im Mund.

Sie richtete sich wieder auf, zog dabei seine Hosen hoch und küsste ihn ohne Vorwarnung. Nikolai atmete tiefenentspannt. Sie leckte verführerisch über ihre Lippen und ihre blauen Augen strahlten wieder mit seinen grünen um die Wette. »Besser als Laufen, oder?«

Er lächelte. »Besser als jeder Sport, ich glaube, so fühlt sich ein Astronaut, wenn er ins All geschossen wird.«

»Yippiieehh!«, rief Kathi und hüpfte mit hochgestreckten Armen auf der Stelle. »Dann hat sich gerade ein Traum von dir erfüllt! Ich denke, bis zum Mond haben wirs geschafft.«

»Mond? – Ha!« Er nahm sie wieder in die Arme und küsste sie. »Das war weiter als zum Mars. Viel, viel weiter und viel, viel heißer. Der sonnennächste Planet ist Merkur.«

»Dann willkommen zurück auf der Erde, Mercurio«, neckte sie ihn. »Und was machen wir jetzt?«

Nikolai sah auf die Uhr am Receiver. »Gleich zwölf.« Dann warf er einen Blick zur Fensterfront. »Blauer Himmel, die Sonne scheint, hm … hast du Lust auf einen Stadtbummel? Ich könnte ne neue Jeans gebrauchen, die vom Dienstag ist leider hinüber.«

»Kann ich mir vorstellen, das Säurezeug hat das Indigo wahrscheinlich ausgebleicht.«

»Ja, sie taugt nur noch zum Arbeiten am Auto oder zum Putzen.«

»Das machst du selber?«

»Klar, einmal pro Woche saugen, durchwischen und abstauben.«

»Respekt.«

»Ich putze auch die Fenster selber, obwohl ich es hasse.«

»Wie ich.«

»Einmal alle drei Monate reicht.«

»Sehe ich auch so.«

Sie fuhren mit dem 36er Bus in die Stadt. An der Haltestelle Hauptmarkt leerte sich der Bus, bis auf eine Handvoll Fahrgäste. Die achtköpfige Reisegruppe, die mit Kathi und Nikolai ausstieg und, den Prospekten zu urteilen, von einem Besuch im Dokuzentrum zurückkehrte, steuerte geradewegs den Hauptmarkt an. Das Zwölf-Uhr-Läuten mit dem Männleinlaufen an der Frauenkirche hatten sie zwar verpasst, aber es gab ja noch andere knipsenswerte Objekte der Begierde, wie den Schönen Brunnen und den Wochenmarkt. Jetzt, kurz nach eins, wimmelte es hier von Touristen und Leuten, die ihre Einkäufe erledigten. An diesem Samstag gab es ein noch größeres Angebot als sonst. An über zehn Sonderständen boten Händler und Erzeuger Biowaren aus der Metropolregion an. In zwei Pavillons konnte man fränkische Schmankerl verzehren: Schäufele mit Kloß, Karpfen und Forellen aus dem Aischgrund, frisch und geräuchert, und natürlich Nürnberger Bratwürste – auf dem Teller mit Kraut oder als ›Drei im Weckla‹ gleich auf die Hand.

»Mmmhhh!«, schwärmte Kathi im Vorbeigehen.

»Hast du schon wieder Hunger?«

»Nein, aber es riecht so gut.«

»Stimmt.« Dann überraschte Nikolai sie mit einem besonderen Vorschlag. »Was hältst du davon, wenn ich uns heute Abend was koche?«

Dann komme ich auch mal in den Genuss seiner Kochkünste. Kathi erinnerte sich gerade an Carmen Bertls Worte. ›Ich kann Ihnen sagen, die Frau die den abkriegt, kann sich glücklich schätzen.‹ Es musste kein Roastbeef im Brotteig sein, welche Frau würde zu so einem Angebot nein sagen. »Okay, aber ich muss vorher kurz nach Hause, was anderes Anziehen und nach der Post sehen. Dann können wir mit meinem Wagen zurückfahren. Du könntest auch bei mir kochen, aber ich befürchte meine Küche ist nicht so gut ausgestattet wie deine.«

»Was ich dort gesehen habe, reicht nicht nur für Salami-burger.«

»Kommt drauf an, was du machen willst.«

»Die Forellen dort sehen wirklich gut aus. Was meinst du, die in Blätterteig mit Blattspinat und Frischkäse?«

»Klingt lecker, aber dann müssen wir zu dir, Niko. Ich hab keinen Backofen, nur ein Mikrowelle mit Grill.«

»Okay, bis auf den Fisch habe ich alle Zutaten zu Hause.«

»Perfekt!«

»Ich wollte das schon Dienstagabend mit Lachs machen, aber da hatte ich zum Kochen keine Lust mehr. Der Fisch liegt gut im Tiefkühlfach.«

Da sie nicht genau wussten, wie lange sie in der Stadt unterwegs wären, bestellte Nikolai zwei frische Forellen beim Händler.

Während ihres Bummels durch die Fußgängerzone, mal händchenhaltend, mal eng umschlungen, erstand Nikolai eine neue Jeans, ein schwarzes, körpernah geschnittenes Oberhemd. Kathi konnte nicht an den antiklederen Biker-Boots in ihrer Lieblings-Boutique vorbeigehen. Nach einem Abstecher zum Café Beer in der Breiten Gasse mit leckeren Apfel-Schoko-Törtchen und Zimt-Cappuccino holten sie die Forellen ab. Nikolai ließ sie gleich ausnehmen und filetieren.

»Brauchen wir noch was?«, fragte Kathi nach dem Bezahlen. Nikolai war damit nicht einverstanden, aber sie bestand darauf. Wenn er schon für sie beide kocht, dann wollte sie wenigstens den finanziellen Part übernehmen.

»Mal überlegen … Zitronen.«

Die gab es beim Obsthändler gegenüber, natürlich Bio, wie die Äpfel, Bananen und Weintrauben, die sie sich einpacken ließen. Am Stand daneben suchte Kathi den Wein fürs Abendessen aus, ein Riesling aus Mainfranken. Wegen der vielen Einkaufstaschen nahmen sie ein Taxi zu ihrer Wohnung.

»Sieh dich ruhig um, die Küche kennst du ja schon. Und fühl dich wie zu Hause.« Kathi schickte Nikolai allein los. »Ich brauche nicht lange.« In der Zwischenzeit sah sie ihre Post durch, checkte den Anrufbeantworter und packte genug Sachen zum Anziehen für Drunter und Drüber in einen großen Shopper. Sie tauschte die kleine Handtasche von gestern gegen ihre große und holte noch ein paar Schminkutensilien aus dem Bad. Weil sie vor Montag nicht mehr nach Hause käme, steckte sie auch ihre Dienstwaffe samt Holster und das Pad ein.

»Diese Aussicht ist wirklich der Hammer«, schwärmte Nikolai, als Kathi sich zu ihm auf die Dachterrasse gesellte.

»Im Sommer sitze ich abends oft hier draußen und am Wochenende zum Frühstück. Wenn es nicht so bewölkt wäre, könnten wir uns später den Sonnenuntergang ansehen. Der ist toll, vom Zeltner Schloss drüben sieht man dann nur noch die Umrisse, es wirkt wie eine Burg aus dem Märchen.«

»Schade, dafür habe ich einen Backofen, damit ich dich heute bekochen kann.«

Kathi grinste. »Es gibt noch viele Sonnenuntergänge.«

Auf der Fahrt zu Nikolai begann es zu regnen. Zum Glück fanden sie einen Parkplatz direkt vor dem Haus. Sie schafften es gerade noch zur Tür, bevor es wie aus allen Kübeln zu gießen begann. In der Küche bestückte Nikolai seinen Kühlschrank mit Fisch und Wein und holte ein kleines Päckchen Blattspinat aus dem Gefrierabteil.

»Der kann jetzt etwas auftauen, den Rest besorgt später die Mikrowelle. – Wann wollen wir zu Abend essen, wäre dir halb acht Recht?«

»Ist mir Recht.«

»Dann muss ich in einer dreiviertel Stunde anfangen.«

»Müssen *wir*«, verbesserte Kathi.

»Nichts da!«, erwiderte Nikolai. »Ich sagte *ich* koche.«

»Ich will aber mithelfen.«

»Du darfst dem Chef höchstens assistieren.«

Kathis Assistenz-Tätigkeit beschränkte sich aufs Zitrone halbieren, Backpapier aufs Blech legen, Tisch decken und den Koch im Auge behalten. Nikolai träufelte etwas Zitronensaft auf die Forellenfilets und würzte sie beidseitig mit Salz und Pfeffer. Aus dem aufgetauten Blattspinat drückte er das Wasser heraus und vermischte ihn mit geriebener Muskatnuss.

»Salz kann man sich sparen, das im Frischkäse reicht völlig«, erklärte er und rollte den fertigen Blätterteig auf dem vorbereiteten Blech aus. Er strich die weiße Creme mittig auf den Teig, darauf häufte er die Hälfte des Blattspinats, die Fischfilets legte er der Länge nach darauf, zum Schluss eine weitere Lage Spinat. Dann strich er alle Ränder mit Eigelb ein, schlug die Seiten der Länge nach übereinander, drückte die Enden zusammen und bepinselte alles noch einmal mit Eigelb.

»So, ab in den Ofen.« Nikolai schloss die Klappe und stellte die Zeit ein.

»Von wem hast du Kochen gelernt?«, fragte eine staunende Kathi beim Händewaschen.

»Zu Hause, ich hatte das Glück, während des Studiums bei meinen Eltern wohnen zu können. Meine Mutter arbeitete ja, also kochte meine Großmutter für uns. Sie legte mir nah, es zu lernen. Sie sagte ›Damit kannst die Frauen beeindrucken, Suniischka‹.«

»Suni- was?«

»Suniischka«, wiederholte Nikolai. »Das ist russisch und bedeutet Söhnchen oder Liebling, such es dir aus.« Er legte das Handtuch weg und seine Arme um Kathis Taille.

»Und Suniischka, hat es funktioniert?«, fragte sie keck.

»Nicht immer.«

»Glaube ich dir nicht, an der Uni werden dir die Mädels scharenweise hinterhergelaufen sein.«

»Mir?« Nikolai kräuselte die Nase. »Nein! Aber es lag nicht am Kochen, soweit kam es gar nicht. Irgendetwas muss ich falsch gemacht haben. Später hatte ich eine längere Beziehung, dann bin ich wegen des Job umgezogen.«

»Und aus der Ferne hat es nicht geklappt.«

»Genau.«

»Wie bei mir.«

»Okay.«

»Ich war sogar verheiratet, fünf Jahre. Vier davon hab ich in Kempten gelebt, dann bin ich nach München wegen der Karriere. Seit zehn Jahren bin ich geschieden. Meine Partner danach hatten kein Verständnis fürs Karriere machen.«

»Willkommen im Club. Manche Leute können nicht verstehen, dass einem der Job Spaß macht und Überstunden okay sind, wenn man es nicht übertreibt. Julian hält mir das vor, viele Frauen wären damit nicht einverstanden.«

»Wenn einer nie zu Hause ist, verständlich«, sagte Kathi. »Es gibt Jobs, wie meinen, da kann immer was dazwischen kommen. Ich warne dich schon mal vor.«

Nikolai lachte. »Okay, ich weiß Bescheid.«

»Weißt du, dass Julian letzte Woche sagte, ich hätte null Ahnung von Frauen.«

»Ha!«, japste Kathi. »Der spinnt doch! Sag ihm, er liegt völlig daneben. Ich glaube, ich muss mal ein ernstes Wörtchen mit ihm reden.«

»Er sagt sogar noch schlimmere Sachen«, grinste Nikolai. »Er meint, ich sehe aus wie ein Sex-Gott und …«

Weiter kam er nicht, weil Kathi ihn küsste. »Da hat er ausnahmsweise Recht, du bist ein Sex-Gott und kannst kochen. Ich bin sogar schwer beeindruckt, sag das deiner Oma. Ratschläge von Großmüttern sollte man beherzigen, sie haben meistens Recht.« Die Sache mit dem blödstudierten Genie mit Beziehungsphobie, welches sich kein Butterbrot schmieren konnte, stimmte in Nikolais Fall zum Glück nicht.

»Ich richte es ihr aus«, sagte er. »Ich koche ganz gern.«

»Auch für dich allein?«

»Ja, ich finde das sehr entspannend.«

Von wegen, in dieser Küche kocht keiner. Diese Unterstellung vom Dienstag nahm Kathi wieder zurück. »Wenn du mal nicht mehr Physiker sein willst, kannst du ja ein Restaurant eröffnen.«

»Und wenn du mal nicht mehr Kommissarin sein willst, steigst du bei mir ein«, konterte er. »Deine Salamiburger kommen dann ganz oben auf die Karte.«

»Abgemacht.«

Der Backofen piepste, die 25 Minuten waren um.

»Ah, das Essen ist fertig!«, freute sich Nikolai.

Während er den Fisch portionierte, holte Kathi den Wein aus dem Kühlschrank und öffnete die Flasche. »Ich gieße uns schon mal ein.«

»Setz dich, ich bin gleich soweit.« Nikolai hievte die Teigrolle in einem Stück auf eine Porzellanplatte und brachte sie zum Tisch. »Voilà, fränggische Forelle im Blädderdeich.«

Kathi lachte. »Schaut fränggisch legga aus.«

»Du wirst sehen, sie schmeckt auch so.« Dann stieß er mit ihr an. »Schön, dass du hier bist.«

»Schön, dass ich hier sein darf.«

»Wann immer du willst.«

»Die Einladung zu mir steht trotzdem«, sagte Kathi. »Bei meinen Kochkünsten wird das allerdings eine Herausforderung.«

»Ich bringe es dir bei, ist wirklich nicht schwer. Oder wir machen es so, du suchst den Wein aus und ich koche. Dieser Riesling ist super.«

»Ich dachte, der passt am besten zur Forelle. Ich kann zwar nicht kochen, aber beim Wein treffe ich meistens ins Schwarze.«

»Aber du machst fantastische Burger.«

»Du kennst bisher nur einen.«

»Die anderen schmecken sicher genauso gut.«

»Mmmhhh, der Fisch ist ja fantastisch«, schwärmte Kathi nach dem ersten Bissen.

An diesem Samstag schmeckte alles fantastisch, das Essen der Wein und die Nachspeisen später im Bett.

Der Sonntag bewies, dass alles steigerungsfähig ist. Wie zwei Embryos aneinandergeschmiegt, wachten sie fast zur selben Zeit auf. Der Regen trommelte gegen die Fensterscheiben.

Gestern, nach dem Abendessen, hatte es für eine Stunde aufgehört, dann war es wieder losgegangen. Ein ständiges Auf und Ab, irgendwann hörten sie nicht mehr hin.

»Guten Morgen«, hauchte Nikolai in Kathis Ohr, worauf sie sich umdrehte und lächelte.

»Guten Morgen, Suniischka.« Kuss.

»Gut geschlafen?« Kuss.

»Wie ein Stein.« Er streckte sich und machte sich ganz lang. »Ganz schön dunkel«, sagte er zum Fenster blickend.

»Es regnet.«

»Noch immer oder schon wieder?«

»Keine Ahnung.«

»Dann bleiben wir im Bett!«, beschloss Nikolai. »Wir gehen nicht raus, wenns regnet.«

»Wie in Rain Man mit Dustin Hoffman?«

»Ja, genau so! – Ich liebe die Szene, in der er das Stöhnen von Tom Cruise beim Sex mit seiner Freundin imitiert und plötzlich im Zimmer steht.«

»Zum Glück ist hier keiner, der uns stöhnen hört.«

»Und das ist gut so. Außerdem habe ich eine gute Alarmanlage, hier kommt keiner rein und stört uns, während ich ...«, plötzlich biss Nikolai sie zärtlich in den Hals, » ...dich vernasche, mit Haut und Haaren!« Und schon war sein Kopf unter der Decke verschwunden. Sie spürte seine Lippen zwischen ihren Brüsten, er machte einen Abstecher nach links und nach rechts, dann ließ er sie weiter hinabgleiten bis zu ihren Hüften. »Diese Stelle liebe ich«, sagte er. »An der sich der Beckenknochen abzeichnet.« Er küsste sie dort. »Ich finde das so sexy und es fühlt sich so gut an. Bestimmt schmeckt es auch gut mit Honig, Schokolade oder Sahne oder alles gemischt, mmmhhh ...«

Sie kicherte. »Das gibt aber eine ganz schöne Sauerei.«

»Ich liebe Sauereien, wir können danach ja duschen.« Er leckte über seine neue Lieblingsstelle und fand, dass sie pur auch sehr lecker schmeckte. Plötzlich tauchte sein Kopf zwischen Kathis Beine.

Sie stöhnte, als er sie mit Fingern und Zunge verwöhnte, aber er ließ sie noch nicht kommen. *Du Scheusal!*

Er leckte sich über ihren Bauch wieder nach oben und tauchte wieder auf. »Mmmhhh, du schmeckst so gut«, schwärmte er, als er an ihrem Hals angekommen war. »Pfirsich mit Meersalz, mmmhhh ... leckerrrrrrrr.«

Kathi vernahm ihren, in seinen Barthaaren gefangenen Duft, als er sie küsste. Er bohrte seine Zunge tief in ihren Mund, und sie hielt sie fest und saugte daran.

Langsam zog er sie wieder heraus. »Bleib so liegen«, befahl er und schlug die Decke zurück. »Bin gleich wieder da.« Mit einem Satz war er aus dem Bett und kam nur wenige Minuten später mit einem Piccolo zurück. Sekt aus dem Bauchnabel schlürfen ist nett, aber etwas für Anfänger, Nikolai war ein Profi. Er kniete sich vor Kathi aufs Bett und legte ihre Beine auf seine Schultern. Sie wusste genau, was er jetzt vorhatte, er wollte ein Sektfrühstück der besonderen Art. Er wollte ihn aus ihrer Blüte trinken und sie prickelnd zum Höhepunkt bringen.

An diesem Regensonntag entdeckte er noch viel mehr, aber die Honig-Schokoladen-Sahne-Mischung ließ ihn nicht mehr los. Er stellte sich vor, sie von Kathis Knospen zu lecken, von ihrem süßen Po, aus ihrem Bauchnabel, aus ihrer Blüte, von ihrem ganzen Körper. Er beschloss, ein Latex-Bettlaken musste her.

6

Montag, 21. Oktober 2024

Etwas übernächtigt, trotzdem gut gelaunt, saß Kathi am Schreibtisch und probierte vorsichtig den Kaffee aus der Teeküche. *Noch zu heiß, dann eben ein bisschen später.* Leicht zu verschmerzen nach dem großen, leckeren Cappuccino bei Nikolai mit einem traumhaften Milchschaum, inklusive Milchbärtchen, das er ihr weggeküsst hatte. Dazu frische Croissants vom Bäcker an der Ecke mit Orangenmarmelade – herrlich, wann bekommt man so etwas schon einmal am Montagmorgen? Das Frühstück zu zweit war der perfekte Start in die Woche, auch wenn sie um halb sieben aufstehen mussten. Weil Julian erst am Abend aus Bonn zurückkäme, hatte Kathi Nikolai zu MECH@TRON gefahren. Auf ihn wartete heute eine Menge Arbeit und das bedeutete Überstunden, sie würden sich erst morgen wieder sehen. Sie konnte ohne schlechtes Gewissen zum Boxtraining, obwohl sie es für ihn sausen lassen würde, frisch Verliebte setzten Prioritäten anders. Aber nach dem Sex-Marathon am Wochenende konnte man schon mal eine Pause einlegen.

Nichts war mit Laufen oder Fitness gewesen, stattdessen Matratzensport, hauptsächlich am verregneten Sonntag. Kathi hatte meist Nikolais Bademantel und er ein Handtuch um die Hüften getragen oder beide gar nichts. Sie waren nur aufgestanden, um kalten Sekt aus dem Kühlschrank zu holen und um etwas zu essen; sie meist auf seinem Schoß sitzend und mit den Fingern, die sie sich gegenseitig ableckten, nachdem sie die Honigreste vom Mundwinkel des anderen weggeküsst hatten oder es davor oder danach auf dem Küchentisch herrlich versaut zu treiben. Die letzten Tage und Nächte waren unbeschreiblich schön gewesen, die Welt um sich vergessen, füreinander da sein, in allen Sinnen schwelgen, sich einander hingeben, ihr wollüstiges Spiel bis zur Ekstase treiben und zu wilden Wiederholungstätern werden. Dieses Wort bekam für Kathi ab sofort eine neue Bedeutung. Allein am Sonntag war sie achtmal gekommen – achtmal, unglaublich! Normalerweise zählte sie nicht mit, aber bei absoluten und rekordverdächtigen Ausnahmefällen. Den 20. Oktober 2024 strich sie rot im Kalender an.

Nikolai wusste genau, wie man eine Frau verwöhnte und genoss es mit ihr, Kathi umgekehrt auch. Bevor er zum Höhepunkt kam, schloss er die Augen und schrie laut und animalisch. Manches Mal war er wie eine Rakete hochgegangen. Zum Glück wohnte er in einem Altbau mit schönen, dicken Wänden. Von seinen Nachbarn waren jedenfalls keine Beschwerden gekommen. Sonst war er ein stiller Genießer. Beim genauen Erforschen ihres Körpers hatte er sogar die winzige Narbe an ihrem linken Oberarm entdeckt, die vom Einsetzen des Verhütungsstäbchens stammte. *Naja, ist eben sein Forscherdrang.* Schon beim Quickie unter der Dusche waren Kondome kein Thema mehr gewesen. Kathi freute sich auf das nächste Wiedersehen, nicht nur wegen dem tollen Sex – reden, lachen, Blödsinn machen mit Kissenschlachten, Kuscheln, Küssen, alles Mögliche ausprobieren oder das Kamasutra durchgehen und herausfinden, was ihnen besten gefiel.

Kathi lehnte sich im Bürostuhl zurück und schlürfte genießerisch lächelnd ihren Kaffee, dank einem Schuss Milch jetzt trinkbar. Dabei studierte die erste Seite der NN und musste feststellen, dass am Wochenende an Nikolai und ihr einiges vorbeigegangen war. Die Schlagzeile und der Leitartikel sprangen sie förmlich an: ›Neue Perversion des Krieges gegen die IW. Erneut brutale Angriffe der Terroristen im türkisch-syrischen Grenzgebiet und auf Gibraltar mit vielen Toten unter der Zivilbevölkerung. Die dort jeweils stationierten Truppen hatten vernichtend zurückgeschlagen. ›Mit Extremisten und Terroristen verhandeln wir nicht, wir schießen sofort!‹, zitierte man darin einen NATO-General. Im Kommentar stand salopp ›Soll noch einmal einer gegen die Aufrüstung wettern, wie soll man sonst Herr über das Terroristenpack werden!‹. Dagegen wirkte der einspaltige Bericht über das verlorene Sonntagsspiel des 1. FCN recht bescheiden, damit musste man nicht unbedingt klotzen.

»Der arme Andi.« Kathi grinste.

Normalerweise las sie die Zeitung im Büro nur in der Pause. Weil diese in der vergangenen Woche häufig ausgefallen war, erlaubte sie sich das heute, es sah ja keiner. Andi musste heute Töchterchen Marie zur Schule bringen, seine Frau war mit Sohn Tommi beim Arzt. Schon das ganze Wochenende über hatte er wieder gekränkelt, sogar mit leichtem Fieber. Elternsein war manchmal ein hartes Los.

Das hatten auch die Kollegen vom Wirtschaftsdezernat gezogen. Die Suche nach dem zweiten Speicherstick gestaltete sich schwierig, so einer ließ sich eben leicht verstecken. In Tüyücs Büro und auf seinem Computer bei MECH@TRON war nichts zu finden gewesen. Der private Laptop befand sich noch in der Mangel der IT-Spezialisten. Die Liste mit den Telefonaten seines Smartphone hatte nichts Auffälliges gezeigt, ein zweites fand man nicht. Als einzigen Fahndungserfolg konnte man den Fund eines Schlüssels verzeichnen, der zu einem Bankschließfach mit 750.000 Euro in großen Scheinen geführt hatte. *Tüyüc hat Hofbauer mit 250.000 bezahlt. Wo stecken die restlichen zwei Millionen der Anzahlung, von denen er sprach, falls die Summe stimmte? Vielleicht gibt es ein weiteres Schließfach, aber das kann uns nur Tüyüc selbst sagen.*

Die morgendliche Ruhe im Büro durfte Kathi nicht lang genießen, kurz nach halb neun läutete ihr Telefon.

»Hier Starck … Guten Morgen, Herr Hümmer.« Sie stellte die Tasse ab, welch weise Voraussicht, denn die brandneue Information aus dem Südklinikum, die sie gerade von dem Polizeimeister erhielt, war so schockierend, dass sie garantiert etwas verschüttet hätte. »Es hat gebrannt? … Tot? … Während der Evakuierung? … Das gibts doch nicht!«

»Was gibts ned?«, fragte Andi, der gerade ins Büro kam.

Kathi sah auf. »Tüyüc ist tot.«

»Scheissdregg! – Und wie?«

Kathi gab ihm ein Handzeichen und widmete sich wieder dem Telefonat. »Okay … ja … wir kommen sofort, wiederhören.« Sie legte auf. »Du kannst deinen Mantel gleich anbehalten, wir fahren ins Südklinikum.«

»Was issn passiert?«

Kathi schwang sich in ihre Lederjacke. »Auf der Intensivstation hats gebrannt und Tüyüc hat die Evakuierung nicht überlebt.«

***

Klinikum Süd

»Wie bitte? Nur ein brennender Papierkorb auf dem Männer-klo?«, wiederholte Kathi ungläubig, nachdem Hümmer sie und Andi über die Geschehnisse informiert hatte.

»Wahrscheinlich hat dort hat jemand heimlich g'raucht und die Kippen einfach weggeschmissen.«

»Er hätte sie ja runterspülen können.«

»Naja«, meinte Andi. »Raucher sind halt ein bisserl blöd.«

»Und wegen so einem Idioten mussten wir die ganze Station räumen!«, schimpfte Stationsarzt Dr. Kelch, der gerade gekommen war. »Über zwei Stunden für die Katz, mit dem ganzen Equipment hin und wieder zurück und dann verlieren wir auch noch einen Patienten!«

»Wie viele liegen hier?«

»Mit Dr. Tüyüc neun.«

»Wann genau fiel auf, dass er kein Lebenszeichen mehr von sich gab?«

»Als sie in Bau B ankamen. Eine der Schwestern hatte entdeckt, dass der Versorgungsschlauch zum Beatmungsgerät herunterhing. Er muss sich während des Transports gelöst haben.«

Kathi tauschte mit Andi Glaubst-du-das-Blicke. Seine Miene sagte eindeutig ›Nein‹. »Die Monitore müssten das doch anzeigen.«

»Ja, aber …«

»Aber es hat keiner drauf geachtet, richtig?« Kathis Ton verschärfte sich. »Ist ja wie in einem schlechten Film!«

»Wissen Sie was heute hier los war?«, pflaumte Kelch zurück. »Wir haben alles versucht, ihn zurückzuholen, aber es war zu spät.«

»Wie ging es Dr. Tüyüc bis heute Morgen?«, fragte Kathi.

»Unverändert.«

»Wer hat ihn in Bau B gebracht?«,

»Die Schwestern Gabi und Renate und ein Pfleger, der zur Unterstützung von der Unfallchirurgie hier abgestellt worden war.«

»Ich war auch dabei«, meldete sich Hümmer zu Wort.

»Ist Ihnen etwas aufgefallen?«

»Nein! Sonst hätt ich doch gleich was g'sachd! Die waren alle ganz vorsichtig.«

»Wo sind die drei jetzt?«

»Die Schwestern im Aufenthaltsraum und der Pfleger bestimmt wieder auf seiner Station«, sagte Kelch.

»Ich will mit ihnen reden, wie heißt der Pfleger?«

»Keine Ahnung«, brummte er. »Ich habe nicht darauf geachtet in der Hektik.«

»Er hieß Paul und war sehr hilfsbereit«, sagte Hümmer. »Nachdem sich rausgestellt hat, dass Dr. Tüyüc nimmer lebt, hat er bei anderen Patienten mitgeholfen.«

»Hat er auch einen Nachnamen?«

»Auf dem Namensschild stand keiner.«

Kelch seufzte. »Ich frage auf seiner Station nach.«

»Okay. – Wo ist Dr. Tüyüc jetzt?«

»Hier, in seinem Zimmer. Seine Frau ist unterwegs, wir wollten ihr die Gelegenheit geben sich zu verabschieden.«

Ob Annabelle Tüyüc wirklich herkommen würde, bezweifelte Kathi. Für diese Frau war vor einigen Tagen eine heile Welt zusammengebrochen, ihr Mann hatte sie belogen und vielleicht sogar betrogen. Seit sich der Mordverdacht gegen ihn erhärtet hatte, war sie Hümmer zufolge kein einziges Mal mehr bei ihm zu Besuch gewesen. Vielleicht setzte sie kaum noch einen Fuß vor die Tür, um den Fragen der Journalisten zu entgehen, die zeitweise vor dem Wohnhaus herumlungerten.

Eine Krankenschwester in grüner Kluft, Haube und Mundschutz näherte sich mit einer fahrbaren Multi-Infusions-Einheit, nickte ihnen zur Begrüßung zu und öffnete die Tür zum Nachbarzimmer. Das Piepsen der EKG- und EEG-Monitore, das sonore Pumpgeräusch des Beatmungsgeräts und der anderen Lebenserhaltungssysteme drangen auf den Flur. Andi wagte einen neugierigen Blick, den Kelch missbilligte.

»Bitte, Herr Kommissar, das geht wirklich nicht!«

»'Tschuldigung.« Verlegen wich Andi zurück.

»Aber wir dürfen kurz zu Dr. Tüyüc«, sagte Kathi.

»Sicher.« Kelch hielt die Tür auf und ließ die Kommissare vorgehen.

»Ich warte draußen«, meinte Hümmer.

Tüyücs Leichnam bedeckte ein großes, grünes Tuch. Er lag als einziger Patient im Zimmer.

»War er schon immer allein hier?«, fragte Kathi.

»Ja«, sagte Kelch. »Er ist privat versichert.«

Sie zupfte ein Paar Latexhandschuhe aus der Pappschachtel vom Materialwagen an der Tür und zog sie an. »Andi?«

»Net nöödich, ich fass nix an.«

Kathi hob das Tuch an und schlug es sachte zurück, um sich den Toten genauer anzusehen. Er trug eines der üblichen Klinikhemden und es sah aus, als schliefe er. In seinem rechten Handrücken steckte noch die Kanüle des intravenösen, jetzt schlauchlosen Zugangs, nichts Besonderes. »Neun Patienten wurden von hier evakuiert, von denen acht wohlbehalten in Bau B ankamen«, sinnierte Kathi leise. »Ausgerechnet beim Hauptverdächtigen in einem Mordfall löst sich ein

Schlauch, seltsamer Zufall. Zuerst fällt er nach einer simplen OP ins Koma und jetzt stirbt er bei so einer Aktion. – Frau Tüyüc muss warten. Andi, ruf bitte die Spurensicherung an, das Zimmer wird versiegelt.« Er nickte und zückte sein Padfone. »Außerdem verlange ich eine Obduktion«, sagte Kathi beim Hinausgehen.

»Heute noch?«, fragte Kelch.

»Ja, heute noch, bitte!«

Spinnt die Frau? dachte er. *Die glaubt wohl die kann mich einfach so herumscheuchen!*

Andi unterdrückte ein Grinsen. *Die Kaddi, wenn sie ned irgendeinen trietzen kann, ist sie ned g'sund. Heut sind mal die Doctores dran.*

»Kann ich mich drauf verlassen?«, bohrte sie.

»Also gut«, murrte Kelch, dem das ganz und gar nicht in den Kram passte.

»Können Sie die hier durchführen?«

»Ja.«

»Brauchen Sie mich noch, Frau Starck?«, erkundigte sich Hümmer.

Kathi zog die Latexhandschuhe mit einem lauten Schnalzen wieder aus und warf sie in den Abfalleimer. »Nein, aber warten Sie bitte bis die Spurensicherung da ist.«

»Muss das sein?«, fragte Kelch.

»Ja, vielleicht hat bereits hier im Zimmer jemand an den Gerätschaften gefummelt.«

»Aber hier waren nur Ärzte, Schwestern und der Pfleger! Das können Sie überprüfen, im Flur gibt es überall Kameras.«

»Aber nicht in den Zimmern, Dr. Kelch. Worüber diskutieren wir hier? Die Aufnahmen brauchen wir trotzdem, veranlassen Sie das bitte.«

Ist das eine Beißzange, dachte er. *Hübsch, aber eine echte Beißzange. Vielleicht wird man so, wenn man sich mit Mördergesindel herumschlagen muss. Wenigstens sagt sie bitte.*
»Die Security-Zentrale ist im Keller vom Hauptgebäude.«
»Ich kümmer mich drum«, bot Andi sich an.
»Ich hole jemanden, der Sie hinbringt.«
»Und ich rede mit den beiden Schwestern«, sagte Kathi.
»Der Aufenthaltsraum ist am anderen Ende des Flurs, links neben der Brandschutztür.« Kelch freute sich, sie endlich loszuwerden. »Ist nicht zu übersehen. Ich erkundige mich inzwischen nach dem Namen des Pflegers.«
»Gut. – Andi, wir treffen uns wieder hier.«

Die Befragung der Schwestern dauerte nur eine knappe halbe Stunde. Als Kathi zurückkam, lief sie Sabine und Thomas in die Arme, die gerade ihre Materialkoffer in Tüyücs Zimmer rollten. »Hallo, ihr zwei«, begrüßte sie die Kriminaltechniker.
»Hi, Kathi«, kam im Duett zurück.
»Wie gehts euch?«
Dafür erntete sie staunende Blicke, sonst fragte sie selten danach, schon gar nicht an einem stressigen Montagvormittag.
»Danke, gut«, sagte Thomas und grinste. »Noch.«
»Mir auch«, meinte Sabine augenzwinkernd. Sie würde zu gern den Grund für Kathis gute Laune erfahren. *Sie ist so entspannt. Hat sie jetzt das absolute LMA-Gefühl oder ist sie frisch verliebt? Naja, vielleicht hat sie am Wochenende Wellness gemacht. Egal, besser so als andersrum.*
»Dann, frohes Schaffen«, wünschte Kathi. »Noch was, wenn ihr hier fertig seid wird Dr. Tüyüc zur Obduktion abgeholt.«

»Wissen wir schon vom Andi.«

»Und wo ist der?«

»Hier, ich war mal schnell, weißt schon wo.«

»Hast du die Aufnahmen?«

»Ja, die hat mir die Security gleich rüberg'spielt. Ich hab mirs kurz ang'schaut, is nix besonders drauf.«

»Das machen wir später in aller Ruhe im Präsidium.«

»Was hast du von den Schwestern rauskriechd?«

»Nicht viel, die sind noch immer geschockt. Der Pfleger hat sich bei ihnen kurz vorgestellt, das war für sie in Ordnung. Während der Räumung der Station war jede helfende Hand willkommen, der Mann war sehr freundlich und jeder Handgriff saß.«

»Das haben der Dr. Kelch und der Hümmer vorhin auch g'sachd. Ich hab ihnen den Film gezeigt und dem Hümmer ist noch eing'fallen, dass er einen leichten Akzent g'habt hat.«

»Welchen Akzent, Andi?«

»Weiß er leider ned.«

»Was hat er eigentlich zu Hümmer gesagt, als er ihn zu Tüyüc ins Zimmer gelassen hat?«

»Na, dass er den Abtransport vorbereiten muss.«

»Okay, hat Dr. Kelch schon den Namen von diesem Paul?«

»Nein, er will anrufen, das kann aber noch ein bisserl dauern, auf der Unfallchirurgie ist grad der Teufel los.«

»Dann können wir uns den Weg sparen, sonst stehen wir dort nur rum. Zur Not fahren wir nochmal her oder rufen an.«

Zurück im Büro sahen sie zuallererst den Film aus dem Südklinikum an. Die Aufnahmen zeigten das Pflegepersonal bei der Arbeit und Polizeimeister Hümmer vor Tüyücs Zimmer auf einem Stuhl sitzend. Kurz nach sechs erwachte die Intensivstation, obwohl sie eigentlich nie richtig schlief. Die Nachtschicht erstattete der Tagschicht Bericht, eine Reinigungskraft schob ihren Wagen aus dem Aufzug. Um 6:28 Uhr eingeblendete Zeit platzte ein schriller Alarm in die tägliche Routine und ließ alle hochschrecken. Ein paar Köpfe tauchten aus dem Stationszimmer auf, Menschen strömten auf den Flur, es herrschte zwar Hektik, aber keine Panik. Jeder wusste, was zu tun war. Um 6:41 Uhr öffnete Hümmer einem Pfleger, der die typische grüne Kleidung, Haube und Mundschutz wie alle Mitarbeiter auf der Intensivstation trug, die Tür zu Tüyücs Zimmer.

»Das muss dieser Paul sein«, meinte Kathi.

Wenige Minuten später folgten die beiden Schwestern. Auch in den anderen Zimmern verschwand Pflegepersonal und kam mit den Patienten in ihren Krankenbetten samt Lebenserhaltungsequipment zurück. Wie x-mal geprobt, schob man im Reißverschlussprinzip alles in Richtung Bettenfahrstuhl, Tüyüc kam an vierter Stelle. Hümmer folgte ihnen. Die Bilder aus dem Fahrstuhlinneren und der Weitertransport zu Bau B boten nichts Spektakuläres. Während der Wiederbelebungsmaßnahmen stellte man Paravents vor.

»Alles ganz normal«, sagte Kathi.

»Meinst wirklich, den Tüyüc hat jemand aufm G'wissen?«, fragte Andi.

»Ja, mir werden das langsam zu viele Zufälle.«

Die Zeit bis Mittag zog sich wie Kaugummi, trotzdem gab es keine Spur von entspanntem Arbeiten. Wegen der ausstehenden Ergebnisse von Tüyücs Obduktion und der Spurensicherung saßen Kathi und Andi wie auf Kohlen. Jeder Anruf ließ sie hochschrecken und hastig zum Hörer greifen. Einmal ging es um den bestellten Toner für den Laserdrucker. Dann wollte Kriminalrat Grünbaum, ihr Vorgesetzter, Neuigkeiten wegen des Brandes im Südklinikum wissen. Als Nächstes informierten die Kollegen vom Wirtschaftsdezernat, dass Tüyücs Smartphone sauber war und es sich bei den 750.000 Euro aus dem Bankschließfach nicht um markierte Scheine handelte. Andi ergänzte Tüyücs Spalte sofort auf der Pinnwand. Das fiel zwar in den Kompetenzbereich der Kollegen, aber sie wollten auch hier alles im Blick haben. Ganz besonders die rot eingerahmten, offenen Punkte: Die Suche nach dem Speicherstick und der von Hofbauer erwähnte Kontaktmann von BATC. Kathi ließ das Gesprächsprotokoll mit den Krankenschwestern aufbereiten und speicherte es ab. Dann studierten sie die gesammelten Daten und sinnierten über die geänderte Sachlage.

Kurz vor ein Uhr, Kathi wollte gerade aufstehen, um für sich und Andi belegte Baguettes vom Beck zu holen, kam ein Anruf von Sabine aus dem Südklinikum. Sie bestätigte Kathis Befürchtung: keine brauchbaren Fingerabdrücke im Krankenzimmer. War ja klar, auf der Intensivstation trugen alle Handschuhe und es wurde oft geputzt. Auch sonst gab es keine dienlichen Spuren. Also hieß es, auf das Ergebnis von Tüyücs Obduktion warten. Kathi bedankte sich, kaum lag der Hörer auf, läutete das Telefon schon wieder.

»Immer wenn ich Hunger hab, gehts zu wie am Plärrer«, meckerte sie. »Starck ... Hallo.«

Diesmal war Kommissar Johannes Brückner, ein Kollege von der Verkehrspolizei, an der Strippe. »Hallo, Kaddi, ich hab da was für dich.«

»Hallo, Hannes«, begrüßte sie ihn und fragte sich, welche Verkehrsdelikte die Mordkommission interessieren könnte. »Habt ihr aus Versehen ein paar Raser erschossen?«

Brückner lachte. »Nein, hammer ned.«

»Schieß los.«

Kathi hörte ein paar Minuten aufmerksam zu, plötzlich richtete sie sich kerzengerade auf und starrte zu Andi hinüber. »Was, Dr. Panzer mit der Straßenbahn?«

»Hä, Panzer, Straßenbahn?« Andi verstand nur Bahnhof. »Was is los?«

»Wir brauchen euren Bericht … schon unterwegs? Super, dank dir Hannes, adé.« Kathi legte auf und öffnete die E-Mail, die gerade hereingeflattert kam.

»Kaddi?«, fragte Andi. »Alles klar?« Er winkte ihr über den Schreibtisch hinweg zu, weil sie nur auf den Bildschirm starrte. »Hallllloooooo, darf ichs bitte auch wissen?«

Sie sah auf. »'Tschuldigung, lies die Mail vom Hannes.«

Der Inhalt des taufrischen Polizeiberichts der Dienststelle Nürnberg Ost, Erlenstegenstraße 18, lautete: ›Montag, 21.10.2024, gegen 11:30 Uhr verließ, gemäß Zeugenaussagen, Dr. Steffen Panzer, Anästhesie-Arzt in der Maximilians-Augenklinik in der Erlenstegenstraße 30, das Gebäude um sich in der Beck-Filiale gegenüber etwas zu essen zu besorgen. Beim Überqueren der Straße taumelte er und fiel, die herannahende Straßenbahn erfasste ihn und schleifte ihn, trotz des vom Fahrer sofort eingeleiteten Bremsmanövers, etwa 15 Meter mit. Die Aussage des Fahrers wurde von der Aufnahme der Videokamera im Führerstand bestätigt. Polizei und Ersthelfer waren in Minutenschnelle vor Ort, dennoch verstarb Dr. Panzer an der Unfallstelle, noch vor dem Eintreffen von Rettungswagen und Notarzt.‹

»Dr. Panzer war der Anästhesist bei Tüyücs OP«, sagte Kathi. »Wieso kippt der auf der Straße einfach um?«

Andi starrte sie an. »Das ist jetzt wirklich kein Zufall mehr!«

Die vom Kollegen Brückner mitgeschickte Videoaufnahme der VAG zeigten die Perspektive des Straßenbahnfahrers und deckte sich 1:1 mit dem Bericht. Als Dr. Panzer die Straße betrat, war die S 8 noch ein ganzes Stück entfernt und unter normalen Umständen hätte er die andere Straßenseite locker erreichen können. Durch das Bremsmanöver aufgeschreckt, waren im Nu vier Ersthelfer bei dem Schwerverletzten, eine Radfahrerin und Autofahrer, die am Straßenrand parkten oder extra anhielten. Ein Mann mit Baseball-Cap und die Radlerin kümmerten sich rührend um Panzer.

Kathi griff zum Telefon. »Hallo, Hannes, ich bins nochmal. Wo ist Dr. Panzers Leiche jetzt?«

»In Erlangen, in der Pathologie.«

Kathi schnaufte. »Gott sei Dank!«

»Das hab ich veranlasst, weil ein gesunder Mann ned einfach mitten auf der Strass umkippt.«

»Du bist ein Schatz, Hannes.«

»Weiß ich«, grinste er durchs Telefon.

»Hast was gut bei mir.«

Nur wenige Minuten danach rief Dr. Kelch an. »Hallo, Frau Starck.«

Jetzt bin ich gespannt. »Hallo, Dr. Kelch.«

»Wir haben ein Problem«, begann er vorsichtig. »Dieser Pfleger kam nicht von der Unfallchirurgie. Es gibt dort einen Paul Hartmann, der ist seit einer Woche auf Gran Canaria.«

»Aber er hatte Ahnung von Krankenpflege, das sagten Sie und die Schwestern.«

»Das stimmt, wir hätten nachprüfen sollen, ob die uns wirklich jemand geschickt haben, aber in so einer stressigen Situation ...« Kelch seufzte.

»Mist!«, fluchte Kathi. »Ein falscher Pfleger, ich wusste doch, dass da was faul ist!«

»Es kommt noch dicker.«

»Ich höre.«

»Dr. Tüyücs Obduktion zu forcieren, war die richtige Entscheidung gewesen«, gab Kelch zerknirscht zu. »In seinem Blut wurden Spuren eines Pfeilgifts entdeckt, das einen Herzstillstand verursachte.«

»Pfeilgift? Dann war es Mord! – Etwa Curare?«

»Nein, Antiaris toxicaria.«

»Bitte auf Deutsch.«

»Das Gift des Upasbaums, es kommt auf Java, Borneo und in Indonesien vor und wird zur Jagd eingesetzt. Bereits in geringen Mengen ist es tödlich.«

»Hat Dr. Tüyüc eine Einstichstelle irgendwo am Körper?«

»Nein, wir vermuten, dass es in die Infusionslösung injiziert wurde.«

»Das kann nur dieser falsche Paul gewesen sein«, sagte Kathi. »Der hat Tüyüc auf dem Gewissen, Hundert pro! Er hat die Klamotten des echten Paul geklaut und den Feueralarm ausgelöst, um sich in dem Durcheinander Zugang zu seinem Zimmer zu verschaffen. Der Mann war allein, bevor die Schwestern kamen. Das beweisen die Aufnahmen der Kameras. Die Zeit reichte, um das Gift in die Lösung zu spritzen. Es lief langsam in seine Venen, deshalb zeigten die Monitore beim Abtransport in Bau B noch Herzfrequenz und Pulsschlag an.«

»Es kann nur so gewesen sein«, bestätigte Kelch.

»Haben Sie diese Infusionsbeutel noch?«

»Nein, die wurden weggeworfen.«

»Mist!«

»Konnte ja keiner ahnen, dass Sie die brauchen.«

»Ist schon okay, wahrscheinlich wären da eh keine Fingerabdrücke drauf.«

»Mehr habe ich leider nicht für Sie.«

»Das war mehr als erwartet, vielen Dank für Ihre Mühe, Dr. Kelch.«

»Gern, Frau Starck. Tut mir Leid, dass ich heute Morgen so genervt war.«

»Kein Thema, schon vergessen.«

»Gut, sollten Sie noch etwas brauchen, einfach anrufen.«

»Mach ich, Wiederhören.« Kathi legte auf und triumphierte. »Ha, wusst ichs doch!«

»Allmächd, Pfeilgift!«, staunte Andi, dem in seiner gesamten Laufbahn noch nie ein Giftmord untergekommen war. »Wie's die brasilianischen Indios mit ihre Blasrohre verschießen?«

»Das hier stammt aus Südostasien, aber ein Blasrohr hat der falsche Pfleger im Krankenhaus sicher nicht verwendet.« Kathi kaute nachdenklich auf ihrer Unterlippe. »Weißt du was, das schreit für mich förmlich nach Profikiller.«

Andi staunte Bauklötze. »Glaubst des wirklich?«

»Naja, der Mann kannte sich aus, verwendet ein wirksames Gift und tötet geräuschlos.« Kathi begann an den Fingern abzuzählen. »König stirbt durch einen absichtlich herbeigeführten Stromschlag, sein Mörder fällt während einer Routine-OP ins Koma, wird später selbst ermordet und sein Anästhesist kippt am selben Tag mitten auf der Straße tot um. Ist ja klar wie Kloßbrühe, Panzer steckt mit drin.«

»Wie jetzt? Ich blicks nimmer.«

»Er könnte bezahlt worden sein, ein bisschen zu viel Narkosemittel zu verwenden.«

»Jetzt versteh ich, deswegen hat er sterben müssen.«

»Und hinter allem steckt BATC. Sie beauftragen einen Killer, der schaltet alle Mitwisser aus, damit keine Spuren zu ihnen führen. Das Risiko, Tüyüc könnte irgendwann aus dem Koma aufwachen, ist zu groß. Ich wette, Panzer ist auch mit diesem Gift ermordet worden. Ihn hat es mitten auf der Straße erwischt, in seinem Fall könntest du Recht haben mit dem Blasrohr. Ich überleg nur grad, von wo er geschossen haben könnte, sowas fällt doch auf, oder?«

»Vielleicht hat er eins g'nommen zum Zammschieben, wie ein Teleskop. Und er könnt hinter einem Baum g'standn sein.«

»Dort gibts sogar welche. Er könnte aber auch von einem Auto heraus mit einer Luftdruckpistole geschossen haben, das hört keiner. Kelch sagte ja, das Gift sei bereits in geringen Mengen tödlich. Ich ruf jetzt gleich das Sternchen an, er soll bei Panzer nach Einstichstellen und in seinem Blut nach diesem Pfeilgift suchen.«

Nach diesem Telefonat informierte Kathi Brückner, dass er einen Fall weniger und Grünbaum, dass sie einen mehr hatte. Sie instruierte Clausen, Stoll und Angie, die Dateien bei LKA, BKA, Europol, Interpol und FBI auf Tötungsmethode mit Pfeilgift im Allgemeinen und speziell mit dem des Upasbaums zu durchsuchen und gegebenenfalls Täter- und Fallprofile zu studieren. Dann sah sie mit Andi den Klinikfilm ein weiteres Mal an, in normaler Geschwindigkeit, in Zeitlupe vor- und zurück und in Einzelbildern. Das ermüdende Procedere brachte sie kein Stück weiter. Dieser falsche Paul verhielt sich weder besonders auffällig, noch machte er Anstalten sich zu verstecken. Er schien sich in seiner Verkleidung sicher zu fühlen. *Ein Killer, der innerhalb weniger Stunden zwei Menschen tötet? Ist Nikolai vielleicht auch in Gefahr, weil er Tüyüc kannte?* Kathi fühlte sich nicht wohl beim Gedanken daran. *Ich muss ihn warnen.* Damit gäbe sie zwar interne Informationen während einer laufenden Ermittlung Preis. *Scheiß drauf!*

»Ich muss mal an die frische Luft«, sagte sie nach einem Blick auf die Uhr, die kurz nach halb vier anzeigte. »Ich dreh eine Runde um den Weißen Turm.«

»Ich versuch inzwischen des G'sicht von dem falschen Paul zu identifizieren.«

»Okay, magst was vom Beck, Baguette oder was Süßes?«

»Eine Nussschnegge wäre super.«

Draußen vor dem Präsidium, am Jakobsplatz, traf sie auf Passanten, die mit Taschen bepackt gerade vom Einkaufen kamen, auf dem Heimweg von der Arbeit waren und unterwegs zum Parkhaus oder zur U-Bahn am Weißen Turm. Auf der Suche nach einem Platz, um ungestört telefonieren zu können, kam sie am Ehekarussell-Brunnen vorbei, aus dem seit zwei Wochen kein Wasser mehr sprudelte. Auch hier liefen ihr zu viele Leute herum. In der Passage neben dem Wöhrl-Kaufhaus entdeckte sie eine ruhige Ecke.

»Hi, Kathi. Schön, deine Stimme zu hören.«

»Hi, Niko, ich hoffe, ich störe dich nicht? Ich weiß, wir haben vereinbart, uns tagsüber nicht anzurufen.«

»Nein, du störst nicht, ich bin gerade fertig geworden. Ich habe Alex geholfen, Walters private Sachen im Büro zu packen und wollte gerade ins Labor.«

»Bist du allein?«

»Ja.«

»Ich muss dir was Wichtiges sagen.«

»Du machst es ja spannend.«

»Hör bitte zu, es ist wichtig und du darfst mit keiner Menschenseele darüber reden. Versprich mir das!«

»Okay, ich verspreche es.«

Im Telegrammstil erzählte Kathi von Tüyüc, Panzer und dem Profikiller, der die beiden auf dem Gewissen haben könnte.

»Das ist jetzt nicht wahr!«, rief Nikolai entsetzt.

»Er könnte es auch auf dich abgesehen haben.«

»Auf mich?«

»Ja, Niko, bitte sei vorsichtig!«

»Okay, ich halte Augen und Ohren offen«, gab er mit einem Seufzer nach. »Darf ich es Julian sagen?« Kurz war es still am anderen Ende. »Kathi, bist du noch dran?«

»Ja ... okay, sags ihm. Aber sonst ...«

»Ich weiß, sonst niemandem«, beruhigte er sie. »Ich melde mich heute Abend von zu Hause.«

»Holt dich Julian ab?«

»Ich weiß nicht, wann er aus Bonn zurückkommt. Ich nehme ein Taxi. – Gehst du zum Boxen?«

»Hatte ich eigentlich vor, ich befürchte, bei mir wird es heute länger.«

»Schade, dass wir uns heute nicht sehen können.«

»Ja, sehr schade«, seufzte Kathi. »Ich muss jetzt leider Schluss machen und zurück ins Präsidium.«

»Ach, du bist gar nicht im Büro.«

»Nein, ich stehe beim Wöhrl.«

»Okay, dann schaue ich nach den Positronen.«

»Viel Erfolg beim Fangen.«

»Ich sage den kleinen Biestern einfach, dass meine Freundin bei der Kripo arbeitet, dann spuren sie sicher.«

Kathi lachte. »Kuss.«

»Kuss.«

Bepackt mit zwei Nussschnecken und einem halben Vollkornbrot für zu Hause, spazierte Kathi zurück ins Präsidium. An der sich drehenden Litfaßsäule, nur ein paar Meter vor dem Haupteingang, fiel ihr ein Werbeplakat der Feuerwehr auf. Im Uncle-Sam-Retro-Stil der US-Army prangte in großen Lettern ›We want you!‹ über einem sehr attraktiven Feuerwehrmann. Das brachte sie auf eine Idee.

Im Büro hatte Andi das beste Standbild des falschen Pflegers aufbereitet und den Kopf mit den ungewöhnlich langen Ohrläppchen, die unter der Haube herausspitzten, in 3D dargestellt. Mit Hilfe einer Spezialsoftware legte er eine Gitterstruktur darüber, die jede verdeckte Stelle wegrechnete und durch eine hautfarbene Textur ersetzte. Nach und nach bauten sich die Züge des Mannes auf.

»So könnt er ausschaun«, präsentierte Andi zufrieden das Fahndungsfoto.

»Wow, das ging aber schnell!«

»Subba, gell? Ich jags gleich durch die G'sichtserkennung.«

»Die Nussschnecke hast du dir redlich verdient, die spendiere ich.«

Andi grinste. »Dann hol ich den Kaffee.«

Kathi suchte inzwischen die Telefonnummer der Berufsfeuerwehr-Zentrale heraus und ließ sich mit dem Leiter des Südklinikum-Einsatzes vom Morgen verbinden. Er verneinte ihre Frage, ob ihm verdächtige Personen aufgefallen waren. Aber er bot an, ihr den, für Schulungszwecke vor dem Südklinikum nach dem Einsatz gedrehten, Film eines Kollegen zukommen zu lassen.

Zeitgleich mit Andi, der mit zwei großen Bechern Kaffee zurückkam, flimmerten die Aufnahmen über Kathis Bildschirm: Einsatzkräfte räumten die Absperrungen weg, damit der VAG-Bus die Haltestelle anfahren konnte. Dort standen eine kleine, ältere Frau und ein Mann, etwa Mitte 30, normal groß mit drahtiger Figur und langem, dunklem Haar, das er zu einem Pferdeschwanz zusammengebunden trug. Er war nur kurz zu sehen, weil der Bus vorfuhr.

»Moment mal!«, rief Kathi. Sie spulte wieder bis zu der Stelle zurück, an der dieser Mann deutlicher zu sehen war, und fror das Bild ein. Dann ließ sie auf dem zweiten Bildschirm den Film der VAG noch einmal ablaufen, diesmal mit vergrößertem Ausschnitt. Ihr Blick wanderte zwischen den Bildschirmen hin und her. Die Männer ähnelten sich in Aussehen und Statur. In der Aufnahme aus der Straßenbahn trug er ein dunkelblaues Baseball-Cap, das Haar darunter verborgen. Er war einer der Ersthelfer an der Unfallstelle, hob Panzers blutigen Kopf an, damit die Radfahrerin etwas unterlegen konnte, und legte eine Hand an die Halsschlagader. Er sah kurz zur Frau und schüttelte den Kopf. Dann stand er auf, um den eingetroffenen Sanitätern Platz zu machen und verschwand aus dem Blickfeld der Kamera. Kathi stoppte. »Ich glaub ich spinne, das ist doch derselbe!«

Neugierig kam Andi zu ihr und sah ihr über die Schulter. »Der mit dem Pferdeschwanz?«

»Ja.« Kathi spulte den Film ein Stück zurück. Sie zeigte auf den Mann mit dem Cap. »Schau dir diese Ohrläppchen an, so lange hat nicht jeder.«

»Scheissdregg, das ist der falsche Pfleger!«

»Stopp!«, befahl Kathi. »Ranzoomen.« Das Bild fror kurz ein und zeigte nur Sekunden später die vergrößerte Einstellung beim Anheben von Panzers Kopf. »Siehst du das, Andi?«

»Der Typ hat schwarze Handschuhe an! Das sind aber keine normalen, die sind aus Latex.«

»Richtig, fünfzehn Sekunden zurück und Einzelbild anzeigen«, befahl Kathi dem System und starrte mit Andi auf den Monitor. »Schau mal auf seine Hand, kein Mensch prüft so, ob einer noch lebt!«

»Aber was macht er dann?«

»Andi, das ist unser Killer! Er hat sich unter die Ersthelfer gemischt, um das Projektil zu entfernen.«

»Allmächd, ja! Hat aber ned g'merkt, dass er g'filmt worn ist, der Depp.«

»Schade, dass man den Pfeil nicht genau sieht. Ich ruf nochmal das Sternchen an, vielleicht hat er schon was.«

»Hallo, Kathi«, meldete sich der Rechtsmediziner. »Das war jetzt Gedankenübertragung.«

»Das heißt, du wolltest mich grad anrufen.«

»Erraten.«

»Der Andi hört mit.«

»Ist recht. Also, Dr. Panzer hat eine Einstichstelle links am Hals und das Gift ist dasselbe wie bei Tüyüc.«

»Tschaka!«

»Unser Schnelltest sagt, es waren etwa fünf Milliliter.«

»Das ist nicht viel, oder?«

»Es reicht, um einen Gorilla ins Jenseits zu befördern.«

»Allmächd! – Was meinst du, wars ein Giftpfeil, den man in die Flüssigkeit tunkt, oder ein Spezialprojektil mit Ampulle, wie man es im Zoo für Betäubungsschüsse verwendet?«

»Ich weiß worauf du hinaus willst, Blasrohr oder Druckluftgewehr.«

»Oder Pistole.«

»Schwer zu sagen, Kathi. Die Einstichstelle ist nicht groß, vielleicht war es ein Spezialprojektil.«

»Okay. Auf dem Video der Straßenbahnkamera sieht man, wie der Killer es entfernt, jedenfalls seiner Handbewegung nach zu urteilen.«

»Ihr wisst schon wie er aussieht?«

»Ja, wir haben die biometrischen Daten verglichen. Er hat heute zweimal zugeschlagen, bei Tüyüc und Panzer.«

»Allmächd! Dann hoffe ich, dass ihr den bald findet.«

»Ja, das hoffen wir auch. Danke Sternchen, dass es so schnell ging.«

»Gern geschehen, das endgültige Ergebnis schicke ich später. Haltet mich auf dem Laufenden, die Sache interessiert mich.«

Weil Kathis Magen während des Telefonats mit Stern einige Male bösartig geknurrt hatte, aß sie ihre Nussschnecke und trank ihren Kaffee dazu.

Andi schob inzwischen die Fotos des mutmaßlichen Killers in die neue Spalte an der Pinnwand zwischen Tüyüc und Panzer. Der Pfleger, der Mann mit dem Pferdeschwanz vor dem Südklinikum und der falsche Ersthelfer mit dem Baseball-Cap waren ein und dieselbe Person. Am Ende ergänzte er die restlichen Daten: Größe zirka 1,80 m, schlank, Haare dunkelbraun und lang, Alter Mitte 30, spricht mit Akzent.

Kathi sah sich noch einmal die drei Filme mit den Ausschnitten an, die ihn in der Totale zeigten. Sie musste wissen, welche Schuhe er trug. In der Aufnahme aus der Intensivstation konnte man sie leider nicht erkennen, aber auf denen der Feuerwehr und der VAG. Sie zoomte auf und schob die Bilder etwas nach oben, er trug auf beiden schwarze, klassische Chucks.

»Aha, ein Retro-Fan!«

»Was meinst damit?«

»Seine Schuhe, er trägt schwarze Chucks.«

»Du mit deinem Schuhtick.« Milde lächelnd steckte er sein letztes Stück Nussschnecke in den Mund. »Dübbisch Frau.«

»Schuh-Blick, bitte«, verbesserte Kathi.

Das Suchprogramm auf Andis Rechner meldete sich mit einem PLING! Kathi ging zu ihm hinüber und staunte. Die Gesichtserkennungssoftware war in den Dateien der nationalen und internationalen Fahndungsdatenbanken bereits fündig geworden und zeigte Fotos von vier Männern: einen Glatzkopf, einen Späthippie mit Fusselbart und schulterlanger, sonnengebleichter Mähne, einen Mafioso-Typen mit streng nach hinten gegeltem Haar und einen Dandy mit Oberlippenbärtchen und gnadenloser Seitenscheitelfrisur. Auf den ersten Blick ähnelten sie sich wenig mit den heutigen Aufnahmen, aber die biometrischen Daten stimmten zu 99 Prozent überein. Bart, falsche Augenbrauen, Spezial-Make-Up, Latex, aufgepolsterte Wangen und Narben-Gel – Kathi und Andi kannten alle Tricks, mit denen Kriminelle ihr Aussehen veränderten. In diesem Fall wenig hilfreich, die langen, dünnen Ohrläppchen verrieten ihn.

»Bingo, des is der Fregger!«, rief Andi.

Der Gesuchte hieß Xander Hoek, geboren 1988 in Utrecht. Er stand im Zusammenhang mit neun Morden im Halbwelt-Milieu in Amsterdam, Wien, Frankfurt und Hamburg in den Jahren 2021 bis heute.

»Ein Holländer, deshalb der Akzent. Und der Kerl war richtig fleißig. Er tötete bisher mit unterschiedlichen Schusswaffen, viermal mit einer Glock, dreimal mit einer Sig-Sauer, zweimal mit einer Heckler und jetzt zweimal mit Gift.« Kathi überlegte. »Weißt du was, Hoek könnte bei Tüyüc als Kontaktmann von BATC aufgetreten sein.«

Sie informierte ihre Mitarbeiter, ihren Chef und die Kollegen vom Wirtschaftsdezernat. Im Anschluss gingen die europaweite Fahndung und die Presseinformationen raus. Gegen sieben Uhr konnte sie endlich Feierabend machen. Sie rief Nikolai an, erreichte aber nur die Voicebox und hinterließ folgende Nachricht. »Hi, Niko, hier ist Kathi. Du bist wahrscheinlich im Labor und fleißig bei den wuselnden Positronen. Ich hoffe bei dir ist alles okay. Ich schaffe es heute doch ins Training, melde mich danach, wird so gegen zehn sein. Küsschen.«

***

Kurz vor acht kehrte Nikolai mit den Frischlingen nach erfolgreichen Tests ins Büro zurück und checkte sein Handy auf neue Nachrichten. Als erstes hörte er die von Kathi ab.

»Hi, Süße«, antwortete er. »Konnte deine Nachricht erst jetzt anhören. Ich bin okay und passe weiter auf, musst dir keine Sorgen machen. Werde mir jetzt ein Taxi rufen und melde mich wieder von zu Hause. Kuss.«

Auf dem Messenger fand er auch eine Nachricht von Julian, dass er gegen vier Uhr losgefahren war. Kaum gelesen, läutete es.

»Hi«, meldete sich sein Freund.

»Hi, wir hatten gerade denselben Gedanken.«

»Telepathie ist mein zweiter Vorname«, sagte Julian. »Bin fünf Kilometer vor Nürnberg, bist du schon zu Hause?«

»Nein, noch in der Firma.«

»Dachte ich mir. Wann machst du Schluss?«

»Gegenfrage: Wann kannst du hier sein?«

»Okay, bis gleich. Ich warte auf dem Besucherparkplatz.«

»Endlich fährst du ein anständiges Auto«, sagte Nikolai, als er in seinen ›G‹ einstieg. Auf der Beifahrerseite zu sitzen, war für ihn heute eine Premiere.

»Ja, den hat mir ein guter Freund geliehen«, konterte Julian und fuhr los.

»Netter Freund. Und, wie wars in Bonn?«

»Nett, wie immer. Meine Mutter hat mich mit meinem Lieblingsessen und Kuchen gemästet, ich durfte die politischen Diskussionen meines Vaters ertragen, the same procedure as every time. Schöne Grüße soll ich ausrichten.«

»Danke, wie gehts den beiden?«

»Ganz gut, sie waren natürlich geschockt wegen Walter. Aber jetzt erzähl, wie wars bei dir, äh euch?«

Nikolai lächelte und ließ das Wochenende Revue passieren, nicht zum ersten Mal an diesem Tag. Er wünschte sich so sehr, er könnte Kathi heute Abend wieder in die Arme schließen. *Mit ihr lachen, reden, Blödsinn machen, sie verwöhnen und sich von ihr verwöhnen lassen, sie mit Haut und Haaren verschlingen, ihre Erregung spüren, über ihre wei-*

chen Schenkel streicheln, bis sie den Weg zu ihrem Schoß freigeben, ihre Blüte schmecken, Pfirsich und Meersalz, unverwechselbar! Ich könnte darin versinken – nein, darin leben. Der Sonntag schreit nach Wiederholung, achtmal war sie gekommen, achtmal! Das hatte er noch nie mit einer Frau erlebt. Jeden ihrer Höhepunkte konnte er spüren, das Vibrieren ihres schönen Körpers und ihr wollüstiges Zucken, ihr Stöhnen und ihre Schreie hören. Zum Glück hatte seine Wohnung dicke Wände. Kathi war eine echte Granate im Bett. Aber nicht nur dort, wenn er an den Blow-Job am Samstag im Wohnzimmer dachte. *Holy crap!*

»Niko?«, platzte Julian in seine Feierabendträume. »Noch auf Empfang?«

»Ja.«

»Und, wie wars nun, haben du und dein Prinz sich richtig ausgetobt?«

Nikolai schielte zu ihm. »Ein Kavalier genießt und schweigt.«

Julian schnitt eine Grimasse. »Ich wusste, dass du das sagst.«

»Gestern sind wir nur aufgestanden um zu …«

»Vögeln«, ergänzte Julian. »Nur keine Hemmungen!«

»Naja, zwischendurch haben wir etwas getrunken und gegessen, am Samstag habe ich gekocht.«

»Was habe ich gesagt, die Ladies fliegen auf dich.«

»Ich will aber nur eine.«

»Okay, scheinbar hast du die Eine gefunden.« Julians Seitenblick bestätigte seine Annahme, Nikolai wirkte sehr zufrieden. »Ich liebe es, wenn ich Recht habe.«

»Übrigens, du hattest bei noch einer Sache Recht.«

»Und die wäre?«

»Kathi meint auch, ich sei ein Sex-Gott.«

»Moooooment«, wandte Julian ein. »Ich kann mich noch gut erinnern, ich sagte, du siehst aus wie einer.«

»Ist doch dasselbe. Werde jetzt bitte kein Wortklauber – oder bist du neidisch?«

»Ich? – Pffffffff! Gleich halte ich an, dann darfst du zu Fuß nach Hause gehen«, feixte Julian.

»Und du kannst heute noch ins Hotel ziehen«, konterte Nikolai augenzwinkernd.

»Just kidding«, entschärfte Julian die Lage.

Eine Männerfreundschaft musste solche Kabbeleien aushalten. Das war schon früher so, zum Glück ging es nie um dieselbe Frau. Als Julian vor sechs Jahren nach seiner Hochzeit sesshaft geworden war, hatte er Nikolai eine Frau wie seine Gabriella gewünscht. Mit der Amerikanerin puertoricanischer Abstammung führte er eine glückliche Ehe mit zwei tollen Söhnen, drei und fünf Jahre alt. Er vermisste sie jeden Tag, den er hier war, trotz Telefonate über VisuTel. Erst Ende November zu Thanksgiving, wenn er für eine Woche nach Hause flog, würde er die drei wiedersehen.

»Ich freue mich für dich«, sagte Julian und grinste. »Obwohl, noch vor knapp einer Woche hast du sie für eine unsensible, schlecht gelaunte Nervensäge gehalten.«

»Was kümmert mich mein Geschwätz von gestern! Ich bin total verknallt in sie, ihre Anziehungskraft ist wie ein Supermagnet, wissenschaftlich ausgedrückt.«

»Gut gesagt.« Julian lachte. »Hört sich an, als könntest du deine Finger nicht von ihr lassen.«

Wenn du wüsstest, dachte Nikolai. *Ich muss nur ihre Stimme hören, dann regt ER sich in meiner Hose. Sie ist eine mir feuchte Träume bereitende Sexbombe. Noch nie habe ich eine*

Frau so begehrt. Gott, wenn ich daran denke wie wir uns kennengelernt haben! Sie ist schön, aufregend, leidenschaftlich, verspielt und ungezügelt – sexy hoch zehn! Ich liebe es, wenn sie sich unter mir windet. Ich liebe ihre wunderschönen blauen Augen, in denen ich mich verlieren könnte, wie in einem Ozean. Sie ist absolut empfindlich am Hals, gleich unter den Ohren, hat einen süßen Nacken mit einem sexy, W-förmigem Haaransatz. Und ihre Haut ist wie Samt. Es ist ein phänomenaler Anblick, wenn sich ihre Knospen aufrichten und unter kirschroter Spitze abzeichnen, mich förmlich anspringen – die Einladung zum Naschen. Ich darf gar nicht dran denken, wenn sie an meinen Brustwarzen knabbert und saugt, das macht mich total kirre! Wenn wir uns das nächste Mal treffen, werden wir uns hemmungslos lieben, solange bis wir nicht mehr können und erschöpft in den Armen liegen. Wir werden das Kamasutra durchgehen und herausfinden, was uns davon besten gefällt. Dann darf ich wieder ihren süßen, knackigen, perfekten Po anfassen, daran knabbern und reinbeißen. Yeah!

Julian parkte vor dem Haus. Nikolai stieg aus und sah sich, Kathis Warnung im Ohr, erst einmal in alle Richtungen um. Er konnte nichts Verdächtiges erkennen und nickte zufrieden.

»Was ist los?«, fragte Julian.

»Erklär ich dir oben.«

»Ein Profikiller?« Julian blieb im Flur plötzlich stehen. »Hier in Nürnberg? Holy crap!«

»Die Kripo weiß nicht, ob er sich noch in der Stadt herumtreibt. Kathi meinte, er könnte es auch auf mich abgesehen haben. Obwohl ich das nicht glaube.«

»Okay, ich halte die Augen offen. Wie sieht der Typ aus?«

»Das wissen sie nicht genau. Er verändert ständig sein Aussehen. Morgen erscheinen Fahndungsfotos im Web und in den Zeitungen mit einer aktuellen Beschreibung.«

»Pfeilgift? – Ist ja voll old school.« Julian schüttelte den Kopf und packte seine Tasche aus.

Nikolai sprach eine Nachricht auf Kathis Box. »Hi, Süße, bin schon zu Hause, konnte mit Julian fahren. Hier ist alles klar Schiff, kein Killer in Sicht. Bitte ruf an, wenn du vom Boxen kommst. Ich will heute nochmal deine Stimme hören. Dicker Kuss.«

Kathis Training lief heute so gut, wie schon lange nicht mehr. Nach dem Aufwärmen und zehn Minuten am Punching-Ball stieg sie in den Ring zu Frank, einem Mittelgewichtler. Er wog knapp 15 Kilo mehr als sie mit ihren 58, genau das war die Herausforderung. Sie musste nur wenige harte Schläge einstecken, ihr Sparringspartner umso mehr. Wie einem doch das Verliebtsein, toller Sex und die Aussicht auf noch tolleren beflügeln konnte.

René Hofbauer wurde von einigen vermisst, scheinbar hatten sie keine Zeitung gelesen. Kathi informierte nur Boxclub-Chef Florian Radic, dass René in U-Haft saß, eine Anklage wegen Beihilfe zum Mord erwartend. Florian konnte schweigen, aber er steckte in der Klemme, er musste sich nach einem neuen Trainer umsehen.

Nach dem Duschen hörte Kathi Nikolais Nachricht ab, rief ihn aber erst aus dem Auto an.

»Hi, Niko«, flötete sie. »Hab deine Nachricht bekommen.«

»Hi, meine Süße. Bist du schon zu Hause?«

»Nein, ich stehe vor dem NBC, fahre aber gleich los.«

»Ist bei dir alles okay?«

»Natürlich.«

»Dann treibt sich kein Killer in der Nähe herum?«

»Nein«, antwortete sie mit schlechtem Gewissen, weil sie in den letzten Stunden nicht mehr gedacht hatte. Nikolai ein Versprechen abringen und selber nicht aufpassen. Sie drehte sich nach allen Seiten um, entdeckte ein paar Leute am Eingang und andere, die unterwegs zu ihren Autos waren. Sie kannte jeden von ihnen. Dunkle Ecken, die ein Versteck bieten könnten, gab es hier bei der Flutlicht-ähnlichen Beleuchtung nicht.

»Kathi?«, fragte Nikolai, weil er einige Zeit nichts gehört hatte. »Bist du noch dran?«

»Ja, ja, hier ist alles klar.«

»Okay.«

»Oder wolltest du von mir hören, dass ich Sehnsucht nach dir habe?«

»Immer.«

»Dass ich das Wochenende wunderschön fand?«

»Ja, das auch.«

»Bist du allein?«

»Nein und ja.«

»Nein und ja?«

»Nein, weil Julian im Gästezimmer schläft und ja, weil ich allein in meinem Bett liege, leider.«

Kathi lächelte. Sie sah Nikolai vor ihrem inneren Auge dort liegen, nackt, seinen Adonis-Körper nur halb mit dem Laken bedeckt und seine Hand fordernd nach ihr ausgestreckt. Dabei kam ihr eine Idee. »Moment.« Sie steckte ihr Handy blitzschnell in die Halterung, startete den Motor, fuhr langsam los und schaltete auf Freisprechen um. »Okay, bin wieder da. Bist du bereit?«

»Ja, wofür?«

»Lass mich all deine Sinne entflammen. Ich will dich hören, wenn du mir zu verstehen gibst, dass ich deine unersättliche Lust wecke …«

»Mmmhhh … das tust gerade, und wie!«

Kathi wurde ganz heiß bei dem Gedanken daran. *Jetzt muss ich aufpassen, dass ich keine rote Ampel überfahre.* Telefonsex im Auto war für sie heute eine Premiere. Wie heißt es so schön ›Sag niemals nie‹ und alles ist bekanntermaßen steigerungsfähig. »Oh ja«, hauchte sie in Richtung Handy. »Ich will sehen, wenn das Verlangen in deinen Augen aufblitzt, wenn ich mich im Licht der Kerzen lasziv und verführerisch winde.«

»Mmmhhh, »schnurrte Nikolai. »Ich bin schon sowas von entflammt, du würdest es spüren, wenn du auf mir lägst.«

»Oh yeah, das würde ich gern spüren, das wäre jetzt so geil!« Sie schauderte vor Vorfreude. »Ich würde ganz langsam nach unten gleiten, mit meiner Zunge über deinen Bauchnabel und dann deinen Prinzen gaaanz langsam in den Mund nehmen …«

»Stopp, aus!«, unterbrach sie Niko.

»Warum, gefällts dir nicht?«

»Ha! Das ist jetzt ein Scherz, oder? – Du hast jetzt Pause, ich bin dran!«

»Okay, bin ganz Ohr«, grinste Kathi und bog in die Regensburger Straße ein.

»Ich lasse dich nicht weiternaschen«, begann Nikolai. »Ich ziehe dich wieder hoch, denn jetzt will ich dich schnurren hören, wenn meine Finger sanft über deine Haut gleiten …«

»Mmmhhh …«

»Ich will dich fühlen, deine erogenen Zonen reizen, bis du heiß wirst. Ich will dich schmecken, deinen Körper mit Küssen bedecken, dir die salzig-süßen Schweißperlen wegküssen und die Geschmacksnerven meiner Zunge in deinem Schoß zum Explodieren bringen.«

»Oh, mein Gott! – Jaaaa!«, stöhnte Kathi. Sie spürte die Erregung, die Nikolais Stimme und seine Worte bei ihr auslösten und sich vom Zentrum ihrer Lust in den gesamten Körper ausbreitete. Sie freute sich auf mehr. Nur noch einmal um die Kurve, dann käme schon die Wilhelm-Spaeth-Straße.

»Ich will dich riechen«, hörte sie ihn sagen. »Dein Haar, deine Haut und den betörenden Duft deiner Leidenschaft.«

»Mmmhhh!«, hauchte Kathi lasziv in Richtung Mikro. »Ich liebe es … mach weiter, aber …«

»Aber was?«

»Aber nicht am Telefon.«

»Warum nicht?«

»Live ist es viel besser.«

»Äh, wie jetzt …«, stammelte Nikolai. »Bist du ... äh, bist du etwa …?« Er brachte keinen anständigen Satz mehr zustande.

»Bin gleich bei dir«, grinste sie durchs Telefon. »Ich stehe vor dem Haus.«

»Wow! Das ist ja …« Eine tolle Überraschung, wollte er sagen, aber seine Stimme versagte vor freudiger Erwartung.

»Ich will aber nicht Läuten und Julian aufwecken.«

»Ich öffne dir gleich, ich fliege!«

***

Dienstag, 22. Oktober 2024

Beim zweiten Kaffee im Büro und gestärkt durch ein reichliches Frühstück bei Nikolai und Julian, der beteuerte, letzte Nacht nichts gehört zu haben, studierte Kathi noch einmal die neuen Einträge auf der Pinnwand. Sterns Bericht bestätigte, dass Tüyüc und Panzer mit demselben Gift ermordet worden waren. Und sie fragte sich zum wiederholten Male, was Tüyüc als bisher unbescholtenen Bürger dazu treiben konnte, für BATC zu spionieren.

Dr. Atila Tüyüc, geboren 3.5.1973 in Fürth, Vater: Deutscher türkischer Abstammung, Gemüsegroßhändler. Mutter: Deutsche, Friseurmeisterin mit eigenem Salon, eine jüngere Schwester: Hautärztin mit eigener Praxis. Studium Physik und Maschinenbau in Erlangen, 1997 bis 2006 arbeitete er als Service-Techniker bei Siemens Automatisierungstechnik, dazwischen promovierte er in Physik (2004), 2007 bis 2010 war er in der Entwicklung bei Siemens Healthcare, 2011 ging er zu MECH@TRON, zunächst als Mitarbeiter in der Konstruktionsabteilung. 2016 wurde er Assistent von Dr. König und ist seit 1.9.2018 sein Stellvertreter.

Die Daten von Dr. Steffen Panzer fehlten noch, seine Spalte würde sich füllen, wenn Andi den Bericht aus Erlenstegen schickte. Er und Stoll besuchten gerade den Chef der Maximilians-Augenklinik. Dort hatte man herausgefunden, dass Panzer Tüyücs Blutwerte nach der OP gefälscht hatte, um die Manipulation der computergesteuerten Dosierung des Narkosemittels zu vertuschen. Aus der geplanten Kurzschlaf-Narkose wurde eine ›Dauernarkose‹. Zum Glück existierte im Labor eine Kopie der Liste. Der Kaufpreis des Anästhesisten und sein Geldversteck waren noch unbekannte Größen. Darum und um dessen privates Umfeld kümmerte sich Clausen mit den Kollegen vom Wirtschaftsdezernat. Kathi markierte die Spalten um Tüyüc und Panzer und schob die von Hoek dazwischen, das neue Bindeglied. Die Fahndung nach ihm war bisher erfolglos verlaufen, es gab Null Anhaltspunkte zu seinem wirklichen Aussehen oder seinem Aufenthaltsort.

Kurz nach der Mittagspause läutete Kathis privates Handy, eine unbekannte Telefonnummer.

»Hallo, hier ist Starck.«

»Hallo, Frau Starck, hier ist Alexander Ikonen.«

»Hallo, wie geht es Ihnen?«

»Danke, gut soweit. Und Ihnen?«

»Auch gut, Danke. Was kann ich für Sie tun?«

»Ich bin heute erst dazu gekommen, mich Walters Anrufen und Nachrichten zu widmen. Dabei bin ich auf sein Tagebuch gestoßen.«

Kathi spitzte die Ohren. »Ein Tagebuch?«

»Ja, ein Sprach-Tagebuch, die Datei war geschützt.«

»Okay.« Kathi ließ sich ihre Verärgerung nicht anmerken, von einem Tagebuch stand nichts im Bericht der IT-Spezialisten. *Ich dachte, dort arbeiten Profis!*

»Es ist nichts Besonderes, ein normales Tagebuch eben. Er erwähnt Dr. Tüyüc. Hören Sie es sich an, ich schicke Ihnen das File gleich zu.«

»Gut, das werde ich, vielen Dank.«

»Wofür denn, meine Familie und ich haben Ihnen zu danken. Sie haben den Mord an Walter aufgeklärt.«

»Das ist mein Job und ein wenig Dank gebührt auch Kommissar Zufall.«

»Richten Sie es ihm aus«, sagte Ikonen mit einem lächelnden Unterton.

»Wird gemacht.«

»Sie kommen doch morgen zur Trauerfeier?«

»I-ich?«, stammelte Kathi. »D-das ist jetzt eine Überraschung.« Es kommt schließlich nicht alle Tage vor, dass die ermittelnde Kommissarin zu so einem Familien- und Freunde-Ding eingeladen wird. »Ich überlegs mir, wann solls losgehen?«

»Um halb drei, bitte kommen Sie, wir würden uns sehr freuen.«

Unmittelbar nach dem Telefonat kam die Datei. Kathi stöpselte die Ohrhörer ein und lauschte. »Montag, 14. Oktober 2024, Nachtrag 00:23 Uhr«, hörte sie eine tiefe Männerstimme sagen. Walter Königs Timbre ähnelte sehr der seines Cousins. »Endlich positive Testergebnisse, Gussproben drei und vier liefen sauber durch. Mussten heute leider eine Zwangspause einlegen, das rechte Bedienpanel fiel aus. Verdammte Scheiße! Zum Glück hat es mit dem Ersatz schnell geklappt, funktioniert reibungslos. Morgen noch die nächste Charge durch den Thron jagen, dann können wir in Produktion gehen. Bin froh, dass ich Nikolai habe. Atila war heute kaum zu gebrauchen und nervös, genau wie in den letzten Tagen. Habe ihn früher nach Hause geschickt. Blödes Timing, diese Augen-OP, gerade jetzt, so kurz vor dem Durchbruch. Er hätte sie auch um ein paar Wochen verschieben können. Egal, morgen hat er diese lästige Sache hinter sich. – So, Schluss für heute, gehe jetzt schlafen, morgen wird ein langer Tag.« Dann gab es einige Sekunden Pause. »Dienstag, 15. Oktober 2024, 7:14 Uhr. Ich wurde beschenkt, fand soeben ein kleines SL-Modell auf meinem Schreibtisch, silbergrau, Maßstab 1:43, schon etwas älter, aber Superzustand, mit Schleife, leider ohne Kärtchen. Das muss ich gestern

Abend übersehen haben, naja war ja schon spät. Werde Frau Beeskow später fragen, von wem es ist. Vielleicht von Frau de Boer? Hm ... Egal, jetzt auf zu neuen Taten ...« Mit diesen Worten endete er.

Kathi hörte sich die Aufzeichnung ein weiteres Mal an, fand aber nichts Außergewöhnliches daran. Sie lud die Dateien ins System, speicherte sie in der Akte ab und löschte sie auf ihrem Smartphone.

Mittags tröpfelten ein paar Neuigkeiten aus dem Wirtschaftsdezernat ein. Tüyücs privater Rechner und sein Handy waren sauber. Auch in seinem Büro fand man nichts, was im Zusammenhang mit dem Datenklau stehen könnte. Vom Memory-Stick und dem Geld fehlten noch immer jede Spur. Die Aussagen seiner Frau stimmten, sie schien wirklich nichts von den verbrecherischen Ambitionen ihres Ehemannes gewusst zu haben. Jedenfalls zeigten sich nach dem Check mit VOICECOMPARE keine Auffälligkeiten. Zur Sicherheit hatte man begonnen, das ganze Haus noch einmal gründlich zu durchsuchen, Küche, Bad, die Kinderzimmer, Keller, Garage, Autos, nach dem Stick, dem Geld und vielleicht nach einem zweiten Handy. Eine Nadel im Heuhaufen war sicher leichter zu finden.

7

Mittwoch, 23. Oktober, 2024
Keine Beerdigung, kein großer Leichenschmaus in einer Gastwirtschaft – ganz im Sinne von Walter König, gab es an diesem Nachmittag nur eine kleine Trauerfeier bei Kaffee und Kuchen im Haus in Kriegenbrunn. Auch der Himmel trug Trauerflor, kühles Nebelwetter hatte die sonnigen Spätherbsttage abgelöst. Carmen Bertl und Putzfrau Lena gingen Alexander Ikonen, Sonja und den gestern angereisten Söhnen bei der Bewirtung der 30 Trauergäste zur Hand. Darunter viele von Walter Königs Vereins- und Clubkameraden, seine engsten Mitarbeiter bei MECH@TRON und ehemalige Kollegen aus Bonn und Halle.

Kathi war Alexander Ikonens Bitte gefolgt und hatte ab Mittag freigenommen, trotz Andis Urlaubs wegen des Geburtstags seiner Zwillinge. In Sachen Hoek gab es nichts Neues, wäre ja auch ein Wunder in der kurzen Zeit. Clausen, Stoll und Angie kämen auch ohne sie aus. Nikolai war mit Simon und Benny direkt von MECH@TRON hergefahren. Julian kam direkt von der Uni, pünktlich zur gemeinsamen, sehr emotionalen Rede für den verstorbenen ehemaligen Doktorvater, Freund und Vorgesetzten. Die beiden dankten ihm posthum und Nikolais Schlussworte, ein Zitat von Albert Einstein rührte alle.

»Es gibt zwei Arten, sein Leben zu leben: Entweder so, als wäre nichts ein Wunder, oder so, als wäre alles eines. Ich glaube an Letzteres.«

Nach kurzen, aber nicht weniger bewegenden Ansprachen von Susan de Boer, Mirko Rübsamen für die Oldtimerfreunde und der Vertreter von Sportverein und Schachclub, wurde das Kuchenbuffet eröffnet.

»Schön, dass du da bist, Kathi«, sagte Alexander. »Ich sag jetzt einfach du, okay?«

Sie lächelte. »Okay und danke nochmal für die Einladung.« Ihr Blick fiel ins Bücherregal, vor dem sie standen. »Hier also haben sie ihren Ehrenplatz gefunden.« Sie zeigte zu den beiden silbergrauen Flügeltürern aus Königs Büro, zwischen dem weinroten und dem Roadster.

»Den ganz großen lasse ich erst einmal bei Mirko in der Garage.«

»Was hast du damit vor und mit dem Haus?«

»Das Haus werde ich vermieten oder verkaufen, aber das hat noch Zeit. Ich muss erst Walters Sachen durchsehen, was ich behalten will oder was man spenden könnte und der SL, mal sehen.«

»Fahrt ihr am Samstag zum Oldtimerteffen nach Lauf?«

»Ja, der Vorstand hat nicht nachgegeben, also drehen wir ein paar Ehrenrunden für Walter. Aber bis dahin muss ich mich noch um einigen Papierkram kümmern. Ich bin froh, dass die Bertls mir dabei helfen, vor allem beim Amtsgericht, Walter hat kein Testament gemacht.«

»Ja, das ist nervig, aber in deinem Fall dürfte es relativ problemlos über die Bühne gehen.«

Mirko Rübsamen trat zu ihnen. »Darf ich den Alex kurz zu einem Männerg'spräch entführen, Frau Starck?«

»Natürlich, lassen Sie mich raten, es geht um Autos.«

»Richtig.«

Als die beiden weg waren, sah Kathi zu den anderen Gästen hinüber. Sonja unterhielt sich mit Frau de Boer, Nikolai stand mit Julian, Mikkel und Noah in ein Gespräch vertieft an der Wurlitzer. Da alle beschäftigt waren, nutzte sie die Gelegenheit für den Gang zur Toilette. Auf dem Rückweg wurde sie von Carmen Bertl angesprochen, die sie informierte, dass es wieder frischen Kaffee gab. Kathi hatte vorhin nur eine halbe Tasse abbekommen, obwohl seit Eintreffen der Gäste alle Kaffeemaschinen, die von den Nachbarn geliehenen eingeschlossen, auf Hochtouren liefen. Kaffee ist gut, mit einem Stück Kuchen noch besser. Am Buffet, in der Essecke aufgebaut, versorgte sie sich mit dem begehrten Heißgetränk und einem Nuss-Brownie und hielt Ausschau nach Nikolai. Er sah auf, lächelte ihr augenzwinkernd zu und widmete sich wieder seinen Gesprächspartnern.

Ihren Brownie genießend, fiel Kathis Blick hinüber zu Alex am Bücherregal. Der blonde Mann mit der Igelfrisur, mit dem er jetzt sprach, kam ihr irgendwie bekannt vor, sie wusste nur nicht woher. *Vielleicht arbeitet er auch bei MECH@TRON, ich frag mal Niko.* An der Musikbox, wo sie ihn wähnte, standen nur noch Julian und Noah. Kathi steckte das letzte Brownie-Stück in den Mund und machte sich auf die Suche nach ihrem Schatz. Doch weder in der Küche noch im Flur wurde sie fündig. Sie klopfte an die Tür des WC.

»Besetzt!«, rief eine Frauenstimme, die Kathi nicht gleich zuordnen konnte.

»Entschuldigung!«

»Kaa Deema!«, kam zurück. Das klang nach Frau Rübsamen.

Kathi drehte noch eine Runde und entdeckte Nikolai draußen, auf der Terrasse bei den Rauchern, allerdings nicht zum Rauchen, er fand das ebenso scheußlich wie sie. Bei dem nebligen Wetter hatte sie keine Lust hinauszugehen. Weil sie gerade in der Nähe des Buffets stand, nahm sie noch eine Tasse Kaffee. Ganz in Ruhe ließ der blonde Igelkopf sie nicht. Sie beschloss, ihn selbst zu fragen und drehte sich um, in Richtung Bücherregal. Er war allein, stand mit dem Rücken zu ihr und steckte irgendetwas in die linke Jackentasche. Dann ging er in Richtung Flipper-Automaten, als wäre nichts geschehen. Aber im Regal fehlte plötzlich der kleine, silbergraue Flügeltürer.

Das gibts doch nicht, der hat den jetzt geklaut! Auf einer Trauerfeier! Kathi stellte ihre Tasse auf den Tisch, folgte ihm unauffällig und sah automatisch auf seine Schuhe: schwarze Retro-Chucks. Dann dieser lässige Gang, derselbe wie auf den Überwachungsvideos von VAG, Klinikum und Feuerwehr. PENG! machte es bei ihr. *Das ist doch ...!* Ihr nächster Blick ging zu den Ohren: lange, dünne Ohrläppchen. *Scheiße, das ist Hoek! Das ist Xander Hoek! Der hat Nerven, sich hier blicken zu lassen! Wie kam der überhaupt hier rein und was will er mit dem Automodell? Ein Auftragskiller, der Andenken mitnimmt?* Dann fiel es ihr wie Schuppen von den Augen. *Königs Tagebuch! Er sagte, der Benz war ein Geschenk. Aber nicht von Frau de Boer und auch nicht von Rübsamen, wie Nikolai vermutet hatte, der war garantiert von Tüyüc! Ich wette, da drin ist der Memory-Stick. Er hat den SL als Geschenk für König getarnt, um den Verdacht auf ihn zu lenken, falls der Datenklau auffliegt.*

Nur Tüyüc hätte die Chuzpe, sich Zutritt zu Königs Büro zu verschaffen. Er musste Hoek darüber informiert haben, dieser konnte bei MECH@TRON allerdings nicht einfach so reinspazieren. Er hatte gewartet, bis Königs Büro ausgeräumt war. *Hierher zu kommen war ein Fehler, Freundchen*, dachte Kathi. *Ein Glück, dass ich hier bin, das ist eine Fügung des Schicksals! Dir werd ich das Handwerk legen, dann kann ich den kürzesten Fall meines Lebens endlich abschließen.* Sie überlegte, was sie tun sollte und sah sich hilfesuchend um, wen sie um Unterstützung bitten konnte. Nikolai kam wie gerufen.

»Komm mit, ich brauche dich!«, flüsterte sie und schob ihn in die Küche.

»Was ist passiert?«

»Leise«, mahnte sie. »Hoek ist hier, der Killer!«

Nikolai riss Augen und Mund auf. »Wirklich? Wo?«

»Der blonde Igel, neben den Flippern. Ich glaube, er will auf die Terrasse.«

Nikolai sah unauffällig in diese Richtung. Hoek machte keine Anstalten sich zu beeilen. »Dieser Dreckskerl!«

»Er hat den kleinen, silbernen Mercedes geklaut. Ich glaube, der zweite Speicherstick steckt da drin.«

»Shit! Dann war er die ganze Zeit beinahe vor unserer Nase! Hast du deine Waffe mit?«

»Doch nicht hier! Sie ist im Auto.«

»Shit!«

»Sag es bitte Alexander, er soll dafür sorgen, dass alle ohne großes Aufsehen das Haus verlassen und wegfahren. Ich rufe Verstärkung.«

»Okay, ich gebe auch Julian Bescheid, sechs Augen sehen mehr.«

»Gute Idee.«

»Gib mir deine Wagenschlüssel, ich hole die Knarre.«

»Er steht vorne rechts an der Ecke. Ich warte hier. Falls Hoek abhauen will versuche ich, ihn aufzuhalten.«

»Bitte, bitte sei vorsichtig!«, mahnte Nikolai eindringlich und küsste sie.

Am liebsten hätte Kathi ihn jetzt in den Arm genommen, aber ihr lief die Zeit davon. Als er draußen war, sah sie noch einmal zu Hoek, der lümmelte, noch immer die Ruhe in Person, an einem der Flipper. Sie schloss die Schiebetür bis auf einen handbreiten Spalt und rief im Präsidium an.

Philipp Stoll meldete sich: »Hallo, Kaddi, ich dachte du hast heut frei.«

»Das dachte ich auch. Es gibt eine Programmänderung, ich habe Xander Hoek gefunden.«

»Den Killer?«, japste Stoll.

»Ja, er ist hier in Kriegenbrunn, in Königs Haus. Die Adresse ist Wolfstaudenring 30. Mit Sicherheit ist er bewaffnet. Ich brauche Verstärkung, egal wer, egal von wo, aber die sollen schnell kommen und bitte ohne Sirenengeheul, sonst geht er uns durch die Lappen. Ich halte hier die Stellung.«

»Okay, ich informiere die Erlanger Kollegen, die sind schneller bei dir als wir.«

»Okay.« Sie steckte ihr Handy wieder in Seitentasche ihres Blazers, anlässlich der Trauerfeier trug sie heute keine Bikerjacke, und lugte durch den Türspalt wieder in Richtung Hoek, aber er war verschwunden.

»Scheiße!«, fluchte sie und wollte gerade die Tür öffnen, plötzlich spürte plötzlich etwas Hartes am Hinterkopf.

»Na na na, Frau Kommissarin«, hörte sie hinter sich eine Männerstimme mit deutlich hörbarem holländischen Akzent sagen. »Wer wird denn gleich fluchen.«

Sie fuhr herum. »Xander Hoek!« *Wie kam der so schnell hierher? Jetzt stecke ich in der Klemme, hoffentlich haben Alex und Julian ihn im Auge behalten!*

»Ganz ruhig«, sagte er. »Und jetzt umdrehen.« Kathi folgte seiner Aufforderung. Dabei schob sich Hoeks linke Hand an ihr vorbei und schloss die Tür. Dann suchte er sie blitzschnell nach versteckten Waffen ab und drehte ihre Arme auf den Rücken. Jetzt konnte er sie mit einer Hand festhalten.

»Ich bin nicht bewaffnet«, sagte sie.

»Das ist aber leichtsinnig, Frau Kommissarin.«

»Das ist eine Trauerfeier! Wir sind zwar nicht in der Kirche, aber das gehört sich nicht.«

»Scheiß-Moral«, knurrte er. »Schade, dass ich Sie jetzt erschießen muss.«

»Sie müssen gar nichts.« Kathi versuchte sich aus seinem Griff zu befreien, stattdessen drückte er noch härter zu und bohrte den Lauf seiner Pistole in ihren Rücken. »Sie kommen hier nicht raus, Hoek!«

»Wollen wir wetten.« Siegessicher dirigierte er sie zur anderen Schiebetür, die in den Flur hinausging.

»Ich stehe nicht auf Glücksspiele«, meinte sie patzig und hoffte, dass Nikolai bald mit der Waffe käme. *Du musst Zeit schinden,* ermutigte sie sich, *rede mit ihm!* »Sie scheinbar schon, sonst wären Sie hier nicht hier aufgekreuzt.«

»Und ich dachte mein neuer Look funktioniert. – Wie sind Sie mir auf die Schliche gekommen? An den Haaren kann es nicht gelegen haben.«

»Ihre Ohrläppchen sind ziemlich auffällig und in Sachen Schuhen hätten Sie eine Frau konsultieren sollen. Die Chucks haben sie schon am Montag getragen. Schlägt das Handbuch für Auftragskiller keinen Schuhwechsel vor?«

»Touché, aber ich stehe nun mal drauf und bequem sind sie auch.« Hoek schob die Tür weiter auf und spähte in den Hausflur. Die Luft war rein. Er lotste Kathi bis zur Haustür.

»Tja, in Punkto Schuhen sind Frauen unschlagbar. Sie könnten wenigstens mal ne andere Farbe nehmen.«

»Charmant bis zuletzt«, sagte er grinsend. »Ich werde Ihren Rat in Zukunft beherzigen.«

Charmant bis zuletzt, das werden wir ja sehen! Bitte komm jetzt Niko, bitte komm!, flehte Kathi in Gedanken, als Hoek die Haustüre öffnete und in alle Richtungen sah.

Draußen vor dem Haus war keine Menschenseele. Ihr Auto stand zu weit vorn, so konnte sie nicht sehen, ob Nikolai es bis dorthin geschafft hatte. *Verdammter Mist!*

»Los, nach links!«, herrschte Hoek sie an. »Und bitte keine Judo-Tricks.«

»Ich mache kein Judo.«

»Was auch immer, lassen Sie's!«

Kathi gehorchte. Hoek hielt sie so, dass sie sich nicht gefahrlos befreien und wehren konnte. Ihr blieb nichts anderes übrig, als weiterzureden. »Sie haben den kleinen SL geklaut.«

»Soso, das haben Sie bemerkt.« Hoek zog Kathi nach links, weg vom Haus.

»Noch auffälliger gings nicht.«

»Sie sehen anderen Leuten also nicht nur auf die Füße, Mercedes-Fan?«

»Leidlich, dieses Modell ist ne Ausnahme.«

»Ja, die Sonderausstattung hat was.«

»Woher wussten Sie, dass der Stick drin ist?«

»Sie wussten es scheinbar nicht, Frau Starck, sonst wäre der SL nicht in Königs Haus gelandet und wir wären nicht hier. Sie enttäuschen mich, was ist los mit Ihrem kriminalistischen Spürsinn? – Egal, wo Sie hingehen, brauchen Sie ihn nicht mehr.«

»Geben Sie auf, Hoek. Meine Kollegen sind gleich hier.«

»Bullshit! Von Nürnberg dauert es mindestens 25 Minuten, selbst aus Erlangen sind es fünfzehn.«

»Es gibt Hubschrauber.«

»Den hört man zum Glück von weitem, aber wegen mir schicken die keinen.«

»Nicht so bescheiden.«

»So oder so, ich töte normalerweise schneller.«

Kathi schluckte. *Bis jetzt redet er nur drüber, reden kannst du auch. Also rede mit ihm, verschaffe dir Zeit!*

Hoek bog, sie fest im Griff, in die erste Querstraße ein, immer weiter weg von Königs Haus, von Nikolai und allen anderen, die ihr helfen könnten. »Aber nicht hier«, sagte er.

»Dann haben Sie ja Zeit, mir zu erzählen, wie Sie auf das Versteck des Sticks gekommen sind.«

»Na gut, ich will mal nicht so sein. Ich habe Sie seit Montagabend abgehört.«

»Mich? Wie?«

»Über Ihr Handy, wie sonst.«

»Wie kamen Sie da ran?«

»Verrate ich nicht.«

Du Arsch! Wie konnte er ohne PIN ...? Bei Kathi machte es Klick. *Wenn er den Code für meine SIM-Karte hat, braucht er ihn gar nicht, damit kann er alle meine Gespräche abhören. Verdammter Mist!* Von wegen bessere Sicherheitsmaßnahmen, wie es die Anbieter ständig versprachen. Dann hörte sie sich selber reden ›Kein System ist sicher‹.

»Ihr Telefonat mit Dr. Ikonen gestern Nachmittag war sehr aufschlussreich«, sagte Hoek. »Und Tagebücher fand ich schon immer sehr interessant. Als König das Modellauto erwähnte, haben bei mir die Ohren geklingelt.«

Kathi ärgerte sich gleich noch mehr. *Verdammt, warum hat es bei mir nicht geklingelt!* »Und Sie dachten, mische ich mich heute einfach unter die Trauergäste und klaue das Teil.«

»Genau so war es.«

»Und dann komme ich Ihnen in die Quere.«

»Ich finde es sehr interessant, die Frau kennenzulernen, die so heiße Telefongespräche mit ihrem Lover führt.«

»Lover? – Pfffffffffff!«

»Dann eben Freund, Niko. – Nikolai und Katharina, passt gut zusammen.«

»Sie haben keinen Respekt vor dem Privatleben anderer Leute.«

»Ich fand es ganz amüsant, es muss Ihnen nicht peinlich sein.« Hoek grinste breit. »Keine Sorge, ich habe den Chat wieder gelöscht. Ich lösche alle Daten, die ich nicht mehr brauche – keine Daten, keine Beweise. Mein Gedächtnis ist ausgezeichnet und ich kann schweigen wie ein Grab.«

Grab? Kathi bekam es mit der Angst zu tun. *Gott, nein! Daran darf ich gar nicht denken, ich will nicht sterben!* Wenn er gelogen hatte, würden sich die IT-Spezialisten beim Überprüfen ihres Handys über den erotischen Chat amüsieren. Ihr konnte es egal sein, sie würde es nicht mehr mitbekommen – pfeif auf gute Reputation, besonders posthum. Aber Nikolai müsste es ausbaden.

»Hoffentlich hat Ihr Niko es Ihnen vorgestern Nacht anständig besorgt«, quälte Hoek sie. Seiner Stimme nach zu urteilen, schien er es zu genießen. »Was Sie betrifft, war es das letzte Mal in Ihrem Leben.«

Du perverses Arschloch! Am liebsten würde sie ihm die Augen auskratzen, ihm ihr Knie in sein Gemächt rammen – nein, umgekehrt zuerst das Gemächt, dann die Augen. Aber sie bekam nicht einmal eine Hand frei, um einen Griff anzuwenden, den sie aus dem Effeff beherrschte, Hoek würde sofort abdrücken. Jetzt begann es auch noch zu regnen. *Bitte Niko, komm!* flehte sie. *Bis dahin rede, was das Zeug hält, Kathi. Texte Hoek zu und lenke ihn ab. Vielleicht schaffst Du's.* »Und vorhin haben Sie auch mitgehört.«

»Natürlich, ich bin gern auf dem Laufenden. Ich habe nicht damit gerechnet, dass eine Kommissarin, die mich erkennen könnte, zur Trauerfeier eines Ermordeten erscheint.«

»Warum haben Sie mich erst ab Montagabend abgehört?«

»Ich war nochmal in Tüyücs Haus, habe aber nichts gefunden. Ihre Kollegen von der Spurensicherung waren sehr gründlich. Ich dachte, häng dich an Kommissarin Starck, die wird auch Tüyüc und Panzer auf den Tisch bekommen.«

»Sehr schlau, wann waren Sie das erste Mal bei Tüyüc?«

»Letzten Dienstag.«

»Als seine Frau bei ihm in der Klinik war?«

»Genau da.«

»Und woher wussten Sie, dass er im Koma lag?«

»Eigentlich sollte er da bereits tot sein«, knurrte er. »Aber bei einem Dilettanten wie Panzer ...«

»Wie bitte?«

»Es war so geplant.«

»Das müssen Sie mir jetzt genau erklären.«

»Los weitergehen, immer weitergehen«, befahl Hoek und bohrte ihr den Lauf in den Rücken.

Sie erreichten die Kreuzung zur Budapester Straße, wieder drängte Hoek nach rechts und kein Nikolai weit und breit.

Weiterreden Kathi, ruhig bleiben und weiterreden. »Erklären Sie's mir jetzt?«

»Sie sind ganz schön hartnäckig.« Hoek schnaufte. »Also gut, nachdem Sie es niemandem mehr erzählen können …«

O Gott!, dachte Kathi. *Er meint es wirklich ernst! Hoffentlich schafft es Niko, wenn schon die Verstärkung so lang auf sich warten lässt. Von mir aus kommt mit Heli, Panzer oder Raketen, aber bitte, bitte kommt endlich!*

»Tüyüc wurde zu gierig, ganz einfach«, sagte Hoek.

»Wie viel waren es denn?«

»Zwanzig Millionen waren vereinbart, dann verlangte er dreißig. Er hatte BATC Zeit bis Freitag nach der OP gegeben. Aber mit denen verhandelt man nicht und ich musste liefern.«

»Verstehe, die stehen unter Zeitdruck. MECH@TRON liegt trotz allem vorn.«

»Ich tu nur das, wofür ich bezahlt werde. Die wollen den Stick, also kriegen sie ihn. Ein Glück, dass er im Haus war, aber ich wäre auch irgendwie in Königs Büro gekommen.«

»Nicht mit diesem Schuhen.«

Hoek lachte auf. »Wie ich sagte, charmant bis zuletzt.«

Kathi konnte sein Gesicht nicht sehen, aber in seiner Stimme vernahm sie einen Anflug von Triumph. »Hätten Sie König gleich mit erledigt, wenn Tüyüc nicht …«

»Blödsinn, damit hatte ich nichts zu tun!«, fuhr er ihr ins Wort. »Ist mir auch egal, scheinbar hatte er mit ihm noch eine Rechnung offen. Eigentlich hat er es ganz geschickt angestellt, das muss ich ihm lassen.«

»Eigentlich wollte er besonders schlau sein. Er hat vergessen, dass es übervorsichtige Security-Mitarbeiter gibt.«

»Ja, das war die große Unbekannte in seiner Rechnung.«

»Wenn wir Hofbauer nicht verhaftet hätten, würden Sie ihn auch umlegen, wie Panzer, richtig?«

»Richtig, zu viele Mitwisser, zu viele Risikofaktoren.«

»Bei dieser Sache pflastern einige Leichen Ihren Weg.«

»Kommt in meinem Business vor. Hauptsache, ich bekomme was ich will, jetzt sogar früher als ich dachte.«

»Ein sehr einträgliches Geschäft«, sagte Kathi. »Jetzt haben Sie die Daten und BATC musste nur die Anzahlung leisten. Kein schlechter Deal für drei Millionen.«

»Die holen sie sich zurück.«

»Es sind nur noch zwei, der Rest wurde beschlagnahmt.«

»Peanuts, das ist zu verschmerzen.«

»Tüyücs Frau bekommt nicht mal Schmerzensgeld.«

»So ein Pech.«

»Sowas schert Sie natürlich nicht, war ja klar. Obwohl Frau und Kinder nichts dafür können.«

»Mein Mitleid hält sich in Grenzen.«

Kathi fragte sich, ob jemand in den Wohnhäusern links und rechts sie beobachtete. So wie Hoek sie hielt, war auffällig. Seine Waffe konnte man aus der Entfernung zwar nicht erkennen, aber jeder mit gesundem Menschenverstand konnte sehen, dass sie nicht freiwillig mit ihm ging. Kathi überlegte, ob sie irgendeine seltsame Bewegung machen oder sich fallen lassen sollte, aber so würde sie riskieren, dass Hoek sofort schoss. Lieber nicht.

Sie erreichten die Garagen eines Mehrfamilienhauses.

»Wohin bringen Sie mich überhaupt?«, fragte sie.

»Zu meinem Wagen, wir machen ne kleine Spritztour.« Er schob sie, den Lauf seiner Waffe in den Rücken gebohrt, weiter in Richtung Wiener Straße. Kathi erinnerte sich, ein Stück weiter vorn gab es eine Gruppe mit alten Eichen, dort könnte er sein Auto stehen haben. Ein wenig Zeit blieb ihr noch. Als er mit ihr ein weiteres Mal nach rechts abbog, konnte sie sich kurz umdrehen, noch immer keine Spur von Nikolai. Mittlerweile goss es in Strömen, ihr nasses Haar klebte im Gesicht und sie fror. Ihr Blazer sog sich mit dem Regenwasser voll, es lief ihr am Hals entlang in den Kragen – ein blödes Gefühl. Hoek wurde auch nass, aber das tröstete sie nicht. Sie war schon oft in brenzligen Situationen gewesen, aber nur einmal in ihrem Leben hatte sie sich so hilflos wie jetzt gefühlt. Das war die, eine halbe Ewigkeit dauernde, Sekunde bevor sie in München auf Rainer schoss. Auch damals war sie frisch verliebt, leider in den Falschen. Nikolai war der Richtige, das wusste sie. *Bitte, bitte, lieber Gott, lass ihn endlich herkommen! Biiiiiittteeeeeeeee!*

***

»Wo sind sie hin?«, hatte Nikolai Julian gefragt, als er vorhin mit Kathis Pistole zum Haus zurückgekehrt war und die bittere Wahrheit erfahren musste.

»Nach links und dann in die Querstraße. Ich habe es nicht gewagt, ihnen weiter zu folgen. Ich wollte nicht riskieren, dass er schießt, wenn er mich entdeckt! Wohin glaubst du, will er mit ihr?«

»Vielleicht zur Hauptstraße, irgendwo muss er sein Auto stehen haben. Wir gehen anders herum, der Weg ist viel kürzer. Wir können sie einholen.« Nikolai kannte die Gegend gut von seinen Besuchen bei König. Damit beruhigte er nicht nur Julian, sondern vor allem sich selbst. Er hatte Angst um Kathi und machte sich große Vorwürfe, sie alleine gelassen zu haben. Aber was sollte sie ohne Waffe ausrichten und wer konnte ahnen, dass Hoek sie als Geisel nehmen würde.

Nikolai kam ins Schwitzen, er fühlte seinen rasenden Puls und versuchte, sein Zittern unter Kontrolle zu bringen. Er hatte keinen Traubenzucker dabei, das Notfallpäckchen steckte in der Jacke an der Garderobe. Zu spät, um es zu holen, jetzt zählte jede Minute. *Verdammter Mist! Da musst du jetzt durch!* Er ballte die linke Hand zur Faust, in der rechten hielt er Kathis geladene, noch gesicherte Waffe. Reiß dich zusammen, du tust es für sie!

»Alles klar?«, fragte Julian besorgt. Er kannte die Signale drohender Unterzuckerung bei seinem Freund.

»Geht schon«, antwortete er und atmete noch einmal tief durch.

Alex stieß zu ihnen. »Dann kanns losgehen, oder? Sonja und die Jungs wissen Bescheid.« Zu Nikolais und Julians Überraschung hatte er einen alten, englischen Langbogen aus Walters Sammlung mitgebracht und einen Pfeilköcher geschultert.

»Holy crap!«, rief Julian. »Ein finnischer Robin Hood!«

Alex grinste. »Etwas anderes war auf die Schnelle nicht greifbar.«

Sie liefen los.

»Kannst du damit überhaupt umgehen?«, fragte Nikolai.

»Ich war im letzten Jahr Landesmeister in meiner Altersgruppe. Kannst du mit der Knarre umgehen?«

»Ich glaube schon«, sagte Nikolai, der zum ersten Mal eine in der Hand hatte.

»Du glaubst es!«, rief Julian entsetzt. »Deine Lady ist in Lebensgefahr!«

»Wird nicht allzu schwer sein«, meinte Nikolai lapidar, als sie die Kreuzung zur Hauptstraße erreichten. Er entsicherte die Pistole hörbar und blickte hinauf in den grauen, wolkenverhangenen Himmel. Regentropfen platschten auf die Gläser seiner Brille. *Scheiß-Regen! Reicht nicht Nebel bei einer Trauerfeier! Wo bleiben überhaupt die Bullen, die könnten eine Streife aus Erlangen schicken, die wäre schneller hier!*

Julian spitzte um die Ecke. »Dort!«, flüsterte er aufgeregt. Er musste sich bemühen, nicht zu sehr mit den Armen zu fuchteln, um bei Hoek keine Aufmerksamkeit zu erregen. »Auf elf Uhr! Kathi und der Killer, sie überqueren gerade die Straße!«

Nikolai und Alex lugten um die Ecke.

»Mitä vittua!«, fluchte Alexander laut auf Finnisch und schickte noch ein »Perkele!« und ein »Saatani!« hinterher. »Du Drecksau! Dich krieg ich!« Jetzt hieß es, keine Zeit zu verlieren.

»Warte!«, hielt Nikolai ihn zurück.

»Warum?«

Er fuhr sich über den Bart. »Wie weit kannst du mit dem Ding schießen?«

»Bei dem Scheißwetter leider nur 100 Meter.«

Nikolai nickte zufrieden, die Entfernung zwischen ihnen und Kathi betrug etwa die Hälfte. »Das dürfte reichen. Ich gehe links lang, du hältst dich rechts, die Bäume sind eine gute Deckung.«

»Geht klar.« Alex spurtete in leicht gebückter Haltung in Richtung Baumgruppe.

»Und was soll ich machen?«, fragte Julian.

»Bleib hinter mir oder willst du Zielscheibe spielen?«

»Never, forget it!«

»Wir müssen versuchen, so nah wie möglich an die beiden ranzukommen und Hoek irgendwie abzulenken.« Nikolais Augen blitzten gefährlich hinter den Brillengläsern, seine Züge verzerrten sich zu blankem Hass. »Wenn es sein muss, knall ich ihn ab!«

Julian erkannte seinen Freund kaum wieder, Nikolai fuhr die Krallen aus. Kathi hatte tatsächlich seinen Beschützer-Instinkt erweckt. Was eine Frau so alles bewirken konnte. »Schnapp ihn dir, Tiger!«, sagte er mit einem Daumen-Hoch.

Die am Straßenrand geparkten Autos boten eine gute Deckung, während sie am Zaun der Wohnhäuser entlangliefen.

Nach der Hälfte des Weges wurden sie von Hoek entdeckt. »Verschwindet, ihr Penner, sonst ist sie tot!«, brüllte er in ihre Richtung und zog Kathi noch fester an sich.

»Ich glaube nicht, dass die das beeindruckt«, sagte sie, mittlerweile auf alles gefasst. Sie entdeckte ihre Waffe in Nikolais Hand. *O Gott, hoffentlich kann er damit umgehen!* Plötzlich hörte man ein Knattern aus der Luft näher kommen. *Die Verstärkung, endlich!*

»Scheiße, doch früher als ich dachte!«, knurrte Hoek und schob Kathi weg von der Hauptstraße auf das abgeerntete Feld, durch den starken Regen bereits eine einzige Matschlandschaft. Er hielt Kathi die Pistole an die Schläfe. »Seht her!«, rief er in Richtung Nikolai und Julian. »Seht alle her! Ich habe keine Angst, ich erschieße sie hier, wo es alle sehen können.«

Gott, ist der irre! Kathis Verzweiflung erreichte gerade das höchste Level.

Das Knattern wurde lauter. Alle sahen nach oben, in die Richtung, aus der das Rotorengeräusch kam, auch der zu allem bereite Hoek mit Kathi im Würgegriff. Der Hubschrauber kam in Sichtweite, leider nur einer vom ADAC, der über ihre Köpfe hinwegflog.

»Scheiße!«, fluchte Kathi.

Hoek grinste. »Was habe ich für ein Glück, kein Gelber Engel, der zur Rettung kommt.«

»Lassen Sie sie gehen!«, rief Nikolai ihm zu und trat aus seiner Deckung, einem am Straßenrand geparkten, alten Landrover. Seine Brille war beschlagen, sein schwarzes Hemd klebte auf der Haut.

»Bist du verrückt, Alter!«, schalt ihn der hinter dem Geländewagen kauernde Julian. »Der knallt dich ab!«

»Bleib unten, und gib Bescheid, wenn Alex anlegt!«

»Okay, du bist der Boss!«

Gefasst und zu allem bereit, machte Nikolai den ersten Schritt auf Kathi und Hoek zu, dann einen zweiten und einen dritten. Vor dem Straßengraben stehend, trennten ihn keine zehn Meter mehr von seiner Liebsten. Durch die beschlagenen Brillengläser konnte er nur Umrisse erkennen. Er wischte mit dem Hemdärmel darüber, das half nur wenig und so wie er stand, könnte er Kathi treffen, das wollte er keinesfalls riskieren. Er hoffte, dass Alex drüben am Baum ihn endlich ins Visier nehmen konnte.

Völlig unerwartet kehrte das Knattern zurück, leiser als vorhin. *Danke, danke, danke!*, freute sich Kathi. Sie konnte den Heli noch nicht ausmachen, wusste trotzdem Bescheid. *Das ist nicht der vom ADAC, das ist ein Hubschrauber mit Flüsterrotor – die Verstärkung, jetzt aber wirklich!*

Hoek erkannte den Unterschied nicht. »Schon wieder diese gelbe Pest!« fluchte er, sah kurz nach oben und erschrak. »Scheiße, die Bullen!« Dadurch abgelenkt, lockerte er den Griff um Kathis Hals.

Die Gelegenheit für sie. »Niko, jetzt!«, brüllte sie ihm zu und bückte sich. Er schaltete blitzschnell und spurtete los, zu einem Satz über den Straßengraben.

Hoek, Kathi wieder im Griff, schoss zweimal auf Nikolai. Er fiel in die Tiefe.

»Neiiiiin!«, schrie Kathi. »Nikoooo!« Endlich gelang es ihr, sich loszureißen. Sie rutschte im Matsch aus und stolperte zur Krönung des Ganzen in eine Furche. Ihr Glück, denn sonst hätte womöglich Alex' erster Pfeil sie getroffen. Im Matsch liegend, aber mit Genugtuung nahm sie wahr, wie Hoek das Geschoss in seiner Brust und den sich ausbreitenden Blutfleck konfus betrachtete. Er ließ beide Arme sinken, die Waffe fiel ihm aus der Hand. Der zweite Treffer in den Hals ließ ihn zur Salzsäule erstarren und vornüber in den Dreck kippen.

Den hats erwischt! Während Kathi auf allen Vieren in Richtung Straßengraben robbte, sah sie Alex angerannt kommen. Er schob Hoeks Pistole mit dem Fuß beiseite, fühlte den Puls des Killers und nickte zufrieden.

»Alles in Ordnung, Kathi?«, rief er ihr zu.

»Ja, ich muss zu Niko!«

»Wo ist er?«

Alexanders Worte verhallten. Der Polizeihubschrauber, der dumpf dröhnend im mittlerweile strömenden Regen zur Landung auf der Straße ansetzte, schluckte jedes andere Geräusch. Noch gute zwei Meter matschige Ackerfurchen trennten Kathi von Nikolai. Dessen Ablenkungsmanöver hatte funktioniert, aber jetzt lag er im Straßengraben. *Bitte, bitte, lass ihm nichts passiert sein!* Tränen liefen ihr übers Gesicht und mischten sich mit dem Regen und dem Dreck, der bei jeder Bewegung in alle Richtungen spritzte.

Eine Armlänge von Nikolai entfernt, raste ihr Herz. »Bitte, bitte, lass ihn nicht tot sein, bitte nicht!«, flehte sie und sah sich zurückversetzt nach München, zum 5. Mai 2016, als Rainer vor ihr lag, getötet in Notwehr durch ihre Hand. Jetzt lag Nikolai vor ihr, getroffen von Hoeks Geschossen – sie fühlte sich, als hätte sie selber abgedrückt.

Für Augenblicke herrschte Totenstille, für Kathi schien es wie eine halbe Ewigkeit. Sie sah alles verschwommen, es war kalt und nass, sie roch Erde und schmeckte Krümel davon im Mund. Friss Staub wurde zu friss Matsch. *Egal, daran stirbt man nicht! Wenn du noch länger in den nassen Klamotten steckst, bekommst du schlimmstenfalls eine Erkältung.* Sie spuckte den Dreck aus, wischte sich übers Gesicht, steckte die Finger in ihre Ohren und schluckte ein paar Mal, um den Unterdruck loszuwerden.

Ein dumpfes Geräusch entfernte sich. *Das muss der Hubschrauber sein. Hebt er jetzt wieder ab? Wie lang war ich weg? War ich es überhaupt?* Dann vernahm sie zunehmendes Stimmengewirr, aber hier unten konnte sie nicht sehen, was auf der Straße vor sich ging. Sie streckte ihre zitternde Hand nach Nikolai aus und berührte ihn sanft an der Schulter. »Niko, hörst du mich?«

Er schlug die Augen auf und hob den Kopf. »Ja, Kathi.«

»Gott sei Dank!« Sie rappelte sich auf die Knie. »Bist du wirklich okay?«, fragte sie ängstlich.

Er setzte sich auf. »Klar bin ich okay, und du?«

»Ich auch. Ich dachte, er hätte dich …«

»Nein, nein.« Nikolai rückte seine Brille zurecht. »Als Hoek zum Zielen ansetzte, habe ich instinktiv in Alex' Richtung gesehen, er kam gerade mit gespanntem Bogen hinter dem Baum hervor, noch bevor Julian mir das Signal geben konnte. Ich habe mich einfach fallen lassen.«

»Das war knapp, Alex hat ihn zweimal erwischt!«

Nikolai streckte sich und spähte über den Graben hinweg zu dem Killer, der regungslos im Matsch lag. Alex kniete neben ihm, den Bogen noch in der Hand.

Kathi schniefte.

Mit beiden Händen schob Nikolai ihr die nassen Haarsträhnen aus dem Gesicht und sah sie liebevoll an. »Weinst du?«

Sie schniefte und lächelte. »Ich hatte irre Angst um dich.«

Wusst ichs doch, sie tut immer nur so tough. Unter der harten Schale steckt also doch ein weicher Kern. Nikolai küsste sie, nahm sie in die Arme und drückte sie fest an sich.

Da saßen sie nun im Straßengraben, sie sahen aus wie nach dem Schlammcatchen, bibberten vor Kälte, aber sie waren glücklich.

Kathi heulte Freudentränen, die zusammen mit dem Regen die Schlammspritzer von ihrem Gesicht wuschen. »Das darfst du nie wieder tun?«

»Was, irre Angst um dich haben?«

»Nein, dich einem Killer entgegenstellen!«

»Ich hatte doch deine Knarre.«

»Wo ist sie eigentlich?«

Nikolai sah sich um und entdeckte sie, sie lag ein Stück weg von ihm im nassen Gras. Er fischte nach ihr, sicherte sie wieder und gab sie zurück. »Hier, noch alle Schuss drin.«

Kathi steckte sie hinten in ihren Hosenbund. »Kannst du überhaupt mit so einem Ding umgehen?«

»Ich hätte es gekonnt«, erwiderte er, als Alex und Julian zu ihnen stießen. »Wozu hat man Freunde, von denen einer so gut schießt wie Robin Hood.«

»Danke, Alex«, sagte Kathi.

Er gab sich bescheiden. »Gern geschehen.«

Kathi stand auf, sah hinüber zu Hoeks Leiche und schätzte die Zeit, wann die Polizisten hier sein würden. Ihr blieb genug. »Bin gleich wieder da.«

Schnellen Schrittes ging sie hinüber zu Hoek und durchsuchte seine Taschen. Sie nahm ihm Mercedesmodell und Smartphone samt Ohrhörer ab und steckte sie ein, die Geldbörse und das zweite Magazin ließ sie ihm.

»Was hast du bei Hoek gesucht?«, wollte Nikolai wissen, als sie zurückkam. Er legte den Arm um sie.

Sie schob ihren unter seinem hindurch und schmiegte sich an ihn. »Erkläre ich dir später.«

Im nachlassenden Regen trafen im Minutentakt zwei Streifenwagen, zwei schwarze BMW mit Blaulicht, sowie drei SEK-Mannschaftsbusse am Ort des Geschehens ein. Vermummte, martialisch anmutende und bis an die Zähne bewaffnete Männer sprangen heraus und teilten sich auf: Vier zu Kathi und ihren Rettern, vier zu Hoeks Leiche, der Rest sicherte das Areal großräumig. Die Streifenbeamten versuchten, die Anwohner am Ortsrand zu beruhigen, die aufgrund des Lärms aus ihren Häusern gekommen waren.

Kommissar Hübner von der Erlanger Kripo entschuldigte sich für die Verspätung, nachdem Kathi ihn begrüßt hatte.

»Das sind Dr. Liebermann, Dr. Ikonen und Dr. Kleber«, stellte sie ihm die drei vor.

Hübner nickte anerkennend. »Drei Ärzte auf einen Streich, nicht schlecht!«

»Keine Ärzte!«, berichtigte Kathi. »Physiker!«

Er schmunzelte. »Wie ich sehe, haben Sie alles auch physisch gut im Griff.«

Ein SEK-Mann brachte vier dunkelblaue Fleece-Decken. Nikolai nahm ihm zwei ab, legte eine um Kathi und rieb sie damit ein wenig trocken, bevor er sich selbst diesen kleinen Luxus gönnte. Die anderen bekamen Julian und Alex.

Kathi versuchte die Köpfe des Einsatzteams zu zählen, verlor aber durch das ständige Auf und Ab den Überblick. »Mit wie vielen Leuten sind Sie hier?«

»Mit knapp drei Dutzend«, sagte Hübner.

»Das wäre doch nicht nötig gewesen, Hoek war allein.«

»Sicher ist sicher, es hätte ja irgendwo ein Komplize lauern können. Außerdem ist er ein gesuchter Killer. Sie haben Glück gehabt, dass wir gleich hier gelandet sind. Ein ADAC-Hubschrauber hat an die Leitstelle eine Geiselnahme auf einem Feld bei Kriegenbrunn gemeldet. Die konnten selber aber nicht landen, weil sie zu einem Unfall mussten. Jedenfalls hat das zum Anruf ihres Kollegen Stoll gepasst. Wir waren schon auf halbem Weg, als wir die Info bekamen, sonst wären wir erst zum Haus gefahren.«

Kathi nickte zufrieden. *Das mit den gelben Engeln stimmte also doch.*

Aus Richtung Hauptstraße näherten sich zwei Rettungswagen lautstark mit Martinshorn und Blaulicht.

»Ich glaube, die brauchen wir nicht, oder Niko?«

»Nein, außer, die hätten eine eingebaute Dusche.«

»Duschen könnt ihr im Haus«, sagte Alex. »Kommt, die werden sich dort eh wundern, wo wir abgeblieben sind.«

»Wir können Sie hinfahren«, bot Hübner an.

»Danke, wir gehen zu Fuß«, sagte Kathi. »Es ist ja nicht weit, und so wie wir aussehen …«

Hübner nickte. »Dann kommen wir nach, ich brauche noch ihre Aussagen.«

Sonja und ihre Söhne staunten nicht schlecht, als Ehemann und Vater mit Pfeil und Bogen bewaffnet, mit Julian, einem dreckigen Nikolai und einer noch dreckigeren Kathi im Schlepptau zum Haus zurückkehrte.

»Holy crap!«, rief Noah. »You look like mud-warriors!«

Das galt ausschließlich Kathi und Nikolai, die ihre schmutzigen Schuhe gleich an der Haustür auszogen.

»Come in guys, quickly«, winkte Sonja das Quartett herein. »You'll catch a cold!«

Noah nahm ihnen die Decken ab und legte sie zur Seite.

»Wohin jetzt?« Kathi befürchtete, bei jeder Bewegung den Hausflur mit Erdkrümeln einzusauen. Jacke und Hose waren ein wahres Fest für Fleckenzwerge.

»Follow me guys.« Sonja führte Kathi und Nikolai hinunter in den Saunabereich des Kellers.

»You can take a shower here«, erklärte sie und zeigte ihnen die Dusche, bevor sie einen Berg Handtücher aus dem Schrank im Vorraum holte. »Throw your dirty stuff on the floor, I'll put them into the washing machine.«

»Thanks Sonja, we do the laundry at home«, sagte Nikolai. »But it would be nice, if we could have a plastic bag for the dirty clothes.«

Sonja nickte. »Sure. – I'll try to find something to change. And don't worry about the dirt, we've got a Kärcher.«

Obwohl die Sauna nicht in Betrieb war, war es im Vorraum Dank Infrarotheizung mollig warm. Kathi legte ihre Waffe auf die Holzbank und holte die Handys und das Modellauto aus ihren Taschen. Letzteres untersuchte sie genauer und fand den Speicherstick im Kofferraum.

»Ist er das?«, fragte Nikolai.

»Das ist er.« Sie klappte den Deckel wieder zu.

»Warum nimmst du ihn nicht raus?«

»Tüyücs Fingerabdrücke könnten drauf sein.« Sie legte das Auto auf die Bank und nahm Hoeks Handy.

»Wollen wir nicht zuerst duschen?« Nikolai knöpfte sein Hemd auf.

»Ich muss erst was checken, Hoek hat mich seit Montag abgehört.«

»Wie bitte? – Und wie?«

»Keine Ahnung.«

»Dann muss er den Code für deine SIM-Karte geknackt haben.«

»Er hat gestern auch mein Gespräch mit Alex mitgehört und danach, als ich Königs Tagebuch abspielte. König erwähnte den SL nur am Rande. Er sagte, er habe ihn als Geschenk auf seinem Schreibtisch vorgefunden. Er vermutete, von Frau de Boer.«

»War aber nicht so und auch nicht von Mirko.«

»Genau, Hoek hat einfach kombiniert. Er nahm an, dass er von Tüyüc kam und vermutete dort den anderen Stick. Und ich stand auf der Leitung, ich dumme Kuh!«

Nikolai nahm sie ihn den Arm und stupste mit einem Finger an ihre Nase. »Bist du nicht, du bist mein Dreckspatz.«

Plötzlich zog er die Stirn kraus. »Montag sagst du?«

»Ja.«

»Dann hat er ja unser Gespräch auch ...«

Kathi nickte und suchte auf Hoeks Smartphone nach der Spionage-Software. Zum Glück war das Gerät noch eingeschaltet und eine Bildschirmsperre gab es auch nicht. *Sehr leichtsinnig, Herr Hoek,* dachte sie grinsend.

»Perverser Penner!«, schimpfte Nikolai, kam dann aber ins Schmunzeln. »Na ja, wenigstens hatte er nochmal guten Telefonsex, bevor er das Zeitliche segnete.«

»Er hat behauptet, er hätte es gelöscht, aber ich sehe lieber nach.« Kathi rief das Kontaktverzeichnis auf und suchte nach verdächtig erscheinenden Applikationen und Daten. Ein halbes Dutzend mit seltsamen und verdächtigen Namen entfernte sie kurzerhand. Zum ersten Mal in ihrem Leben manipulierte sie ein Beweismittel, wenn das heraus käme, wäre sie ihren Job los. *Wird schon schief gehen. Zum Teufel mit den Vorschriften, es geht um mein Privatleben!* Sonst fand sie nichts. Sollte Hoek die Aufnahme entgegen seiner Beteuerungen als hidden file versteckt haben, wäre es eben Pech. Andererseits, Königs Tagebuch hatten die Technik-Profis auch übersehen. Sie überlegte, ob sie nicht gleich alles löschen sollte, aber bestimmte Einträge oder Nummern könnten für die weiteren Ermittlungen noch hilfreich sein. »Das hast du jetzt nicht gesehen«, meinte sie augenzwinkernd.

»Was soll ich nicht gesehen haben?« Nikolai tat unschuldig, wie ein Osterlamm. »Habe ich was verpasst?« *Meine Süße hat es ja faustdick hinter den Ohren.*

Nach dem Duschen inspizierten sie die Jogginganzüge, die Sonja hingelegt hatte. Der Größe nach zu urteilen, stammten sie aus Königs Kleiderschrank.

»Die Sachen sind mir doch viel zu groß!« Kathi hielt das weinrote Sweatshirt hoch.

»Keine Sorge, das machen wir passend, zieh die Sachen erst einmal an.« Nikolai schlüpfte in den anderen, hellgrauen Jogging-Anzug. Da er und Walter König fast dieselbe Größe hatten, passte er ihm perfekt. Kathi kam sich in den XL-Klamotten ziemlich verloren vor. Leider gab es hier unten nur einen kleinen Spiegel. Sie krempelte die Ärmel hoch und zog die Taillenkordel zu. Nikolai übernahm ihre Hosenbeine, die er in die übergroßen Socken steckte. Er stand auf und betrachtete sein Werk. »So kann nichts verrutschen und du frierst nicht. Perfekt, oder wie dein Kollege Andi sagen würde ›Bassd scho‹.«

Kathi sah an sich herunter. »Grauenhaft!«

»Hauptsache, du kriegst keine Erkältung.«

So unförmig Kathis Anzug aussah, so praktisch war er. In jede Hosentasche passte ein Handy, ihre Pistole und das Modellauto kamen in die Bauchtasche des Hoodie.

»Hilfe!«, rief sie, als sie sich im großen Garderobenspiegel im Flur betrachtete. »Ich sehe aus wie das Michelinmännchen in Bordeaux!«

Nikolai sah das anders. »Quatsch, du siehst süß aus.«

Kathi wollte entsprechend kontern, sie ließ es, Julian und Alex kamen die Treppe herunterspaziert.

»Willkommen im Club«, grinste Julian im dunkelgrünen Joggingdress. Allem Anschein nach sammelte Walter König nicht nur antike Bögen und Automodelle.

Alex trug seine eigenen Sachen, Jeans und Pullover. »Hauptsache, trockene Klamotten«, meinte er während sie ins Wohnzimmer gingen, wo eine Kanne Tee auf sie wartete.

»Danke, auch für die Anzüge«, sagte Nikolai. »Wann sollen wir sie zurückbringen?«

»You can keep them, both«, sagte Sonja.

»Seriously?«, hakte Nikolai nach.

»Ihr könnt sie wirklich behalten«, bekräftigte Alexander. »Wir müssen eh so viele Sachen weggeben.«

»Okay, Danke.«

Sonja goss jedem Tee ein. »Milk, sugar?«

Alex nahm beides, Julian nur Zucker, Kathi und Nikolai lehnten beides ab und probierten ihn pur.

»I can offer you something stronger, Rum, Brandy …?«

»Just tea, Sonja, thanks«, antwortete Nikolai, der sich wunderte, wie er die letzte Stunde ohne Dextro auskommen konnte. Das war Stress hoch zehn gewesen. Es musste an seiner süßen Kathi liegen, die beste Medizin gegen Unterzucker. Er lächelte und legte den Arm um sie.

»Bevor ich es vergesse, Alex«, Kathi kramte das Mercedesmodell aus ihrer Bauchtasche, »den muss ich leider behalten. Der kommt ins Labor, Tüyücs Fingerabrücke könnten auf dem Stick sein.«

»Dann ist er wirklich drin?«

»Ja, im Kofferraum.«

»Das Auto kannst du so oder so behalten, als Andenken.«

»Danke, das darf ich leider nicht. Es landet in der Asservatenkammer.«

»Ist das eines der Modelle aus Walters Büro?«, fragte Susan de Boer. Sie hatte hier ausgeharrt, alle anderen waren nach der Warnung vor dem Killer gefahren oder in ihre Häuser zurückgekehrt.

»Ja«, sagte Alex. »Ich habe ihn am Montag mit den anderen Sachen eingepackt.«

»Woher wusste dieser Hoek, dass der Stick dort versteckt war?«, wunderte sich die MECH@TRON-Chefin.

»Keine Ahnung, vielleicht von Tüyüc.« Kathi warf einen Seitenblick zu Nikolai, der gerade ein Pokerface aufsetzte. »Den brauchen die Kollegen vom Wirtschaftsdezernat. Sie bekommen ihn so schnell wie möglich wieder zurück, Frau de Boer.«

»Gut, ich hoffe, wir können anhand der Daten rekonstruieren, was Tüyüc bis jetzt an BATC geliefert hat.«

»Im Dezernat gibt es Experten dafür. Falls Sie Unterstützung brauchen, rufen Sie mich an.«

Draußen läutete die Türglocke. Kurz darauf brachte Noah Kommissar Hübner und seinen Kollegen ins Wohnzimmer. Die Zeugenbefragung war nur eine Formalität. Kathi, Nikolai und Julian bestätigten, dass Alexanders Schüsse aus Notwehr erfolgten und Kathi erklärte zu Hübners freudiger Überraschung, den Bericht selbst zu schreiben.

»Noch etwas.« Kathi zeigte Hübner das Modellauto. »Hier drin ist ein Memory-Stick mit gestohlenen Daten und vielleicht Tüyücs Fingerabdrücken drauf.«

Augenblicklich zückte Hübners Kollege eine Plastiktüte und reichte sie Kathi, die das Wägelchen hineinsteckte. »Haben Sie noch eine?«, fragte sie und holte das Smartphone des Killers aus der Hosentasche. »Das gehörte Hoek, ich konnte es an mich nehmen.«

Nikolai sah bewusst nicht hin, sonst hätte er sich am Tee verschluckt. Er stellte die Tasse auf den Tisch. »Noch etwas zu heiß.«

Kathi unterdrückte ein Grinsen. »Vielleicht hättest du doch Milch nehmen sollen, Niko.«

»Ja, vielleicht.«

Sie ließ das Killer-Smartphone samt Ohrhörer in die zweite Tüte plumpsen.

»Seine Waffe haben wir auch sichergestellt«, berichtete Hübner.

Kathi nickte. »Könnten Sie die Sachen bitte zu uns ins Präsidium bringen lassen? Ich schaffe es heute nicht mehr.«

»Selbstverständlich, gar kein Problem. Sie lassen sich jetzt am besten heimfahren und ruhen sich aus. Das haben sie sich mehr als verdient.«

Kathi fuhr selbst, das schaffte sie noch. Es dämmerte bereits, als sie und Nikolai nach Hause kamen. Er war zu ihr mitgefahren, weil er sie nicht allein lassen wollte. Sie hingen ihre schmutzigen Sachen zum Trocknen auf, dann setzten sie sich mit einem Glas Rotwein aufs Sofa. Es dauerte nicht lange, bis ihnen die Augen zufielen.

***

Am nächsten Morgen brachte Kathi Nikolai nach einem kleinen Frühstück nach Hause, damit er sich umziehen konnte, und danach zu MECH@TRON. Als sie kurz vor zehn ins Präsidium kam, lief ihr Grünbaum über den Weg. Er gratulierte ihr zum schnellen Fahndungserfolg und sah großzügig über die Verspätung hinweg. Jetzt musste sie nur noch den Bericht zu den gestrigen Ereignissen diktieren.

»Allmächd!« rief Andi, der ihr mit einem Ohr zugehört hatte. »Wenns einmal richtig Action gibt, bin ich ned dabei!«

»Sei froh, das war nicht lustig.«

»Ich mein ja bloß, dann hätt ich mithelfen können.« Er grinste. »Zum Glück waren die drei Physiker da, aber des mit dem Pfeil hätt ich schon gern g'sehn, voll Robin-Hood-mäßig.«

»Genauso wars, du hättest Hoeks blöde Visage sehen sollen. Ich lag zwar im Matsch, aber das ließ ich mir nicht entgehen.«

»Hast arg Schiss g'habt?«

»Ja, schon«, gestand Kathi und seufzte.

»War echt mutig vom Liebermann, mit deiner Knarre auf Hoek loszudiechern, hätt ich dem gar ned zutraut.«

Sie lächelte verliebt. »Ich auch nicht.«

Andi erkannte diesen Blick sofort. »Soso, ihr zwei seids jetzt also zamm.«

Kathi nickte. »Ja, es hat g'scheit gfunkt.«

»Schee«, grinste er. »Sigst, wie man sich irren kann.«

»Ich hab mich auch bei ihm entschuldigt.«

»Echt? Jetzt bin ich aber baff. Respekt, so kenn ich dich ja gar ned.« Andi grinste süffisant. »Ja, ja, was die Liebe alles so bewirkt. Ist ja auch Zeit worn bei dir.«

Kathi knüllte ein Stück Papier zusammen und drohte, ihn damit zu bewerfen. Er zog den Kopf ein und ging in Deckung, aber sie überlegte es sich anders und beförderte die Kugel gekonnt in den Papierkorb. »Themawechsel«, ordnete sie an. »Wie war denn eigentlich die Geburtstagsparty?«

»Schee, die Bude war gerammelt voll, fuchzehn Kinder. Kannst dir ja denken, wie des da abgegangen ist. Aber im Gegensatz zu meine Zwaa sind andere richtige Bangerten.«

Nachdem Kathi den Bericht korrigiert hatte, stattete sie der Spurensicherung einen Besuch ab.

»Hi, Kathi. Na, wieder einigermaßen erholt?«, begrüßte sie Thomas, der allein im Büro war.

»Hi, bin fast wie neu.«

»Dich haut so schnell nichts um.«

Wie mans nimmt. »Hast du schon was für mich?«

»Ja, auf dem Stick sind Tüyücs Fingerabdrücke, rechter Daumen und der Zeigefinger.«

»Sehr gut«, freute sich Kathi. »Er muss sich seiner Sache sehr sicher gewesen sein, weil er keine Handschuhe getragen hat. – Kann ich ihn wiederhaben? Frau de Boer braucht ihn wegen der Daten.«

»Klar, willst du den SL auch?«

»Nein, pack ihn zu den anderen Beweisen. – Apropos Auto, habt ihr das von Hoek schon durchsucht?«, fragte Kathi beim Unterschreiben des Herausgabe-Formulars.

»Die Sabine ist noch drüber. Bis jetzt haben wir einen kleinen Alu-Koffer mit Giftpfeilen, Phiolen, Blasrohr und eine Druckluftpistole gefunden. Außerdem ein Gewehr und die passende Munition.«

»Ein Blasrohr?«

»Ja, eines zum Zusammenschieben.«

»Ha! Wie es der Andi vermutet hat. Ist DNA dran?«

»Du meinst vom Speichel?«

»Erraten.«

»Das prüfen wir noch. Das Gift in den Phiolen ist jedenfalls Antiaris toxicaria.«

»Okay, die Pfeile nicht vergessen, da könnte Blut von Panzer dran sein.«

»Meinst du wirklich?«

»Ich weiß ja nicht, ob er die säubert und wieder verwendet oder wegwirft.«

»Okay, kann nicht schaden.«

»Wo ist sein Handy?«

»Das ist noch in der IT, die haben ein paar interessante Telefonnummern gefunden.«

»Interessante Telefonnummern?«, wiederholte Kathi und spitzte die Ohren. »Und welche?«

»Hauptsächlich Holländische und ein paar aus Hamburg, die Listen werden grad überprüft.«

Sie schnaufte erleichtert, scheinbar hatte sie alles gelöscht, was sie betraf. »Schon irgendeine Spur zu BATC?«

»Nein, ich glaube eh nicht, dass er die Nummer von denen auf dem Handy hat, aber er könnte ein zweites besessen haben.«

Mist, daran hab ich gar nicht gedacht! Das wurmte Kathi, sie überlegte. *Sollten sie eins finden und was von mir drauf sein, wird mir schon etwas einfallen.* »Halt mich bitte auf dem Laufenden, Thomas.«

»Wie immer.«

Auf dem Rückweg in ihr Büro ließ sie sich mit Susan de Boer verbinden und bot ihr an, den Speicher-Stick in der Mittagspause vorbeizubringen.

Die MECH@TRON-Chefin empfing sie heute in bester Laune und übergab den Stick dem Leiter der Konstruktionsabteilung, den sie extra rufen ließ.

»Dann schaun wir mal, ob wir den Rest rekonstruieren können«, sagte er und verabschiedete sich wieder.

»Ich hoffe, es waren wirklich nur zehn Prozent, wie Hofbauer behauptet hat«, sagte Susan de Boer.

»Ich habe noch eine gute Nachricht für Sie«, sagte Kathi. »Tüyücs Fingerabdrücke waren auf dem Stick.«

»Sehr gut, gibt es Spuren zu BATC?«

»Die Kollegen sind dran. Wissen Sie schon, wie Tüyüc an die Daten kam, oder ist das ein Betriebsgeheimnis?«

»Ihnen kann ich es ja sagen. Es ist ihm gelungen, eine der Security-Routinen umzuprogrammieren, damit hat er es tatsächlich ein einziges Mal geschafft, die Sperren und Fallen zu umgehen, sagen meine Spezialisten. Sie haben mittlerweile Gegenmaßnahmen getroffen, dass so etwas nicht wieder vorkommt.« Diese behielt Susan de Boer für sich.

Leider hatte die Detektei bis jetzt nichts in Sachen Leck gefunden, es bestand also weiter Ungewissheit. Davon ließ sie sich ihre gute Stimmung nicht vermiesen. Sie war wieder im Besitz von allen Formeln und Plänen und kannte seit dem späten Vormittag die höchst zufriedenstellenden Ergebnisse aus dem Labor. Am Dienstag, nach den letzten, nahezu fehlerfreien Tests mit den Proben der vergangenen Woche, konnte sie das Go für den ersten großen Guss der neuen Legierung geben. Seit heute Morgen prüften Dr. Liebermann und die Frischlinge Proben davon. Wenn bis morgen alle fehlerfrei durchliefen, könnte sie am Montag den Startschuss für die Produktion der Nanobot-Drohnen geben. Ihre Konstrukteure leckten sich bereits die Finger nach der neuen Legierung. Bei BATC hatte es sich vorerst ausgeleckt. Die Drohnen bereiteten Susan de Boer keine Sorgen mehr, nach der ersten Auslieferung würde man sie andernorts ohnehin zu kopieren versuchen, allen voran die Chinesen. Dann dürfte sich die Rechtsabteilung mit den Verstößen gegen die Patent- und Markenrechte und mit Plagiaten beschäftigen. Gutes Werk hatte schon immer Nachahmer gefunden.

Ihre Leute konnten sich ab jetzt ausschließlich dem Projekt mit der allerhöchsten Priorität widmen: REGINA APIS, die

Bienenkönigin, intern RAPIS genannt. Das Ablenkungsmanöver mit den Nanobot-Drohnen war gelungen. Deren Produktion stand nie in Frage, der Rüstungsmarkt wollte sie, also bekam er sie. Für sie allein hätte sich der kostspielige Entwicklungsaufwand einer neuen Leichtmetalllegierung nicht gelohnt. Der Materialbedarf pro Einheit war gering, die Bauteile winzig und eine Flächenbelastung des Metalls nicht vergleichbar mit der eines größeren Fluggerätes, wie der ›Bienenkönigin‹. Susan de Boer hatte nur den Rat ihres Vaters beherzigt ›Wirf der Konkurrenz und der Presse ein paar Brocken zum Fressen hin, dann sind sie erst einmal beschäftigt und du kannst in Ruhe an den wirklich wichtigen Dingen arbeiten‹.

Der fertige RAPIS-Entwurf existierte bisher nur auf zwei Rechnern ohne Netzanbindung, einer in der Konstruktion, der andere im Backup-Rechenzentrum. Außerdem lagen die Daten, auf einer externen Festplatte, in ihrem Safe. Susan de Boer war sicher, dass bereits der Prototyp von RAPIS seine Leistungsfähigkeit beweisen und allen Anforderungen standhalten würde. Die ausgefeilte Technik der Mutter aller Kampfdrohnen würde richtungsweisend für die Zukunft der Rüstungsindustrie werden und alles bisher Dagewesene in den Schatten stellen.

Ein weiterer Grund, schnellstmöglich Ersatz für Tüyüc zu finden. Die Assistentenstelle musste ebenfalls neu besetzt werden, den Frischlingen fehlte es leider noch an Erfahrung. Als Königs Nachfolger kam nur Dr. Liebermann in Frage. Seine Pro-forma-Bewerbung als Leiter der Entwicklungsabteilung diente nur zur Beruhigung des Betriebsrats, keiner bestritt seine fachliche Qualifikation. Susan de Boer war sich bewusst, ihn mit dieser Beförderung ins kalte Wasser zu werfen, aber sie zweifelte inzwischen nicht mehr an seinen Führungsqualitäten. Seine Ungeduld, eine Begleiterscheinung seines Forscherdrangs und sein einziges Defizit, würde sich mit der Zeit legen. Auch als Projektleiter von RAPIS könnte er sich ab jetzt beweisen, wenn auch noch unter höchster Geheimhaltungsstufe.

»Vielen Dank für den Stick, Frau Starck. Es war wirklich nett, dass sie extra hergefahren sind.«

»Gerne, ich hatte gehofft Nikolai zu treffen, aber der schuftet sicher im Labor.«

»So ist es.« Susan de Boer lächelte, seit gestern wusste auch sie vom Verhältnis der beiden. Trotz der Umstände, unter denen sie sich kennengelernt hatten, fand sie es ausgesprochen romantisch. »Leider muss ich seine Zeit in den nächsten Wochen und Monaten sehr in Anspruch nehmen.«

»Solange es keine vierundzwanzig Stunden am Tag und keine sieben Tage in der Woche sind, können wir damit leben.«

Susan de Boer lachte und zwinkerte ihr zu. »Dann werde ich jetzt mal nach ihm sehen, wenn er fleißig ist, darf er morgen vielleicht etwas früher gehen.«

Sie begleitete Kathi persönlich zum Ausgang und machte sich anschließend, brennend vor Neugier auf das nächste Testergebnis, auf den Weg zu Bau II ins Kellerlabor.

»Yeah, wieder 99,7 Prozent!«, jubelten Nikolai, Simon und Benny als die Zahlenreihen auf Monitor eins stoppten und dieses höchst zufriedenstellende Endergebnis anzeigten. Die sich blitzschnell aufbauenden, mehrfarbigen 3D-Raster-Grafiken und Kurvendiagramme brachten die Augen der drei Physiker zu Strahlen. Ihre Blicke wanderten zum zweiten Schirm, der die gestochen scharfe Aufnahme der dritten Materialprobe aus dem Inneren des Throns zeigte. Die nebenstehende Abbildung der Kristallgitterstruktur in Blau wies vereinzelt rote Knotenpunkte auf, eben an den Stellen, an denen die Positronen die fehlenden Atome nachwiesen. Diese konnte man getrost vernachlässigen, Peanuts.

Ihr dürft heute nicht so wuseln wie meine Sexteilchen. Schmunzelnd dachte Nikolai gerade daran. *Holy crap! Wie soll man sich da auf die Arbeit konzentrieren? Zum Glück ist morgen Freitag und da würde es abends wieder Pfirsich geben, lecker!*

BOBBSIDROHNEN

Nikolai hob eine Hand. »Halt, nicht bewegen!«
Kathi folgte seinen Anweisungen augenblicklich und blieb stehen. Er schloss die Wohnungstür, legte den Sperrriegel vor und tippte den Code in die Alarmanlage. Ab jetzt galt: Bitte nicht stören! Und das sollte auch nicht passieren. Julian war bei den Ikonens in Kriegenbrunn eingeladen und übernachtete dort, das bedeutete: sturmfreie Bude bis Sonntag.

»Du schießt doch nicht etwa auf mich?«, sagte Kathi mit verführerischem Augenaufschlag.

»Später vielleicht.«

Sie zog eine Schnute. »Nur vielleicht.«

»War nur'n Scherz«, grinste er breit, als er auf sie zukam. »Ich verspreche loszuballern bis das Magazin leer ist.«

»Ich bitte darum.« Kathi konnte es kaum noch erwarten bis er seine scharfe ›Waffe‹ herausholte. Sie betrachtete Nikolai von Kopf bis Fuß. *Was für ein Prachtkerl und MEINER!* Er trug heute sogar ihr Lieblingsoutfit, Jeans und ein schlichtes weißes Hemd, beides zum Knöpfen, was ihren Spieltrieb immens anregte. Und er war barfuß. Supersexy!

»Was ist in der Papiertasche?«, fragte er.

»Deine Sachen vom Mittwoch.«

»Oh, schon gewaschen, toller Service. Danke.«

Nach einem Kuss nahm er ihr die Tasche ab und stellte sie neben das High-Board.

»Gewöhn dich nicht dran!«, scherzte Kathi.

»Wer weiß?«, erwiderte Nikolai augenzwinkernd und nahm sie schwungvoll in den Arm. »Schön, dass du da bist.« Er vergrub sein Gesicht in ihren Hals. »Mmmhhh, riechst du wieder gut.« Dann streifte er ihr den Mantel samt Handtasche herunter, packte sie mit beiden Händen am Hintern und drückte sich mit seinem ganzen Körper an sie.

Sie spürte deutlich die Beule in seiner Hose. »O-oh, deine Waffe ist ja schon geladen!«

»Klar, ich war lange auf Entzug und musste seit gestern ständig den Positronen beim Wuseln zusehen.«

Kathi lächelte. »Dann ist es ja kein Wunder.«

»Es ist kaum auszuhalten, die poppen andauernd mit den Eleksitronen so heftig, dass es knallt!«

»Ey, beschwer dich nicht, du hast einen Traumjob, du kannst den ganzen Tag Poppsitronen-Pornos gucken!« Kathi betonte ausdrücklich das Doppel-P und wiederholte es noch einmal auf Fränkisch. »Oder Bobbsidrohnen-Bornos, mit Dobbel-B!« Ihr Lachen steckte Nikolai an.

»Stimmt«, meinte er nach dem Luftholen. »Und weil sie sich so heftig lieben, helfen sie uns Forschern herauszufinden, wo sie das gemütlichste Bettchen zum Poppen gefunden haben.«

»Aber danach sterben sie.« Kathi schniefte.

»Gibt es einen schöneren Tod als nach heißem Sex?«

»Stimmt. Zum Glück habe ich unbegrenzten Nachschub an Poppsitronen und die sind ganz heiß aufs Vernichten.«

»Dann hoffe ich, du hast heute einen Riesenvorrat mitgebracht, meine Süße. Denn meine Sexteilchen sind megascharf auf sie.«

»Unendlich viele.«

»Dann werde ich gleich ein wenig Druck ausüben und ein Vakuum erzeugen.« Nikolai grinste, zog Kathi mit einem Ruck an sich und küsste sie leidenschaftlich. Ihre Sexteilchen gerieten in höchste Wallung und sie schwor sich, diesen süßen Einstein nie wieder loszulassen. Aber er tat es und leckte genießerisch über seine Lippen. »Mmmhhh, und die richtige Gas-Mischung ist es auch.«

Kathi kicherte. »Funktioniert das Ganze ohne Kälte? Ich habe gehört, man braucht minus 269 Grad Celsius.«

»Ich werde dir beweisen, dass es auch funktioniert, wenn es heiß wie in der Hölle ist.« Kuss. »Bei einer heißen Eleksitrone wie dir, ist das total easy.« Kuss. »Dann lasse ich die Falle zuschnappen.« Kuss. Plötzlich hob Nikolai Kathi am Hinterteil hoch.

Sie wehrte sich nicht, keine Frau würde das tun, wenn ein so heißer Doktor der Physik und Herr aller Poppsitronen, wie Nikolai, sie zum Bett hinüberträgt. »Hilfe, meine Sex-Teilchen können sich nicht mehr bewegen!«

Nikolai grinste breit. »Das ist der Plan, jetzt sind sie in der Falle gefangen. Sie sitzen in der Poppsitronenfalle, auf gut Fränggisch: In der Bobbsidrohnenfalle.« Er legte Kathi aufs Bett und kroch über sie. »Und ich kann Experimente an der Materialprobe durchführen ... heissss!«

ANHANG

DANKSAGUNG

Zuallererst danke ich Ihnen ganz herzlich, liebe Leserinnen und Leser, dass Sie sich für den Kauf dieses Buches entschieden haben. Ich danke meiner Familie und allen Freunden, die mich seit Jahren unterstützen, meiner Lektorin S. Weber für ihre konstruktive Kritik und ihre tolle Arbeit am Text. Ein großes Dankeschön geht auch an Dr. Torsten Staab vom Lehrstuhl für Chemische Technologie der Materialsynthese an der Julius Maximilians Universität in Würzburg, für die wissenschaftliche Beratung in Sachen Positronen-Mikrosonde und aller anderen wuselnden Elementarteilchen, sowie für die inspirierenden Gespräche.

ANMERKUNGEN

Die gesamte Handlung und die Namen aller Figuren in dieser Geschichte sind fiktiv. Übereinstimmungen mit lebenden oder verstorbenen Personen wären reiner Zufall und sind nicht beabsichtigt. Dieses Buch erhebt keinen Anspruch auf Faktizität, obwohl real existierende Behörden, Einrichtungen, Unternehmen und Handlungsorte genannt, sowie wahre Ereignisse und realistische Abläufe thematisiert wurden.

Steckbrief: Kathi Starck

Kriminalhauptkommissarin

Alter: 42
Größe: 1,70 m
Figur: sportlich-schlank
Haare: blond
Augen: blau
Kennzeichen: spitze Zunge

Polizistin mit Leib und Seele! Selbstbewusst und mutig; manchmal vorlaut, unbequem und stur; handhabt Vorschriften gern flexibel; clever und sexy, smart und urban; weltoffen und heimatverbunden; trendbewusst und bodenständig; eigenwillig, aber nicht eigenartig und keine Spur verschroben. Nichtsdestotrotz zitiert sie gern die klugen Sprüche ihrer Lieblingsoma und folgt deren Rat, anderen Leuten auf die Füße zu sehen ›Gepflegtes Schuhwerk ist eine Visitenkarte und weist auf den Charakter seines Trägers hin‹ – das stimmt fast immer. Sie sieht anderen auch immer direkt in die Augen, diesem Blick können die wenigsten widerstehen, nur besonders abgebrühte Bösewichte.

Weiter geht es mit dem 2. Nürnberg-Krimi von morgen:

ROYAL FLUSH

»Pfeilgift? – Nicht schon wieder!«
Das neue Jahr ist keine drei Tage alt und Kathi Starck hat bereits einen Mord am Hals. Das Opfer ist ihr Kollege Pit. Die Tat trägt die Handschrift des verstorbenen Profikillers Hoek. Wer kopiert ihn und warum hat er Pit eine Pokerkarte zugesteckt, einen Herz-Buben? Sofort keimt der Verdacht, dass der Fall mit der Industriespionage bei MECH@TRON zusammenhängen könnte, an der Pit zuletzt arbeitete: 2 Millionen Euro Schmiergeld sind verschwunden. Noch am selben Tag stirbt eine Frau, die Herz-Dame, eine Woche später ein beliebter Politiker, der Herz-König – beide durch Giftpfeile. Kathi ermittelt unter Zeitdruck, das LKA sitzt ihr im Nacken. Bald kommen brisante Einzelheiten ans Tageslicht, ein Cocktail aus Neid, Gier, Sex und Eifersucht. Mordet sich der Killer hoch bis zum Royal Flush? Wer wird das Herz-Ass? – Eine harte Nuss für Nürnbergs Top-Kommissarin!

ROYAL FLUSH
Ein neuer Fall für Kathi Starck

344 Seiten, kartoniert
11,99 € [D]
ISBN: 9 783746 082684

Von Lilo Seidl ist außerdem erschienen:

72 - Die Geschichte einer Radikalisierung

»Diese Schlampe hat alles kaputtgemacht!«
Nasris Traum von der großen Liebe platzt zum zweiten Mal. Verzweifelt und von seinen Freunden unverstanden, versucht er, sich das Leben zu nehmen. Er wird gerettet, bekommt aber eine zweite Chance: Ein IS-Anführer will ihn als Attentäter rekrutieren. Nasri ist der ideale Kandidat für eine Gehirnwäsche. Für seine perfiden Pläne streut der charismatische IS-Mann Salz in alle Wunden, auch in jene, die der Bürgerkrieg und die Flucht aus Syrien geschlagen haben. Und er lockt mit einem verlogenen Versprechen: »Jeden Märtyrer erwarten 72 Jungfrauen im Paradies!«
Nasri macht sich bereit, er will seinen Seelenqualen ein Ende setzen. Ein flammendes Inferno droht, schlimmer als Sodom und Gomorra! Doch seine Freunde geben ihn nicht auf, einer von ihnen stellt sich ihm in den Weg. Ist Liebe stärker als Hass?

72 – Eine ergreifende Geschichte von erschreckender Realität!

72

Die Geschichte einer Radikalisierung

284 Seiten, kartoniert
9,99 € [D]
ISBN 9 783746 059129

DIE AUTORIN

LiLo Seidl arbeitete bis 2011 als Text-Administratorin. Seitdem widmet sie sich hauptberuflich der Schriftstellerei. Schon als Teenager schrieb sie eigene Fortsetzungen von Star Wars und TV-Krimiserien, Fanfiction sagt man heute. 1998 erlernte sie das Drehbuchschreiben und bekam das Handwerkszeug in Sachen Stoffentwicklung und Dramaturgie. Ihr Roman-Debüt gab sie 2013 mit dem Historien-Epos „Das Vermächtnis von Südland". Die Liebes- und Lebensgeschichte „Schokomaus & Anwaltssüppchen" widmete sie allen selbstbewussten Frauen über vierzig, die in diesem Genre generell zu kurz und ganz ohne Millionär auskommen. Mit „Positronenfalle" fiel der Startschuss zur Krimi-Reihe mit der Nürnberger Kommissarin Kathi Starck. In „Royal Flush" ermittelt sie zum zweiten, aber nicht zum letzten Mal. In Band drei (erscheint im Herbst 2018) hat sie es mit kriminellen Machenschaften in Nürnbergs Pharmaindustrie zu tun. Im New-Adult-Drama „72" behandelt Lilo Seidl das brisante Thema „Warum radikalisieren sich Flüchtlinge und werden zu Attentätern?".

Lilo Seidl lebt in Nürnberg und ist Mitglied der Mörderischen Schwestern, dem größten, deutschen Netzwerk der Krimi- und Thriller-Autorinnen.

Mehr über Lilo finden Sie hier: www.liloseidl.de